译文纪实

STRANGE STONES

Peter Hessler

[美]彼得·海斯勒 著　　　　李雪顺 译

奇石

上海译文出版社

献给约翰·迈克菲

作者说明

　　"海滩峰会"、"桥上风景"、"突袭美国"和"全力冲刺"四章内容略有删节。关于这四章的更多信息，请参见www.peterhessler.net。

目　录

前 言

　　小时候，父亲偶尔带着我们几个孩子参加访谈活动。作为密苏里大学的医学社会学家，他前往的工作地点在我和我的姐妹们看来非同寻常：监狱、精神病院、乡村诊所。有一次，他去见居住在马克·吐温国家森林园区里一个大家族的后代子孙，这个家族深居于欧萨克湖区，因对周边的小村子实行严格的管控而闻名。见面的老头名叫伊莱贾，交谈过程中他一直坐在开着的窗户边，腿上放着一把点 22 型来复枪，生怕有松鼠前来打断他们的谈话。那一年他正好八十岁。我父亲询问当地是否有"毒品问题"（drug problem），伊莱贾很认真地点了点头。"有的，药是个问题，"他回答道。"我们这个地方没有药店，不管买什么都得开车到萨莱姆。"

　　伊莱贾特别提到，他的喉咙不久前疼得十分厉害，连本地生长的西瓜都咽不下去。后来，他去附近的小镇找到一位兽医，兽医三下五除二做完检查，诊断结果是咽喉息肉。伊莱贾请他割除赘生物。

　　"对不起，我不是医生，"兽医告诉他。"这个我可不能做。"

"嗯，也许你不能做，"伊莱贾说，"但也许你可以做。"

事情就是这样——也许谁也没有直接威胁过谁，可如果不做手术，伊莱贾也许就赖着不走了。

父亲总是对于他所约谈的那些人抱有极大的兴趣。当然他乐意与各种个性鲜明的怪人交谈，不过对沉默寡言的人，那些日复一日例行公事、中规中矩的人也抱有浓厚的兴趣。在他和我母亲看来，密苏里就像是异国他乡。他俩从小在洛杉矶长大，从未料到会在中西部度过大半辈子。但他们在此定居，父亲花费多年对农村社区的医疗保健开展研究，母亲是一位历史学者，她的学位论文写的是密苏里的犹太移民。

父亲跟谁都谈得来。如果有工人上门服务，等业务做完，父亲便早已对其生平经历了若指掌。有一次，一位管子工来我家维修浴室，与父亲相谈甚欢，直到现在他们还一起去北密苏里地区猎鹿。在我的童年时期，只要父亲和我在什么地方坐下来无事可做，比如车站、旅馆大堂，他就会随机选中某个人，问我在这个人身上有没有观察到什么。他的穿着有趣吗？走路的姿势如何？你觉得他是做什么的？为什么他会出现在这个地方？

这种玩法是父亲读研究生时从一个名叫牛康民（Peter Kong-Ming New）的社会学老师那里学来的。牛康民生长于上海，来美国念了大学；1949 年共产党执政后，他留在了美国。他是我父亲在匹兹堡大学念书时的老师，后来在位于波士顿的塔夫茨大学与我父亲共事多年。牛康民一直以为我的名字 Peter 取自于他，尽管这是八竿子打不着的事儿——

我父母有很多亲戚朋友名叫彼得，但他们确实也没有想过要打消他的这种自豪感。在我童年的记忆里他叫人难忘。他身高超过一米八，肩宽肚圆，脑袋硕大，脸庞圆如月饼。除了喜欢观察人，他还发明了一种所谓的"创造性口吃"。只要牛康民感到需要完成什么东西时，比如搞定交通警察、在拥挤的餐馆找座位，他就会立马变成人生地不熟的外国人，而人们无一例外会尽量安抚这位满脸惶惑、词不达意的中国人，以免节外生枝。牛康民嗓门洪亮，很喜欢讲故事；跟我父亲一样，他也是个爱说话、爱观察的人。即便远离故土，他也能四处为家。那是我对中国人的第一印象——从小我就觉得中国人身材魁梧、无所不能。只要听到"上海"这个词，我的脑海中就会浮现一个充满巨人的城市画面。

多年以后，我来到中国生活，才意识到牛康民是多么不同寻常。不光是体格，还有他说话的样子，观察人的方式。中国人大都对陌生人心怀戒备，社会学和人类学在这里的根基并不深厚，对不同于自身的群体往往缺乏兴趣。以我的经验来看，中国人生性不适合讲故事，他们常常过于谦逊，不愿意成为关注的焦点。当上新闻记者之后，我逐渐学会了耐着性子，因为一般要等上数月乃至数年时间，我才能让一个人无话不谈。我记住了父亲的方法，如果想对某个人真正有所了解，我们就不能没有耐心，每时每刻这都至关重要，没有例外。作为生活在中国的外国人，很多时候你都需要有一点创造性口吃。

尽管很早就有这样的熏陶，我却没有想过成为一个书写中国的作家。除了牛康民，我跟这个国度没有别的联系，即使大学期间也没有修读过跟亚洲主题相关的课程。我的父母不太干涉孩子们的职业选择。父亲之所以在访谈时带上我和姐妹们，并不是希望我们继承他的衣钵，而是因为觉得如果我们能偶尔涉足自己的小圈子之外，生活会有趣得多。我的姐妹们都被鼓励要尊重自己的兴趣。两个姐妹嫁给了警察；其中一个跟母亲一样教书为生，另一个曾修读社会学专业，现在成了全职母亲。还有一个当上了沉积地质学家。

　　有很多年，我希望做一个小说家。在我看来，这是一份比新闻记者更高级的事业；我热爱文学名著中的语言和作家们的叙事口吻。上了大学，我主修创造性写作，专攻短篇小说，但在大三下学期末参加了由约翰·迈克菲讲授的非虚构研讨班。他是我遇到的最鼓舞人心的老师——在我文章的边角处，密密麻麻的满是他用左手写下的批语。"这种东西绣不出锦囊，"他在我写得很烂的一个句子边上批注道。我用了几个形容词和从句来组织一个短语，他这样回应道："吐掉嘴里的石子儿，把这事说清楚。"在一段人物描写中，我在两个句子中四次提到了被描述者的名字，迈克菲写道："主人公的名字如马蹄一样踢踏作响。换个方式。用用代词。"他很直接："这样的重复叫人吃不消。"另一句评语则简单明了："弄巧成拙。"

　　不过也有赞扬——"对""哦""不错"。我意识到，写作有可能良莠并存，一个好作家不必天资过人，而在于认识到自己的不足，并努力加以提高。在研讨班行将结束时，我明白了一点，非虚构写作跟小说家们的作品一样，同样要求很高。随着时间推移，我逐渐感觉到，小说家的工作对我而言过于内向，尤其我的个性又偏羞涩。我想要一份迫使自己向外的工作；我需要接触别的生活，别的世界。这样的冲动激励我去和平队报名，并被派往了中国。不过，地点本身几乎是随机的——我只知道，如果想成为一个作家，我必须远离家乡。

　　这本书里的故事写于2000年至2012年。写第一个故事的时候我三十岁，其后十余年生活历经变数。我先是单身多年，随后结了婚，后来（一下子）又成了两个孩子的父亲，因为我和妻子生下了一对双胞胎女儿。我在三个国家安了十二个家。有好几个故事还是在旅馆里写成的。

　　不过，这段时期的经历让我明白，写作是一只锚。不管身在何处，我总能感受到这一点，新闻报道的根本——好奇、耐心、与不同的人交往的意愿——我在童年时期已经有所见识。在海外生活了那么长时间、学习外语也花费了那么多时间之后，我尽可能地把本地人和外来者的视角融合在一起。这些故事的素材多来自中国，因为我在这里生活了十多年，不过也有几个故事跟美国、日本和尼泊尔相关。其中有一篇"去西部"，探讨"半土不洋"这个话题，讲的是回到美国的故事。

　　我总爱描写那些同样处于变动之中的人们。我发现，移民、迁徙、探寻者、逃离者之类的字眼总是吸引着我。我喜欢那些感觉有点格格不入的人们。他们有的像变色龙般随遇而安，有的梦想着回归故土；还有一些则致力于不同形式的创造性口吃。不过，他们都乐于交谈，因为他们都已学会用外来者的眼光描述自己身处的环境。

这些故事并不按时间顺序编排，其中只有少数几篇论及历史事件：三峡大坝关闸蓄水、北京奥运会、共产党领导下的中国第一次实现国家领导人的平稳过渡。我之所以按照现在的顺序编排，纯粹出于个人原因，因为我就是喜欢把石彬伦同纳吉夫·戈亚尔放在一起，同时觉得帕拉多克斯镇上的人兴许对巫山的人有话想说。以上篇章几乎都在《纽约客》上刊载过，但又都为本书专门做了实质性的改写。在这段时期，这本杂志是另一只锚。有幸的是，在编辑和事实核查方面我得到了出色的支持，但最令我感激的，还是这本杂志愿意发表各种不同的主题和声音。置身大千世界，来自国外的报道往往狭隘得让人丧气，在"9·11事件"之后尤其如此。有时候，可以写的似乎只剩下两个话题：我们害怕的人和我们同情的人。但生活在海外期间，我遇到的人没有一个属于这两种类型。

幸好，《纽约客》允许我以自己的方式描写他们。驻外记者面临的挑战之一，是要琢磨透能把多大程度的自己给涵盖进去：如果故事过于以自我为中心，那就成了旅行者日记。目前的普遍趋势是减少作者现身，作者常常是隐而不见的。这就是报纸的标准做法，说是能保持焦点和不偏不倚。

不过，这也使主题显得更为遥远和陌生。我在写到人物时，希望描写我们交流互动的方式，以及让我们具有同感和分歧的那些事情。有时候，因为我是个外国人，中国人会以某些特定的方式与我交流，让读者明白这一点非常重要。不过，最重要的是，我想传达对事情原本的感受——北京胡同里的生活经历、中国道路上的驾车行驶、搬到科罗拉多的偏僻小镇。非虚构写作的乐趣正在于探寻叙事和报道之间的平衡，找到办法，既爱说话又爱观察。

不过，那就够了。现在，中国和科罗拉多已同样遥远；我又搬到了一个全新的国家，开始学习一种全新的语言。有时，这感觉令我喘不过气来，有时，它又让我如归故里。

2012 年 9 月

埃及开罗

野　味

　　"老鼠要大的还是小的?"女服务员问道。

　　在萝岗,我已经习惯于做出艰难的抉择。萝岗是位于中国南部广东省的一个小村子,我之所以心血来潮光顾此地,是因为听说这里的一家鼠肉餐馆颇具声誉。不过,我一到才发现,这里实际上有两家餐馆名气非凡——"一品居野味餐馆"和"新八景野味美食城"。这两家餐馆都专营鼠肉,具有相同的竹木装饰。它们比邻而居,老板都姓钟。实际上,萝岗的每一个人都姓钟。

　　开餐馆的两个钟姓人家互不相关,竞争十分激烈。他们把我这个外国记者哄得团团转,以至于我答应吃两顿午餐,以取悦两个钟老板。不过,在一品居野味餐馆初尝美味之前,我首先得回答女服务员提出的一个问题。这位服务员同样姓钟。"钟"这个汉字有"铃铛"的意思。她又问了一遍:"老鼠要大的还是小的?"

　　"有什么差别?"我问道。

　　"大老鼠吃草,小老鼠吃水果。"

这样的解答于事无补。我试着更直白地问道："哪个味道好一些?"

"两个味道都好。"

"你推荐哪一个?"

"都可以。"

我瞥了瞥边上的餐桌。一对父母,一个奶奶和一个小男孩正在吃午饭。男孩正在啃鼠腿。我分不清那条腿是大老鼠还是小老鼠的。男孩的动作很麻利。午后很暖和。阳光明媚。我拿定了主意。

"小的,"我回答道。

中国人说,广东人什么都吃。除了老鼠肉,人们在一品居野味餐馆还能点到斑鸠、狐狸、猫肉、蟒蛇,以及几种长相奇特的本地动物拼盘。所有的动物都活养于餐馆后面的笼子里,待顾客点妥之后再行宰杀。挑选动物十分复杂,所需要的不仅仅是对异域风味的兴趣。人们吃猫肉不是因为吃猫很刺激,而是因为猫有精神,吃了有精神的动物,人便可以提振精神。吃蛇是为了强健身体。吃鹿鞭是为了增加雄风。而吃鼠肉是为了提高——唉,实话实说,来萝岗之前我一直不知道吃鼠肉有什么道理,而这里的每一位钟姓人都可以迅速地说出本地特产的几大好处。

"防止秃顶,"一品居野味餐馆老板的女儿钟少聪说道。

"如果长了白头发,只要经常吃鼠肉,头发会由白变黑,"新八景野味美食城的老板钟庆江说。"如果秃了顶,只要每天吃鼠肉，掉发便会停止。我们这里所有的家长都给头发稀疏的小孩子吃鼠肉，他们的头发都长好了。"

那年早些时候，萝岗为了吸引附近的广州市民，在新批准的萝岗经济开发区建了一条"美食街"。政府在该项目上投资一百二十万美元，把这两家鼠肉餐馆从当地一家公园拥挤的角落搬到了这里。3月18日，一品居野味餐馆在耗资四万二千美元、一千八百多平方米的场所开门迎客。六天之后，耗资五万四千美元的新八景野味美食城跟着开业。第三家餐馆很快就要开张，占地大，全空调设备，预计投资将高达七万二千美元。第四家正在筹划之中。

"他们的投资没有我多，"第三家餐馆的老板邓喜明告诉我。"你应该看得出来，我这个地方要好得多。我们有空调，其他几家都没有。"

正是上午时分，我们观看着工人们在这家新建的餐馆里浇筑混凝土地板。邓喜明是唯一在当地开餐馆的外姓人，不过也娶了钟姓人当老婆。他四十五六的样子，一说起自己的创业成功就显得十分自信，快言快语。我还注意到，他的头发十分浓密。说起萝岗村的烹饪传统时，他感到非常自豪。

"有一千多年了，"他说。"都是山上的老鼠——城里的老鼠我们不吃。山鼠干净，因为山上吃不到脏东西。老鼠主要吃水果——橘子、李子、菠萝蜜。卫生部门来人检测过我们这里的老鼠。他们把老鼠带回实验室彻底检查，看老鼠是否有疾病，结果什么都没有。一点小问题都没有。"

萝岗美食街大获成功。报纸和电视台对这种当地特产的各种好处进行了连篇累牍的报道，愿意花上半个小时赶来这里的广州人越来越多。每到周末，无论一品居野味餐馆还是新八景野味美食城，每天供应的老鼠平均都在三千只左右。"很多人大老远的赶过来，"钟庆江告诉我。"有广州的、深圳的、香港的、澳门的。还有一个顾客带着儿子从美国大老远的赶过来。他们来萝岗走亲戚，亲戚就把他们带到了这里。她说美国根本找不到这样的菜品。"

在美国，如果要在某个周末找到一万二千只吃水果的老鼠，你恐怕会感受到重重压力，但在萝岗这根本不是什么大问题。我抵达村子的第一天上午就发现，几十个村民顺山而下，指望着在老鼠生意中分一杯羹。他们要么骑着电动车或自行车，要么徒步，全都拎着麻布袋子，袋子因为装满了在自家田地里逮到的老鼠而不停地蠕动。

"去年我种的橘子卖十五美分一磅，"一位名叫钟森吉的农民告诉我。"今年的价格降到了不足十美分。"跟很多村民一样，钟森吉觉得做老鼠生意比做橘子生意划算得多。今天，他的袋子里装了九只老鼠，要交给一品居野味餐馆的员工称重。袋子在秤盘上吱吱乱动。勉强算三磅，按照一点四五美元一磅计算，钟森吉拿到了三点八七美元。萝岗的老鼠比猪和鸡都贵。买一磅老鼠肉的钱几乎相当于买两磅牛肉。

我在一品居野味餐馆享用的第一道菜叫做"黑豆炖山鼠"。菜单上还有山鼠汤、蒸山鼠、炖山鼠、烤山鼠、咖喱山鼠、椒盐山鼠。不过，服务员向我热情推荐的是黑豆炖山鼠，盛在瓦罐里端了上来。

我先吃了豆子。味道不错。我戳了戳鼠肉。炖得很烂，配料有洋葱、青蒜、姜。不算黏稠的汤汁里，依稀可见细长的老鼠腿、短条状的老鼠肋间肉，以及细小如玩具的鼠肋骨。从老鼠腿开始吧，我夹起一根放进嘴里，手伸向了啤酒杯。多亏有啤酒。

餐馆老板钟迭勤走过来，在我身边坐了下来。"怎么样？"她问道。

"我觉得味道不错。"

"你要知道，这东西对身体有好处。"

"我听说了。"

"对头发和皮肤都好，"她说。"对肾也有好处。"

那天上午早些时候，我碰到一位农民，他说如果多吃鼠肉，我那一头棕发都有可能变成黑发。他想了一下又说，他不敢确定外国人吃鼠肉会不会有跟中国人一样的功效——也许在我身上完全不是那么回事儿。这种可能性让他觉得十分有趣。

餐桌旁的钟迭勤紧紧盯着我。餐馆的数位员工都加入了围观的行列。"是不是真的喜欢哦？"老板问道。

"是的，"我踌躇着回答道。实际上，味道不赖。鼠肉很瘦很白，不带半点腥味。也没什么余味。渐渐地，我不再吹毛求疵，转而想弄明白这肉让我想起了什么，但什么也想不起来。只有鼠肉的味道。

过了一会儿，钟迭勤起身走了，其他服务员也散去了。

一个年轻人走过来，自报是这家餐馆的副经理。他问我给谁写稿件，问我来萝岗是否专为报道他们的餐馆。似乎我的回答没有一句令他满意，于是他的问话带上了警觉。我意识到，这种综合征在中国的某些地方依然十分盛行：害怕外国记者。

"你来这里之前在政府登记过吗?"他问道。

"没有。"

"为什么?"

"太麻烦了。"

"你应该登记，"他说道。"这是规矩。"

"我不认为政府会介意我报道一家餐馆。"

"他们可以帮助你，"他说。"他们会给你提供数据，帮你安排采访。"

"采访我可以自己做。如果去政府登记，恐怕我要请他们一起出来吃午饭。"我的脑海里出现了这样的场景：一群干部，穿着廉价服装的中年男子，一起对着鼠肉大快朵颐。我放下了筷子。副经理继续说着。

"很多外国记者来我们中国报道人权，"他说。

"是的。"

他瞪了我一眼。"你是不是来报道人权的?"

"我问过你有关人权的问题吗?"

"没有。"

"那么，嗯，要我写人权的报道就太难了。"

他想了一下，依旧觉得不太满意。

"我就想写一写萝岗的老鼠餐馆，"我说道。"这一点都不敏感。"

"你应该先到政府登个记，"他又说了一遍。看得出来，如果我们继续交谈下去，他不知会把这个句子重复多少遍，先入为主的偏执决定了我们的对话中一定会出现这种情况。在中国，这是个令人悲哀的事实：即便一顿可口的老鼠佳肴也会被政治搅得乱七八糟。

我耸耸肩，收拾东西打算离开，副经理要求我在文章中不要提到他的真实姓名。我问，能否提到他的姓。

"不行，"他斩钉截铁地回答。

"这有什么风险吗？"我问道。"萝岗的每个人都是同一个姓。"

但偏执早已深入骨髓，他还是拒绝了。我向他道了谢，并答应不在文章中提到他的姓。我没有做到。

隔壁新八景野味美食城的钟姓人家显然对于媒体更有经验。他们问我是否带了电视摄像团队。

"没有，"我回答道。"我跟电视没有任何关系。"

老板钟庆江明显有些失望。她告诉我，上个月来了一家香港电视台。她把我领到一张餐桌旁，大堂经理挨着我坐了下来。她问道："刚才那家餐馆怎么样？"

"还行，"我回答道。

"你吃了些什么东西？"

"黑豆炖鼠肉。"

"你会更喜欢我们的菜品，"她说道。"我们的厨师比他们好，服务也比他们好，服务员比他们更懂礼节。"

我打算点一份椒盐山鼠。这一次，服务员一问到老鼠的大小，我立马做出了回应。"大的，"我对自己的大胆颇为满意。

"你去选一下。"

"什么?"

"挑一只你自己喜欢的老鼠。"

在中国，鱼和其他海味一般会事先用活物展示，以获得顾客认可，表示新鲜。我没想到老鼠也是这样，但既然都被邀请了，再推辞也没有用。我跟着厨工来到餐馆后面的棚架区，只见若干笼子叠在一起。每个笼子里都装了三十多只老鼠。棚架的味道一点都不好闻。厨工指了指其中一只老鼠。

"这只怎么样?"他问道。

"嗯，还行。"

他戴上皮手套，打开笼子，抓住了挑中的老鼠。差不多有一只垒球那么大。老鼠很平静，蜷在厨工的手里，厨工抓住了它的尾巴。

"这只行吗?"厨工问道。

"行。"

"确定吗?"

亮晶晶的老鼠眼直视着我。我巴不得赶快离开棚架区。

"行，"我回答道。"没问题。"

还没等我走，厨工立马行动起来。他仍旧抓着老鼠尾巴，手腕轻轻一抖，只见手臂快速地挥动了一下。老鼠在空中划了一道弧线。头在水泥地上发出了一声闷响。没多少血。厨工笑了笑。

　　"咦，"我叫了一声。

　　"你进去坐着等一下，"厨工说。"我们很快就给你做好。"

　　不到十五分钟，菜就端到了我的餐桌上。这一次的老鼠肉配上了胡萝卜和韭菜。厨师走出厨房，跟老板、大堂经理和老板的一个表亲加入了围观的行列。我咬了一口。

　　"怎么样？"厨师问道。

　　"行。"

　　"是不是有点硬？"

　　"不，"我回答道。"很好。"

　　实际上，我在尽力地不吃出任何味道。刚才的棚架区让我胃口全无，这一刻我大口地吞咽着，每咬一口，都要伴一口啤酒。我全力表演着，尽可能起劲地撕扯那一堆骨头。我吃完了，仰起头，挤出一丝笑容。厨师和其他人都点头表示赞许。

　　老板的表亲说道："下次你再尝尝龙虎汤，里面有老虎、龙和凤凰。"

　　"你是说有'老虎、龙和凤凰'？"我谨慎地问道。我可不想再去棚架区。

　　"并不是真有老虎、龙和凤凰，"他回答道。"是用其他动物来代表的——猫代表老虎、蛇代表龙，凤凰就是鸡。把它们一起煮，对身体有各种各样的好处。"他笑了笑接着说道："味道也不错。"

胡同情缘

过去五年间，我一直住在北京城中心区域紫禁城以北一英里的地方，所栖身的公寓楼位于一条小巷的尽头。那条巷子没有正式的名称，起于西边，经过三个九十度的转弯，止于南边。从地图上看，巷子的形状非常明显：有点像一个大大的问号，或是半个佛家万字号。这条小巷还因其处于幸存的北京老城区而声名鹊起。跟全中国所有的城市一样，首都的变化非常迅速——本地最大的地图出版社每三个月就要更新一次图表，以与发展速度保持同步。不过，我所居住的区域已经维持了数百年的原貌。北京最早的详图完成于1750年时的乾隆年间，在这份地图上，这条巷子的形状跟今天一模一样。北京的考古学家徐苹芳告诉我，我所走过的那条巷子完全可以追溯至 14 世纪，当时的元朝第一次为北京的众多区域确定了布局。元朝还给世人留下了"胡同"一词，蒙古人所采用的这个词相当于汉语的"巷子"。当地人把我所走过的巷子叫做"小菊儿"，因为它连接着更宽大的菊儿胡同。

我住的是现代化的三层楼房，但周围的房屋全是一层的砖木青瓦结构，这在胡同区十分典型。建筑物矗立在灰墙砖后，前来北京老城参观的游客时常对这种层次分明印象深刻：一垛接一垛的墙壁，一块垒一块的灰色方砖。然而，胡同住宅区最显著的特征实际上是它的连接与运动。几十家人共用一个出入口，尽管老宅区安有自来水，但很少有私人卫生间，因此公共厕所在当地人的生活中扮演着重要的角色。在胡同区，很多东西都是公用的，就连巷子也是如此。即便在冬天，居民们也会找几个邻居在路边扎堆围坐。街头小贩定期路过，因为胡同太小，开不了大超市。

　　汽车很少。像我所居住的小巷大多狭窄，走不了汽车，人们日常所听到的跟这个七百万大城市里其他人所听到的声音完全不同。一般而言，天一亮我就会醒来，坐在桌子跟前就能听到居民们拎着夜壶一边闲聊一边去紧挨着我楼房的公用卫生间。一大早，小贩们就出动了。他们蹬着三轮车穿行于巷子之间，售卖物品的商标就是各自的吆喝声。卖啤酒的女人嗓门最大，一遍又一遍地高喊着："卖——啤——酒——！"早上八点就能听到"卖——啤——酒——！"这样的吆喝声的确很分散注意力——但我已经在多年的时光中学会了欣赏这种叫卖声中蕴含的乐感。卖大米的贩子居于高音区，醋贩子则把持着低声部。磨刀匠提供的是打击乐——几块金属片子碰撞出有规律的叮当声。各种声音叫人气闲神定，我即便足不出户也能略知一二，即便偶有失衡之处，生活仍将一如既往。我可以买到一些调和油、酱油、时令蔬菜和水果。到了冬天，我会买回一串大蒜。卖卫生纸的小贩每天都会穿巷而过。煤炭永远不缺。偶尔还能吃到蜜渍的山楂果。

我甚至能从自由经营的废品回收者身上挣点钱用。每天，隔半小时就有废品回收者骑着三轮板车穿巷而过。他们收购纸板、纸张、聚苯乙烯泡沫、破旧的家电。他们论公斤回收旧书本，按平方英寸回收旧电视。旧家电既能维修也可以大卸八块，纸张和塑料则销往回收中心，以获取些微的利润：这就是垃圾盈利。不久前，我把一些无用的私人物品堆在了楼房的出入口，然后邀请每一位废品回收者进屋，查看每样东西都值什么价。一堆旧杂志卖了六十二美分，一根烧焦的计算机电源线卖了五美分。两个用坏的灯泡价值七美分。一双穿旧的鞋子十二美分。两只坏掉的掌上电脑三十七美分。我把一直在写的一本书的手稿（布满圈划痕迹）递给其中一个人，他取出一把秤，称了称那堆纸，给了我十五美分。

4月末的一天，我正坐在桌子跟前，突然听到有人高声叫喊："长——头——发——！长——头——发——！"那是一段全新的音乐，于是我来到巷子里，有一个人已经停妥了推车。他来自河南省，在一家生产假发和接发产品的工厂做工。我向他了解业务状况，他把手伸进一只蛇皮袋子，取出了一大把黑色发辫。他说他刚在另一位胡同居民手里花了十美元买到手。他之所以来北京是因为天气正在转暖——到了理发的季节——他还希望收齐一百磅优质头发再回河南。他说，这些发制品大都会销往美国或日本。

我们正在交谈，旁边一栋房子里匆匆走出一个女人，手里拿着的紫色手绢裹着一件物品。她小心翼翼地铺展开：两大绺头发。

"是我女儿的，"她说道，还说那是她上一次理发留下来的。

每根辫子都有二十厘米长。男人提起了一根，发辫像鱼线上的鱼一样晃荡起来。他眯缝着眼打量了一下说道："太短了。"

"啥意思？"

"我用不上，"他回答道。"要再长一点。"

女人试着讨价，但优势不在她这一边；末了，她只得拿着发辫回了屋。男人离开了胡同，叫声回荡着："长——头——发——！长——头——发——！"

我搬到小菊儿没多久，北京就步入了申办 2008 年奥运会的战役之中，奥运的光辉印迹也触动了这条胡同。为了提升每一位北京市民的运动天赋和身体素质，政府修建了数百个户外健身站。喷漆的合金设施用意良好，但显得十分古怪，设计者仿佛在某个体操馆匆匆瞥过，然后便凭着记忆投入了工作。在各大健身站，人们用双手旋转巨大的轮盘，推动着没有任何阻力的大杠杆，像公园里的孩子一样在大摆上甩动。就大北京地区而言，这样的健身站无处不在，连长城边上的小村寨也概莫能外。这样的体育设施给这些地方的农民们提供了一种新的生活方式：他们在捡拾了十二个小时的板栗之后，还可以来此一遍遍地转动大轮盘以增强体质。

不过，对这样的健身站最为看重的还是胡同的住户们。老城区的各个地方都安装着这样的体育器材，它们被硬生生地塞进了每一条狭窄的胡同。清晨和傍晚，这些器材都没得空——上了年纪的人们聚在一起，一边闲聊一边轮流踏上大摆。温暖的傍晚，男人们坐在器材上，悠闲地抽着香烟。这些健身站非常适合胡同里的终极体育运动：跟着邻居满大街遛弯。

2000 年年底，作为全市改善卫生设施以支持奥运的一项行动，政府对菊儿胡同口的公共厕所进行了修缮。改变太戏剧化了，仿佛是一道光从奥林匹斯山直接照耀到这条窄小的巷子，随后留下了一座宏伟的建筑。厕所通了自来水，安上了红外自动冲水马桶，还标上了中文、英文和盲文。只有灰瓦屋顶还能让人回想起传统的胡同建筑。不锈钢上印着几条细则："第三条：每一位使用者免费使用一张普通卫生纸（长八十厘米，宽十厘米）。"还有一个狭小的房间里住了一对夫妻，算是全职的服务员。政府意识到好面子的北京市民不愿意在公共厕所做工，专门从内地引入了几十对夫妻，他们大多来自贫困的安徽省。其逻辑合情合理：丈夫打理男厕，妻子打理女厕。

菊儿胡同的这对夫妻带来了年幼的儿子，他在公共厕所的边上迈出了人生的第一步。这样的场景在首都比比皆是，这些小孩也许会在某一天成为北京版的《午夜的孩子》：奥运会结束十年后，在公共厕所边上蹒跚学步的新一代人不久将进入为祖国的卫生事业增光添彩的年纪。与此同时，菊儿胡同的居民们依然充分地利用着新建厕所前妥善维持的公共空间。老杨是一位修自行车的师傅，把那儿当成了维修工具和备车的仓库，秋天，白菜贩子就睡在作为厕所边界的草坪上。隔壁经营烟摊的王肇新，把撕得稀烂的长沙发摆在厕所的出入口。有人贡献了一副棋盘。还有折叠椅，跟着出现的是一只装着啤酒杯的木柜子。

没过多久，那儿的家具很多，每天晚上的人也很多，于是王肇新宣布"WC 俱乐部"正式开张。会员资格全面开放，尽管曾发生过几次谁当政治局主席或是委员的争执。我这个外国人的水平是加入少先队。周末的夜晚，俱乐部时常在厕所前面举行烧烤晚会。王肇新提供香烟、啤酒和米酒，还跟一位替新华社开车的曹姓驾驶员讨论起近几天报纸刊载的内容。炭火烧烤由一位姓楚的残疾人摆弄。因为身体不便，楚先生有资格驾驶小型电动推车，这便于他载着烤羊肉串穿行于胡同之间。2002 年夏天，中国男子足球队历史性地第一次打入了世界杯的第一轮，WC 俱乐部找来一台电视机，插上厕所里的插座，把整个锦标赛期间一球未进的国家队无情地奚落了一番。

王肇新谦逊地拒绝了主席这个头衔，尽管他是明摆着的首选，因为没有人像他这样见证了这一片住宅区如此众多的变化。王肇新的父母于 1951 年，也就是共产党执政两年后搬入菊儿胡同。那时候，北京早至 15 世纪初的城市布局依旧完好无损，在世界各国的首都中是独一无二的：这是一座丝毫没有受到战争或现代化影响的古城。

北京曾有一千多座庙宇，但几乎全让共产党取缔或转作他用了。菊儿胡同的和尚被赶出了名为圆通寺的喇嘛庙，随后数十个家庭搬了进来，其中就有王肇新的父母。与此同时，其他无产阶级分子受到鼓舞，占领了富人们的宅院。之前，胡同里的私人住宅一般围着宽大的露天庭院而建，但在 1950、1960 年代加入了拥挤不堪的临时性建筑。以前的宅院由一个家族居住，现在则可能住了二三十家人，城市人口随新来者的增加而不断膨胀。在接下来的二十年里，政府推倒了北京的绝大多数牌楼和雄伟的城墙，有些地段的城墙高达十二米。1966 年，王肇新还是个六岁的小学生，也跟着参加儿童志愿队，前去帮忙捣毁距离菊儿胡同不远处的一段明代城墙。1969 年"文化大革命"期间，附近的安定门被拆毁，腾出地方以修建地铁站。至毛泽东去世的 1976 年，老北京已经被拆除了近五分之一。

1987 年，王肇新的弟弟在北京市面条厂找到了第一份工作。刚工作没几个月，这位十八岁的小伙子让面粉搅拌机夺去了右臂。不久前，王肇新正打算从事零售业，以期在新兴的市场经济中大干一场。可这样一来，他选择经营产品时不得不考虑弟弟的残疾问题。在他看来，水果和蔬菜太重，经营服装则需要双手丈量和折叠。卖香烟轻便，王肇新两兄弟于是选择了这个行当。

1990 年代及 21 世纪初，也就是王肇新两兄弟沿着菊儿胡同兜售香烟期间，开发商已经转卖了老北京城的大多数地方。保留下来的地块不多，其部分原因是地方政府能从开发中获利。某条胡同只要气数将尽，两旁的楼房就会被画上圆圈，再涂上大大的汉字，活像是无政府主义者的信手涂鸦：

$$拆$$

拆："推倒、拆卸。"随着开发商在全市大行其道，这个汉字成了一道护身符——北京的艺术家们反复揣摩这个字的形状，居民们拿"拆"字大开玩笑。WC 俱乐部的王肇新经常说："我住在'拆'那儿。""拆那儿"的读音跟"中国"的英文单词 China 的读音非常相近，只不过所表达的意思相去甚远。

跟我认识的很多北京人一样，王肇新务实、幽默、讲求理智。他的豪爽尽人皆知——当地人都叫他王老善。他为 WC 俱乐部烧烤晚会贡献的物品往往多于其他人，又总是待到最后一个离开。他常说，政府还会拆掉我们周围更多的房子，只是时间早晚的问题，不过他从不操心将来。在"拆那儿"住了四十多年，他早已明白，凡事没有永远。

WC 俱乐部靠近胡同的尽头，再过去就是交道口南大街。这一条林荫道十分繁忙，小轿车和公交车川流不息；离得最近的十字路口新建了一大片住宅区、两家超市和一家麦当劳。交道口相当于一条分界线：一脚跨上大街，你就进入了现代都市。

每一天，住在胡同里的劳动者都要跨过这条分界线。他们要经过老杨的自行车修理摊，这个与奥林匹克卫生间毗邻的修理摊上总会摆放着打气筒和工具箱。在胡同居民区，没有什么关系网能够超越自行车和厕所的紧密结合，因此老杨认识每一个人。他偶尔会给我捎一些同一社区其他人的口信；他曾经转给我一张名片，原来是另一个外国人正在想方设法找我。还有一次，他告诉我说，当地一位媒婆给我物色了一个对象。

"大学学历，一米六三，"他简短地说道。情况他也就知道这么多。就中国的女性而言，一米六是个神奇的数字——招工简章和相亲广告上经常能看见这个数字。我告诉老杨，很感谢给我这份优待，但我并不想跟任何人见面。

"为什么不呢？反正你没结婚。"

"我不着急。我们国家的人结婚都很晚。"

我就要离开的时候，他又告诉我，他已经把我的电话号码交给了媒婆。

"你怎么可以这样？"我问道。"你应该告诉她，我现在没有兴趣。"

老杨六十多了，个子很高，面庞刚毅，留着光头。眼见我要回绝这份提议，他脸上的表情变得比任何时候都要严肃。他告诉我，来不及了，一切都安排好了。他还告诉我，如果我不去，他会很难做。那一个星期，媒婆给我打了四个电话。她自称是"彭老师"，并把日期定在了星期六的下午。

我们在胡同区的对面,也就是在交道口麦当劳那里见了面。约会对象会在几分钟后到达,不过彭老师先要确认几件事情。

"这是地下约会哦,"我们在餐厅的楼上找到座位之后,她如此说道。

"为什么?"

"就是非正式的。我们不能为外国人服务。"

"为什么不能?"

"政府不允许,"她说。"他们担心老外欺骗中国妇女。"

顿了一下,以此为起点,我们的交谈本可以朝着诸多大家感兴趣的方向推进下去。但彭老师似乎早已习惯打破这种尴尬的沉默。"当然,我并不担心你,"她笑了笑,很快又说道。"老杨说了,你是个好人。"

彭老师四十好几,眼睛四周的皮肤因为笑得过多而皱在一起,这样的特征在中国倒是难得一见。她并不是真正的老师,那只不过是人们对于媒婆的一种称谓。职业媒婆在中国的乡村地区和小城市仍有用武之地,在北京这样的地方已经不那么重要。不过,我还是偶尔看到他们打出的广告,在老式的居民区更是如此。彭老师在菊儿胡同有一间经过政府核准的办公室。

在麦当劳坐定之后,我问彭老师收了多少钱,她说跟人见面一般收费两百元。

"不过,跟外国人见面要多收一些,"她说。"五百、一千、两千都有。"

我尽可能小心地问她，假如今天的事情有了眉目，那位客户应该付多少钱。

"一千。"这相当于一百二十多美元。即便还有其他外国人是这个价格的两倍，但能高于基准价的两倍也足以让人欣慰了。

"今天见一次面她就要交这个钱吗?"我问道。

"不，除非你们两个相处下去。"

"以结婚为标准?"

"不，以多约会为标准。"

"多少次?"

"那要看情况。"

她不给我个准数，我便不停地问她问题，试图弄清这个行当的一些套路。末了，她倾过头来问我："你是想赶快结婚呢，还是想找个女人打发打发时间?"

见鬼了，这就是一个三十多岁的单身男人第一次约会时遇到的问题。我该怎么回答?我当初只是不想让自行车修理工没面子。"我真不知道，"我结结巴巴地说道。"但我想确认一点，她不需要为今天跟我见面交纳任何费用。"

彭老师又笑了笑。"这一点你用不着担心，"她说道。

刚搬到这个小区来住的时候，我把麦当劳看作是碍眼和威胁：它代表着飞速发展的经济，而后者已经毁掉了老北京的绝大部分。不过，随着我在胡同里居住时间的增加，我对这一家特许经营店产生了全新的看法。首先，完全不必通过吃快餐的方式去麦当劳享受它能提供的所有条件。在交道口餐厅，人们占着桌子却什么东西也不点，是再平常不过的事情。很多人总是在看书；下午，可以看见一大帮孩子在里边做作业。我曾经看见附近商铺的经理们静静地坐在那里，各自摆弄着账本。并且总是、总是、总是有人在睡觉。麦当劳是胡同生活方式的反面，既有好又有坏：冬暖夏凉，还有单独的卫生间。

而且匿名。中餐馆里的服务员四处逡巡，快餐连锁的员工与之不同，对顾客不闻不问。有好几次，异议分子都约我在麦当劳或肯德基跟他们见面，因为这些地方比较安全。彭老师一说我们的约会属于"地下约会"时，我立刻就明白了她选择这里的原因。

很显然，其他人的看法与之相同。有一对坐在靠窗的位置，挨得很近，正在悄悄耳语。另一张餐桌旁，两个穿着不俗的女子像是在等着约会。越过彭老师的左肩，我瞥见一对夫妻，仿佛正在闹什么矛盾。女的大约二十五岁，男的偏大，有四十多。他们的脸上显出不自然的红色，中国人只有在喝了不少酒之后才会出现这样的情况。他们静静地坐着，打量着对方。边上的麦当劳游乐区已经废弃不用。彭老师的传呼机响了。

"是她，"她边说边向我借了手机。

"我在麦当劳，"她对着手机说道。"人家意大利人已经到了，你快点。"

彭老师挂了电话后，我刚想说点什么，可她马上又快言快语起来。"她在中学教音乐,"她说道。"她这个人很好——要不我也不会把她介绍给你。好。你看。她二十四。人长得漂亮,身高一米六四。受过教育。不过,她有点瘦。我觉得这个不是问题——她肯定没有你们意大利女人那么性感。"

我需要弄明白的东西太多了——首先,我的约会对象似乎还在长高——不过,还没来得及开口,彭老师的连珠炮又开火了:"好的。你看。你的工作好,又会讲中文。还有,你以前当过老师,那你们算是有共同语言吧。"

她终于停下来喘了口气。我说:"我不是意大利人。"

"啊?"

"我是美国人。不是意大利人。"

"怎么老杨跟我说你是意大利人?"

"我也搞不懂,"我说道。"我的祖母是意大利人。但我觉得老杨并不知道这一点。"

彭老师这下完全给弄糊涂了。

"美国是一个移民国家,"我开了口,可随即又觉得就那样算了吧。

她恢复了镇定。"好,"她笑着说道。"美国是个好国家。不错,你是美国人。"

那个女人到的时候戴着耳机。她新潮的夹克上装饰着日文,穿了条紧身牛仔裤。她的头发染成了深褐色。彭老师替我们做了介绍,不失时机地再度眯了眯眼之后就知趣地离开了。那个女人慢慢地依次取下了两只耳机。她看起来很年轻。CD播放机就摆放在我和她之间。

我问："你听的是什么呢？"

"王菲"——一个很受欢迎的歌手和女演员。

"好听吗？"

"还行。"

我问她要不要吃点什么，她摇了摇头。我对此肃然起敬——怎么能让吃饭搅和了在麦当劳餐厅进行的这次约会呢？她告诉我，她跟父母一起住在钟楼附近的一条胡同里；她教书的学校就在附近。她说话的时候，我又瞥见了她身后那对喝醉了的夫妻。此刻，他们互不理睬，女人怒气冲冲地打开了一张报纸。

音乐教师问道："你就住在这附近吗？"

"我住在菊儿胡同。"

"我不知道那个地方还有外国人居住，"她问道。"租金是多少？"

这是在中国，我告诉了她。

"不少，"她说道。"怎么要那么多租金？"

"不知道。我猜他们对外国人收的多吧。"

"你当过老师，是吧？"

我告诉她，我曾经在四川省的一座小城市教过英语。

"那一定很没劲吧，"她说道。"你现在在哪儿上班？"

我说我是个作家，就在家里上班。

"那更没劲了，"她说道。"我要是在家里上班，不疯掉才怪。"

醉酒夫妻开始大声吵了起来。突然，女的站起身，挥舞着报纸，打在男人的头上。接着，她转过身来，急匆匆地走过了游乐区。男的抱着手臂，一言不发，把头支在桌子上，睡着了。

音乐老师抬起头来看着我，问道："你经常回你们意大利吗？"

接下来的那一个星期，媒婆打来电话，问有没有机会见第二次面，但并不催促。她的精明给我留下了深刻的印象——她以为还有比在麦当劳约会更好的方式可以利用我的笨拙。我后来在胡同里遇到她，她问我有没有投资卡拉OK歌厅的想法。从那之后，我一直避免经过她的办公室附近。

我问过老杨国籍的事情，他耸耸肩，说我曾经提过自己的外祖母是意大利后裔。我对这样的谈话毫无记忆，不过总算学到了一条十分宝贵的胡同教训：永远不要低估自行车修理工能知道多少事情。

王老善对于"拆那儿"的说法是对的。数年来，他早就料到会被拆迁，所以，当政府在2005年9月终于宣布他家的楼房即将寿终正寝时，他毫无反抗地搬走了。他早就卖掉了烟摊，因为利润下滑得十分厉害。这样一来，没有人再会质疑谁才是真正的主席，因为在他搬离胡同之后，WC俱乐部也就解散了。

到此，老北京被推倒了四分之三。剩下的主要是公园和紫禁城。数年间，一直有大大小小的抗议和针对腐败的诉讼，但这样的争议一般都比较局部：人们抱怨政府的腐败行为导致他们的补偿款大为减少，大家也不想被安置到过于偏远的郊区。但很少听到北京人对于这个城市的总体有什么担忧。几乎没有人说到建筑保护的问题，也许是因为中国不像西方社会，把建筑和历史紧密地联系在一起。数百年来，中国人在建造中不大使用石头，而是定期更换易腐的建筑材料。

胡同的要义在于精神而非结构：砖块、木头和瓦片并不重要，重要的是人们和周围环境的往来互动。这样的环境一直处于变化之中，所以产生了王老善这样讲求实际、足智多谋，而又灵活多变的居民。没有理由让这样的居民首当其冲，经受现代化的侵扰——如果真有所谓的现代化，也应该是把胡同精神发扬光大，因为这里的居民不是很快就把麦当劳和奥林匹克卫生间创造性地融入到自己的生活程式之中了吗？然而，当这样的侵扰变成全面的破坏之后，正是他们的灵活多变把自己弄得非常被动。这便是老北京的反讽之处：胡同人家最有吸引力的一面为它自己铺就了毁灭之路。

2005 年，北京市政府终于启动了一项全新的计划，以保护仅存的散居于中心城区北边和西边的老旧居民区，菊儿胡同就包括在内。这些地区的胡同不得放到市场上任由开发商建设，而这正是过去以来一直的做法。计划写得很清楚，要优先"保护旧城的生活方式"，于是政府组建了一个十人顾问小组，对大型的建设项目进行评估。小组的成员有建筑学家、考古学家和城市规划专家，其中有人对于破坏行为提出了公开的批评。一位成员告诉我，做得太晚了，不过的确应该有新的规划，至少要对很多幸存下来的胡同的基本格局进行保护。不过，在这种格局之下，贵族化在所难免——胡同已经如此稀有，早就在新经济体系中变得尊贵非凡。

我所居住的社区变化得很快。与菊儿胡同交叉的南锣鼓巷是一条很安静的街道，2004年时先后开设了酒吧、咖啡厅和精品店。当地的住户很乐意自家的房屋租个好价钱，商业模式也依循传统的建筑格局，但又把一种全新的人情世故带到了老城区。现在，我无须走出社区便能通过WiFi上网、购买民间手工艺品，以及各种各样想得到的混合饮料。有人开设了文身廊。街头小贩和废品回收者依然活跃，但三轮车大军也加入了他们的行列，提供所谓的"胡同旅游"。参加这种旅游的大多是中国人。

最近一个周末，王老善回来了一趟，我们顺着菊儿胡同走了一遭。他指给我看他出生的地方。"这是我们原来住的地方，"他一边说，一边指了指名叫金菊园宾馆的现代化大楼。"那里原来是一座庙。我父母搬到这里的时候，还有一个喇嘛。"

我们继续往东走，经过了一道红色的大门，大门很陈旧，悬空于胡同的墙壁上，距离街面有一米的距离。"那里原来有一道石阶，"他解释道。"我小的时候，那里是使馆。"

19世纪，这个院子属于一位满族公主；1940年代，蒋介石把这里作为他在北京的行辕；革命胜利之后，董必武接管了这里。60年代，这里被改作南斯拉夫大使馆。既然所有的一切——满人、国民党人、革命家、南斯拉夫人——都已成为过去，这个院子就被恰如其分地取名为友谊宾馆。

那就是胡同情缘——各种遗址经历了无数的轮回，大能者往往伺机而动。几个街区外，末代君王的皇后——婉容的住所早已被改成了糖尿病诊所。清朝的兵部尚书荣禄在菊儿胡同有一处漂亮的西式大宅，曾经用作阿富汗大使馆，现在则变成了童趣出版有限公司。门上张贴着一幅巨大的米老鼠画像。

王老善走过奥林匹克卫生间（"没有我在的时候那么嘈杂"），随后我们来到了一栋没有任何特征的三层楼房跟前，他自1969年以来就居住在里面。这栋楼算不上历史建筑，所以被批准拆除了。电和暖气都已经切断；我们顺着楼梯进入了一条废弃的廊道。"这是我刚结婚时住过的房间，"他站在一道门前说道。"1987年。"

他的弟弟在那一年失去了手臂。我们顺着走廊往前，来到了王肇新和他的妻子、女儿、父亲和弟弟前不久还在居住的房间。女孩画的图画还挂在墙面上：一匹马、一个祝福"圣诞快乐"的英文句子。"这里原来是电视，"他说道。"我父亲睡那儿。我弟弟也睡那儿。"

自此以后，这一家人就分居了。父亲和弟弟现在居住在城北的一条胡同；王老善和他的妻子、女儿借用了一位不在城里居住的亲戚的房子。作为被拆迁楼房的补贴，王老善在靠近鼓楼的一栋破旧楼房里分到了一个小间。他打算在春天到来时装修一下。

来到门外，我问他在胡同里生活了半个世纪，搬走的时候是不是很难。他想了一下。"你知道，我住在这里的时候发生了很多事情，"他说道。"也许伤心多过快乐。"

我们向西走出了胡同。一路上，我们经过了北京历嘉年商贸有限公司的一块广告牌。那天晚些时候，走在回家的路上，我看见了一溜三轮车：中国游客挤在一起抵御严寒，手拿相机巡游着古街。

徒步长城

　　天气好的时候，或是厌倦了与七百万人为邻的时候，我会驾着车从北京市的中心区往北开去。开上一个半小时就到了三岔，我在这个平静的小村子租了一套农家屋。公路顺着陡峭的山坡蜿蜒而上，到村子后成了断头路，不过还有一条步道继续通往山上。步道有两处分岔，在一片长满栗树和核桃树的山坡上陡直攀爬一千多米之后，终于抵达中国的万里长城。

　　有一次，我背着帐篷和睡袋，以村子为起点往东整整步行了两天，结果一个人也没有看见。旅行者很少来这一地区，长城雄踞于山脊之上，显得有些孤寂落寞。长城用砖块和砂浆砌成，建有垛口、弓箭口和高达六米的瞭望塔。最高的一段在当地被称作大东塔，其所雄踞的城墙之上有一块镌刻着文字的大理石牌匾。原本有很多这样的牌匾，但在北京地区现存数量已经不足十块，这是仅存的而且还保留在城墙上的一块。牌匾上的文字说，一支由两千四百名士兵组成的小分队在公元 1615 年建成的这一段城墙刚好为五十八丈五寸长。一丈有一百寸，一寸约为一点五英寸，因此这一段城墙的长度相当于六百五十英尺。在这个被人遗忘的地方，官僚式的精确刻度跟这些文字本身一样，显得孤寂落寞。

11 月，我带着从纽约前来拜访的两个朋友步行来到了大东塔。到了大东塔之后，我们又开始顺着南坡往下走。这一段路实在危险难行，有很多砖墙坍塌。我正在挑选下坡的路径时，断垣中的什么东西突然吸引了我的视线。很白——白得不像是砖，大得不像是砂浆。刨出来之后，我才发现上面刻着四行清晰可见的文字。

这又是一块大理石牌匾。我能认出其中的一些文字：什么什么有六尺高，什么什么又有两丈。但那些文字全是古汉语，我从来没有学过，而且牌匾的表面被划伤得非常厉害。

"你猜这东西在这里埋了多久？"其中一位朋友问我。

"不知道，"我回答道。"不过我觉得我们最好把它给藏起来。"

我用几块松动的砖块盖住了牌匾。我记下了周围的细节，以便能够再次找到。一个月后，我带着石彬伦（David Spindler）回来了。

石彬伦身高二米零四，跟很多又高又瘦的人一样显得十分矜持。他曾经告诉我，身高是美国人唯一可以公开评论的身体特征，不但可以调侃，而且可以开粗鲁的玩笑。那之后，我开始注意到，石彬伦每次参加社交聚会都会想方设法让自己坐下来。外国人在北京随处可见，往往刻意显出造作之势，但石彬伦的行为似乎都是为了避开人们的关注。他从不详谈自己的研究，也不自夸为专家。他总是字斟句酌。他三十九岁，蓄褐色短发，长脸，目光柔和。对那些在城市里与他偶遇的人来说，一如我多年来的感觉，常常惊诧于他登山时所表现出来的转变。

12月里一个寒冷的早晨，我和石彬伦开车来到三岔，然后步行去寻找那一块大理石牌匾。他穿着红格子羊毛猎衫，戴着白色的蒂利牌软猎帽，脚上蹬着高档的拉思珀蒂瓦牌登山靴。至于面罩，他裁下运动裤的一条裤腿，剪出一个圆形大洞，套在了头上。他穿的里昂比恩牌猎裤带有聚氨酯涂层，并找当地的一位裁缝进行了强化处理——在昂贵的裤子外面覆了一层廉价的斜纹棉布片，颇像是连接弗里波特和北京的友谊棉被。他的双手有巨大的麋鹿皮手套保护，这样的麋鹿皮手套是芝加哥的J·爱德华兹公司专为高架电杆工人设计的。石彬伦看上去就像是一个装了专用发动机的稻草人——有的手脚用来从事艰苦劳动，有的手脚用来积极投入消遣。多年以来，他断定这才是在荆棘丛生、枝干交错的长城地区的正确行头。

我们沿着城墙往东走。每走过一百码左右，都会有一座瞭望塔。这些建筑段落已经变得松脆，但看上去依然十分雄伟，穹隆形的天花板高高在上，瞭望窗被建成了弧形。间或，石彬伦指给我看一些细节：这里的门本来是闩着的，那里的砖框原来安放着刻字的牌匾。

"瞭望塔和城墙属于完全不同的工程项目，"他说。"首先，瞭望塔是砖砌的，而城墙是用就近的石头所砌。后来，有人对城墙进行了改建，所以这些瞭望塔看起来才显得如此滑稽。"

他指着墙上的一处垛口，这个垛口完全被修进了瞭望塔的瞭望窗——这种事情只有在你用了两个互不相干的包工队时才会发生。大东塔附近的一段城墙已经完全坍塌。石彬伦相信，1615 年所建造的段落就在这里止于一段短崖边上。根据塔边一块大理石牌匾上的数据，他又进行了一次测量。"这些家伙给下一拨承建者出了一道难题，"他看着下边的短崖说道。"他们该怎么办？从这里开始施工实在太困难了。"

这段城墙我可能已经来过五十次，但从来没有注意到施工时的这些细节。在我看来，那不过就是长城而已——早已完工，而且一直没有变化。不过，在石彬伦看来，那却是分段和分季节修建的一项工程。修建一般在春季进行，因为这个时候气候比较适宜，蒙古的袭扰者又不怎么活跃。"蒙古人世界的旺盛气力来自肥膘马，所以春季不适合袭扰。夏季太热。他们不喜欢炎热的天气，也很讨厌各种昆虫。蒙古人的弓弦用兽皮做成，会因为潮湿而松弛——这在明朝的文献中提到过。袭扰多发生在秋季。"

我们来到了我埋藏那块破损牌匾的地方。寒风中，石彬伦蹲下身子，用手指抚摸着那些刻出来的文字。他一下就认出，那是 1614 年完成的一块牌匾的一部分。县文物局曾在 1988 年对上面的刻字进行过登记，但在城墙上一直没有找到具体的位置，自此以后它便不见踪影。也许是哪一位劫掠者把它打破了。

"说的是城墙，以及垛口的高度，"石彬伦向我解释道。"还提到了一些官员的名字。老天，太好了，幸好有人把它取下来了，否则就全毁了。"

他从背包里取出皮尺。对刻线之间的宽度进行测量之后，他很快就算出了原物的尺寸。他沿着城墙慢慢往回走，查找着这块牌匾原先所安放的位置。他找到一处砖块包边的方框进行了测量：正好合适。就这一小段城墙而言，他已经掌握了大致的梗概：1610 年代，两场修筑运动。离开之前，我们把破碎的大理石牌匾放回了我最先发现它的地方，然后用破砖块盖了起来。

在这个过程中，一位本地农民顺着南边爬了上来。他正在捕猎：肩上挎着几圈钢丝套。就算遇见身高二米零四、戴着蒂利牌猎帽和高架电杆工人专用麋鹿皮手套的外国人让这位农民吃惊不已，他也没有表现出来。他问我们是否多带了水，于是石彬伦给了他一瓶。之后那一年，我和石彬伦穿行过好几个村子，当地人好像从来没有把我们两个分清过。石彬伦有一位在新南威尔士大学教授中国历史的朋友名叫费嘉炯（Andrew Field），他曾经对我说，个子特别高的人站在长城上很可能比待在美国感觉好。"的确，他在中国就是个怪物，"费嘉炯说。"可我们不都一样吗？"

就我们所知的长城而言，最早的已知历史文献可追溯至公元前 656 年的战国时期，也就是楚国用夯土修建的防御性障碍物。四个世纪之后，秦王朝征服所有对手，由此巩固了它在当今中国北方地区的统治。公元前 221 年，秦始皇称帝。取得权力之后，他下令修建了约四千八百公里的长城。

"长城"的字面意思是"长长的墙壁"或"众多长长的墙壁"，因为汉语并不区分单复数。跟楚国的防御工程一样，秦朝的防御工程也用夯土构筑而成。几百年间，许多朝代都面临同样的根本问题：广袤的北方平原居住着游牧的蒙古人和突厥人，是帝国最易招致攻击的前线地区。有时候，来自游牧部落的威胁十分巨大，不同的朝代会采用不同的策略加以应对。统治期从公元 618 年至 907 年的唐朝几乎没有修筑城墙，因为唐朝的皇族具有部分的突厥血统，而且精于中亚战事和外交。即便那些修筑了城墙的朝代也未必都称之为"长城"——数千年间，用来表述这一防御工事的词汇超过十个。

明朝称之为"边墙"——边境上的城墙，他们是中国历史上最伟大的城墙建造者。忽必烈率领蒙古人建立的短命元朝垮台之后，明朝于 1368 年夺取政权。即便蒙古人在中原地区失去了统治，但他们继续在北方地区形成威胁，于是 16 世纪的明朝在北京地区开始用条石和砖块大肆修建防御工事。这些都是经典建筑（有的经过重建，有的经过修缮），似乎会永无止境地出现在游客的影集当中。明朝是唯一大规模使用这种耐用材料的朝代，所修筑的很多段城墙延绵数公里。不过，"边墙"是一张网络，而不是单体建筑，有些地区可以发现多达四道的防御工事。

1644 年，国内的叛逆者攻入都城，明朝皇帝自杀身亡。无奈之下，东北的一位军事将领在"边墙"上为北方的另一个游牧部族满人打开了一道口子，以期待满人会帮着复兴统治者的家族。然而，满人建立了自己的王朝——清朝，并一直延续到 1912 年。清朝很少使用城墙——毕竟，这些人原本就来自边境外的另一边——并且从根本上放弃了这一防御系统。

　　不过，西方探险家和传教士于 18 世纪开始深入探寻中国，当他们游历明城墙遗址之后，总困惑于秦始皇修建万里长城的种种传闻。外国人以为，北京地区格子状的砖块防御工事是整个防御线的一部分，横跨中国的北方地区，没有任何中断之处。1793 年，后来成立了皇家伦敦地理学会的英国人约翰·巴罗爵士在北京附近发现一段城墙，并进行了测量和推算，由此宣称整个工程所使用的石头数量足以围绕赤道修建两道尺寸稍小的城墙。（西方人几乎没去过中国的西部，那里的城墙多由夯土筑成。）当时，外国人总是称之为"中国城墙"（the Chinese wall），但到了 19 世纪末，随着夸张越来越厉害，其称谓终于变成了"中国长城"（the Great Wall of China）。1923 年 2 月，《国家地理》的一篇文章如此开篇："天文学家认为，唯一能从月球上用肉眼看得见的人造工程是中国长城。"（1923 年从月球上看不见，现在从月球上仍然看不见。）

　　这一误解终于传回了中国。由于担心自己的国家落入外国人之手，孙中山和毛泽东这样的领导人认识到这一道连成一体的障碍物所具有的宣传价值。"长城"变成了"the Great Wall"的对应词，涵盖了北方地区所有的防御工事，而不管其地点和修建朝代。这个词所描述的实际上是一道想象中的建筑物——一道数千年之久的城墙。

现在，长城这个概念十分宽泛，已无法根据它做出正式的定义。我在北京遇到过一些学者和文物保护者，我问他们究竟应该怎么定义"长城"，得到的答案从来没有相同过。有人说，建筑物至少要有一百公里的长度才符合长城的标准；也有人说只要是边境上的防御工事都可以包含在内。有人强调一定要是汉人修建，也有人把非汉人部落修建的城墙都算了进来。没有人能给出确切的长度估量数，因为至今没有人进行过系统的测量。2006 年，《中国日报》刊发多篇文章，将长城的长度表述为六千三百公里、七千三百公里和五千公里。

世界上没有哪一个大学有学者对长城进行过专门研究。在中国，历史学家惯于研究政治体制，考古学家长于开挖古墓。这两个类别长城都归不进去，即便在明长城这样定义较为严谨的主题上，也几乎找不到专门的学者。防御工事的保护非常薄弱，很多低矮地段的城墙曾经被人偷取下来用作建筑材料，在"文化大革命"期间尤其如此。1980 年代，正在哈佛大学攻读博士学位的林蔚（Arthur Waldron）对于汉人和游牧部落之间的关系产生了兴趣。"于是，我来到图书馆，满以为会找到大量用中文或日文写成的有关长城的书籍，"他最近告诉我。"但我找不到。我觉得很奇怪。于是我着手编撰一份文献摘要，可一段时间之后，我告诉自己：
'这跟我们对它现有的印象不符合。'"

1990年，林蔚出版了《中国长城：从历史到神话》。以明代文献为依据——他没做过大的田野考察——林蔚对那一时代城墙修筑工程的几个重大方面进行了描述。他还指出了当代有关长城的几个错误概念，其中就有单体结构这个概念。这是一本突破性的著作，本应为人们进行深入研究奠定很好的基础。然而，之后并没有出现考古研究或历史研究方面的重要著作，只有一支考察队写过一本中文著作，对东端总长度为一千公里的多段明代城墙进行了描述。（还有2006年出版的一本书《长城：中国面对世界，公元前1000年至公元2000年》，作者茱莉亚·洛威尔是剑桥大学的学者，主要探寻城墙在中国人世界观方面所具有的象征意义。比如，她将古城墙和当代政府的互联网防火墙等同看待。）

在中国，最有名的专家程大林并没有学术背景，只是一位退休的摄影师。二十多年来，程大林专为新华社拍摄长城的图片。他在业余时间研究历史，并出版了八本著作，从而将摄影和研究结合在一起。"长城涉及的学科太多了——政治、军事、建筑、考古，历史，"他告诉我。"就每一个专业而言，这个东西都显得很渺小。但放在一起之后，它就是一个很大的话题。你得去很多不同的书里面一点一点地找东西；它不可能集中写在某一个地方。而且没有人给你钱！你拿什么来吃饭？一个人怎么可能用十年时间来看完这么多书？"

1994 年石彬伦第一次开始徒步行走长城，他当时只是一个在北京大学攻读历史学硕士学位的美国人。他一直喜欢运动——曾经在达特茅斯参加过大学划艇队，也参加过越野滑雪队——并把徒步当成对城市生活最好的调剂。在北京大学，他用中文撰写了关于东汉大思想家董仲舒（公元前 2 世纪）的硕士论文。拿到学位之后，石彬伦决定继续从事学术事业。他一度做过美国有线电视新闻网（CNN）驻北京办事处的助理，后来又做过特纳广播公司的中国市场分析师。然而，新闻和商业这两个职业对他而言都没有做学问更吸引人。住在北京的大部分时间里，他从未中断的就是沿着长城徒步行走。

1997 年，他进入了哈佛法学院。虽然回归故里——他本来就出生在马萨诸塞州的林肯镇——但他怀念北京，常常做一些令自己分心的事情。（"我劈了很多木柴。"）第一个假期，石彬伦回到中国继续徒步之旅。到此，他打定主意利用业余时间写一本有关明代长城的著作。于是他开始阅读历史书籍。毕业之后，他接受了麦肯锡公司北京办事处咨询师的工作；每个空闲的周末，他都会徒步出游，或者琢磨明代文献。在麦肯锡公司工作一年多后，他终于放弃这份工作，转而全职做起了研究。他的目标十分远大：徒步走完北京地区所有的长城段落，读到明朝时期刻在墙上的每一个文字。

石彬伦付清了法学院的学费，还剩下六万美元的积蓄。他指望靠这点钱能够完成一至两年的田野考察。他徒步走过每一段城墙，一边做笔记，一边用电子数据表记录下所有的细节。他常常会发现远处有多道城墙，于是用另外的数据库标出位置，用于下一次徒步之旅。每出行一次，"欲考察"清单似乎愈来愈长。1985年，中国的一颗卫星开展测量，测得北京地区的城墙总长度为六百二十七公里，但石彬伦发现很多段城墙并未包含在总数之中。

他成了中国国家图书馆的常客。他阅读了明朝的历史日志《明实录》，并追踪了多位明朝官员的有关记录。间或，他还会发现一些关于城墙防御的专著。有些著作只存放于某个地方，于是他会在路上花费数个星期。在广州一家冰冷的图书馆里，他查到了明朝关于某几段重点防御城墙的详细介绍；这本书撰写得如此晦涩，以至于自1707年以来从未被人直接引用过。为了阅读16世纪中叶兵部职方司郎中官员尹耕关于中国历史的一本稀有文献，他飞到了日本。在日本，石彬伦一头扎进这本书里三个月。期间，他只在餐馆吃两顿饭。晚饭是自做的面团、白菜和番茄酱，然后浇上一杯酸奶。（"比奶酪便宜。"）他在北京一栋破旧的楼房里以每月二百二十五美元的价格租了一套小公寓。他对于蒂利牌猎帽的无条件退货政策了若指掌。（"你得自付邮费。"）在靠近多段城墙的密云汽车站，中巴车驾驶员一见他就会高声喊叫："北甸子，六块！"北甸子是一个村庄，六块则是石彬伦经过激烈砍价之后达成的价格，这已经成为了密云中巴司机的口头禅。

四年间，他间或靠从事咨询或讲解工作挣到了六千两百美元。2003年，他向国家人文基金会提出申请，因为后者经常给独立学者提供项目资助。一群匿名学者组成的小组对他的申报书进行了评估，结论简直令人难堪。其中一位学者写道："申请人没有从事人文学术研究的任何记录。"另一位学者这样评论："完成的可能性：不清楚。"第二年，在他一位已经担任教授的老同学的指导下，他再次提出申请。这一次的评价积极了很多，至少使用了跟中国古汉语一样几近正规的专业术语。（小组成员一："余以为［申请之著作］具备阐释人文学之素质。"）不过，申请还是被拒绝了。

在北京，石彬伦跟一位女士约会，他们在法学院就已相识，她当时还是西门子公司的一位经理。"她非常支持，"石彬伦告诉我。"我别无所求。"不过，他继续发现更多的城墙段落，阅读到更多的明代文献。2005 年，他们最终分道扬镳。"这确实是我们分手的原因之一，"他说。"她看不到尽头。"

我第一次和石彬伦一起徒步考察的时候，他的研究已经进行了九年之久，而且过去四年他完全投入到这个项目之中。不过，关于长城他一个字也没有出版过，跟学术圈也没什么正式的接触。他相当慎重，部分原因是他早已习惯独自开展工作。没有人把田野考察和文本研究进行过如此深度的结合——即便美国和欧洲的学界人士也完全做不到这一点——而他的方法也跟他徒步考察的行头一样苛刻而古怪。在他看来，既然"欲考察"的电子清单上还列着需要一百多天才能徒步走完的长城段落，此时动笔显然毫无意义。

这一串数字让他耗尽一切。在我们第一次前往大东塔的路上，他说那是当年他花在长城上的第八十天。从 2005 年开始，他跟长住北京的一位美籍自由新闻记者 K·C·斯旺森约会。"石彬伦总能记住跟他徒步考察相关的日子，"她告诉我。"有一天他说道：'今天是我们的周年纪念日。'他继续说道——他真不该干这一行！——他还说我们的约会始于他某次徒步考察的两天后。就像原始文化，人们用火山喷发的日子来标记事物。"

2006 年，石彬伦开始从事更多的讲解工作——他的主要客户是高端的 A&K 旅行社——他的收入增加到了两万九千美元。他没有可以谈及的爱好，他的书架上几乎全是研究长城的书籍。他有五张 CD。他相当善于交际——他在城里有很多至交，既有中国人也有外国人，经常可以看见他出席城里的各种聚会。不过，很少有人明白他的执着。"我有好多次都想问他，他究竟是怎么做到这一点的，"斯旺森说。"石彬伦是一个相当理性的人，也许以感性的方式更能说清那一切，但石彬伦不是那样的人。他是个相当理性的人，却做着根本不理性的事情。"

10 月，我陪着石彬伦进行了他的第三百三十一次田野考察。我们乘坐公共汽车和租赁的小巴来到了一个名叫水头的偏远村子。2003 年，石彬伦在考察这里的城墙时，曾经发现过几段高耸的山脊，并推测其中可能有更多的防御工事。进村之后，他还研究了一块明城墙牌匾，这块牌匾保存在一位村民的家里。2006 年，中国政府通过了第一部保护长城的全国性法律，明代工艺品不能再进行买卖，但很多地方十分偏僻，法律的执行非常困难。

在水头村，我们一问到牌匾，一位妇女就告诉我们主人不在家。

"你要买吗？"她问道。

石彬伦给了否定的回答，随后他告诉我："他们上次也提出要卖给我。"

庄稼就要收割了，微风吹拂着地里早已干枯的玉米秆。走出村子，我们爬上了一段陡峭的城墙，数千名蒙古人曾于1555年在此发动过一次袭击。石彬伦说，汉人的防御一般靠粗陋的大炮、弓箭、大刀，甚至石块。"有很多规则，一次带多少石块，遇到袭击应该如何把石块运上瞭望塔的二楼。"他说道。随后，他指了指用石头在城墙上仔细摆出的一个并不紧密的圆圈。四百多年后，它们依旧在等待着下一次袭击的到来。

蒙古人喜欢夜袭。他们通常以小队形式策马而来。靠近敌方地盘之后，他们害怕落入埋伏，因而总会沿着山脊而行。他们不是占领者。他们深入汉人的地盘劫掠物品，然后尽快撤回。他们喜欢盗取牲畜、值钱的物品、居家用品和汉人。他们把汉人男女带回草原，并允许其组建家庭。然后，他们会把男人派回南方以收集汉人的防务情报，其老婆和孩子则作为人质。

关于蒙古人最为形象的记述来自曾在北方地区为官的汉人苏志高，他在1540年代驻扎于长城的中心地带，跟蒙古人有过近距离接触。（"［蒙古女性］喜媱，不避昏昼耳目。"）跟明代的大多数作者一样，他把他们称为"虏"——也就是蛮人。（"［虏］家家造酒，人人嗜饮；虏饮如牛，不歇气。"）他的记载属于负面的人类学作品，以期读者既知晓也讨厌这样的敌人。（"［虏中］亦有贯婴于槊以为戏者。"）

实际上，对方也是一群颇有头脑的袭扰者，所以战事往往很复杂。双方都雇用探子，并扩散假情报。蒙古人以烟雾互通信号，汉人则采用炸炮仗的方式沿城墙进行联络。在对付北方袭扰者的问题上，林蔚认为明朝采取了三种主要策略。明朝初期，汉人常采取攻势，将蒙古人的定居点尽可能推后并远离边境地区。第二种方法是用礼物、官职或贸易机会收买主要的蒙古头领。不过，有些明朝皇帝拒绝与他们所认为的野蛮人进行协商。第三种选项是修建防御性的城墙——林蔚觉得这实际上是一种无效的策略，并将其比作马其诺防线。他写道，修筑城墙成了晚明的代名词，因为这个王朝过于羸弱没有战斗力，过于自大而不肯谈外交。

石彬伦认为，晚明的应对之策并没有那么死板。他在文献中看到，汉人的策略在各地并不相同，这取决于受威胁的程度。城墙的修筑常常与防守策略和物资供应策略结合使用。无论如何，他有充分的理由相信，汉人的政策不可能完全解决他们与蒙古人的矛盾，因为后者的内部权力争斗往往助长了袭扰的发生。在蒙古人的文化里，世袭的领导权仅限于成吉思汗的直系后裔，并且只传给每一代的长子。在这一条窄窄的线条之外，有抱负的蒙古人通常会觉得在南边才最容易得到机会，以增强其身份价值。

其中一个类似的争夺者便是俺答汗，他排行老二，他的父亲排行老三。郁闷于其在家谱世袭中的角色，他于1540年代决定通过与汉人建立贸易关系的方式来提升自己的地位。然而，明朝的嘉靖皇帝一口回绝。1550年9月26日是一个中秋之夜，俺答汗率领数十万蒙古大军对北京的东北部发动了突袭。他们攻破粗陋的石头城墙，劫掠了两个星期，杀死和俘虏的汉人达数千人之多。那之后，明朝开始大规模地采用砂浆来提高防御工事的质量。

与此同时，俺答汗的长子——汉人称之为辛爱黄台吉——却采取了不同的策略。他为了巩固其联盟，迎娶了数位重要蒙古家族的女子。不久，他遭遇一连串经济困境，但都轻而易举予以化解：把女人们遣散回家。明王朝一直向这些女人的家族定期配给白银和物品，以换取北方的安宁；此时，这群前妻开始现身于汉人的城墙要塞，要求获得更多的支持。1576年，在他们的一次请求遭拒之后，一支突袭分队在防御工事的偏僻之处钻了空子。这一地区如此蛮荒，以至于明王朝觉得完全没有必要在此修筑城墙，可蒙古人偏偏从这里钻了进来，并杀死了二十一个汉人。明王朝的应对之策是掀起又一波的城墙修筑热潮，这一次使用了砖块，哪怕在非常陡峭的地势也能开展工程建筑。石彬伦把1576年这一次行动称之为"一群蒙古怨女引发的突袭事件"——遭人拒绝的女眷促成了修建北京周边令人眼花缭乱的砖块防御工事。

历史学家往往把长城说成是军事无能和资源浪费的结果。石彬伦并不赞同，他认为经过改建的城墙经受住了 16 世纪所发生的几次大的军事进攻。在我们徒步考察过的水头村，汉人在一次重要战争中挫败了数千蒙古人的进攻。对明朝来说，城墙仅仅是其复杂的外交政策的一部分，但作为延续最久远的一道历史遗迹，它对于明朝的衰落承担了不相称的责难。

"有人问，当时真值得这样做吗？"石彬伦说。"但我并不认为当时的人们会有这样的看法。你不可能听到一个国家这样说：'这一面山坡我们让了吧'或者'我们可以牺牲多少多少平民和士兵。'他们可不会进行这样的计算。任何一个帝国总要尽力地保护自己。"

下午，我们披荆斩棘。徒步考察的过程中，石彬伦有时候会循着猎物的踪迹行进，而且总会沿着城墙的顶部行走，因为这个高度的灌木较为稀疏。不过，偶尔他也会无路可走，只能在荆棘丛中顺山脊而行。他把这叫做"蒙古人的徒步之旅"，对此我非常讨厌。我讨厌荆棘，我讨厌脚下不稳。我讨厌衣服被刮破，我讨厌石彬伦那古怪的城墙攀爬装备比我高级。我讨厌划脸庞的树枝只到他的胸部。最主要的是，我讨厌蒙古人害我以这种方式徒步行进。

爬到山脊上的一处石头城堡废墟之后，我感觉如同在水下长距离潜泳后突然钻出了水面。往东，视野开阔直达三十多公里之外。看得见的人类聚居地只有一处——镇边城村，四周依然环绕着明代守军修建的高高的石头围墙。俯瞰着被石头围绕的定居点，石彬伦说这样的岗位非常艰辛，因为长官们都要求用谷物而非白银支付士兵们的薪饷。"明朝的通货膨胀非常严重，"他说。"这跟在美洲'新大陆'发现银矿有一定的关系。"

第二天早上，经过一夜的野营之后，我们发现了另一处石头要塞的迹象，以及由此通向山脊的一条视线。石彬伦推测，这些都被用于向镇边城传送信号。他仔细地记录下所有细节，回到北京后将它们加入计算机数据库。他很善于解构这些城墙——每次和他徒步考察的过程中，他都会发现那些反映军事策略的模棱两可的细节。不过，他早晚还需要依靠这一切细节做出点什么来。数年以来，他在高高的山脊上发现了它们，在被人遗忘的书籍里读到了它们，这样的细节有时候就像迎面而来的荆棘一样会分散注意力。"石彬伦因为不属于学术圈，所以有更多的自由，可以任意拓展自己的探寻路径，"他的朋友费嘉炯告诉我。不过，闭门造车也有一定的危险。"我一个劲地催促他早点解脱出来，"费嘉炯说。"但这就是他的思路，他对于细节有一种超凡的本领。"

披荆斩棘相当花费时间，而且非常危险。步行爬上镇边城的过程中，我问石彬伦是否遇到过什么事故。他说，1998年他一个朋友从烽火台上跌落下来，摔断了手腕。他们都很担心那天剩下的时间里还能不能继续徒步攀爬那段嶙峋的山坡，于是在城墙上过了一晚。回想起来，石彬伦承认那一次自己过于小心，并真希望他们当时立即下了山。

"他感觉疼吗?"我问道。

"是的,"石彬伦轻声回答道。"很疼。"

石彬伦总会告诉朋友自己在什么地方徒步考察,而且几乎未曾单独进行过彻夜旅行。最常和他同行的伙伴名叫李坚,是他在北京大学时的同班同学,现在中国国家图书馆的珍本部工作。2000年她跟随石彬伦进行了第一次为时三天的徒步考察。"我之前经常失眠,"她告诉我。"但徒步考察回来之后,我真的睡得很香!"从那以后,她和石彬伦一起在长城上度过的时间总共达到了一百八十五天。

渐渐地,李坚拥有了里昂比恩牌羊毛猎衫、白色的蒂利牌猎帽、拉思珀蒂瓦牌登山靴,以及由芝加哥J·爱德华兹公司专为高架电杆工人制作的麋鹿皮手套。她把一条长运动裤从膝盖处裁下,再剪出一个大洞套在脸上。来到野外之后,她成为了身高一米五九的中国女版石彬伦,跟他一起穿越灌木丛。她告诉我,她从来没在前面带过路。

2003年6月,他们出发前往北京以西的门头沟进行一次三天的徒步考察。那一带的山峦形状怪异;高耸的山峰轻易就能翻过,但低矮的山坡常常意想不到地连接着悬崖。石彬伦像蒙古人一样徒步前行,可还是迷了路,无论朝哪个方向往下走都会遇到陡直的断崖。幸运的是,之前下过雨,这样他们才在岩石窝里喝到了存积的雨水。朋友们组成搜救小队,开着车从北京出发了。石彬伦和李坚出发五天后,终于找到一条小路并走了回来,跟之前已经上路的搜救小队迎面相遇。至今,李坚还把长城徒步当成治疗失眠的方法。

中国的大学可能没有培养出长城专家，但学术圈外早已形成了长城爱好者小群体。他们一般爱好体育——这在中国的知识分子身上是一种罕有的素质，因为他们对体力劳动的厌恶对于考古学而言有时候是一种麻烦。长城往往吸引着那些痴迷者。曾经当过电杆工人的董耀会在1984年辞去工作，一门心思对全中国上下数千公里的长城片段进行了徒步寻访。在写成一本书讲述其经历之后，他帮助建立了中国长城学会，出版两种期刊，并呼吁对长城废墟加以保护。新华社的退休摄影记者程大林毕业于体育院校。英国地理学家和马拉松健将威廉·林赛于1987年来到中国，并沿着长城且跑且走了四千公里。他在北京定居下来，出版了四本关于长城的书籍，建立了一直专注于长城保护工作的小型组织"国际长城之友协会"。

北京大学最积极的长城研究者是一位名叫洪峰的警察。还是个孩子的时候，他就被一所体育学校录取了——他成了一名短跑运动员和跳远运动员——但他经常喜欢做的事情还是阅读历史。在与大学失之交臂之后，他进入警察学院，并最终被安排到市属单位北京大学。1990年代中期，出于消遣他开始徒步行走，并对当时关于长城的各种书籍深感失望。"错误太多，"他告诉我。"于是我开始阅读原始文献。"

我在北京大学派出所见到了洪峰，他正在二十四小时值班。他是派出所所长，经常利用休假时间进行徒步之旅。洪峰四十五岁，高大而强壮，不过右胳膊肘时常疼痛，那是他在做研究时摔倒受的伤。他经常造访学校的图书馆，但从不跟教授们谈论自己的研究情况。"考古系和历史系的学者对长城不感兴趣，"他说。

洪峰在徒步考察期间，发现北京西北方向上的防御工事存在着一段令人迷惑的长达二十四公里的缺口。一些当代作者认为，这个地段的地形如此崎岖，根本不需要防御，但洪峰不这样认为。他到访过更为陡峭的地区，但防御依然非常严密，于是他找到了《明实录》。他发现，明王朝相信在其先祖陵墓正北方向上的这一地区有一股重要的龙脉。龙脉就是关系到风水的山脊，于是明王朝不厌其扰地在此以北更远的更难以防御的地方修建了精巧的城墙。

洪峰把他的这一发现写成文章，发表在 www.thegreatwall.com.cn上，如今这个网站已成为最活跃的长城爱好者们的家园。网站由软件工程师张俊发起成立于 1999年5月8日——也就是中国位于贝尔格莱德的大使馆遭到北约轰炸的那一天。（北约说是误炸。）网站的成员定期在北京共进午餐，我在其中一次聚会上问张俊，他是怎么想到要在那一天建那么一个网站的。"我们可以这么说，修建长城的目的是为了保卫中国，"他字斟句酌地回答道。

网站有五千名成员，尽管也有少量正儿八经的研究者，但很多人对于长城产生兴趣都是出于爱国和消遣这样的双重原因。石彬伦于 2000年加入了这家网站。跟其他人一样，他也取了个网名——阿伦，这个网名是一位语言教师给他取的石彬伦这个中文名字的变体。他经常用中文跟其他人进行交流，但从没有参加过聚会，也一直没有说自己是外国人。去年秋季以来，他在网站上粘贴了两篇很长的文章，讲述某一段城墙的修筑过程。他告诉我，他终究会用英语来写书，但刚开始用中文写几篇文章也有一定的道理，因为只有在这家网站上有人会关注如此艰深的主题。（其中一篇文章的标题是"论'猪嘴堡'长城的建设日期"。）

石彬伦从来不让我向长城网站的其他成员公布他的身份，我一直信守诺言，但大家很快就谈到了这个名叫阿伦的人。说起阿伦的研究成果，作为警察的洪峰敬仰不已，并认为他是中国人。"他写的东西不长，但都很深刻，"洪峰说。"这人一定是个研究生。我不问，他也不说。"

石彬伦最终决定"亮相"他的外国人身份，但一直很担心网站上的民族主义情绪。他还记得自己在北京大学读书的时候，为自己的论文进行辩护的情形。"我的老师告诉我：'按照对外籍学生的规矩，我们一般会给予更多的灵活性，'"石彬伦对我说。"要是当时再沉着一点，我会这样回应他：'行，我本来来这里就是为了获得经验，即使拿不到学位我也乐意走人。'"他继续说："我想让自己的论文根据独立的标准来评价。谁写的，作者是不是外国人，这统统无关紧要。"

这听起来有点自相矛盾——石彬伦用化名发表文章是因为担心得不到别人的认可。但他做很多事情的时候都是这样的性格。他相当谨慎，却冒着所有的风险——不稳定的收入、与他人的关系、个人的安危——去从事研究工作。对于自己在长城方面的认识，他信心十足，而且能够描述得天衣无缝；很显然，他是想帮助大众根除对于长城的种种误解。然而，在做完"欲考察"清单上的项目之前，他不愿意动笔写书。他的工作可以看作是一种痴迷的研究——这是他对于地球上最宏大的建筑结构所做的一门心思的探究。不过，在这种表象之下，是他对于理性的一种深切的使命感。石彬伦相信，修建这一道道城墙确实是出于军事方面的原因；他还相信，自己对于它们的研究所采取的方法是最好的。他讨厌把长城加以象征性的利用，尤其讨厌用它来解释中国文化这样的复杂现象。对中国人而言，这一道城墙通常代表着荣耀，外国人则认为它象征着排外。不过，石彬伦觉得这两种认识都没什么用处。"它不过是中国人曾经所作所为的体现，"他说道。"是他们进行自我防卫的方法而已。"

在我认识的人中间，洪峰的观点最能让我联想到石彬伦。洪峰的网名是"穷诗书"，也就是"读完所有的书籍"。"中国人常常把长城当作民族骄傲的象征，"洪峰告诉我。"但这有些夸大其词。它跟金字塔这样的大型纪念碑不一样，不过是应对攻击行为的一种策略。"

12月底，我陪着石彬伦进行了他的第三百四十次城墙之旅。上一次去密云的过程中，他发现了几条高大的山脊，并认为其中可能存在用石头垒成的瞭望塔。我们慢慢爬上了山脊：一无所有。不过，这只是他的"欲考察"清单上又被划掉了一天而已。

尽管我讨厌披荆斩棘，但在过去的一年间，我还是慢慢喜欢上了规律性出游所具有的清晰的节律感。每一次旅途都如出一辙：好走的路，难走的路，浓密的刺，养眼的景。不管走在什么样的地方，我总能看见石彬伦在前头步履稳当，蒂利牌猎帽在荆棘丛中一起一伏。

　　下坡的时候，我们在一处陷阱里发现了一头死去的獐鹿。绳圈还套在鹿的颈项上，它一定是窒息而死的。再往前，我们看到了一段长长的城墙，土墙的大部分碎成了粉末。我一脚踏上去，靴子踩进了一个孔洞。我掉进陷阱，在一道矮埂上绊了个跟头，紧接着一头栽到了三米高的高坎下。不知怎么搞的——事情发生得太突然——我又撞上了城墙。一头磕在城墙边上，我一下子停了下来。

　　"好险，"石彬伦一边高呼一边跑了过来。我慢慢地站起身，试着走了两步，立即知道自己的左膝盖伤得很厉害。然而，我们还要走好几公里的路才能得到救助，而气温已经远低于冰点；唯一的选择只有继续前行。

　　只要是下坡路，我就需要石彬伦搀扶。一共走了三个小时，每一分钟我都记得清清楚楚。第二天上午，我去医院做了 X 光检查。医生告诉我，膝盖骨多处破损，我得拄上六个星期的拐杖；那是我最后一次徒步长城。

　　发生事故的第二天，石彬伦来公寓里看我。他问我有没有什么需要，看得出来，他对这一次事故感到很难过。他说他对电子清单进行了快速分析，在大约一千两百五十天/人次的徒步之旅中，我所遭遇的事故只是第二起。后来，他肯定地告诉我，确切的数字是一千两百四十五。

2月，前往台湾进行研究旅行之前，他又来看了我一次。他计划前去研究保存在台北故宫博物院的几张明代地图和几块纪念碑。他还是没用英语写东西，不过准备再用中文写几篇文章。他似乎更多在为今后着想了。他计划大约一年后开始写书；写完以后，他会前往中国的其他地方继续研究长城。他也许会攻读博士学位，也许依然独立，靠讲解和写书维持生计。"万一有学者愿意跟我闲聊呢，所以我需要学一学其他的语言，"他说道。"如果说不来日语，如果说不来蒙古语，肯定会落伍。不过学点其他的一样有用。下一种语言也许是俄语，也可能是德语。我觉得学一点满语也有用。再学点藏语吧。不过，这都要往后排了。"

我拄着拐杖送他到了门口。他要坐早班飞机；为了省钱，他预订的机票要在澳门中转七个小时，也不能出机场。他觉得可以趁机读一点东西。我问他，在北京的徒步之旅还剩多少天，他毫不犹豫地回答道："八十六天。"

肮脏的游戏

Jay-Z热爱和平队。他从未公开谈论过这一点。在他所演唱的二百二十四首歌曲,包括那首叫做《金钱、现金、锄头》的歌曲中,从来没有提及过"志愿服务"。但纳吉夫·戈亚尔相信自己了解这位说唱达人的真实心情。"Jay-Z和碧昂斯对于帮助和平队都具有浓厚的兴趣,"纳吉夫有一次跟我这样说道。纳吉夫说,他去年曾经跟一个人通电话,而这个人声称可以安排Jay-Z和碧昂斯来他在华盛顿组织的和平队集会上讲几句话。然而,他们最终没有露面,这也是纳吉夫一个个雄心勃勃的计划最常见的结局。他曾经让Grateful Dead乐队的吉他手给佛蒙特州的议员打电话,最终石沉大海。他曾经想到达兰萨拉见达赖喇嘛,请他向美国国会写信,呼吁给和平队更多的预算,最终无功而返。有一次,他打算让莫林·沃思,也就是《名利场》的供稿人和蒂姆·鲁塞特的遗孀与马里兰州的国会议员芭芭拉·米库尔斯基取得联系,但所采用的方式相当迂回,宛如从首都华盛顿开车出发,去美国南部绕一大圈最终到达巴尔的摩。"他让我找詹姆斯·卡维尔给比尔·克林顿打电话，再让克林顿打电话给米库尔斯基议员，"沃思告诉我。"我一天之内收到他四封电子邮件，这只是其中之一。"沃思没有给卡维尔打电话，但后来在一次开会的过程中用她的手机给一位议员打了电话。"这显得非常失礼，但我还是替纳吉夫打了电话，"她这样说道。跟大家一样，她提到他的时候都会直呼其名。沃思非常赞赏纳吉夫凡事都愿意尝试的精神，尤其是他来到华盛顿的过程，"仿佛从云端直接落地"。她说："有谁愿意大老远地坐飞机去夏威夷看望奥巴马的妹妹？他做到了！真希望他能上一上真人秀节目。"

纳吉夫·戈亚尔三十一岁，但看起来就像个在校大学生。他身高仅有一米六八，皮肤黝黑，睫毛很长。身为移民的第二代，他的信心随处可见——不管身处何方，他总能找到作为外来者的种种便利。2001 年至 2003 年纳吉夫在尼泊尔东部的某个地方从事和平队的志愿工作，有时候当地人只要一提到他的名字就会泪流满面。当地人把他看作是恒河之源的湿婆神。老人们一边扭开水龙头一边说道："这都是他赐给我们的。"在国会的各个大厅，很多人都弄不明白他究竟要干什么。他来到华盛顿，为小村子的水井琢磨出了一系列路线图——廊道、听证室、咖啡店，每个人都可以在此徘徊，等着见到国会议员。"他一个个地筛选出民主党和共和党，"来自加利福尼亚州的民主党众议员山姆·菲尔告诉我。"我从未碰到过如此执着的游说者。"其他人则抱怨，说他的非正统方法太个人主义，但即便是批评者也不得不认可他所取得的种种成果。过去两年间，尽管国会内部存在党派之争，经济形势非常严峻，但和平队的经费增长创造了历史记录。"我进入国会有十七年时间，经常为和平队当说客，但从来没像过去两届这么奏效过，"菲尔说。"我把这一点归功于纳吉夫。"

2011年3月，和平队即将迎来五十周岁。这一年喜忧参半：尽管资金增加，志愿者人数可以大幅增长，但它派往海外的人数比1966年时减少了百分之六十。很多美国人甚至不知道和平队依然存在。它在外交政策上的影响力似乎变得微乎其微，近年尤其受到阿富汗战争和伊拉克战争的影响。纳吉夫告诉我，如果以前的和平队员能把来自发展中国家的各种经验教训应用到美国的政策上去，和平队的形象将会大为改善，这与很多人对和平队的看法刚好相反。非但不是把美国的价值观引入某些摸黑前行的国家，纳吉夫还想反其道而行之。"我们原来组织这一运动的方式，是问谁加入过和平队，谁愿意关注它。那是血脉相连，那是你自己的种姓。你的地盘你自己做主。"他说道。"华盛顿是一个村子。国会所做的各项决定，有些还是非常重大的决定，全都有赖于个人行为。"

纳吉夫·戈亚尔直到加入和平队才知道自己的种姓。他从小在长岛的曼哈塞特山长大，他的父母那文德纳·戈亚尔和达姆扬迪·戈亚尔于1970年代从印度拉贾斯坦邦移民来美国后定居这里。他们养育的三个孩子都讲印度语，但一直没告诉他们属于吠舍阶层，这一种姓以经商而闻名。"在我们看来，每个人都是平等的，"那文德纳·戈亚尔对我说。他是一位心脏病专家，说自己很讨厌种姓制度。但在被和平队派往尼泊尔之后，因为这里有跟印度相似的种姓制度，纳吉夫给自己的母亲打来了电话。"他问我：'我们是婆罗门、吠舍、首陀罗，还是别的什么？'"达姆扬迪告诉我。"他说：'有人想知道我的种姓等级。'我就告诉他了。"

戈亚尔夫妇最开始反对儿子前往海外的念头。他们希望他当医生，于是他在布朗大学修读了医科大学的预科课程，后来又决定申请法学院。他们不明白，他怎么会为了去发展中国家生活的念头而推迟上大学的时间。前不久，达姆扬迪因患乳腺癌正在接受化疗，非常担心远离家门的儿子，但他的理由最终让她松了口。"他说这个国家给了我们太多东西，"她告诉我。"我们住着好房子，开着好车，生活在上好的社区。我们应该有所回报。他这样一解释，我便开始喜欢他的想法了。"

纳吉夫被安排去不到六百人的纳木杰村的一所学校教英语。纳木杰位于尼泊尔东部，所在的德赖平原刚好处于喜马拉雅山山麓。纳木杰村的海拔高度为一千五百多米，村民们主要种植香菜、黄豆、萝卜等蔬菜。除此之外，他们还要拿出很多时间取水。高山积雪给尼泊尔提供了丰富的水资源，但纳木杰这样的山区村镇往往远离河流。最近的水源在萨秋-科拉，在陡峭的山路上步行两个多小时才能到达这一处泉眼。人们一般每天往返三趟，用铝罐取回总共十六升水。

"大家都知道，不是所有的东西都要洗，"纳吉夫告诉我。"肥皂不是必需品。肥皂很费水。当然，我的做法跟他们不一样，所以我生病了。"

他的疥疮很严重，手臂上布满了疤痕。前去加德满都看过医生之后，他回到了村子，接着便感受到用水短缺的其他后果。"一天，一个学习很好的学生没来上课，我问他是怎么回事。他说他要去取水。我把所有的村民召集起来，问他们：'如果有办法解决这个问题，你们愿意投入劳力吗？'他们都愿意。"

纳吉夫找到加德满都的工程师进行交流，又阅读了有关电泵、管线、过滤系统的书籍。他利用医科大学预科课程上所学到的技能，学着计算水的摩擦力。他终于算出，最佳选项是要修建一个两级抽水系统才能把水垂直提升三百九十六米的高度。来到达兰市之后，他找到一个名叫基尚·艾格拉沃尔的水管经销商，因为他的祖辈跟纳吉夫来自印度的同一个地方。两个人闲聊一番家世之后，基尚答应赊销数百根直径为七十六毫米的镀锌铁管，免收利息。为筹措资金，纳吉夫回了一趟长岛，因为来自印度的移民家庭经常利用周末时间举办载歌载舞的盛大晚宴。戈亚尔夫妇备好晚餐，请来了他的医生朋友，但并没有说那天晚上的娱乐节目要穿插纳吉夫的募捐活动。"我想过募捐的事儿，"达姆扬迪告诉我。"我知道，如果不搞募捐，所有的钱都要由我们来支付。"十分钟之内，纳吉夫筹集到了一万八千美元，和平队、美国国际开发署和美国喜马拉雅基金会最终补齐了余额。

对二十二岁的纳吉夫来说，最令他感到气馁的挑战是组织劳力。村民们没有大型工具，全部建筑材料都需要人力通过山路搬运到工地。大量的活儿由妇女们承担，因为男人大都到了国外从事劳务。经过一番研究纳吉夫才知道，最大的威胁是一种叫做水锤的东西——也就是低端阀门关闭时水流在长长的管子里产生的压力。他咨询了多名工程师，大家都建议他修一道长达一点五公里的石阶，一来可以固定管子，二来便于检修。在对石阶和泵房进行设计时，纳吉夫主要依靠一位名叫卡纳·马嘉的村民，这位村民天资聪颖，但只上过九年学。学校的校长哈卡·拉玛把全体村民分成二十五个小组，大家一起协调整个工程的方方面面。

另一位名叫坦卡·布耶尔的老师负责村子里的政治事务。"我此时才明白，他教会了我很多东西，"纳吉夫最近告诉我。"我们一起出席会议，他会这样说：'只要我们把这个人抓在手里，其他什么人我们就都有了。'而那个人有三个老婆，事情往往非常复杂。很多事情都要依靠家族和血统。这跟华盛顿一样，靠的是身份。"坦卡在村子里也是个外来者，隶属于某个情况不明的亚种姓，喜欢玩点政治手腕。"坦卡跟某些人交谈的时候本来用的是尼泊尔语，但有时候莫名其妙地改说起英语，'政治是一种肮脏的游戏，'"纳吉夫模仿着尼泊尔语的腔调。"他不愿意做解释！他了解加德满都的意思，他了解激进分子的意思。对于军人政治和家族政治，他都了解。"

当时，尼泊尔因为政治动荡而四分五裂。自 1990 年代中期以来，激进分子一直试图推翻君主政体，和平谈判于2002年遭遇失败之后，军队开始越来越多地遭到攻击。军队通常报之以血腥的暴力行动，派出士兵搜查村镇。数千人被杀，超过十万人被解除职务。人们主要的游击策略之一是引爆自制炸弹，这意味着任何带着管子的人都成了嫌疑对象。纳吉夫找当地武装的司令官签发了一份通告，说明村民们为什么需要搬运那么多管材设备，这份通告所有人每时每刻都随身携带。

有五百三十五人志愿参加工程建设。他们全凭手工劳动，修起了两个泵房、两个聚水池、三个蓄水池和一千两百三十六级台阶——据说是尼泊尔东部最长的一条石阶。所在县的工程办公室派来的人在走访时大吃一惊，纳吉夫这么一个美国人竟敢如此信赖卡纳·马嘉这么一个没怎么读过书的人。"纳吉夫先生，你来自发达国家，建这个项目都没找个工程师什么的吗？"派来的人难以置信地问道。纳吉夫回答说："我们这帮人不比工程师差。"然而，开工十六个月之后，他们合上电闸，没有反应。

纳吉夫在和平队还剩下一个月的服务期。在一次次让水泵转起来的尝试遭遇失败之后，他变得非常泄气，连当地一位电工说问题可能出在电压上的建议都听不进去。"这都怪印度那帮狗杂种，他们用电太厉害，"电工对他说。"我们得等到深夜，等全印度所有人都睡了再试。"

于是一帮人来到位置较低的那一间泵房，一边钓着火蝾螈，一边等印度人上床睡觉。纳吉夫心情沮丧，干脆待在了家里。凌晨三点，一个邻居把他叫了起来。"水来了！"他高喊道。"水来了！"纳吉夫跑到石阶那里，他听到了一种像是在下雨的声音：这是水在管子里一点点爬升的声音。他和其他人一起，一步一步地跟着声音往上爬。到了山顶，随着水流进容量近九十立方的蓄水池，声音更响了。坦卡·布耶尔明白，什么样的场合就应该做出什么样政治正确的反应，他立马跑出门去宰了一头羊。

人们一般认为，和平队源于伟大的理想，但实际上它在开始阶段更多地跟村镇政治的感情有关。1960年10月，总统选举的第三轮辩论期间，理查德·尼克松对约翰·F·肯尼迪展开攻击，说民主党总统应该为过去半个世纪把美国人拖入的每一场战争负责。之后不久，肯尼迪于凌晨两点钟飞到密执安州，在位于安阿伯的大学校园发表了一段事先没有计划的演讲。他问学生们："在你们想当医生的人中间，有多少人愿意去加纳待一段时间？"正如斯坦利·梅斯勒在《当世界召唤时》一书中所描述的那样，当时身为助理，后来做了议员的哈里斯·沃福德相信，肯尼迪之所以发表这番讲话，是因为他对尼克松的含沙射影非常生气。

数千名学生给肯尼迪寄来了意向信，这个主意同时也利用了大众的一种心理，即美国需要更多的草根做出努力，以应对共产主义。竞选后，肯尼迪成立了和平队，并指派其妹夫萨金特·施莱弗担任主任。施莱弗的动作很快——不到六个月的时间，第一批志愿者就被派往加纳，并对当地的教育体系带来了立竿见影的影响。没有和平队，加纳约六分之一的小学会因为缺乏教师而被关闭。很快，单是派往埃塞俄比亚的老师就接近五百名。截至 1966 年，全世界已有一万五千多名和平队志愿者从事着各种各样的工作，而当年收到的申请书达到了四万两千份。扩展计划雄心勃勃：肯尼迪曾经说过，当志愿者人数达到十万时，和平队所具有的重要性就会体现出来。

结果 1966 年就是顶峰。越战期间，申请人数骤降，耽于理想主义色彩的年轻人不再愿意跟政府机构产生任何瓜葛。1970 年代和 1980 年代，仍旧有大批年轻人前往海外服务，并对当地的社会产生重大的影响，但这个机构的美国身份在逐渐减弱。官方支持主要来自某位总统或者少数几个政客的一时兴起。尼克松力图完全扼杀和平队——他讨厌跟肯尼迪有关的任何东西。卡特任命了一个毫无能耐的人。里根于 1983 年与斐济总理举行会晤，后者对曾在该国服务的志愿者赞赏有加，于是里根对和平队采取了高度支持的态度。那次会晤后一个星期，一个工作人员向里根呈送了一份提案，这份提案要求对联邦预算进行大幅度削减。"别减和平队的，"据报道，里根曾经这么说过。"这是我上个星期唯一一件受到别人感谢的事情。"

然而，随着时间的推移，和平队所得到的只是空洞的竞选承诺。很多人都听说过它的名字，印象勉强算得上正面，但并不知晓志愿者们做了些什么，也不清楚活动经费有多少。克林顿声称要进一步壮大组织规模，让志愿者人数由不到七千人增加至一万；乔治·W·布什说，他还想增加到一万五千人。奥巴马承诺，到和平队成立五十周年时，其规模将会增加一倍。但他们谁也没有多给钱的意思，志愿者人数依旧只相当于1966年时的一半，尽管申请者人数在"9·11"事件后有了大幅度的增加。2008年，和平队的预算经费是三亿四千二百万美元——低于联邦政府拨付给军乐队的预算。

在原来的志愿者看来，这有点像是在浪费资源。十七年来，和平队向阿富汗派去了美国人，在伊斯兰主要国家服务的志愿者超过了四万五千人，但这样的举动似乎对"9·11"事件之后的政策没有带来什么影响。美国全国和平队协会是为结束服务期的和平队员提供服务的机构，其主席凯文·奎格利认为，扩大组织规模的时机已经成熟。但这项运动必须独立于和平队本身——根据法律规定，政府机构不能进行游说活动。奎格利告诉我，从前的和平队队员一直比较被动。"一定要组织起来，"他说道。"形成一种机制，这样才能让立法者觉得这件事情很重要。"

奎格利在尼日利亚见到了前和平队志愿者罗纳德·罗斯，他曾经替拉尔夫·纳达尔和其他人组织过几次公开活动。得到洛克菲勒兄弟基金会的资助之后，他们雇用了纳吉夫·戈亚尔。离开尼泊尔后，纳吉夫·戈亚尔进入了纽约大学的法学院。纳吉夫继续为纳木杰村的发展做工作，但从未跟国会山有过半点联系。一开始，他试图了解立法程序。"他们不是有很多书吗？《我们的政府如何运作》等等，"纳吉夫告诉我。"这纯粹是浪费时间。"他这才认识到，其中既没有法律也没有民主成分——向和平队这类机构拨款是由一个预算委员会说了算，而这个委员会在宪法中只字未提。至关重要的是，委员会的每一个成员如何做出个人的决定，并且他们会受到选民、同事和其他人什么样的影响。

基层动员相对比较容易。前志愿者超过二十万人，纳吉夫最终列出的电子邮件清单有三万三千个。他安装了一个电脑软件，以侦测某一条信息是否被打开，由此知道什么样的电子邮件才能够激发人们阅读和转发的欲望。他还会追踪各个目标。我有一次去华盛顿拜访他的时候，他在对电脑进行一番查验之后告诉我，他最近的一封电子邮件被某个议员办公室的工作人员打开了一百三十三次。"也就是说，我的做法没错，"他说道。依据那份电子邮件清单，他收到了来自全国各地前志愿者的大量电话和电子邮件。在做出关键性预算决定的那个星期，很多人把电话打到众议院国家和对外事务拨款小组负责人尼塔·罗伊的办公室，直至罗伊的电话完全陷入瘫痪。一位助理终于找到一个中间人，并求他去说服纳吉夫立即停手。"别打电话了，"中间人请求道。"实习生也要去吃午饭的。"

与此同时，纳吉夫联了几个人，这几个人因为具有一定的影响力而被大家称为"草根领袖"。他为和平队四处找关系：微软全国广播公司的节目主持人克里斯·马修斯曾经在斯威士兰担任志愿者，芝加哥熊队的主席曾经在埃塞俄比亚担任志愿者，吉米·卡特的母亲和孙子曾经分别在印度和南非担任志愿者。说到找人帮忙，纳吉夫毫不畏惧——他曾经尝试过让四位健在的前总统联合签发一封信给奥巴马，这激发吉米·卡特写了一封回信："这么找美国前总统不合适。"不过，卡特还是替这场运动打了一个电话。（我第一次见到纳吉夫的时候，他要求我写封信，谈一谈我在中国担任志愿者的事情。）听说奥巴马同母异父的妹妹曾经考虑过加入和平队，他从另一位前志愿者那里要来了航空公司的里程兑换积分，飞去檀香山，然后穿上夏威夷衬衫，面见了玛雅·苏托洛-吴。离开夏威夷的时候，他的手里拿着她和奥巴马从前的一位高中老师写好的信件。作为额外收获，他还拜访了总统十分喜爱的刨冰店，并让店主写了几句支持和平队的留言。

玛雅·苏托洛-吴告诉我，她从来没给这样的活动签过名。但作为一个在印度尼西亚长大的教育者，她支持海外服务项目，而且纳吉夫给她留下了很深刻的印象。"他显得很专业，很友善，"她这样说道。"但还不够老练。他很自然，也很开朗。"她尤其强调，她不能代表自己的哥哥和政府，因为政府至今都没有发布过有关和平队的声明。但在纳吉夫的夏威夷之行一周后，米歇尔·奥巴马在一次演讲中说道："我的丈夫将致力于大幅增加进入和平队服务的机会。"

还是在纳木杰村的时候，坦卡·布耶尔就让纳吉夫认识到，个人的力量往往大于系统的力量。"他的风格就是直接找到某位权势人物，并开口陈述其需要，"纳吉夫告诉我。一开始，他发现在华盛顿很难做到这一点，因为没有关系的人很难被写进国会要员的日程表。不过，这时候纳吉夫已经在研究一本包含参众两院每一位成员的彩色影集。"一旦知道了某个人的名字，你就能跟他搭上话了，"他这样解释道。随着时间推移，每一张脸都印在了他的记忆里，这样，华盛顿也就变成了一个小村子。他在里根国际机场认出了鲍勃·柯克尔和克里斯托弗·多德这两位参议员。他在宾夕法尼亚大道上的星巴克咖啡厅与卢斯·卡纳汉议员搭上了话。一天深夜，他在科斯餐馆外碰到了彼得·韦尔奇议员，在每日面包店里碰见了丹尼斯·库琴尼科议员。每个人都有可能来参议院廊道转两圈——出入连身份证都不需要——于是纳吉夫在那里一连逗留了好几天。他参加了委员会举行的听证会，以便中途休息的时候能够与重要的官员见上一面。他知道众议院里最好的位置是连接伽侬办公大厦和朗沃斯办公大厦的地下圆形大厅，便来到这里见到了好几个委员。他接受这份工作后的第二年，一百二十四位众议员把自己的名字签在了一封抬头为"亲爱的同事"的信件上，以支持增加对和平队的财政拨款，这样的签名数字超过了其他任何议题。

有人告诉他，这种套路叫作"贴身游说"。游说者很少这样做，因为通过选举产生的官员不愿意被公众看见跟任何特殊利益有所瓜葛，但和平队的威胁没有这么严重，尤其是它的代言人是纳吉夫。"很新鲜，大家看到的是这么一个又小又黑的人，"他说。8月份，我陪着他在国会山待了一段时间。两天半的时间内，他未经邀约就和十五位参议员进行了交谈。政治圈仿佛突然间变得非常小，不过依旧具有明显的外来倾向——为了打开话题，纳吉夫总能找到跟尼泊尔有关的各种联系。他走到科罗拉多州参议员马克·乌代尔跟前，提起了乌代尔的母亲也曾在尼泊尔当志愿者的事情。参议员立马双手合十，略一鞠躬，然后用印度语说道："您好。"纳吉夫向参议员戴安妮·费恩斯坦做自我介绍时，提到她的丈夫曾经在尼泊尔做过荣誉总领事。在与衣阿华州选民共进早餐的过程中，纳吉夫因为提及某位中西部人从加德满都进口藏式毛毯引起了参议员汤姆·哈金的注意。当他说到和平队时，这位参议员说："我想知道我们在海地有多少志愿者。"

"没有，"纳吉夫说道。"一个也没有。"

"一个也没有？"哈金说道。"那真说不过去！"

"没有钱嘛，"纳吉夫说道。"因为动乱，海地项目在前几年就被砍掉了，但现在需要恢复。所以我们才会要求增加经费。我知道你最近去过越南，他们那里也需要志愿者。"

"我刚从越南回来，"参议员说道。"他们那里没有和平队吗？"他给就在对面办公室的外交事务助理打了个电话。"汤姆！汤姆！橙剂与和平队！"助理赶紧跑了过来，他当然不知道这个矮个子印度裔跟橙剂与和平队有什么关系。"我要你去查一下，"参议员一边吩咐，一边提到了帕特里克·莱希的名字，他就是给和平队提供资金预算的参议院国家和对外事务拨款小组的负责人。"跟莱希说一说和平队和橙剂的事儿。"

我陪纳吉夫的那几天，他先后参加了一场派驻东帝汶大使的公开确认会、一次武装部队关于俄罗斯核武器的听证会，以及一次罕见和易忽视儿科疾病会议。在他看来，这都是背景音；他坐在会场后排，用 iphone 给选民们发送电子邮件，等着中场休息时跟谁来一个见缝插针的交流。不参加会议的时候，他给吉米·卡特的孙子和丹尼尔·帕特里克·莫伊尼汉的女儿各打了一个电话。他琢磨由众议院推出的预算提案，以确保自己理解其中的数据。他对一些事实胸有成竹：和平队的全部预算还不够买两架 F - 22 喷气式飞机。他计算过，向海外派出一名志愿者一年的费用大约为二万五千美元，而一名外交官员的费用是一百万。根据 2011 年的预算提案，提供给外国军队的援助经费是和平队的十二倍之多。当他就此找到费恩斯坦参议员时，费恩斯坦回答说在现有的经济条件下，要有大的增长非常困难。

纳吉夫从口袋里掏出预算提案的复印件。"看一看外国军队的情况吧，"他说道。"差不多是五十五亿美元啊，其中竟然有十二亿美元的增幅。与之相比，我们的要求不过是九牛一毛，只有区区四千六百万。"

参议员扬了扬眉毛。"九牛一毛?"她问道。

"正是这样。"

"嗯，我们再研究研究吧。"

"你看这笔钱，"纳吉夫继续说道。"外国军队有十二亿的增幅，巴基斯坦镇压暴乱有九亿美元。"

费恩斯坦准备抽身走人，但这一连串数字引起了她的注意。"多少?"

纳吉夫取出复印件。"十二亿，九亿。"

"给我看一下，"她要求道，他把文件递了过去。她把一个助理叫了过来："把这个拿给瑞奇过过目。"

纳吉夫告诉我，他有时候会因为过于大胆而引火上身。在给罗得岛退伍兵举行的一次军人招待会上，他本想趁机见见某位参议员，却被人家赶了出来。当被人问及身份时，他自称是布朗大学的毕业生，同时也是一名"和平队退役者"。"有时候要耍点滑头才办得成事儿，"他告诉我。他并不认为政治上非得有肮脏的事儿，但坦卡·布耶尔关于游戏的说法他倒颇为赞同。"这是人性的一部分——也是人的游戏，"纳吉夫说。"跟所有的游戏一样，你得喜欢它，你得从中寻找乐趣。大家都觉得，只有变成政客，才能参与政治活动。完全不是那么回事儿。你可能是没有任何级别的村民，但仍旧可以参与其中。"

纳吉夫在纳木杰村的时候也经常遇到麻烦。水管即将铺设结束的时候，他就知道会出现政治上的麻烦事，尤其有几个工人发现不知是谁在储水池里拉了一泡大便。这是再简单不过的政治宣示：邻村有人不高兴了。纳木杰村开了一次会，最终同意赠送邻村价值一万美元的水管子。纳吉夫在法学院读书期间继续筹集资金，村民在数年间逐步拓展工程项目，直至它能够满足七个小型社区。纳木杰村用收上来的水费雇了三名全日制维修工，并用剩余的收益给当地的学校请了一位支付薪水的教师。

纳吉夫还担心，一旦不必每天再花费六小时运水之后，纳木杰村的妇女们会干些什么。他在离开和平队之前建立了一个妇女合作组织，尽管他尚不清楚这个组织将来要开展什么样的活动。他走的时候，村里的妇女们送了他一件礼物，那是一顶用传统手工编织的羊毛帽子。精细的做工给纳吉夫留下了深刻的印象，他说："我敢保证，这东西在纽约肯定能卖到十五美元的价格。"

法学院开学的时候，他收到了第一箱帽子。箱子有一米多高，直接送到了那文德纳·戈亚尔和达姆扬迪·戈亚尔位于长岛的家里。没过多久，又运来了第二个箱子。这个箱子包装不太好，散发出被喜马拉雅季风吹干的一阵阵羊毛味儿。戈亚尔夫妇提出要求，今后的货物直接发往西村，也就是纳吉夫和他早已来到哥伦比亚大学医疗中心的哥哥瑞希的共同住址。他们居住的公寓有七十多平米，起居室很快就堆满了各种各样的箱子。

每到周末，纳吉夫都会站在胡斯顿大街卖帽子。离这里不远就是法学院，他总会遇见同学和教授，大家都会问："纳吉夫，你这是在做什么？"瑞希告诉我，他很不愿意让自己的公寓堆满发出一阵阵臭味的帽子，但看着自己的弟弟摆摊叫卖也就多少觉得有一些欣慰。"他没有许可证，"瑞希说道。"不知道他从什么鬼地方搬来几张桌子，然后就跟不知从什么地方冒出来的人开始打起了嘴仗。他喜欢跟人拌嘴，他觉得那才是生活。这样的场景很有趣。我会买一杯咖啡。他站在冰冷的寒风中，盯着成双成对的男女大打感情牌。"

纳木杰村却再也买不到帽子了，因为价格涨到了曼哈顿的水平。妇女合作组织的成员迅速增加，因为其他村子的人都赶过来一起制作帽子。最终，纳吉夫卖出的帽子总价值有五千美元——他还在纽约大学税收法课堂的后排摆过摊——坦卡·布耶尔为此画上了休止符。他在村子里召开了一次会议，并这样说道："这件事儿不可能持久。"五年后，我前往长岛拜访戈亚尔夫妇，他们家里还摆放着六百多顶尼泊尔帽子。

纳吉夫不喜欢法学院。他觉得很多课程非常无聊，只在刑事犯罪程序课程上得了一个 D。但他还是毕了业，并轻而易举通过了纽约律师资格考试。然而，他还是把大量的精力用在了筹款方面，并经常回访纳木杰村。到 2004 年时，激进分子的冲突已经非常严重，以至于和平队撤出了全部志愿者，但纳吉夫却开始了一系列的校舍建设项目。当地一些社区的设施破败不堪，而纳木杰村的人只需要两万五千美元便能修起一栋七间房的教学楼。他们总能把哈卡·拉玛策略发扬光大，将全体村民分为志愿工作小组——尼泊尔其他的非政府组织自此以后都采用了同样的方法。卡纳·马嘉现在被当地人称作"工程师"，帮着大家解决各种技术难题。加拿大籍尼泊尔裔建筑专业学生普丽扬卡·比斯塔跟他一起设计了两所学校的图纸。通过这些项目，她结识纳吉夫并坠入爱河，之后他们在皇后大学举行婚礼，婚礼由来自印度和尼泊尔的牧师共同主持。

纳吉夫的老乡水管经销商基尚·艾格拉沃尔对工程建设

更加积极。基尚是达兰市的扶轮俱乐部成员，而纳吉夫的一个舅舅为新泽西州平原市的扶轮社员。新泽西州的某个人建议举行一次筹款会，并与扶轮基金会配套结对。唯一的问题是，扶轮国际有一项规定，反对将配套资金用于建筑工程，部分原因是出于法律和责任问题的考虑。但扶轮社成员都向纳吉夫保证，这不是什么大问题；他们仍旧可以修建各种设施，只要把名字改作"学校设备"即可。除非扶轮国际不远万里派人到喜马拉雅山脚下举行听证会，否则没有人会知道这中间的差别。纳吉夫在纽约大学筹集到两万八千美元，扶轮社捐助两万美元，两所学校就建好了。坦卡·布耶尔购买了价值四十美元的校服、钢笔和笔记本，跟拿到这些东西的孩子们照了一张相，并将这些照片邮寄了出去，让人相信全部资金都用于了设备购买。

扶轮国际宣布，它将委派来自南印度的成员对该项目进行审计。一个炎热的日子，打着领带、穿着纽扣领衬衫和白色缠腰布的他来到了这里。我问基尚，审计员长得怎么样，他这样说："身体很好。"这在尼泊尔人听来就是"极度肥胖"的意思。在卡基恰普镇，从新修的教学楼里鱼贯而出的孩子们给他戴上装饰性的花环，这让他大为感动。他勉力步行至扶轮社出资修建的第二所学校，但走了几分钟就因为身体太好而无能为力，不得不坐下来休息。那所学校的老师只好走到这里来看望他。"你真了不起，"基尚记得他是这么说的。

"一切都好吗？"基尚问道。

"不，我想你摊上麻烦事儿了，"扶轮社成员说道。"你们真不应该修建学校。"

　　第二年，想把资金要回去的扶轮国际跟纳吉夫进行了几轮含糊其辞的通信往来。他的舅舅不再出席平原市举行的各种会议，一同被暂停的还有达兰分会，直至争端得以解决。后来，纳吉夫和坦卡决定把这一切都推到激进分子身上。他们写了几封信，声称自己本想全部购买设备，但激进分子来到村子后，强迫他们修建一所学校。纳吉夫动用了法学院的贷款，连同舅舅和其他扶轮社成员一共给扶轮国际寄回了七千美元，扶轮国际终于了结此事。"我给整惨了，"纳吉夫说道。

　　我在尼泊尔见到基尚的时候，他非常自豪地告诉我，他不用再参加扶轮社的任何会议。"我原来参加过他们的会议，并不是遵照扶轮社的制度，"他说道。"而是遵照纳吉夫的制度。"他说，即使形势相当糟糕，纳木杰和周边的村子都一直没发生过暴力，因为大家都忙于发展。基尚说，是纳吉夫改变了他的生活。"我意识到，每个人都应该参与，"他说道。"你得为其他人做点事儿。"

　　我拜访了卡基恰普镇的学校，学校看上去相当宁静，谁能料想它曾冲击到从达兰市到平原市的扶轮社呢。在碧蓝色的屋顶上，有人涂上了巨大的扶轮社标志，从低飞的飞机上就可以欣赏一番。校长告诉我，来自尼泊尔和印度的扶轮社成员有时候会大老远的跑来参观校舍。图书馆的门用黄檀木做成，看上去非常漂亮，比红木的价值更高，上面雕刻着各种各样的图形：知识女神萨拉斯瓦蒂、莲花、佛教万字符、尼泊尔旗帜、扶轮社的轮子。

　　纳吉夫来到山上的第一年就认识到，说到和平队的财政拨款，连总统的权力都不如参议员帕特里克·莱希。总统向众议院提出预算建议案，真正具有最终决定权的是参议院委员会。乔治·布什执政期间，参议员莱希就已经对和平队的官僚体系深感失望。有人告诉我，和平队设在华盛顿的办公室管理非常混乱，工作人员连莱希是谁都不知道。"他把电话打到和平队说：'我是帕特里克·莱希，'对方竟然叫他把名字拼写出来，"纳吉夫说。"这个人还管着他们的预算呢。"

　　蒂姆·瑞舍是替莱希负责拨款事务的高级助理，纳吉夫听说这个人特别挑剔。瑞舍告诉我，和平队这个机构急需进行改革，尤其要将更多的资源投入到具有战略意义的几个国家。"贝宁这个国家这么小，很多人根本不知道它位于何方，可那里的志愿者人数只比中国少二十五人，"瑞舍说道。"我们想探讨的是：这有意思吗？"他尤其强调，拨款委员会运作的预算极为有限。"拨给和平队的每一分钱都是从其他地方挤出来的，"他说。"从水资源项目中挤，从食品援助项目中挤，从难民安置项目中挤。"纳吉夫告诉我，瑞舍关于和平队需要改革的说法一点儿也没错，但他认为 2009 年夏季任命的新主任阿龙·威廉姆斯将会致力于做出一点变化。威廉姆斯之前成功担任过美国国际开发署执行官，他告诉我，他的优先任务之一是要对接受志愿者的地方进行评估。无论如何，纳吉夫觉得莱希如果愿意在这个行当多花一点时间，他的观点将会有所改变。"大家不能仅凭在华盛顿的所见所闻来评判和平队，"纳吉夫说。他希望预算资金是从军费，而不是从援助经费中挤出来。"把这么多钱送给巴基斯坦和其他的外国军队，你能想象这中间存在多么巨大的官僚浪费吗？"他问道。

但是，纳吉夫想不出办法来搞定莱希。他知道这位参议员喜欢 Grateful Dead 乐队，还是铁杆的蝙蝠侠迷，曾在电影《黑暗骑士》中客串露过一面。"我同一位跟随肯尼迪参议员很长时间的助理交谈过，我说我该怎么样才能把莱希说服，"纳吉夫告诉我。"她说：'穿成蝙蝠侠，站在参议院的大门口。'她是认真的。我考虑过。"纳吉夫能够说服吉米·卡特给莱希打电话，却无法从 Grateful Dead 那里弄到一纸声明。他依次给两百多名居住在佛蒙特州的前志愿者打电话，请他们给这位参议员打一个电话。其中一位碰巧是给莱希的父亲提供临终关怀的托老院的首席执行官，她答应给他打电话。

至此，纳吉夫和美国全国和平队协会的关系开始每况愈下。这个机构并没有发表任何评论，但我听其他人说，它对纳吉夫的策略不太满意，在他和其他人公开发表针对莱希的评论员文章之后更是如此。对于这种非正统的方法，华盛顿人做出了迥然相异的反应。共和党人相当支持，他们似乎很喜欢纳吉夫的个人主义和外来者身份。通过选举产生的官员和其他要人总是非常佩服他的胆识。负面反应好像多来自年轻人，尤其是国会的助理们。"他总是把事情搞得很私人化，"其中一位这样对我讲，其他人则抱怨他时常骚扰他们，并且不遵守规则。纳吉夫告诉我，国会的每一间办公室都像一个微缩的小村庄，助理和官员之间的关系非常复杂。在这些村子里，代际陈规被颠倒：年轻的人往往最墨守成规，因为他们日复一日地处理着同样的事务。曾经在民主党众议员山姆·菲尔身边工作过的职员马克·汉森告诉我，官员往往善于品味政治事务中私人和自然的一面，而工作人员一般会关注其中的操作次序。"他们会想方设法操控某个事件，"他说道。"而纳吉夫干扰了这样的程序，并强迫大家在没有写进日程表的日子里听别人讲和平队的事情。"

　　每当人们谈论和平队所发起的这场运动时，大家总会不怀好意地这样说："你们都听说过冰淇淋联谊会，对吧？"这样的说辞我听到过无数次，直至"冰淇淋联谊会"这几个字听起来让人想起"猪湾"。每年夏天，都会在华盛顿以帕特里克·莱希的名义举办募捐活动，特征便是本杰瑞冰淇淋和佛蒙特州特产。2009 年那一次，和平队的财政预算到了关键时刻。奥巴马要求做到三亿七千三百万美元，比现行的三亿四千万美元略有增加，但众议院响应和平队发起的运动，要求做到四亿五千万美元。纳吉夫和另一位曾在尼泊尔服务、当时已经是作家的前志愿者劳伦斯·赖默参加了冰淇淋联谊会。当着一大群人的面，赖默向莱希做了自我介绍。

　　"参议员，我恐怕得向你说点惹你不高兴的事情，"他这样说道，接着他拿出一份声明大声地读了起来，"你应该听从内心，真正进步的内心，而不是那些专唱反调的助理们。"莱希非常恼怒，说他相信自己的判断，讨厌受到别人的干扰。但赖默并不罢休。他又说道："参议员，民主就应该是这样的。"

一位助理站到两人中间，结束了他们的争执。赖默做了书面致歉，但参与运动的人都觉得跨过了某一条界线。正如瑞舍最近跟我说的那样："以这样的方式跟一个负责财政拨款的人对话，肯定是非常不明智的。"联谊会之后没多久，预算下来了，四亿美元——年均增幅最大的一次，但还是比众议院批准的四亿五千万美元少了很多。一位众议院的议员告诉我，莱希曾向他抱怨过前志愿者的粗鲁无礼，他说："要让和平队付出五千万美元的代价。"莱希否认了这一说法。

人们大都觉得这一次运动大获成功，但纳吉夫的心情很复杂。冰淇淋联谊会之后，他和美国全国和平队协会的关系完全闹僵，竟然离开了这个组织。第二年，他独立开展工作，所需资金由前纳达尔的活动家唐纳德·罗斯领导的一个顾问小组提供。他所采用的方法不再那么咄咄逼人，活动的结果是参议院将2011年的经费预算增加了两千万美元。但纳吉夫认为，重要的精神已经荡然无存；他之前一直希望对改革步伐比较保守的和平队施加更多的影响。

纳吉夫告诉我，他采用个性化的办法有点过了头。村庄政治可以不讲民主：关键在于，某一具有权势的个体在听到那么多整齐划一的声音之后，会本能地对这些声音充耳不闻。给莱希打电话的人，下至他爸爸所住托老院的管理者，上至前任总统。他还在本杰瑞冰淇淋联谊会上有过上述遭遇。那好像还不够，他又接到了本和杰瑞分别打来的电话。本·科恩告诉我，在纳吉夫联系他之后，他给莱希打去电话，建议给和平队而不是五角大楼更多的财政拨款。我问科恩，参议员的反应如何。"他的反应是'够了！连同他的哥哥，每个人最近一直在打电话跟我说这件事儿。'"

9月，我陪纳吉夫去了一趟尼泊尔。去纳木杰村的路上，我们在附近一个名叫贝德塔的小镇停下脚步，玛尼·塔芒迎接了我们。玛尼的眼神很犀利，黝黑的脸庞十分瘦削。他自我介绍说，在动乱年代，他是当地激进分子游击队的司令。2008年，君主政体被废除，联合国一直控制着全国的和平进程。激进分子现在变成了合法的政党，但他们这些人已经有很长时间没有抛头露面，所以玛尼显得有些神经质。他穿着肮脏的T恤，上面用英文印着"休闲风格"这两个词。

"你是不是多少对我感到有点失望？"纳吉夫问道。

"我跟你说过好多次'谢谢你'，再多说一句'谢谢你'也无法表达我们的心情，"玛尼说道。"像你给我们修的学校那种房子，全县找不出第二处。"

"有没有什么意见？"

玛尼觉得，激进分子一直被排除在发展之外。"你第一次修建水利工程的时候，我就想跟你见见面，"他说道。"但纳木杰村的人一直拦着我。"他问纳吉夫会不会在附近的社区再修建一个水利工程，纳吉夫说自己再也没有从事这样的工作了。"我可以把这个想法跟本县主管灌溉的官员交代一下，"他说道。

纳吉夫不想再协调更多的基础设施建设项目。其他社区正在修建水利系统，他觉得这更好一些。"你把某件事情做好了，别人就会跟样学样，"他说道。"做这种事儿根本不需要大包大揽。"他也不再修建学校。他觉得自己的角色一直在变换之中，对自己非常挑剔。有些项目完全失败，比如羊毛帽子，妇女合作组织的生产能力也尚未得到展现。纳吉夫相信，学校的楼房太过于功利主义；他在一次典礼上发表讲话，说那些楼房"看起来像监狱"。他告诉村民们，楼房应该漆成亮色。即便水利工程也有副作用。有了水，人们可以用水泥搞建设，而村民们已经踏入了无序建筑的阶段。外面的投资者进了村，因为他们认识到，为了躲避德赖平原的高温炙烤，纳木杰村有可能成为大家的避暑胜地。他们置买了很多地块，价格在一年之间翻了十倍，当地人非常担心凝聚力正在一点点丢失。

就慈善事业而言，可复制性是至关重要的目标，但在纳吉夫看来，开发项目的工作人员在很多地方重复同一件事儿，从不考虑长远后果，这样的做法没有任何意义。他相信，建筑工程项目的价值往往被夸大其词，实际上更重要的在于花时间让某个社区能往前迈步。他说，纳木杰村的村民们用上了自来水，但跟村民们学会共同劳动相比，前者并不特别重要。"人们总会这样问我：'和平队修建了多少所学校？多少家医院？'"他说道。"和平队很不善于玩这样的游戏。所以它的机构规模依旧比较小，人们对它也不怎么了解。"进了和平队，二十七个月的服务期比其他服务机构都要长，志愿者们对于传统的开发工作往往犹豫不决。他们乐于看见复杂的变化过程，却不乐于为大型项目和全面计划加油喝彩。小说家保罗·泰鲁曾于 1960 年代在马拉维担任志愿者，对于非政府组织在非洲开展工作有过至关重要的描述。他告诉我，宏大的计划往往具有破坏性。他对自己在哥斯达黎加所见到的，由村镇组织的小型项目所持的态度更为积极。"我们需要鼓舞人，而不是吓着他们，"他说道。"带有破坏性的援助项目总有这样那样的问题。"

　　当我跟曾经的志愿者们交谈时，他们无一例外都会说："我在从事志愿者过程中的收获远远大于我的付出。"还有一种说法也很普遍，和平队带给美国的益处远大于它带给全世界的益处。我并不完全相信这些情绪性的说法——那似乎是在表达一种卑微和尊敬。我一直喜欢和平队略带颠覆性的元素，因为这往往寂静无声、富于个性。不过，和平队的失利似乎正在于前志愿者们回到国内之后很少——至少在政治方面——再打外来者这张牌。像纳吉夫这样的人能从纳木杰村来到国会大厦，用全新的视角打量这个地方，这使他的出现具有了一定的颠覆性。不过，他不是等闲之辈。美国极其善于在世界其他地方搅起波澜，而对引发至反效果的事情却表现得无动于衷。

在纳木杰的最后一天，我们出席了农业培训新大楼的落成典礼。一年以前，纳吉夫筹集到资金，在位置最好的山头购买了五英亩土地，村民们希望在上面修建一个中心，全尼泊尔人都可以来这里学习有机农业。纳木杰村有了足够的水源，可以满足这样的发展需要，村民们因此满怀雄心。他们最近在达兰市举行了一次筹款活动，筹到的款项竟然达到十五万美元。然而，人们的计划似乎更宏大：他们想从尼泊尔政府那里得到一百万美元，以把培训中心扩展成一所真正意义上的大学。

坦卡·布耶尔为典礼事项做好了一切准备。到处是硕大的帐篷和彩旗，全县的官员都赶了过来。他们拿到了精心准备的庆典礼物：佛像和廓尔喀刀。纳吉夫发表了关于发展的讲话，只要他一提到钱，人群就会欢呼不已。

第二天，我们来到加德满都，拜访了和平与重建部长拉卡姆·泽姆琼的办公室。坦卡·布耶尔提前写好了三封信，要求政府支持新建一所大学，并让纳吉夫转交上去。但纳吉夫似乎心神不定；他告诉我，头一天的庆典仪式太过奢侈，他惹了麻烦，这下子不知道该怎么跟部长开口了。

我们在一间高大的房间里见了面，部长跟纳吉夫热情地打了招呼。陪着他的是两位助理，用尼泊尔语里更令人满意的外来词说，也就是两位"雇员"。还有一位激进分子官员，他正在帮着起草尼泊尔宪法。纳吉夫先讲了一段话，但没有开口要援助，反而说在纳木杰建一所全日制大学是一个错误的决定。首先，村民们需要把注意力放在自己的土地上面。

"不管跟他们说什么，他们都会听取，"他说道。

"我会提醒他们务必谨慎，缓慢推进，"部长说道。

"村里现在面临着很多危险，"纳吉夫说道。"我还是个和平队志愿者的时候，一英亩土地只值三百美元。现在呢，一千美元。这有点像狂野西部。"

"我明白，"部长说道。激进分子的手机响起了铃声——《国际歌》。乐曲就要演奏到"全世界受苦的人"时，他摁断了电话。

"我们需要在纳木杰村做点别的什么事情，"纳吉夫说。"不一般的事情。"

部长答应关注这一项目，然后大家握手道别。我和纳吉夫走到外面，坐上了出租车。他还有三封信没有转交，我问坦卡和其他人会不会感到失望。

"他们了解我，"他说道。"坦卡先生常被这样的事情逗乐。他会这样说：'我们让纳吉夫去那里转交信件，他却兜了一圈，还说我们的坏话！'"出租车摁响了喇叭；我们在车流中蜿蜒前行，纳吉夫笑了笑："说政治是肮脏的游戏的人就是他。"

海滩峰会

　　我跟警察的麻烦始于从前的林彪楼。这个地方看不出有什么危险——房子空无一人，北戴河又没有发生什么官场大事儿。但大家都知道，镇上进驻了政府的人。北戴河是位于渤海湾的海滩胜地，在北京以东三百多公里，官员们经常来这里度假。有时候，他们也会来这里工作——每年夏天，政府的高级官员相聚北戴河，举行机密会议，共同决定国家的未来走向。在会议结束之前，国内的媒体不进行报道，但我从一些迹象看出，镇里来了大人物。重量级干部的消夏别墅所在的地段——海滩路已实行交通管制。差不多每一个街角都站上了警察。间或，几辆黑色的梅赛德斯轿车在镇上呼啸而过，由警察鸣笛开道；护卫队离去之后，满大街寂静一片，宛如夏季一场突如其来的暴风雨。

　　2002年的会议比往年早了一点，放在了7月末而不是8月。有分析家认为，这一点很重要——因为北戴河会议很少公开，所以大家都习惯于从种种模糊的细节中寻找其中的意义。毫无疑问，那个夏天的风险高于以往。国家领导人江泽民将会退出的职务至少有三个：党的总书记、军队的最高领袖和共和国的主席。但也有报道说，事情没有那么简单。有专家指出，北戴河会议将会是权力交接的第一现场。

林彪楼坐落于联峰山公园的山顶，就像中国权力之殇的纪念碑。1960年代"文化大革命"早期，林彪元帅被毛泽东指定为接班人，他的避暑胜地反映了这样的身份地位；大家耳熟能详的是，里面有一个温水游泳池。但到了1971年9月，据传在策划政变败露之后，林彪想方设法要逃离中国。绝望之下，他驾车离开北戴河——一个士兵还朝开走的汽车打了一枪——并在不远处的山海关登上了一架军用飞机。大家一致认为，林彪在飞往苏联的途中于蒙古境内遭遇飞机坠毁，不过这个故事的很多细节仍然不太清楚。林彪在死后被描述为中国最大的叛徒，同时被说成是非常怪异的人。据毛泽东的私人医生说，林彪怕风、怕光、怕水。林彪拒绝喝任何东西，他的妻子为防止他脱水，要拿花卷蘸水喂他。那样的细节让我不禁怀疑温水游泳池的说法。医生还报告，只有把便盆放在床上，林彪才能用帐篷样的毯子盖着蹲下方便。我在北戴河碰到的每一个人都告诉我，我应该看一看林彪原来的住所。

一字排开的灰色砖砌公馆已经腐朽失修。联峰山公园是一个公众公园，但公馆的四周有一道两米多高的围墙，参观者禁止入内。窗户周围的红色油漆已经剥落，阳光把屋顶的瓦片映照成了金黄色。旁边的两棵松树上竖着两根避雷针。我从边上走过的时候，一群中国游客也正好走到那里。他们的导游正在讲解温水游泳池的故事。

下山的路上，我在一处树荫下休息，同时拿出笔记本写了几个句子。一个二十出头的年轻人从我身边走过，问我都写了些什么。

"记日记，"我回答道。

"我能不能看一看？"他更急迫地问道，我从他的举动中看到了某种熟悉的东西。我把笔记本放回了口袋。"没写什么，"我说道。"我只是歇一歇，我要走了。"

我走了不到十五米，他便掏出了一块徽章——便衣警察。

"我要看看你的笔记本，"他说道。

"这里是公共场所，"我说道。"我没干坏事。我的签证也没有问题。"

我向他出示了护照，然后朝着出口走了过去。我真气我自己——我知道不应该在敏感地点做笔记。但我之前从未在公共场合跟警察惹过事儿，一看见旅行团就让我放松了警觉。警察一边紧紧地跟着我，一边冲手机说着话。我低着头走出了大门；我听到左边有人跑了过来，紧接着，三个着装的士兵挡住了我的去路。停车场里，我们面对面地站立着。几个二十多岁的士兵骨瘦如柴，因为要跟外国人打交道而显得紧张不已。从对面停车场又钻出来三个人切断了我的退路。早先那个便衣警察带着同伴出现了。

"我们要检查一下你的笔记本，"他又说了一遍。

"我不会交给你，"我说道。"你没有必要检查。"笔记本里面没有敏感内容，但是记了我那天早些时候认识的几个中国人的联系信息。他们没有做给自己惹麻烦的事情，但我知道警察会顺藤摸瓜，用一堆问题去吓唬他们。

十分钟不到，当地外办的三位官员坐着中国制造的、窗子挂着黑布帘的黑色奥迪轿车赶来了。负责的官员晃了晃他的证件。我把护照递给了他，他认出了签证上的"J"字样，说明我是经过登记的新闻记者。我告诉这位官员，这里是公共场所，我没有违反任何法律法规。

"我们不是要逮捕你，"他说道。"只是要耽误你几分钟。"

"如果你们要搜我的身，那你们必须先逮捕我，"我说道。"我会给美国大使馆打电话，报告美国公民被逮捕的事情。"

我掏出了手机。那只是装装样子；大使馆的人我一个也不认识，再说，我的笔记本也不会被美国国务院列为头等要务。几位官员离我有十来米的距离，低声地交谈着什么。也有人打了几个电话。几分钟之后，外办负责的官员走了过来。

"这是你的选择，"他说道。"他们只想看看你的笔记本而已。不是多大个事儿。你可以给他们看，也可以不给他们看。"

我告诉他，我的笔记本我要自己保管。

"行，"他说道。"你可以走了。"

我头也不回地离开了。我琢磨着，我还会遇见他们。

北戴河看上去是一座平静的小镇。灰蒙蒙的大海十分静谧，在北方的阳光映照下低沉地泛着波光，街道两旁栽种着柳树和李树。西边的海滩进行了分区：一块属于中国人民解放军的士兵休假区；一块属于国务院；还有一块属于外交服务局的私用海滩。过了这儿，是大家交完十元钱之后可以任意使用的楔形公共沙滩，再过去才是吵闹不堪的免费公共沙滩：照相摊、饮料贩、出租遮阳竹制沙滩椅的人随处可见。穿着裙边游泳装的女人们在水里一边摸索一边移动着脚步；男人们把香烟盒子塞在速比涛牌游泳裤的腰带下面。公共沙滩有八百多米长，在用绳子隔断、并有制服保安守卫的地方戛然而止。

在绳子和保安的另一边，沙滩被留给了政府的领导们。每天早晨，我都会踱过去看一看有没有发生什么事情，但那一片海滩总是空无一人。领导们已经到来的第一个迹象出现在7月的最后一周，有报纸报道说立法机构的领袖李鹏来到了北戴河，并会见了马耳他众议院的发言人。但报道没有提及李鹏是否来这里参加一年一度的夏季会议。报道只说中马双边关系比以往任何时候都要牢固。

一个世纪以前，外国人形成了把北戴河当做夏季避暑胜地的习惯，在小镇上建起了第一批海滩房屋。共产党在1949年执政后，把北戴河变成了政府领导下的度假胜地。从一开始，这个度假胜地就被用于政府官员和国有单位的普通员工。这样的做法依照了革命的核心理论，干部和工人之间的距离应该缩小到最小。数十年来，劳动模范可以到北戴河免费休假——无论车床工人还是挖沟工人都可以来这里晒一个星期的太阳。小镇现在每年都会迎来两百多万游客，其中大多数是自发的度假者，不过海岸线一带仍旧有许多政府经办的休闲健身场所，这些场所的名字依然回响着早年的情境：天津教师疗养院、铁路干部度假村。

我在中国煤矿工人疗养院登记了一个星期的住宿。这家疗养院开业于1950年，向煤矿工人提供招待和度假之需，因为他们都是无产阶级的英雄人物。半个世纪后，这样的英雄人物还在不断地来到这里——每天早上，我都会看见一群群人步出疗养院，大睁着眼睛眺望大海；他们大都来自内地的产煤小镇。也有来自其他行业的散客，他们要在疗养诊所自己支付接待费，诊所的特长是治疗髋关节坏疽。病人中有来自黑龙江的一位税务官员，来自大庆的两位油田工人，以及来自《人民日报》上海分社的一位女记者。一位退了休的邮电工人告诉我，他随林彪的三十九军赴朝鲜战场参加过战斗。他说，那是1950年，在离鸭绿江不远的地方，他们遭遇了重大伤亡，但还是顶住了麦克阿瑟的部队。他还讲了我从其他朝鲜战争老兵那儿听到的一些说法："美国人吃不得苦，没有我们中国人顽强。"

我喜欢在傍晚时分听这些病人聊天。他们坐在诊所门前的树荫下，享受着海风，旁边支着他们的拐杖。家常话有一搭没一搭，应和着银杏树上的蝉鸣声。偶尔，他们会谈论政治；有一次，我问起镇上正在召开的会议。"会开完了，报纸上自然会报道，"税务官员说道。"不过到了那时，还是没我们什么事儿。"

我住进疗养院的第一天，遇到了一位七十二岁的俄罗斯人，名叫谢尔盖，他因为中风前来这里疗养。他的左半身部分瘫痪——左手绑着一块木板，以防拳头紧握。他坐着轮椅。他告诉我，他的家人于1938年从西伯利亚逃了出来，自此以后他就没有离开过中国。他说一口流利的中文，加入中国共产党已经有五十二年时间。当我问他为什么要离开苏联时，他叹了一口气。"说来话长，"他说道，随即陷入了沉默。

几天后，另一个病人向谢尔盖问起了同样的问题，这一次他坦然了许多。他说，那是1920年代和1930年代日本向西伯利亚派出间谍的时候，斯大林命令将所有该区域的亚洲人驱逐出境。谢尔盖的父母是穷苦的苏联农民，却跟一帮来西伯利亚做生意的中国人交上了朋友。1938年，在驱逐外国人的活动中，那几个中国人劝说谢尔盖一家跟他们去南边算了，因为西伯利亚的情况已经非常严峻。"斯大林取得了一些成功，但也犯了一些错误，"谢尔盖解释道。

"我喜欢毛泽东，"《人民日报》记者说道。

"列宁比斯大林好一点，"另一个人说道。"列宁没有犯过太大的错误。"

"列宁不是犹太人吗？"又一个人问道。

"列宁是苏联人，不是犹太人。"

"为什么俄罗斯妇女年轻的时候很漂亮，上了年纪却长得那么胖？"

"我以为列宁是犹太人。"

"那是吃出来的。"

"他们饭前喝汤，而不是饭后喝汤。"

"俄罗斯女人长胖是因为她们不在意，"谢尔盖以权威的口吻说道。他身高一米八三，瘦得像桦树枝。他的妻子是中国人；在他们结识以前，她一直在一家歌舞团上班，这家歌舞团专为朝鲜战争靠近前线的士兵们提供文娱活动。战斗中的一次爆炸让她的左耳失去了部分听力。"俄罗斯女人根本不在乎胖不胖，"谢尔盖说道。

跟便衣警察发生过小插曲之后，我在距离林彪楼不远处的一家面馆吃了个午饭。我不紧不慢地吃着午饭，以让那一场麻烦事自行烟消云散，但没过多久我还是发现街道对面有一个年轻人在观察我。我走出餐馆，他立即站起身来，用手机打起了电话。我本想坐一辆出租车兜一圈出城，让别人难以跟踪，但我随即觉得这可能完全没有必要。我住进宾馆的时候在前台登记过，他们肯定知道我的记者身份，因为中国所有的宾馆都要将外国宾客上报给当地的公安局。几乎可以肯定，之前在停车场遇到的那一位官员已经知道了我住在什么地方。

我招来一辆出租车，回到了宾馆。中国煤矿工人疗养院很宽敞，树木蔽日，有二十多栋楼，我住在老式的 VIP 区。他们前几年才向外国人开放，套房的价格是每晚四十美元含早餐。但我一直没看见其他外国人；宽敞的大楼几乎空无一人。外面是一大块草坪，上面有几座陈旧的大理石山羊雕塑，因为年久日深和海风吹拂，早已发灰变暗。我走近一些才发现，其中一只山羊的边上站了一个人。我一出现他就掏出了手机，随后在我之前回到了大厅。

我的房间在二楼。上楼的过程中，我转过头来又看了他一眼：平头、黑色涤纶宽松裤。他一边盯着我，一边对着手机小声地说着话。

我在房间里等待着。在中国的城市里，每当我遇到麻烦的时候，被外办官员赶走只是时间早晚的事儿。按规定，外国记者应该在外出之前提出申请，但现实中几乎没有人遵守这样的规定，而我通常不想让自己的旅途受到他人的打扰。不过，我偶尔也会引起警察的注意，这时的反应一般都比较迅速。先是敲门，紧接着一位绷着脸的官员会礼节性地告诉我，他们乐于让我下次再来，假如我向他的办公室提出申请的话。与此同时，我还应该回到北京。

我的两房套间散发着霉味，不过光线很好，还带了个阳台。电话机的边上，"提供的服务"手册上列出了房间里每一件物品损坏后的赔偿价格。烟灰缸一元[①]。茶杯五元。毛巾十五元。毁坏地毯每平方米五十元。要是打坏了镜子，我得赔偿一百元。房间里最贵的东西是马桶，价值五百元。

[①] 原文以美元为单位，此处以当时的汇率一美元大约兑八元人民币计算。——译者

我一直等着敲门声响起，半个小时后，我睡着了。因为笔记本而发生的遭遇令我精疲力尽，我竟然睡了一个多小时。醒来之后，我一时不知身在何方，随后才记起我究竟在哪里：三十元的枕头，四十元的床单。不知为什么，没有标明床的价格。我走下楼去，平头男子还在大厅里，摇着一把扇子给自己扇凉。看见我之后，他一下子惊呆了，竟忘记了摇扇子。

我在北戴河没怎么听见人们谈论接班的事情。有好几次，我跟一个读书人聊天，他提到了现任国家副主席胡锦涛。专家们大多认为，如果江泽民退休，胡锦涛是最有可能接替他的人选。但在北戴河很少听人谈论这件事情。这样的话题并不会令他们感到紧张或者戒备；大家只是觉得不关自己的事，而且也不希望领导人的更替改变自己的生活。每次说起这事的时候，大家总是话里有话，似乎这样的方式会让这个话题更有关联。谢尔盖将国家权力的交接比喻成家事。"比如，父亲老了之后，会让老大来负责，"他说道。"小儿子们要反对就不应该了。除非他犯了大错，否则他会继续负责。"谢尔盖当过小干部——他在西部乌鲁木齐的党委里干过三年——因此他才说中国应该从苏联改革重建时期所犯的错误中吸取教训。"戈尔巴乔夫太急躁，"他说道。"他们应该先实行经济改革，政治改革应该慢慢来。"

跟谢尔盖不同，疗养院里最坦诚的病人要数姚拥军和邹云军。他们来自东北的油城大庆，都是髋部患病。1960 年代，大庆成了中国工业的典型，但它向市场经济转轨的路子却很崎岖。最近，国有石油公司的工人大量下岗，有的工人还举行了游行示威。姚拥军和邹云军说，他们所在的单位还没有受到太大的影响。他们每个月能拿到两千多元的工资，这算不错的了。他们还告诉我，他们很喜欢自己的工作。姚拥军有点胖，三十二岁，一说话就笑；他为期两个月的治疗即将结束，治疗措施包括传统中医、打针、超声。他告诉我，髋部坏疽由三种原因引起：内分泌失调、过量饮酒和损伤。他觉得自己的髋部问题是由头两个原因引起的。

邹云军说，三个病因他都占。他三十九岁，原来在油田从事体力劳动。邹云军蓄着平头，发际线下有一道疤痕，直通额头，止于眉梢之间，看上去像一个感叹号。据他自己说，他的名字，也就是"云"和"军"合起来是"天军"的意思。他的父亲给他取这么个名字，是因为他自己的从军经历——他也是个老兵，曾在鸭绿江一带参加过战斗。邹云军的身体很结实，常常光着上身在疗养院里溜达。他的脖子上挂着一根金项链。他还戴了一块仿冒的劳力士手表。他不时地跟护士们打情骂俏，而她们似乎也乐于接受。

一天下午，我跟邹云军正坐在树荫下，一位护士告诉他第二天八点钟要去做治疗。

"太早了，"邹云军笑着说道。"再说，我喜欢八点钟的时候上厕所。"

护士用手掩着嘴笑了笑。"好吧，"她说道。"九点钟。"

"十点，"邹云军说。

护士笑不可支地转身走了。那天晚些时候，我跟邹云军聊起政治，他说他最崇敬的中国领导人是毛泽东、唐代的第二任皇帝唐太宗和成吉思汗。

"可他是个蒙古人，"我说道。

"蒙古族是中国的五十六个民族之一，"邹云军说道。他告诉我，他之所以崇拜成吉思汗，是因为他把中国的疆域一直扩展到了莫斯科。我知道，很少有蒙古人会觉得自己的民族英雄是汉人，但这样的观念在中国十分普遍。我问邹云军，他怎么看待江泽民。

"不错，"他耸了耸肩说道。"但他没法跟历史上这些著名的领导人相比。"

邹云军和其他病人似乎没有注意到那几个便衣警察。VIP 楼的大厅里至少有一个人在那里晃悠，只要我一踏进疗养院的大门，总会有人跟我朝着同一个方向行走，以便能够随时紧盯着我。出了大门，守着的人多达四个。只要我一离开楼房，他们就会启动自己的手机。我在中国从未有过这样的待遇——一般来说，如果当局想让某个人离开，他们会直言相告。但守在这里的几个人似乎乐意让我自由溜达，只要我停留在他们的视线之内就行。一天早晨，我终于朝着守在门口的两个警察走了过去。

他们尽量做出漫不经心的样子。其中一个是我第一天在大厅里见到的那个小平头——发胖，四十多岁，穿着肮脏的棕黄色 T 恤衫。他的同伴穿得稍好：仿冒的 Izod 衬衫，黑色皮鞋上印着花花公子的标识。他的皮肤很不好。我问他来自什么地方。

"长春,""花花公子"随口说了一个东北城市的名字。他说自己来北戴河是为了治病,我问他有什么问题。

"没什么问题,"他脱口而出。"就是休息休息。我来休假。"

"我记得你刚才说是来治病的。"

"我不是那个意思。我就是来休假的。"他笨嘴笨舌地评论着北戴河宜人的天气和舒适的海滩,接着就说自己要走了。他们俩——"花花公子"和小平头——于是走开了;他们偷偷地打量着身后。那是我跟中国人少有的一次谈话,期间一个问题也没有人向我提出。

在北戴河,人们总想看到对政治毫不敏感的人。每年夏天,国家的领导人都要来到小镇,人民共和国历史上的一些最重大决定就在这里拍板定案。北戴河是林彪演出他职业生涯最后一幕的舞台,其时最高领导人正面临着政变的危险。可这一切跟大街上的人们似乎没有任何关系。林彪的房子被围了起来,除了那个温水游泳池,他的小楼提不起人们聊天的欲望。同样,人们对于江泽民和胡锦涛,或者即将到来的权力交接没有表现出半点好奇心。

不过,普通的中国公民对这些人知之甚少,这也是实情。胡锦涛属于后辈——在中国共产党内部有一种传统,即将升任的领导人应该保持低调。胡锦涛五十九岁,一辈子大多在内陆地区从政。他从未接受过采访。他最重要的政治经历发生在西藏，1988 年他被任命为党委书记，是这里的最高级官员。

　　同胡锦涛一样，江泽民也因为渡过难关而声名鹊起。1989 年他是上海的市委书记，在动乱中，他成功地让这座城市的绝大多数地方处于风平浪静的状态。担任国家主席期间，他抵御住了亚洲金融危机。不同于以往的领导人，他既不是战斗英雄，也不是穷苦农民出生。江泽民戴一副老式的厚重眼镜，有时会引述毛泽东和邓小平等几位颇受尊敬的前任曾经的话语。他对于国家意识形态的贡献，是那长达两万字的有关发展的讲话内容，人称"三个代表"。数百万中国人要在学校和单位学习这份文件，讲稿内容大多是这样的："所有生产关系和上层建筑，无论其本质如何，始终随生产力的发展而发展……至于事物在将来会如何发展，这个问题的答案应该来自未来的实践。"在描述某种否定的时候，其中的意思十分清楚明白："我们必须坚决抵制西方政治模式，如多党制和行政、立法、司法三权分立所带来的影响。"

　　同理，只有在确定他们不是谁的情况下，才能更好地对江泽民和胡锦涛做出定义。他们既不是毛泽东，也不是米哈伊尔·戈尔巴乔夫。人民共和国是第一个摆脱个人崇拜的共产主义国家，所以江泽民和胡锦涛身上的平淡无奇也许正是他们最为明显的特征。北戴河会议之后没过多久，官方便宣布江泽民将卸掉三个领导职务。胡锦涛上任后的第一年就废止了在北戴河举行秘密会议的习惯。海滩峰会是上一个时代的产物，当时的领导者个人分量更重，也更多地面临着解职和政变的危险。今天的中国已经变得更加有序，治理方式早已演化成了别的东西：一党执政，经济高度自由。如果人们还显得有些消极，那是因为他们看惯了更不好的东西。经过了这么多年，能够想一想政治之外的事情，实在是一种解脱。

姚拥军结束髋部治疗那一天，他打电话邀请我出去喝点酒庆祝一下。我拿不准要不要去——石油工人好像都是些朴实的人，我担心自己跟警察惹下的麻烦会多多少少连累他们。我在疗养院跟病人们的交往都局限于公开场所。反复思考之后，我觉得最好把自己的担心告诉姚拥军，看他会有怎样的反应。

不过，就在我穿过疗养院去跟他会面的时候，"花花公子"出现了，而且挨着几个病人坐了下来。小平头也从另外一边走出来，站在边上。其他人似乎都没有注意到他们；病人们照常闲聊着。最近几天，我感觉自己陷入了某种奇怪的个人世界：我的注意力都集中到了这方面，可周围的生活依旧如昨。

姚拥军跛着脚走过来，笑逐颜开地跟我握了握手。从轿车上下来两个人，催我们动作快一点，因为其他人都在等我们。我很勉强地坐上了轿车。就在车开走的时候，我看见小平头把电话凑到了耳朵上。我想着，这趟差事也不算太难：盯着一个外国人和三个拄拐杖的人。

我们在一家餐馆的二楼要了一个雅间。我们一共四个人，靠在墙壁上的拐杖一字排开。天气很炎热，几个人先后脱了衣服，准备好好地喝一杯。服务员给我们拿来了冒着热气的啤酒，还有几碗冰块。我在中国生活了这么多年，各种收获不计其数，其中之一便是我逐渐喜欢上了把冰块放进玻璃杯时，啤酒嘶嘶作响的样子。有一位点了一瓶帝王酒，这种葡萄酒的产地就在附近。他把冰块放进去的时候，帝王酒没有嘶嘶作响。

一位在煤矿工作的老人抽的是大重九香烟。"那是蒋介石最喜欢的牌子，"姚拥军说。

"你知道毛泽东喜欢抽什么牌子吗？"姚拥军问我。

我猜他抽的牌子是根据中央政府在北京的所在地来命名的。"中南海吗？"

"中华，"姚拥军替我做了更正。

"邓小平抽的是熊猫，"不知是谁说了一句。

我问大家，江泽民喜欢抽什么。

"他不抽烟。领导们如今关注身体健康了。"

邹云军换了个话题。"中国女人跟外国女人有什么不一样？"他问道。

过了一会，我来到楼下，看看"花花公子"和小平头是否还在上岗，两个人我一个也没有看见。上楼之后，姚拥军问我是否喜欢北戴河。我们已经不慌不忙地喝了一个多小时，大家挨个敬酒，他早已满脸通红。我认真地想着该怎么回答。

"实话实说，我在这里遇到了一点小麻烦，因为我是新闻记者，"我回答道。"平时都不这样，但这次跟踪我的警察太多了。实际上，在我们出门来这里的时候，门口就有两个便衣警察。"

"我知道，"姚拥军说道。

"你认识他们？"

他点了点头。他的眼神非常平静，我怔了一下才继续开口。

"我不想给你们惹麻烦，"我结结巴巴地说道。

"不是什么麻烦，"他说道。"我们一点都不担心。再说了，你也没办法，"他补充了一句。"别管它。"

他向自己的家乡——位于通往西伯利亚的半路上——敬了一杯酒。房间里鸦雀无声：没有低语，没有蝉鸣。唯一的声音是我们为大庆油田举起酒杯时冰块碰撞的叮当声。

新城姑娘

艾米莉没有确切地告诉我，她为什么从当地的师范专科学校毕业后要离开家乡。"我的内心有一种东西，"她说道。"母亲说我就是不满足于过好日子。她说我注定要吃苦。"不管怎么说，她不满足于在当地做老师的日子。"教书这个工作对女人来说相当不错，找丈夫也很容易，因为很多男人都喜欢找老师当老婆，"她说道。"那本来应该是非常舒适的生活，可太舒服了，我会觉得跟死了似的。"

我第一次见到她的时候，她已经有意要离开了。那是1996年，我在四川省位于长江边上的涪陵师范专科学校教英语。学生们经过学习之后会成为中学英语老师。有一天我要他们回答这样一个假定的问题：你是愿意像正常人那样有起有落地长命百岁，还是愿意极度欢乐地只活上二十年？

几乎所有的学生都选择了第一种答案。他们大都来自四川的乡下农家，好几个学生甚至提出，自己的家庭非常贫困，二十年后他们不能一死了之。然而，艾米莉选择了后者。十九岁的她是班上最年轻的学生。她这样写道：

我好像有很长时间没感受到快乐了。我有时候将自己的灰心丧气怪罪于环境，我们学校的气氛尤其压抑。但是我发现，当我一个人在不停抱怨的时候，其他同学却活得十分开心，所以我觉得问题的根源在我自己。

　　她那一年所写下的每一个字都说明，她跟其他人大不一样。她跟班上的同学们对着干，她对党的路线绕道而行，她有自己的想法。她写到了自己的父亲，他是一位数学教授，在"文革"期间被下放到一座煤矿；她写到了自己的姐姐，她早就千里迢迢去深圳找工作。我让学生们给美国的各种机构写一封商业信函，艾米莉选择了位于纳什维尔的美国乡村音乐协会。她说她很想听一听真正的乡村音乐。还有一次，她问我有没有黑人朋友，因为除了在电视上，她还从来没见过真正的黑人。我在文学课上要求学生们排演《仲夏夜之梦》，她扮演的是泰坦尼亚。她演得很出色，尽管她扮演每个角色的时候都喜欢笑，仿佛在远远地观看自己的表演。她有一张圆脸，高颧骨，厚嘴唇。她的眼睛很细很眯，很像中国古画中的女子。艾米莉曾经对我说，小的时候大家都觉得她很漂亮，但现在大家都钟爱大眼睛，因为那看上去更像西方人。她从不化妆。她的衣着很简朴，跟其他许多中国女性不一样，她从不染头发。为了表示对艾米莉·勃朗特的崇敬，她给自己取了这么一个英文名字。

　　毕业后，我的学生大都接受政府安排的工作，回到自己的家乡当上了老师。可艾米莉跟着男朋友去了云南的省会昆明找工作。他是个方脸的年轻人，头发浓密，眼珠黝黑，脾气暴躁，想着继续前往上海。"我当时没打算跟他分手，"艾米莉后来告诉我。"但我心里清楚，自己一点也不想去上海。"于是1997年11月，她去了深圳。几个月后，他们彻底分了手。来到深圳之后，她花了不到一个星期的时间就在一家服饰出口加工厂找到了文秘工作。她的起薪是每个月八百七十元。她原来的同学大都留在四川当老师，工资普遍为三百多元。

通常，我教过的学生都会给我写信或是打电话，报告他们各自独立过程中的每一座里程碑。报告通常跟钱和财产有关——涨工资啦，买新房啦。有一次，一个学生打电话给我，说他刚买了一部手机。他先跟我聊了几分钟有关手机的事情，随后才漫不经心地说自己订婚了。进入工厂五个月之后，艾米莉打电话向我报告，她的工资刚刚涨到了九百九十元。

我说她现在挣的钱都跟我一样多了，她忍不住笑了起来。但她的笑声有点怪怪的，于是我问她是否遇到了什么不对劲的事情。

"公司在香港有个代理人，"她缓缓地说道。"他经常来深圳。他是个老头子，有点喜欢我。"

"你能说得明白一点吗？"

"因为我长得胖，"她很忐忑地笑出了声。我知道她最近体重增加了一点点，在一定程度上这让她更耐看了。

"他是要你做他的女朋友吗？"

"也许吧，"她的声音在电话那头显得很轻。

"他结婚了吗？"

"离了。他在台湾的孩子都还小。不过他主要在香港上班。"

"他多久来一次深圳？"

"两个月。"

"很棘手吗？"

"他总是找借口跟我在一起，"她说道。"他说只要我愿意，他可以帮我在香港找工作。工资比这里高很多，你是知道的。"

"这样很不好，"我小心翼翼地说道。"如果要换工作，你不应该找他帮忙。那样做只会给将来留下更大的麻烦。你应该避开他。"

"我会的，"她回答道。"只要他在这里，我就让同事跟我形影不离。"

"对，如果麻烦太大，你应该辞掉那份工作。"

"我知道，"她说道。"反正现在的工作也不是很好，该离开的时候我自然会离开。"

当时，深圳四周围绕着一道一百多公里长的链环铁丝网。这道围墙高达三米，有些网段装有铁丝倒钩。如果从北边进入城市，需要经过这道围墙上的一个检查点，随后沿着现代化的高速公路穿越几座低矮的绿色山丘。越进入市区，新建的楼房就越高大。在深南路和红岭路的交会处竖立着一块巨大的广告牌，说明这里至少是精神层面的市中心。广告牌上是邓小平以深圳的城市天际线为背景的巨幅画像，以及"坚持党的基本路线一百年不动摇"这句话。当地人和外来者经常在这里拍照。1997 年 2 月邓小平去世，成千上万名深圳市民自发地聚集在巨幅画像前，敬献鲜花和挽句。他们唱着《春天的故事》，这也是深圳市的市歌：

> 1979 年，那是一个春天
> 有一位老人在中国的南海边画了一个圈
> 神话般地崛起座座城
> 奇迹般聚起座座金山

中国的其他城市都有历史，但深圳的起源是一个神话——奇迹般的诞生，神一样的贵人相助。1978 年，也就是毛泽东去世两年之后，邓小平登上权力宝座，创造性地提出了改革开放的政策——这一创举几乎结束了三十年来的计划经济。邓小平避免在北京和上海这样的大城市尝试激进的改革，因为在这些地方犯下的任何错误都将具有政治风险。于是，他和他的顾问团队在欠发达地区搞起了试验，这些地方后来被称作"经济特区"。通过税收减免和投资优惠，政府鼓励外国公司来这样的特区开设工厂。1980 年，他们把这一项荣誉赋予了深圳这座昏睡于南国边陲、经济严重依赖渔业和农业的小城市。深圳成了"改革开放的试验田"，也是"对外开放窗口"的代名词之一。很快，国际大公司纷纷进入这座城市开办工厂，其中就有 IBM、康柏、百事可乐和杜邦。

1990 年，政府设立深圳证券交易所——这是中国的第一家主板市场。（同年的晚些时候，上海开设了第二家。）二十多年来，深圳的年均增长速度超过百分之三十，其居民享受的是全中国最高的城市生活水平。这座城市出奇的绿——城区里的公园星罗棋布，街道的两旁栽种着大榕树、棕榈和生机盎然的绿化带。城里很少看见自行车，人们大多乘坐公交车或出租车。交通很顺畅。深南路横穿城市的中心区，九车道宽的街道两旁依次并排着深圳颇有名气的建筑物：证券市场是亮闪闪的绿色玻璃幕墙，带有瘦削双塔的地王大厦高达六十九层，毗连的公寓楼正立面上所开的七层楼高的大孔已经成为深圳市最富创意的建筑物。

在崛起的过程中，深圳所承受的社会试验远比经济探险更让人印象深刻。其城市人口由 1980 年的三十万增至 2001年的四百万。至此，深圳市民的平均年龄不到二十九岁——在一个因为计划生育政策而让各大城市出现人口老龄化的国家，这个数据确实让人眼前一亮。因为众多工厂依靠的是缺乏技术的廉价劳动力，所以新来者大多是女性。尽管找不到可靠的官方数据，但当地人说深圳的男女比例是一比七。这有夸张的成分，但也反映了一种基本趋势。人们有时候把这座城市称为"女人的天堂"，因为它为年轻的女性们提供了大量的工作机会。不过，这个称谓很难描述这座新兴城市的阴暗面。同样为人所知的，是这里的工厂管理混乱，工人们时常因为工伤事故而造成肢体伤残。自由市场经济发展的第一个阶段也刺激了性服务业的迅猛发展，但哪里都没有深圳的市中心那样突出，只要在夜晚出行，总会碰到人称"街头天使"的年轻妓女们的搭讪。

只要政局面临不确定性，深圳就如同一座围城。当地的人都知道自己享受了政府不一般的恩惠，因此总担心深圳的特殊地位会被一笔勾销。1997年人们面对邓小平巨幅画像的种种行为，正反映了对这种不确定性的担忧。在1980年代中期，当经济特区爆出一连串走私丑闻时，一些保守的官员立刻把矛头对准了深圳。他们抱怨，对外商投资放松限制导致了腐败的发生和新殖民主义的形成。

这样的担忧终于让政府在城市周围竖起了围墙。这是彻头彻尾的中国人解决问题的方式：跟修筑长城是为了牵制外来者一样，深圳的围墙也是为了对市场经济改革有所管控。中国公民进入市区必须经由检查站，并出示身份证和在各自省市办理的边境通行证。但1984年完工的这一道围墙产生了意想不到的后果。特区内的劳动密集型工厂纷纷迁至围墙的另一侧，以享受廉价的租金和宽松的管理。后来，深圳被分成了两个天地，当地人称之为"关内"和"关外"。围墙外面的卫星城镇迅速崛起，但大都杂乱无序。在这一片廉价的厂房和宿舍区，薪水偏低，工人们主要靠大量的加班来获取收入。每周工作六天是常态，而深圳市内严格执行五天工作制。在围墙的另一面，工伤事故更多，宿舍火灾事故更多。

正是在这里，艾米莉第一次进入工厂找到了工作。在龙华这座卫星城镇，她当上了秘书，工作任务是整理财产清单、跟踪订单，同时做一点英文翻译。她所在的工厂出口服装饰品——一片片的白镴和黄铜合着廉价的塑料珠子被涂画、喷绘或镶嵌在拉链袋上，然后再送往香港、东南亚、旧金山和芝加哥。

她的故事从南方一点点地飘来。每两到三个星期，艾米莉会给我打一次电话或写一封信，在我的头脑里一点点地勾勒出这座城市。有些故事戛然而止，比如曾经追求过她的香港商人。有些故事延续得久一点，比如她自己的姐姐，先做旅游销售，最近被一家从事传销的公司录取了。她带艾米莉去过招聘会。"很多销售人员的文化程度都很低，但他们学会了如何说话，"艾米莉回忆道。"我并不认为这是挣钱的好门道，但我觉得这是提升自己、增加信心的好法子。"她的姐姐早就知道那是一场骗局——政府当时正在对肆虐于华南的传销活动施以重拳打击——她说自己去参加招聘会只是出于好奇心。随后，她在一家叫做"孤独之心热线"的单位找到了工作，与那些自感失落的深圳人进行电话交流。"有人说深圳没有真爱，"当我问起怎么会有这样的热线电话时，艾米莉如是说道。"人们太忙于挣钱，都不知道该怎么生活。"

所以，才有了一个名叫朱云峰的年轻人让她大吃一惊。他之前接受过铸模的训练，但进入饰品厂的时候是一位采购代理，因为他想做点非体力的活儿。在之前的岗位上，朱云峰算错了一块金属件的重量，就在他和另外两名工人试图上举的时候，那块金属件滑落了。朱云峰松了手。另外两名工人没有松手，结果断了几根手指。厂里答应赔偿工人损失，朱云峰并没有责任，这在围墙另一边的工厂里是常见事故。然而，他还是决定辞职。看着受伤的工人们成天在厂区晃悠让他感到十分难受。

1998年3月朱云峰来到厂里，艾米莉一开始并没有注意到他。他中等身材，头发浓密，因为干过铸模，所以膀大腰圆。他不算英俊。他喜欢独处，同在厂里工作的其他女子并不觉得他有多大的魅力。可过了些日子，艾米莉发现自己越来越注意他。她喜欢他走路的样子——步态中透着一股自信。

两个月之后，她的办公桌抽屉里开始出现小礼物。她收到了两个玩偶和一只绵羊小雕像。她没有问是谁放进去的。

9月的一天，朱云峰和艾米莉跟着几个同事外出，走到附近的一个公园之后，只剩下他们两个。艾米莉不知道是怎么跟大伙儿走散的。突然，她感到很害怕——事情来得太快了。她才二十二岁。他二十六。

"我不想跟你走了，"她说道。

"那你想跟谁走？"朱云峰问道。

"跟谁走我都不想！"

他们转身回到了工厂。几个月之后他才告诉她，正是在那个时候他知道已经有成功的机会了。他看得出来，她没有下定决心拒绝他。

饰品厂有五十个员工。跟关外经营厂子的很多人一样，老板也是台湾人。他公开对工人们说，他讨厌大陆，之所以来这边办厂，是因为劳动力便宜。工人们很不喜欢自己的台湾老板。有些工人每小时的工资仅有一元钱，那意味着为了挣到一份像样的薪水，他们不得不加班加点地劳动。只要说起老板，他们就会跟深圳人一样用到这几个词：吝啬、好色。不过，饰品厂这位老板没有其他人那么坏，厂里的条件也远超过关外的大多数工厂。工人们星期天放假，每天下班后可以离厂外出，不过务必要在夜里十一点或者午夜回到宿舍，一切全看老板的兴致。

艾米莉的宿舍位于一栋六层楼房的顶部第二层。六个工人住一间房。这是一家"三合一"工厂——生产、仓库和生活全都在一栋楼里面。这种布局在中国是违法的，工人们也知道这一点，一如他们知道堆放在底楼的一些原材料是易燃物。他们还知道，楼房的电线线路有问题。一位电工曾经来维修过，他事不关己地告诉艾米莉，这栋大楼完全有可能成为一片火海。从此以后，她给自己画了一张逃生路线图。如果夜里发生火灾，她会爬到六楼的阳台，然后跳到隔壁一栋的楼顶。她的逃生计划仅止于此——既没有兴趣向政府投诉违法建筑，也懒得告诉其他工人。大家都远离家乡，都知道这样的情况在关外的工厂比比皆是。

10月一个星期六的晚上，朱云峰在过马路的时候拉住了艾米莉的手。她感觉到自己的心就要跳出嗓子眼了。朱云峰紧紧地拉着。他们走到了街上。

"我太紧张了,"一走到马路对面,艾米莉就说道。

"怎么啦?"朱云峰问道。"你以前没这样过?"

"有过,"她回答道。"但我还是怕得很。"

"以后都会这样的,"朱云峰说道。"你要适应。"

我第一次到深圳的时候,艾米莉跟我一讲起这事儿就笑了起来。她笑的时候有一个动作——用手掩着嘴巴,同时闭上眼睛。很多中国女性都喜欢这样笑,不过不知为什么,艾米莉这样做的时候似乎更自然一些。

她跟我对她学生时代的记忆几无二致。我到的那天早上,她穿了一身朴素的蓝衣服,我们俩在深圳市中心沿街溜达。我们参观了证交所和最高的大楼地王大厦,我在邓小平的巨幅画像前替艾米莉照了一张相。天黑了,我们坐上了北上的公交车:经过市中心的摩天大楼和住宅小区之后,每远离市中心一步,两旁的楼房便破落一分。驶过几座山丘,我们接近边界到了检查站,随后来到了长长的链环状铁丝网围墙。检查站有一块告示牌:"观澜湖高尔夫球俱乐部:中国第一家 72 孔高尔夫球俱乐部。"

过了围墙便是一连串十分粗糙的、未完工的水泥建筑。巨大的桩孔旁码放着一堆堆泥土,推土机和重载卡车停放在临时搭建供建筑工人居住的棚屋边上。我们继续往北,厂房小镇一个接一个地出现:宿舍四周围着围墙,高大的烟囱喷吐着黑烟。大门上悬挂的标识说明了里面生产的产品:鞋子、家具、玩具、计算机零部件。走了三十多公里后，我们进入了龙华，一帮台湾老板在这里开设了五六家饰品厂。厂房小堆小堆地挤在一起，仿佛是城市的扩展把它们挤压得紧挨在了一起。艾米莉的工厂跟隔壁的工厂之间只有几米的距离——所以她才估算着遇到火灾时可以跳到对面去。

那天晚上，我们在镇上主路边的一家露天餐馆吃了饭。那真是一个令人愉快的夜晚，我一直偏爱中国的夜色，簇新的城市所具有的瑕疵都隐藏在了夜色之下。深圳的各大卫星城镇更是如此，白天人们大多要在流水线上劳作。白天的街道往往空无一人——仿佛是一座被人遗弃的城市。但当工人们在傍晚时分涌出厂门之后，情况立马有了改变。有些人还穿着工作服，但大多数设法另换了衣服。他们成群结队地出现在露天大排档和台球室，往往是同性结伴而行：一帮帮小伙子肆无忌惮地高声交谈，一群群女孩子开怀大笑。很少看到家庭或是小孩。基本上看不见老人。这就是深圳的自由——这里没有陈规，也没有过去，大家都远离家人。

艾米莉把工资的一部分寄给父母，以帮助弟弟支付学费，这份责任让她多了一种成熟感。二十三岁的她已经是工厂办公室年龄最大的员工，办公室的员工全是女性。吃饭的时候，她讲了几位台湾老板的事情逗我发笑。他们让她摸不着头脑——她不敢相信他们的生活（无论经济抑或道德）竟如此随意，可她却把他们看成了中国大陆以外的生活象征。她讲了老板一个同事的故事，这是一位美籍华人，正好从旧金山来这里出差，刚一到达就在艾米莉的办公室给自己的老婆电传了一封情书，随即就出去找了一位小姐。艾米莉的老板经常跟厂里的女工们打情骂俏；附近一家工厂的台湾老板不堪四川情妇的干扰，竟然关门大吉。在艾米莉看来，他们都一样。"他们都是某一方面的输家，"她一边取笑，一边解释说自己的老板几年前也在台湾办砸过一家公司。我问她，深圳的政治限制是不是比涪陵少得多，她说的确如此，但又说劳资关系一样限制人。"这里不是政府，而是老板说了算，"她说道。"也许都是一回事儿。"

她提到邻近的镇上一家臭名昭著的台资钱包工厂。这家厂一连六天大门紧闭——只在星期天才开放，其余时间工人根本不能离开厂区半步。

"那可不合法，"我说道。

"很多工厂都这样，"她耸了耸肩说道。"他们都跟政府有关系。"

她说自己有一个朋友就在这家钱包厂上班，台湾老板常常命令大家加班到深更半夜，工人累了就招来一顿呵斥。一个工人因为告状被开除了。他前去讨要最后一个月的工资，却被老板叫人把他揍了一顿。艾米莉觉得应该有所行动，于是给老板写了一封信："明年的今天就是你的忌日。"

"我还画了一个——"她说的是英语，一时想不起来对应的词。她把碗碟推到一边，在桌子上画了起来——寥寥几笔画出了一个头部，以及窄窄的躯干。

"骷髅?"我问道。

"是的，"她回答道。"就是骷髅。但我没写名字。我写的是'一个不高兴的工人'。"

我不知道应该有怎样的反应——我在涪陵教的课程里可没有涵盖死亡威胁信。我过了一会儿才问道："管用吗？"

"我想管用，"她说道。"厂里的工人说，老板特别担心。之后，他收敛了一些。"

"为什么不向警察投诉？"

"没有用的，"她说道。"他们都有关系。在深圳，什么都得靠自己。"

我们吃完了饭，艾米莉看了看我问道："想不想看点有趣的事情？"

她带着我来到镇中心的一条小街。黑黢黢的道路下面有一条小水沟。几十个人倚着栏杆正在抽烟。街上没有路灯，清一色的男人。我问她究竟有什么可看的。

"他们都是来招妓的，"艾米莉说道。我们看见一个女人出现了——步子缓慢，左顾右盼，一个男人走上去搭讪。他们一起走了一会儿，男的走到了暗处，女的继续往前。艾米莉问："想不想看看我留你一个人在这里会怎么样？"

"不用，"我说道。"我们走吧。"

那天晚上我住在朱云峰的单人公寓。他最近离开艾米莉所在的工厂另找了一份工作，所以他可以单独住一个房间。他所在的小区贴满了黑体字的性病诊所广告，顺着楼梯间经过了几家这样的诊所之后，我们上四楼来到朱云峰的住处。整栋楼只完成了一半——墙壁还没有粉刷，灰泥斑斑驳驳，连水管都没有装好。他们没有热水可用，估计永远也用不上了。关外的发展都是这样——还未建好便废弃不用。要做的工作太多，要建的工厂和公寓太多，刚打好地基，承建商就拔营而去。在我看来，这地方如果有什么成品的话，多半都立即用来出口了。

朱云峰的公寓里有两张简单的木床，上面铺着藤条席。墙上空无一物，除了一个热水瓶和几本书，他没有任何家当。他目前的工作是给家具配件做模。

我知道朱云峰身上有让艾米莉感到放心的东西。有一次，她对我坦言，他长得不帅，这是真话——他的脸上长满了粉刺。但正是这样的平实吸引了她。她有一套理论，英俊的男人不靠谱。

接下来的一年，艾米莉的来信和电话不再那么兴高采烈。她时常抱怨头疼、工作太枯燥、老板叫人无法忍受。她的姐姐在跟一个福建人结婚后就搬走了。艾米莉的同事来了又去，她仍旧是办公室里年龄最大的员工。现在，她承担起了保护任务，保护新来的女雇员免遭老板的染指。圣诞节的时候，她给我寄来了厂里生产的样品：用红色和紫色塑料珠子串成的手镯。她说，我可以寄给我远在美国的姐妹们。

我把关于她和她的同学们的一篇故事寄给了她，她是这样反应的："我不敢确定自己真有你眼中那么令人称许。我的确喜欢独处。原因之一是我不知道该怎么与人相处，我没法分享他们的酸甜苦辣。尽管我真的很想。"还有一次，她写到了自己的工作："我时常头疼。经常出错……你知道什么工作既有趣又能造福社会吗?"

我鼓励她找点需要用到英语的事情做一做,但我也知道自己的建议帮不上多大的忙。她的不开心有点令人难以捉摸——在我那些最聪明的学生身上(大多为女生),我曾经瞥见过这样的特征。英语系最聪明的一年级学生是一个很文静的女生,一直远离自己的同学。下了课,她总是找外籍教师操练她本已相当优秀的英语口语。暑假期间,她回到家乡,从一座桥上一跃而下结束了自己的生命。对她的死,我一直没听到任何说法,班上谁都不跟她亲近。在中国,自杀的女性多于男性,女性的自杀率接近全世界平均水平的五倍——位居全世界之首。自杀的女性多来自偏远的农村地区,她们处于向城市化迈进的过程中,有望成为中产阶级。即便深圳这样的地方意味着更好的物质生活,其中的转变过程也充满了痛苦。

深圳的经济首创之一是建立了"人才市场",以取代计划经济下政府安排工作的做法。尽管这些市场鼓励独立,但它们在评价女人的长相时仍旧采用了传统的观念。艾米莉抱怨过,潜在的雇主总觉得她的身材过于矮小。她的身高是一米五三,而人才市场普遍要求女性在一米六以上,尤其是如果想受聘为接待、文秘或高档餐馆的服务员。艾米莉还说,她的小眼睛和厚嘴唇让她找工作有困难,因为这些工作都要求女性求职者"五官端正"。在服饰厂工作一个月之后,她在给我写来的第一封信里对同事们的外貌进行了详细的描述:

李佳最漂亮、最能干、个子最矮，也最受大家的喜欢。华慧是个古典美人，男人打来的私人电话多是找她。但我对她不太了解，因为她有时说话很伤人。还有一个秘书叫丽丽，她比我早来两天。她给我们留下的印象是又笨又不负责任。所以她在办公室不怎么受欢迎。邢皓最胖，最关心减肥。

尽管深圳的人才市场对于容貌的传统观念让女人们感觉不舒服，但也给她们提供了内地城市无法提供的自由度。在深圳，年轻人婚前同居并不鲜见。对离婚的接受度更高，许多女人并不急于结婚。我在城市里闲逛的时候，捡到了两本名为《特区之窗》的女性杂志，内文的标题有"一夜情""我不是处女""一个老头设下的陷阱"和"为什么要流产"。

艾米莉只要一说起个人的种种难事儿，就会提到"夜空不寂寞"这档广播谈话节目，和那位已成为深圳年轻女孩们偶像的主持人胡晓梅。1992年，二十岁的胡晓梅离开偏远内地的煤炭小镇来到深圳，在一家矿泉水厂干起了工资五百多元的工作。一天晚上，她给谈话节目打去电话。不同于其他的来电者，她没有寻求建议——她只想告诉听众，自己久已渴望的梦想就是做一名电台主持人。胡晓梅是个健谈的人，她讲完自己的故事之后把工作地址和电话号码留给了听众。

"接下来那一个星期，我收到了大量的信件，一百多个电话，"我在一次深圳之旅时拜访了她，她对我这样说道。

"但矿泉水厂把我解雇了，因为我把他们的电话用于私事，所以我就没有了工作。我收拾好所有信件，捆扎在一起，带着它们来到了电台。"

胡晓梅停下来，深深地吸了一口卡碧牌薄荷香烟。我们坐在深圳市中心一家餐馆的包间里。她漂亮，娇小，身材修长，一头长发，属于中国吸烟者里那种边吃边能抽烟的类型。她吐出一股薄荷烟雾，继续说道："他们说我太年轻——我只有二十岁，又没有经验。但其中一个负责人决定给我个机会。我告诉他，我只有二十岁，懂的不多，但很多听众跟我一样，所以我能够理解他们。"

十年之后，一百多万人每天晚上都要调到胡晓梅的节目，他们大多是在关外打工的年轻女孩。即便深圳电台跟其他媒体一样由官方主办，但胡晓梅经常给出大胆的建议，令观念传统的官员们大伤脑筋——例如，规劝年轻人不必害怕婚前同居。我见到她的时候，她已经写了一本书，正在写第二本。她经常在电视上露面，尽管没有受过正规的教育，但给人一种老练的架势。当我问她崇拜哪一位作家时，她提到了雷蒙·卡佛的作品。（"从微小的细节中能品味出很多东西。"）跟我在深圳见到的很多女性一样，她也很世故，白手起家，充满自信。她曾经终止了一段保持了很长时间的感情，原因之一正如她所说的："他不喜欢让别人知道自己是胡晓梅的男朋友。"

艾米莉厂里的所有女人都虔诚地收听胡晓梅的节目，第二天她们会讨论前一晚打进电话的那些人：有了婚外情的妻子们、想找到出路的情人们、拿不定主意是否搬去跟男友同住的女人们。胡晓梅的解答充满个性，这给艾米莉留下了深刻的印象。"她不做空泛的评论，"艾米莉告诉我。"她审视每一个致电者的具体情况，然后加以判断。"

不过，即便有了胡晓梅的帮助，艾米莉仍旧无法适应深圳的自由。她说，她觉得年轻人婚前同居的行为可以接受，但不应该告诉任何人。胡晓梅有一次给致电者说过同样的话，艾米莉赞同这样的决定应该绝对保密。"这会影响人们对你的看法，尤其如果后来中断了关系，"她说道。"最好什么也别说。"一天，她说性在深圳比在中国的其他任何地方都要开放，我问她这究竟是好还是坏。她想了想，回答道："比过去好多了。但不应该越过一定的界线。"

"什么样的界线？"

"跟传统道德有关。"

我问她那究竟是什么意思，她用手托着下巴，认真地想了想。"传统道德，"她重复了一遍。但她没有给出解释。

一天，我把深圳非常流行的小说《我的生活与你无关》送给了艾米莉。出版于 1998 年的这本书以一位外地来深圳的移民作为女主角，讲述了她从最初的文秘到给香港富商做情人并过上奢华生活的命运沉浮。作者缪永是一位二十九岁的女子，出生在偏远的甘肃省，从当地一所师专毕业后来到了深圳。她找了一份文秘的工作，业余时间开始写小说，因为第一部书《我的生活与你无关》火热畅销，她很快就富了起来。图书因为描写毒品、赌博、滥交而被政府列为禁书。跟中国的其他禁书一样，该书被禁反而促进了销售——尽管都是盗版。深圳市中心到处都有小贩兜售盗版书。在证券市场门前，我看见一个人正在兜售《我的生活与你无关》，一同出售的还有《我的奋斗》的中文版。

"我所说的'你'指的是整个社会，"当我问起书名的时候，缪永解释道。"我的意思是，我的生活由我自己掌控，其他任何人都不能干涉。"她承认，物质主义是这本小说的主要驱动力。"一切都跟金钱有关；对每个人而言，这都是首当其冲的东西。在深圳，处处都存在交易——金钱和爱情的交易、金钱和性的交易、金钱和感情的交易。"

我与缪永见面的地点在深圳一个豪华的高层小区，也就是她公寓附近的一家时尚西式咖啡厅。吃饭的过程中，她一个劲地抽着卡碧薄荷香烟，同时说自己的写作受到过亨利·米勒的影响。（"他的书也被禁过。"）尽管被列为禁书，尽管盗版很猖獗，但缪永还是通过写作致富了，因为她把小说改编成了电视连续剧。为了通过审查，她剔除了书里面最敏感的部分，还外带取了一个更令人愉悦的剧名。至于今后的打算，她不会再那么直言不讳地突出深圳是故事的发生地。她觉得，政府之所以取缔她的书，是因为它给改革开放的试验区抹了黑。

缪永在作者简介里给出的第一项细节是她的血型。跟其他赶时髦的年轻人一样，她认为血型决定性格。她二十九岁，最近刚买了一部车。改编成的电视连续剧叫做《这里没有冬天》，没有了政治性错误。缪永是 O 型血。她告诉我，深圳最令她感兴趣的是个人主义。"在过去，中国很讲集体，"她说道。"全都是集体思维。可是现在在深圳这个地方，你想做什么样的人，完全由你自己来决定。"

自我创造是深圳的核心原则，因为自身的改变创造出很多传奇故事：来自煤矿小镇的女孩变成了电台明星，来自甘肃的小秘书因为写作而一夜致富。随处可见英语类的培训课程，因为大家都想在这个工厂地区出人头地，捷径也有很多。在沃尔玛超市门前，小贩以八九百元的价格兜售假文凭和假成绩单。有些外来者以其他非法的方式快速捞钱。我采访过一位来自四川的妓女，她把这份工作的期限设定为十八个月；每个月能挣到两千多元，她琢磨着不久就可以赚到足够的钱，然后回老家做点小生意，这样谁也不知道她到底做过什么。她刚来深圳的时候还是个处女。她二十岁，一心想找回逝去的时光。我还采访过一位正在从事"三陪"的年轻女孩，她的工作就是陪男人吃饭、喝酒、到卡拉 OK 厅唱歌。人人都知道，这是个灰色的职业，许多三陪小姐心甘情愿地提供额外的服务。我遇到的这位姑娘声称自己陪人睡觉从不收钱，但说到原来在鞋厂的工作时显得恋恋不舍，当时的工资只有八九百元，七八个工人挤住一个房间。"那些日子我的心情敞亮得多，"她说道。她现在每天能挣一百元，白天睡大觉；她跟原来的朋友们都断绝了来往。不用上班的夜晚，她喜欢一个人喝得酩酊大醉，然后去夜总会尽情跳舞。

读了缪永的小说，艾米莉说她跟书中所描述的世界感觉不到一点联系。女主人公没有内心——她所关注的只有金钱——从一个男人的床上爬到另一个男人的床上。"太混乱了，"艾米莉说道。"这些东西还是需要控制。"

我问她，这些新的道德观念来自何处。她耸了耸肩："大多数人认为实行改革开放之后，这些东西来自西方社会。我觉得这种说法有一定的道理。"

"你觉得这本书是在说什么？"

"它在说深圳是一座没有灵魂的城市，"她回答道。"书里面的每一个人都很焦虑——无法找到平静。"

经过一年的相处，艾米莉和朱云峰住在了一起。他们在深圳关外五十公里的工业小镇租了一套三居室的公寓，因为这里靠近朱云峰工作的家用产品厂。这栋房子比其他楼房更接近于完工。水泥浇筑的楼梯间开裂了，不过一切都还完好，厨房的设施也很好。这是艾米莉来到深圳后住的第一套像样的房子。

房间里还住了一对四川男女。两对男女各有一间卧室，客厅共用，里面有一台彩电、一部影碟播放机、一张矮桌子、一张沙发床。四个人相安无事。其中一间卧室挂了一张覆膜的画报，上面是一对正在互相爱抚的裸体的外国男女。这样的画报在中国比比皆是；大家觉得那才叫浪漫，之所以不犯法是因为人家画的不是中国人。

如果换成涪陵，艾米莉绝对不会与哪个男人未婚同居，所以她也没有跟父母说起租房的事情。不过有一天在打电话的时候，她母亲问她是否跟朱云峰住在一起。"我什么也没有说，"艾米莉告诉我。"我一不说话她就知道究竟是怎么一回事。"那之后，谁也没有再提起这件事情。

艾米莉每个工作日还得在饰品厂的宿舍睡觉，只是在周末才回到新租的公寓房。朱云峰已经升任主管，每月的工资超过了一千元，拿到的奖金也很不错。艾米莉的薪水升到了七百元，却越来越讨厌现在的工作。她不喜欢老板总是安排她加班，不喜欢每天晚上只能住工厂的宿舍。

工作日的一天晚上，艾米莉破例跟朱云峰住在了一起。第二天一早，老板把她叫到了办公室。

"他问我头天晚上什么时候回来的，"艾米莉跟我说。"他那个人就是这样——从不直截了当。他没问我有没有回宿舍——而是问我什么时候回来的。我告诉他：'我今天早晨才回来。'我既没有解释，也没找借口。他不知道该说什么好。我觉得他不知道是该生气，还是好笑。他盯着我看了一阵，就让我走了。"

几个星期之后，工厂里的另一个女工也开始破例。

之后不久，老板将生产线上的一位漂亮女孩调去做了他的私人秘书。这个女孩来自河南，刚满十八岁。艾米莉抽时间给这个女孩讲了老板的很多事情。一天老板碰到艾米莉，他问，人们都在背后说了他什么，最后点到了正题。

"你跟其他工人说我好色？"他问道。

艾米莉回答道："是的。"

他一笑置之，但看得出来他再也不想留用她。艾米莉开始抽空四处找工作。几个星期后，她找到了一份幼儿教师的工作。跟饰品厂一样，这所学校也在深圳的关外，不过这一次没有台湾老板，没有工厂宿舍，也不用上夜班。薪水跟艾米莉一直做工的那家厂大体相当。她就要教英语了。

　　当她向老板提出辞职的时候，他想借机训斥她一番。

　　"你变了，"他说道。"你一直很听话。你交了男朋友之后，一切都变了。"

　　"我没变，"艾米莉回答道。"我只是把你看得更透了。"

　　在深圳的最后一个晚上，我陪着艾米莉出门听广播。她觉得我们最好走出公寓，因为朱云峰回家很晚，而且脾气会不好。那是一个温暖而晴朗的夜晚。一座座亮着灯的工厂宿舍楼顶上，闪烁着满天星斗。

　　那天早些时候，朱云峰主管的一位工人在做工时受了伤。朱云峰没有跟艾米莉多说，只说想一个人待一会儿。为了在新的产品线上赶制一批订单，厂里一直在加班。既要赶时间，又对设备不熟悉，往往会引发事故。新产品是金属热水杯。

　　我和艾米莉爬上了附近的一座小山丘，可以俯瞰整个小镇。这里是关外典型的工业小镇：山丘上开出的一道道豁口尘土蔽日，商店和公寓楼房鳞次栉比，两条主路的两侧是一字排开的厂房和宿舍。有制鞋厂、制衣厂、计算机配件厂——配件厂的顶层在最近的一次火灾中被烧成了光架子。

浓烟在厂房的白瓷砖上留下了印迹。艾米莉说没有人受伤，但同一条街道上的另一家工厂在数年前发生大火，烧死了好几个工人。那家工厂生产的是圣诞饰品和剪草设备。

艾米莉就要开始教学工作，不禁有点惶惑不安。她担心在工厂干了这么多年，自己的英语早已忘了个一干二净，她还担心管不住孩子们。不过她很喜欢校园环境，一说到新的工作就会开心一笑。她剪短头发，用塑料发卡夹住了后撇的刘海。她的脖子上戴了一条简朴的项链，那是朱云峰送的——玉雕龙，她的生肖。

我们坐在山顶听起了"夜空不寂寞"。好一会儿，我们谁也没有说话。收音机的音量调节钮已经损坏，胡晓梅的声音在夜空里显得沙哑而单薄。十一点过了，远处还能看见一座座厂区宿舍，水平线上是窗户里透出来的一大片灯光。第一个打进电话的人不住地哭泣，因为她很后悔以那样的方式对待早已分手的男友。胡晓梅告诉她，这样的经历对她有好处，也许她下次就知道该怎么做了。第二个打进电话的人说他很想念自己高中时期的女朋友，可她现在工作的地方离他很遥远。胡晓梅叫他不要以为每一段感情都是爱情。胡晓梅告诉第三个打进电话的人（她只有二十三岁），觉得自己应该马上结婚的想法是错误的。

放眼看下去，宿舍的一盏盏灯已经熄灭。我想起了那天早些时候受伤的工人，想起了最近跟艾米莉说过的几句话。我们一直在讨论，深圳的外来者在处理新获得的个人自由方面有什么应对之道，艾米莉说她欣赏的是人们学会了自己的事情自己解决。她在过去经常做出这样的评判，可她现在又说，有时候孤独也会让她感到恐惧不已——所有的人都得靠自己生活。"在传统社会里，"她说道。"人们分群而居。这样的群体最终演化成了家庭，现在呢，这样的群体却又要解散成一个个互不相干的人。他们终究会变成独自一个人。"早在几天前她就说过，深圳的变化来得太快——年轻人学会了独立，由政府统管变成老板说了算。"如果存在一种完美的社会主义的话，那就再好不过，"她说道。"但根本不可能。那不过是美好的理想罢了。"

我们下到了山坡，我问她想不想离开深圳。她立即摇了摇头。我又问她，她觉得城市里全新的压力会给生活在这里的人带来怎样的改变。

"结果是人们的能力更强，"她说道。"创造力更强。然后，他们就有了不同的想法。而不是所有的人想法完全一样。"

我问道："你觉得这会给中国带来怎样的变化？"

她陷入了沉默。远处的宿舍大多已经熄灭了灯光。我自己也不知道该怎样回答这个问题，尽管我乐观地认为只要每个人学会了照顾自己，体制就将会自然而然地随之做出调整。不过，我看到的是深圳的一些片段——有围墙的城市、大门紧锁的工厂、独自生活的人们、远离家乡——我很想知道这一切究竟如何被归为一个和谐的整体。

我看了看艾米莉，意识到这个问题对她并不重要。自从来到深圳之后，她找了一份工作，辞了，又找了一份工作。

她谈了恋爱，违反了宿管规定。她向某个工厂老板寄过死亡威胁信，对自己的老板也毫不示弱。她才二十四岁。她做得很好。

永沉江底

2003 年 6 月 7 日

　　傍晚六点十三分，周家人把一部电视机、一张书桌、两张饭桌和五把椅子搬到了路边的一块南瓜地，我把一块砖头竖直地立在了水边。在巫山县城的最新地图上，这一片水域被称作滴翠湖。但地图印好的时候，这个湖泊还没有出现，它现在的颜色是黄褐色而不是翠绿色。这个湖泊实际是长江边的一个回水湾，位于三峡大坝的上游，水位在过去一周时间里一点点地升了上来。周吉恩又从他家的竹棚屋里背了一个木柜子走上坡来。他个子矮小，笑容灿烂，老婆漂亮，还有两个年幼的女儿。及至最近，他们还是龙门村的村民。新地图上没有了这个村子。周家的一个朋友又扛了一趟上来，其中有他家的电池闹钟。闹钟跟我的腕表一样，读数接近六点三十五分。水位又上涨了五十毫米。

　　看着江水上涨如同追循闹钟的时针：根本无法察觉。看不见水流，也听不见声音——但每过一小时，水位就上升十五厘米。水流的上升仿佛来自深深的江底，向生活在越来越小的堤岸上的每一种生物发出了警告。甲壳虫、蚂蚁、蜈蚣成群结队地从江边四散逃走。江水淹没砖头的时候，一大群昆虫抢在"小岛"被吞没之前急于逃命，在尚未浸水的顶部疯狂爬动。龙门村的村民大多在去年已经搬走，政府把他们安置到了南方的广东省。可有几户周家这样的人家留下来，种了最后一季庄稼。他们知道江水要上涨，但不知道涨得这么快。前天，周家的大女儿周淑荣读完了一年级。昨天，她的母亲欧云珍采摘了最后一茬空心菜。今天，那些地块已经被淹到了江底。剩下的只有南瓜、茄子和红辣椒。

在南瓜地上面十米左右的地方，一位名叫黄宗明的邻居正在制作一艘打渔船。黄宗明告诉我，再过"两三天"江水就会淹到他的渔船。即便到了现在，江水的上涨比原定计划整整提前了两天半，中国的农民们说到时间时仍然习惯性地只说个大概的数字。政府说，江水总共将会上升六十多米。

周家人在高处的半山坡租了一套三居室的房子，他们之所以今天要转移物品，是因为通往山上的唯一道路被几厘米深的水淹了。傍晚七点零八分，砖头已经被淹没了一半。周淑荣搬出了自己的物品——一把雨伞、一只打了气的内胎、一个装着铅笔盒和作业本的流氓兔背包。大人们忙着往上搬家具，最小的女孩坐在南瓜地里的桌子边上静静地抄写着课文：

春雨绵绵下，

出门看桃花。

七点二十分，一个年轻人骑着摩托车赶来，逮了几只从上涨的江水里逃出来的黑蝎子。"平时很难抓到，"他告诉我。"这东西有毒，但可以入药。我在湖南看到有人卖过，一百元钱一斤。"

七点五十五分，一辆卡车装来了两位搬运工，砖头已经消失了。还有一小段道路是干的，卡车就停在这里。傍晚八点零七分，江水淹到了汽车的左前轮。"快点啊！"欧云珍喊道。"再不赶快的话，车就开不出去了！"周淑荣和她五岁大的妹妹周雅站在一边，好像感受到了大人们的心神不定：静静地站着，眼睛一眨不眨，双臂下垂。八点二十三分，水淹到了左后轮。电视机最后被装上了车，孤零零地摆放在前座上，紧挨着两个小女孩。八点三十四分，驾驶员发动了引擎。水淹到了轮毂罩上沿，卡车呼啸着开走了。车开走之后，欧云珍继续留下来摸黑收完所有的辣椒。

第二天，午后的烈日下，我回到残存的竹棚屋，查看周家人把哪些东西留给了滴翠湖。一只男士左靴、一个摔坏的金属手电筒、半块摔破的乒乓球拍、一只印着"女士短裤"的空盒子、一张数学试卷（小女孩的字迹，顶端用红笔批着分数：62）。

1996 年至 1998 年，我在涪陵的一所学校给大学生教授英语，这是一座小城，位于长江边上，在巫山上游三百来公里远的地方。每一年冬天，长江的江水也会像其他事物一样随季节而枯竭。雨水稀少，西边的雪水停止了补充，直到长江露出那道被称作"白鹤梁"的砂石梁子。这道石梁狭长，呈白色，跟长江水流的方向平行，仿佛一艘搁浅的狭长平底船。上面覆盖着几千道题刻——数百年来，当地的官员一直用它来记录水位线。我于 1998 年 1 月前去参观这道石梁的时候，江水的水位只比最早记录题刻的时间，也就是公元763 年的时候低了五十毫米。上面的题刻清楚地表明，在这样的地方，长江自身的循环周期远比官家的时刻表更加重要。为纪念北宋神宗元丰九年时的石梁出露，留下了一段完工于公元 1086 年的题刻。实际上，神宗皇帝已经在头一年驾崩，但他的死讯——以及新帝即位的消息——还没有传到长江流域。

我住在涪陵的时候，涪陵还非常偏僻。这座城市没有红绿灯，没有高速公路，也没有铁路。城里只有一部自动扶梯，人们往往凝神静气好半天才敢向它迈出一条腿。唯一的快餐店取了个神奇的名字叫做"美国加州牛肉面大王"。这个地方很贫穷，越往下游的巫山越加贫穷。巫山位于三峡的腹心地带，三峡是一道两百余公里的狭长河道，两岸高山耸峙，悬崖壁立，风景绝美，难以农耕，水流湍急。

我教写作课的教室就能看见这条江。政府发行的教科书有一个单元叫做"论说文"，用于佐证的是一篇名为"三峡工程好处多"的文章。文章引述了诸多不利因素——风景消失、百姓安置、文物被淹——但作者接着肯定地指出，这些不利因素很容易因为种种益处——控制洪水、更多发电、改善航运——而相形见绌。考虑到政府严格限制公开批评三峡工程，我们在"论说文"这个单元只能到此为止。我花了大量的时间教授学生应该怎样正确地写作美式商业信函。

在三峡上修筑大坝的构想已经提出了差不多一个世纪。孙中山在 1919 年就提了出来，这一构想在他去世之后继续为独裁者和革命者、占领者和开发者常谈常新。蒋介石倡导过这一想法，毛泽东同样如此。1940 年代的日本人于占领时期对坝址进行过测量。来自美国开垦局的工程师们帮助过国民党；苏联专家向共产党建议过。但等到建设工程在 1994 年最终开工的时候，世界上绝大多数地方早已跨过了修筑大坝的年代。出于对环境的担忧，美国政府和世界银行均拒绝为工程提供贷款。很多批评大坝的人认为，其主要目的——预防周期性肆虐华东地区的洪水——可以通过在长江支流上修建众多小型水坝的方式予以实现。工程师们担心，江水裹挟的大量泥沙有可能淤积在大坝后方，从而降低功效。社会成本十分高昂：需要搬迁的人口超过一百万，水位线以下的众多城镇需要搬到高处重建。建成之后的大坝将是世界之最——高度相当于六十层楼，宽度相当于五个胡佛大坝。官方的报价超过了两百一十亿美元，数额接近全国电力税收的一半。

不过，我在涪陵从来没有听到过这一切。我在 1998 年夏天离开这座城市的时候，建设工程唯一可见的迹象是城市低处的建筑物描上了许多高度标记。标记是用耀眼的红色油漆描出来的"177M"——这就是水库未来的高度。这个高度比白鹤梁上公元 1086 年那一段题刻正好高出了四十米。之后五年间，我时常回到三峡地区，沿江出现了更多的红色标记。大多标的是"135"或"175"，因为水库需要按计划分阶段蓄水，2003 年为第一阶段，2009 年达到更高水位。不过，也能看到其他数字：145、146、172。有些数字的特异性让人摸不着头脑：141.9、143.2、146.7。这一切让我想起了白鹤梁——整个峡谷全都打上了标记和题刻，只等着洪水的到来。

靠近江岸的地方，老城和村庄几乎没有任何改善。即便中国的其他地区处于建筑的热潮，在江水注定要上涨的地段建设任何新东西都不会有意义。有一阵子，这样的居民区让我们罕有地瞥见了过去的情景：灰砖黑瓦的静物写生图。往上走可见一条狭长的绿色地带，或是空无一物的山坡，或是间或打着红色标记的庄稼地。再往上走，越过未来的水位线，新城镇正在用水泥和瓷砖大搞建设。这些水平状的地带颇像地质学家眼中的岩层，只不过一个看到的是未来，另一个看到的是过去。你一眼就能看出：黑色线条是滨江居民区、绿色长带是即将被江水淹没的庄稼地，白色长链则展望着未来。

新城镇的修建分为几个明显的阶段。一开始大多是男人：建筑工人、推土机操作员、大卡车司机。很快就有了商店，但出售的东西大多不能用于吃喝穿戴。这里的必需品大不一样：工具、门窗、灯具、浴具。有一次，我在丰都新城沿着即将完工的街道走了一遭，几乎所有的商店都在出售房门。灯和插座安好之后很长时间才能正常供电。我到访过的地方还是土路，人们只能掘地为茅坑，可用于装饰现代化卫生间的东西商店里一样也不缺。新城镇出现女人通常是一个好迹象——这意味着基础设施已经建设完毕。只要看见孩子，你就知道新城镇已经具有了活力。

破坏的过程却更加捉摸不透。政府于 2002 年开始旧城拆迁，大多数居民都得到了补偿，再用这笔补偿款到新城镇购买住房。但预计有几十万农村居民被安置到了全国的其他地方。一般而言，是成批安置的；有时候一个村子被装上一条船，送往下游的其他省份，再由政府提供少量的土地补偿。我认识一个警察，他要护送整个村子的人坐火车去广东省。他陪着村民们坐了两天的火车，把他们送出广州火车站坐上早已等在那里的公共汽车，然后转身又登上了回程的火车。

在拆迁的最后一个阶段，商店里出售的东西人们只能用于吃喝及穿戴。老年人随处可见——有的人不愿意离开，有的人没有子女或亲戚帮着搬迁。在周围晃荡的年轻人往往是想在村子里捞取最后的油水。拾荒者从建筑物上撕扯下废旧金属残片，农民们想方设法在即将淹没的土地上侍弄出最后一季庄稼。断垣残壁之间整齐地栽种着一行行蔬菜，宛如一座座战区花园。我抵达大昌村的时候，第一排房子已经被拆倒在地。一个中年男子坐在他家被拆毁房屋的木制窗框上喝着白酒。时间是上午十点钟，他已经醉意朦胧。"我就像一个挂在钉子上的人，"他说道。

有些散居者的确如此——他们游离于峡谷的发展之外。
这些人通常没有工作单位，或者是农民却又没有多少土地，
或者是登记在其他地方的居民，这都意味着他们得不到任何
补偿。楼房拆除一多半之后，我在 2002 年拜访了巫山老城，
几家发廊涂成蓝色的玻璃窗后面依旧有按摩女在耐心地等
待。我突发奇想，九个月之后，这群妇女依旧坐等洪水淹到
她们的脖子。在大溪这个新村子，一位老年人当着我的面抽
出了一张张单子——一共有两万元整——那是他在一家煤矿
的投资坏账。大昌拥有该地区保存最好的明清古建筑，二
十多岁的年轻人黄俊带着我到各处看看。在老码头，一棵巨
大的榕树下，他指了指通往河边的石梯上守着的两只石狮
子。狮子的面部斑驳残缺，几十年间行人已经坐平了它的背
部。这个地方即将沉入江底。

"'文化大革命'期间，红卫兵把这两只狮子扔到了河
里，"黄俊说道。"当时很乱，没有人知道石雕的下落。几年
之后，一个老头梦到狮子出现在河里。他告诉了其他村民，
大家在河里找了出来。那是 1982 年的事情——我还记得。
这事儿很奇怪，但也很真实。"

2003 年 6 月 8 日

上午九点四十分，河里几乎空无一人。游船已经取消了
几个星期——首先是因为"非典"的爆发，同时因为大坝最
近已经蓄满了水。今天，江水继续以每小时十五厘米的速度

上升。我和几个朋友坐上一艘舷外马达驱动的小船，朝着原来的下游方向开去。这条江现在已经失去了魂，死寂地置身于巫峡壁立的两岸之间。江水在弯道处才能获得新生，天空开朗，江风卷起一阵阵波浪。

八个月前，我沿着一条条具有几百年历史的山间小道走过这条线路。这些小道硬生生地凿进石灰崖壁，高居于江面之上六十多米。我与一个朋友同行，沿路靠帐篷过夜，走到峡谷中段时拐进了神女溪。神女溪发源于南岸的崇山峻岭，因为水浅无法行船。我们沿溪流而上，在卵石上跳跃穿行，我们脚下的峡谷越来越幽深，直至进入深深的大峡谷。悬崖上长满了蕨类植物，在这荒无人烟的地方再也没有了红色标记。我们站在一缕阳光下，猜测着上涨的水位将会淹到悬崖的什么位置。

今天早上，我让船夫径直驶向神女溪。小船沿着巫峡向东行驶，我在悬崖上辨识着路径，但它们几乎全被淹到了江底。神女溪的入口宽阔而平静，岸边漂浮着树枝。越往上走，随着水的流动，残枝败叶逐渐稀少，水的颜色产生了变化。先是墨绿，继而蓝绿。长柄蕨类植物直接倒悬进水里——即便激流也无法把它们从悬崖上扯下来。我们转过了一个又一个急弯。这一段峡谷的特征表明，它仍旧由较小的溪流冲刷形成——多急弯的溪水蜿蜒而行——迷人的浪花扑打着飞快行驶的小船。小船不属于这里；溪水也不属于这里；这是一个刚刚形成才一天的峡谷。溪水的颜色变成了蓝色，滩底有声音传了上来。谁也没有看见岩石，我们一下子撞了上去。

传来一阵可怕的刮擦声，小船颠簸着停了下来；船上的人纷纷抓紧了船舷。发动机熄火了。我们惊惧得一言不发，船老大查看起受损情况。小船往后漂去，水流的声音突然响亮起来，我们看见了巨石，它的尖角就在水面以下半米深的地方熠熠反光。有人说了一句，明天的水深就可以安全通行了。看着那淹没在水下的岩石——又光又圆，仿佛藏在浅水里的一只弓背动物——我想到了石狮子和老人的梦。

下午二点五十分，我回到了滴翠湖。昨天，我是沿着小路走进去的；今天，我却要坐船才进得去。我带着隔壁打鱼人家九岁的小男孩黄珀回访了周家原来的住处。黄珀一看见躺在瓦砾堆里的 62 分的数学试卷，立马捡起来，小心折叠好装进了衣袋。

"你要它作啥？"我问道。

"如果遇到她，我要还给她，"黄珀回答道。

"我认为她不会要了，"我说道。

小男孩俏皮地笑了笑，然后摸了摸衣袋。

他的父亲黄宗明做好渔船的时间比自己的预想早了一天。这条渔船长十三米，用香椿树做成，船板手工砍制，用沉沉的铁铆钉固定在一起。这份活儿需要几个家庭成员共同劳动二十多天；最近，他们在缝隙里填进了用石灰、大麻和桐油做成的混合物。今天早上，他们又在外面涂了一层油。桐油是一种天然密封剂，也是一种极为有效的涂料稀释剂——早在 1930 年代，它就是中国最有价值的外贸产品。桐油使木料略带红色光泽，船的外形透出一股粗犷而朴素的美。渔船支在木桩上。还没有碰过水。我问黄宗明，渔船打算什么时候启动。

"只要水淹到了这里，"他回答道。黄宗明没有穿上衣，显得精瘦，下巴很宽，一股股的肌肉像麻绳。我后来问他，是否担心水涨上来的时候，渔船还没有来得及测试，他略微不快地看了我一眼，仿佛一个造船人受到了来自报道蓄水的记者的骚扰。黄宗明是一个正直的人，他知道自己的船一定浮得起来。

我在头一年的 9 月第一次见到黄家人，当时的地图上还有龙门村。以当地的标准来看，这个地方相当繁华，住户们靠在大宁河（在巫山注入长江）里打鱼为生，同时在肥沃的冲积平地上种植庄稼。大部分村民都被迁到广东的时候，黄宗明和他的两位兄弟，也就是黄宗国和黄宗德留了下来。政府组织了龙门村的移民搬迁，但无法保证每一个人都如实前往。在今天的中国，尽管要进行正式登记，但铁了心要在某个地方生活的人总能想出自己的办法。

黄宗国在 10 月份的时候告诉我，搬迁到广东的移民们抱怨农地太少。他还说，因为听不懂广东话，大家过得很不容易。黄宗国对自家得到的安置补偿深感失望，每个人大约只有一万元。我们坐在他家简陋的砖房里交谈着，房里的水和电都已经切断。外面的村子安静得有些可怕。黄宗国说，拆迁队再过两个星期就要来了。

自从那次拜访之后，黄宗国和黄宗明在滴翠湖之上很远的地方修好了一栋二层楼房。楼房就要完工，可黄宗明告诉我，他要晚点才搬进去住；夏天的时候，他喜欢住在靠近水的地方。他现在的住处是用旧的玻璃纤维船罩搭成的棚屋，同住里面的是他的妻子陈嗣荒，和他们的两个孩子：黄珀和十二岁大的女儿黄丹。黄宗明三十五岁，从十岁开始一直在渔船上劳作。跟原来的邻居周家人不一样，黄宗明对水显得自由自在。他对于江水上涨的应对之策是把临时棚屋顺着山坡上移十来米。然而，不到最后一刻，他仍旧觉得没有必要这样做。下午五点十五分，水位到了棚屋以下二点五米处。我问黄宗明，江水估计什么时候淹到他新做的渔船。"也许明天中午，"他回答道。

在旧址上方山坡上修建的巫山新县城，有两条平行的街道，分别叫做平湖路和广东路。平湖路指的是毛泽东在1956年横渡长江、预想修建大坝时写的一句诗：

> 更立西江石壁
> 截断巫山云雨
> 高峡出平湖

沿江的人们对这几句诗词非常熟悉，经常用国家的富强和建设的成就来说明这一宏伟的工程。1997年，长江在坝址处进行分流以为建设工程做准备，国家主席江泽民宣布：

"这再次生动地说明，社会主义具有能够集中力量办大事的优越性。"有一次我在青石村的一家餐馆看见老板张贴了一幅手写的对联：

> 移民荣，离老家，求新生
> 舍小家，为国家，建新家

广东路的命名是为了纪念 1978 年实行自由经济改革以来第一个得到蓬勃发展的南方省份。来自该地区的资金援助部分地支持了三峡库区的发展，因此新建城镇往往藉道路名向南方致敬。巫山有一所小学名叫深圳宝安希望中学。深圳这个欣欣向荣的经济特区推动了广东的经济发展，在巫山的校名上看见这两个字宛如在阿巴拉契亚的荒凉小道中看见"硅谷中学"这样的文字。巫山新城本身就像是来自远方的繁华。新城的中心广场有一块巨大的电视屏幕，成群结队的人一到晚间就聚集在它的跟前观看功夫片。广东路的两旁"栽种"着很多塑料棕榈树，天黑之后通体发亮。有一家山寨星巴克。有的店铺写上了英文名：富裕餐馆、黄金理发店和流行浴室。还有一家精品服装店叫做"心智健康"①。

我在新城很少听到有人对三峡大坝持批评态度。即便在偏僻的农村地区，人们享受到的好处少之又少，大家的抱怨

---

① 这几家店铺的英文名称分别是：Well-Off Restaurant，Gold Haircut，Current Bathroom 和 Sanity。——译者

也往往比较温和，而且只针对个人。人们普遍认为自己拿到的安置费杯水车薪，纷纷怪罪当地的干部太过贪腐。不过，这样的抱怨几乎从未触及三峡大坝的核心问题。我问黄宗明，他希望自己的孩子们长大之后干什么，他说懒得管，只要他们用得上在学校学到的东西，不再打鱼就行。他告诉我，修建三峡大坝很好，因为可以为国家多发电。巫山的一位出租车驾驶员告诉我，他的老家一下子就飞越了半个世纪。"要是没有大坝，我们还得再等上五十年才能够达到现在的水平，"他说道。

不过，他在接下来的交谈中告诉我，那个小镇会由于滑坡而无需再等上五十年了。巫山新城十分拥挤，城区人口达到了五万，它还是一座垂直的城镇：一直没怎么住人的陡坡挤满了高楼大厦。很多小区都由水泥抗滑桩支撑着。出租车把我拉到金坛路，这里发生了一起山体滑坡。一栋居民楼疏散了住户；大街上还堆着几大摊淤泥。我问出租车驾驶员是否担心过五十年的期限。"为什么要担心？"他回答道。"那时候我都八十了！"

我在长江边生活的时候，当地人的足智多谋给我留下了深刻的印象，他们对于自己生活环境的任何变化都能做出快速的反应。他们大踏步地接受了市场经济的革命；只要某种产品有需求，商店里马上就会货源充足。从事商业活动的人随处可见，哪怕是在安置过程的起点和终点。正是那样的东西连接着即将消失的村庄和簇新的新城：总有人想方设法出售大家需要的东西，可能是浴室配件，也可能是方便面。不过，几乎看不见长远的规划。如果江水上涨，顺山往上搬迁就是了；农民们会等到江水漫进地里才来收割庄稼。人们所说的未来，其实就是明天。

我曾经跟出生于中国的威斯康星大学麦迪逊分校的地理学家江红（音译）讨论过这种只顾眼前的现象。她一直在中国北方的沙漠地区从事社区研究，历届政府的政策都致力于把上述地区改造成耕地。很多做法对环境的危害非常之大，当地居民坚决反对，因为他们知道什么东西对耕种有利。但是她也注意到，近年来已经很少有针对这些计划的反对声，原因之一是市场经济改革赋予了人们更多的动机，以想方设法改变自己的生活环境。在过去，政府的种种运动往往要提出一个抽象的目标，比如1950年代末期提出钢铁产量要超英赶美。这样的目标只能激励农民一阵子——但现在大家想要的是电视机、电冰箱。

政策缺乏稳定性教会了人们尽量避免长远规划。"自1949年以来，政策经常在变，"江红告诉我。"你根本不知道接下来会怎么样。1980年代末期，人们觉得改革是一次机遇。大家都要抓住这个机遇，因为那可能又不会长久。"

每一次沿着长江旅行的时候，我总觉得修建大坝的时机掐算得非常完美。修建大坝的梦想吸引着共产党的领导人，但在实行经济改革之前的时代，在毛泽东孤立无援和政治动乱的时代一直无法变成现实。如果经济改革的时间再久一些，让当地人明白了自己的处境，提出的要求不仅仅是满足今天的及时之需，那么他们可能会对建设项目提出质疑，甚至加以反对。将来，当人们回顾中国这个特定的过渡时刻——它前所未有地融合了共产主义和市场经济——最久远的纪念碑完全有可能就是中国中部这一潭巨大的死水。

2003 年 6 月 9 日

上午九点三十分，黄宗明喝完了一大杯白酒，滴翠湖的水已经上涨到了渔船木支架的一个角。家里的物品大都还没有搬上山。一条蛇在水里爬行，露出的头部像一只潜望镜。

巫山的一位居民委托黄宗明和他的侄子再做一条小划艇，陈嗣荒留在家里收拾行李。她穿了一件印有"2008 北京奥运会"字样的 T 恤，裤子上印着仿 Burberry 的图案。九点四十六分，江水淹到了支架的另一个角。一家人搬了一些东西装到船上：一只电钻、一只装着渔具的篮子、一条宏声香烟。备用的木材装到了船尾。原来的房子被淹了二十五毫米；陈嗣荒、她的嫂子，还有几个孩子搬着物品涉水走了出来。只要有可能，黄珀总会溅他姐姐一身水。

十点四十七分，惹够麻烦的黄珀终于被大人规定不再帮着搬东西。他脱光衣服，玩起了水。

十点五十九分，一艘小舢板划过，船老大扯着嗓子问："船卖不卖？"

陈嗣荒高声回答道："我们这么忙，你就以为在卖船嗦？"

十一点四十分，支架的四个角都淹到了水里。十六分钟后，又一艘小舢板滑了过去；有人在卖煤炭。搬完东西之后，黄宗国跟几个女人一起拆下了旧屋顶。黄珀赤条条地躺在船首晒太阳。

　　下午一点三十四分，一艘轮船驶过，尾浪晃动了渔船，渔船咔嚓作响，终于脱离了支架，浮在了水面。

铀寡妇

　　科罗拉多州西南部有很多铀寡妇，不少人的房前屋后摆放着具有放射性的岩石，但也许只有一个人留下了开采矿石的照片，手执铁镐，除了拖鞋、牛仔短裤和胸罩，全身一丝不挂。她的名字叫做帕特·曼，八十一岁。"你得原谅我这样的穿着，"她把照片递过来的时候，笑着对我说道。曼解释说，她穿成那样是因为天热。那是 1950 年代，她加入了第一任丈夫的采矿队伍。"那真是肮脏的活计，"她说道。"有人说：'铀矿会弄死你！'对，我们得钻到矿脉进行爆破，就那样。我们曾被困在里面。"我就附近建设提炼厂的事情向她进行了解，这个提炼厂所加工的铀用于核能发电的生产。"我知道总有环境保护狂，"曼说道。"他们好像在反对修建提炼厂。很多人没有跟这玩意儿一起生活过。我跟这玩意儿一起生活过，它并没有给我添麻烦。"

　　曼住在偏远的帕拉多克斯镇上一部双厢式拖车活动屋里。附近的地名总透出一种寓意：灾难山、失望溪、饥饿点。当地的铀矿开采历史悠久，麻烦不断，地方经济自

1979 年发生三里岛事件——也就是美国人反对核能以来持续恶化。科罗拉多州的很多老矿工罹患肺病,曾经有一家名叫铀吼湾的提炼厂区被认为放射性过强,以致镇上的所有东西,包括房屋、街道,就连树木都被捣成碎片加以掩埋。但是自 2007 年以来,也就是三十年后,"能源燃料"公司来此修建美国的第一家新型铀矿提炼厂,帕拉多克斯地区的反应竟是前所未有的积极。

对外人而言,这样的反应令人迷惑不解。"怎么会有人要这种杀人不眨眼的东西?"一位新来者问道。环保组织提起诉讼以阻止这一重新开启采矿的项目,同时对全国在核能上越来越多持开放态度的迹象深表疑惑。美国的核工厂提供的电能依然占到了全国用电量的百分之二十,但自 1996 年以来没有一座核反应堆获得批准,用作燃料的铀有百分之八十六依赖于进口。自 1990 年代中期以来,随着"兆吨换兆瓦计划"的实施,苏联的核弹头被转换成核燃料,美国国内的铀矿开采和提炼一直摇摆不定。不过,该计划将于 2013 年到期,气候变化的前景也导致对于这种结合了高产出和低碳排放的能源进行重新评估。2010 年,奥巴马总统批准了八十多亿美元作为有条件贷款担保,用于修建新的核反应堆。在科罗拉多州西南部这样的老工业中心区,曾经的争论被重新点燃。有人说这个州的癌症发病率偏高,也有人说全科罗拉多就数这里的人最健康。当地人告诉我,从前的提炼厂区没有危害,环保人士则建议我们关上车窗,疾驶而过。我还没有见过一位铀矿寡妇因为丈夫丧命而反对这个行业。

帕特·曼死了两任丈夫。最后一位，乔治于 2000 年因肺癌去世。"死于肺癌的矿工有很多，但他们都曾是烟民，"她说道。"乔治是个大烟鬼。"我们刚聊了一会儿，曼就领着我来到后院参观了他们收集的矿石。她捡起一块石头，上面的黄色条纹十分明亮，仿佛是画上去的。她说自己真的不相信铀矿会致癌。她的手很粗大，一个指头在几年前被五十加仑重的油桶压断，经过手术又接了回去。她放下矿石，在裤子上擦了擦手，然后在告别的时候跟我使劲地握了握手。

　　科罗拉多州的原子能开发历史充满了矛盾，最早修建的处理放射性元素的大型提炼厂竟然是为了治疗癌症。20 世纪伊始，玛丽·居里和皮埃尔·居里首创对放射性物质的研究，他们主要研究的是镭。镭很快被实验性地用于对恶性肿瘤的治疗，这就是放射疗法的雏形。1900 年代初，匹兹堡一位名叫约瑟夫·M·弗兰纳的实业家因为癌症失去了一个妹妹，他把妹妹的死归咎为镭的缺乏。身为财团大佬的他在悲痛中做出决定：1912 年他的公司"标准化学"在距离帕拉多克斯峡谷不到十六公里的地方开办提炼厂以进行矿石加工。

　　镭高度稀缺并具有高度放射性。它是铀的一种衰变物质，释放出氡气。1919 年它的最高价达到了三百万美元一盎司——是当时世界上最昂贵的物质。有一次，玛丽·居里大老远地跑来美国，就为得到一克产自科罗拉多的镭物质。不过，后来它的价格急转直下，在放射治疗和其他用途方面最终被更为有效的物质所取代。科罗拉多人转而开采钒矿，这是在当地的岩石中发现的第二种成分，可以用于强化钢铁。原来的"标准化学"被"联合碳化物公司"收购改造，并在矿址附近形成了一个小镇。

人们把这个地方叫做铀昃湾，以纪念当地的特有元素。这又是一个具有寓意的地名，因为大家一开始并没有意识到自己屁股底下的东西具有何等价值。直到1940年代，铀矿仍不具有太多的商业利用价值，钒矿提炼厂将它当成残渣处理。第二次世界大战期间，研究原子弹的科学家意识到，科罗拉多大堆大堆的废料可以帮助他们尽早结束战争。1943年，曼哈顿计划在铀昃湾新建了一座提炼厂，专门将钒矿渣加工成氧化铀，或称"黄饼"。"黄饼"被送到其他地方，跟来自比属刚果的铀物质一起被浓缩进原子弹。

这一切都高度保密。"铀矿"这个词在官方的报道中被剔除，工人们甚至不知道自己正在为原子弹作贡献，直到它们被投放到广岛和长崎。（"差不多是那之后消息才泄露出来，"当地一位上了年纪的人慢吞吞地告诉我。）战后出现核军备竞赛，政府鼓励公民个人进行铀矿的勘探和开采。联邦机构在偏僻的地方修建道路，美国原子能委员会对矿石实行保护价。这是美国历史上唯一以政府为主导的开矿热潮——科罗拉多高原建起了大约九百座矿井。在这个地名粗犷的地方①，他们都成了追梦人：暗藏荣耀矿、所罗门王矿、银钟矿。

---

① 科罗拉多州州名来自西班牙语，意为"红色"，意指落基山脉色彩斑斓的岩石。——译者

规范管理几乎谈不上。矿井大多缺乏应有的通风条件，1950 年代主管公共卫生的官员发现，氡气的聚集浓度几乎是可接受的安全值的一千倍。矿工们喜欢在井下抽烟，放射性物质被烟雾附着，再被深吸入肺部。同时，铀岽湾的人口增长到八百多，而提炼厂就在小镇的中心位置。一位本地居民告诉我，他还在很小的时候就在"带着儿子去上班"这一天，跟父亲下过铀矿，并在里面共用了午餐。如果大家听到某座矿井"发热"——具有高度的放射性——他们会迫不及待地前去那里工作。在核料循环过程中，公共污染的主要风险是废渣处理不当，因为它含有镭和氡气挥发物。在铀岽湾，沙质废渣被用于建筑的地基工程。人们把水管埋入废渣之内。园艺工用它来松动黏土。遭到污染的提炼设备被胡乱丢弃在小镇后边的山坡上；小孩子和拾荒者喜爱这样的垃圾，称之为"金银岛"。

偏远社区一旦遭遇健康危机，就仿佛有一道帘子把他们和外界隔离开来。一般而言，当地人会因为外人无法理解他们的痛苦而深感沮丧，但生活在铀矿小镇的人们的反应刚好相反。"他不怪任何人，"当我和盖兰德·汤普森谈论起他的矿工父亲死于肺癌的时候，他如此说道。"他自己想去那里干活儿。"跟铀岽湾的其他人一样，盖兰德也抱怨来自其他地方的抗议者打着他们镇子的旗号，大肆夸张当地的健康问题。在当地人看来，这一道把他们和外界隔离开来的帘子同时也相当于一块屏幕，其他人趁机把自己关于这个偏僻之地的看法投射其上。

　　不过，谁也无法否认，很多矿工死于小细胞肺癌。这种疾病首发于 1956 年，当时的健康官员对五十一岁的矿工汤姆·范·阿斯戴尔进行了尸检。专家建议，矿井内应该禁止吸烟，改善通风，并安装其他安全设施。但由于战争年代所遗留下来的保密文化，有关部门隐藏了这份报告。在科罗拉多，整整十年没有采取更严格的规范措施，受害者及其家人花了更长的时间才获得了物质补偿。1970 年代，斯图尔特·乌代尔接过了这一场战役，他是肯尼迪政府和约翰逊政府的内政部长。乌代尔是纳瓦霍印第安人家庭的代表，后者在新墨西哥州因工作条件恶劣而丧命；用乌代尔的话来说，政府"长期以来打着国家安全的旗号牺牲纳瓦霍矿工们的生命"。1990 年，美国国会终于通过了"放射暴露赔偿法案"，向矿工和其他患病的铀矿工作者支付医疗费用和十五万美元的现金。

　　然而，遮掩之举似乎没有在科罗拉多州众多的矿工中引起不满。在纳彻里塔镇，我见到了玛丽·滕普顿，她是当地的一位历史学家，也是汤姆·范·阿斯戴尔的女儿。滕普顿的丈夫也死于小细胞癌症，但她并不认为他们是受害者。她告诉我，是他们自己选择了这一份高风险和高收入的职业，并在很久前就已经注意到同事中出现了健康问题的倾向。"他们都知道，"她说道。"这是公认的危险，因为他们要让家人过上好日子。"跟我遇到的所有经历家庭成员去世的人一样，滕普顿支持新建提炼厂。跟当地人一样，有时候她甚至也收藏铀矿石。她希望该行业能够全面恢复。"现在都装上了安全设施,"她说道。"再说,假如地上有一大堆高品质的铀矿石,就算你跑去在堆里打个滚,也不会对你有什么伤害。这是事实。你自己去验证吧。我就有一块矿石,四十多年了。我就放在家里每天近距离接触,我不是什么事儿也没有吗?"

即便是生了病的矿工也会这么说。比利·克拉克罹患肺纤维化,他说自己乐见这种产业的回归,因为现在的监管措施更严格。不过,当我问到他原来的工友时,他摇了摇头。"他妈的多数都死了,"他说道。"那些活着的,比我还糟。都要靠吸氧。"

他的妻子德比插了一句:"就是肺部钙化了。我舅舅去年去世,他的肺部也钙化了,吐出来的都是血糊糊的玩意儿。有人说吐出来的就是肺组织。"

比利只在夜间需要吸氧。在从前的矿工中,这似乎是一件挺荣耀的事儿,因为他们会尽可能地减少对氧气的依赖。他们总觉得吸气容易一些——难的是往外呼气。这点差异对他们来说至关重要,仿佛一下子把这种不受欢迎的同情减去了一半。他们在交谈中时常从健康话题转而追忆起曾经的采矿时代,那些矿井的名字仿佛是他们失去的旧爱。"那个金色循环矿井啊,"比利微笑着说道。"矿井那个热啊,饼块自己就在井壁上长出来了。热到那个地步,矿石就有了黏性。"他六十出头,十六岁下井干活;镇上的人仍旧叫他当年采矿时的绰号"石头疙瘩"。他说那时的收入一直很不错。我问他有没有省下点钱。

"没有哇，"他回答道。"没有人来约束我，钱大都花在乐子上了。嗨，真是的，及时行乐呀。"

这样的交谈从未出现过紧张气氛。家里的景象具有一定的模式：丈夫无法呼吸，妻子帮着回忆往事，两个人谈论着生病和死亡一类的话题，平静得如同在谈论明天的天气。他们一般住房子或拖车，买房或买车的钱来源于政府补偿。帕特·曼的丈夫去世之后，她新加了个房顶；比利·克拉克用来购买双厢式拖车的费用被他的妻子戏称为"血汗钱"。人们普遍对"联合碳化物公司"心怀感激。

"我是这么看的，我需要一份工作，"拉里·库珀告诉我。他在铀旯湾工作了很多年，人称"库普"。"人家给了我工作。我并没有问人家我会不会得癌症——当然我也摊上了。事情就是那样。我觉得自己的日子还不算太糟，你说呢，老娘们？"

"的确不算，"他的妻子阿维斯回答道。他们在离开铀旯湾后搬到了纽克拉，我们此时就坐在他家的客厅里。阿维斯正在编织一件羊毛外套，颜色像美国国旗那样花花绿绿。库普告诉我，他右肺的一半已经被切除。"不过我抽了六年的烟，"他说道。"所以我也不敢说癌症是人家碳化物公司造成的。"

库普八十出头，身材魁梧，穿着背带和威格牌牛仔裤。他往外吐气的时候呼呼直喘，噘起双唇，给人一种正在沉思的印象。他坚决支持新建提炼厂。"毕竟跟原来的提炼厂大不一样啊，"他说道。

阿维斯说："我认为他们提出的那些绿色玩意儿有个鸟用。"

"我觉得环保分子在祸国殃民，"库普接过话头。

阿维斯又说："不是也有那么多癌症患者从来没在碳化物公司工作过吗？"

"我告诉你，自从前一次手术之后，我就废了，"库普说道。"问题在于，我可以吸气，却呼不出来。"他继续说道："那几个牌子的香烟我都吸过。多米诺、阿华龙、直觉、双翅。我干的都是采矿。我敢说，吸烟和采矿让我得了癌，你说呢，老娘们？"

"你说放射性会导致肺癌，"阿维斯说道。"患肺癌的人多了去了，他们不是也从来没住过铀兄湾吗。"

"对碳化物公司我可不想泼它的脏水，采矿这个行当我也不想泼脏水，"库普说道。他噘了噘双唇，然后若有所思地呼呼直喘。"咱们这样说得了吧，"他接着说道。"该活就活，该死就死。谁拿这事儿都没有法子。"

每当社区小学张贴"出售"的告示，就不是什么好兆头。距离提炼厂选定的厂址仅二十多公里的纽克拉镇，终于在 2009 年把校舍推向了市场，因为所剩的孩子已经寥寥无几。当地的高中原来每年毕业八十多个学生，去年却只有十一个学生毕业。周边地区的人口原来是六千到八千，现在只剩下一千六。当地居民多在特鲁莱德镇从事建筑和清洁工作，这个以滑雪为业的小镇十分繁华，距离帕拉多克斯提炼厂选定的厂址大约一百来公里。

反对的呼声相当一部分来自特鲁莱德镇。环保组织"绵羊山联合会"已经提起法律诉讼以阻止该项目，不过很多活动家也承认，来自经济繁华小镇的人如果对发展项目提出反对意见是非常困难的。"我认为这件事情上表现出的家长作风似乎很强烈，""绵羊山联合会"的主任希拉里·怀特告诉我。她认为正是经济问题才导致人们认可和接受铀矿产业，这一点她认为是没办法进行监管的。"当你陷入绝路的时候，当你吃不起饭的时候，你自然会欢迎他们这样的人，即使人家没把你的利益放在心上。"

在外人看来，当地人和过往事件的关系，尤其是和铀冕湾的关系令人大感迷惑。"我们觉得以铀冕湾为典型进行斗争，是再明显不过的方法，"怀特说。"这些人一辈子生活在这里，应该看得很清楚。但他们也只知道这么一丁点。"在蒙特罗斯县政府所在地举行的一次公开会议上，家住在特鲁莱德和帕拉多克斯之间的演员达里尔·汉娜对提炼厂提出了反对意见。"我觉得难以置信，竟然有人这样说：'我在铀冕湾提炼厂工作过，原来的经济多繁荣啊，我巴不得再回到那个年代。'"汉娜对一位记者说道。"可你看看现在的铀冕湾，四周贴上了这样的封条：'放射性，不得进入，危险，注意安全！'"

铀冕湾在 1960 年代和 1970 年代红极一时，因为当时的美国铀矿产业由防卫转向了能源生产。然而，该镇于 1980

年代大批削减工人，在三里岛事件之后公众对于放射性工厂的选址愈加关心。科罗拉多州政府成功控告联合碳化物公司，迫使其运用美国政府的"有毒废物堆场污染清除基金"进行大规模的清理，导致了全镇衰败。剩下的所有居民全部撤离——最后一个离开的居民是邮政所女所长——1986年新年来临的前夜，铀晃湾被正式关闭。

此后的二十年间，于2001年被"陶氏化学"收购的联合碳化物公司协助联邦政府，试图全面消除原厂所在地的辐射污染痕迹。由一百个工人组成的团队拆除了磨坊、学校和民居，总共是两百六十幢建筑物。当地的道路全被毁掉。之后，清理工作转入土壤，俨然是原子时代的考古活动。工人们发现了一个小瓶子，后来被认为里面装的是世界上一度最为昂贵的物质镭。他们还发现，一百四十一号州级高速公路的一段从曼哈顿计划的铀矿提炼厂厂区径直通过，只好拆除这一路段并另选线路。工人们挖掉了第一座镭提炼厂的地基。该厂的原本目的是为了治疗癌症，现在也只好拆毁了事。

相关条例规定，所有物品都得粉碎并填埋进边上一座小山包里的四个储藏室。铀晃湾有许多推土机、重载卡车和履带式装载机，全都被液压剪撕成了碎片。储藏室里堆满了尚未开封的各种设备——洗涤槽、马桶、试管、灯泡，全被捣成了碎片。一个工人告诉我，他粉碎了一根全新的不锈钢棒，至少价值五千美元。他们捣毁水管，把整个花园连根拔起，砍倒了镇上所有的树苗。设备无论何时离开厂区，均需要清洗并用盖革计数器加以检测。只要清洗程度达不到十分严格的低放射水平，无论推土机还是液压剪都会被现场销毁。有时候，轮胎都要被取下来捣成碎片。

在设计储藏室的时候用到了计算机，以模拟未来一千年间可能发生的最严重的暴风雨。铀冗湾的提炼厂现在已经完全封闭，上面写着警示语："此处的任何区域或容器均可能含有放射性物质。"没过多久，这片地方被划归能源部，以实行永久封闭。捣毁铀冗湾的过程持续了二十年，耗资一亿二千七百万美元，其中约有五千万美元来自联邦基金。在地球的另一边，广岛和长崎兴旺发达，而帮着制造原子弹的小镇已经从地球上彻底被抹去了。

现在，原本位于两座悬崖间的一块狭长平地上的提炼厂，十五公里范围内无人居住。每年夏天，铀冗湾镇从前的居民们会在附近举行野餐聚会，偶尔也有人过来拜访一下，仿佛这里是一座墓园。我每次陪着访客的时候，总能感觉到一股怀旧情绪：人们倚靠着贴满警示语的围栏，用手指着自己原来结婚的地方，孩子出生的地方，懵懂少年时率性而为的地方。"万圣节那天我在那座桥上跟一个男孩子接吻了！"一位五十多岁的老太太咯咯地笑着说道。"那个地方原来是废料堆，"一个男子指着悬崖边上的一块空地乐呵呵地说道。"我们找来个旧车轱辘，爬到上面溜下来。"

那一带居民坚毅能吃苦，而这荒芜且已遭到毁灭的地方仿佛成了他们寄托怀旧情绪的唯一场所。有两次，从前的居民一说起铀兄湾的事情就泣不成声，而在说到家人死于癌症的时候都不曾出现这样的现象。这很大程度反映了一种心态：当地人觉得在铀矿厂或提炼厂工作很有尊严，这是他们的个人决定，离开铀兄湾实属迫不得已。不过，也有很多人强烈地感觉到浪费和不公。大家都热爱这个小镇，并认为完全没有必要加以清理；对于外界有关铀兄湾的原住民罹患生殖缺陷和其他疾病现象的猜测，他们深感厌恶。"U_3O_8 刚开采出来的时候并没有那么烫手，"曾经共同监督清理工作的铀兄湾镇前居民基恩·格林伍德跟我说起这事儿的时候用化学缩写代替了"黄饼"这个词。他指出，人们往往把铀的各种形态混为一谈，如黄饼、浓缩燃料、炸弹材料，而实际上每一种物质都有各自的提炼程序和不同的辐射水平。他说清理铀兄湾并非出于对健康的担忧，就目前来说，厂区所在地的辐射水平并不超过周边的土地。"这是责任问题，"他说道，"而不是健康问题。"

当地人说起铀矿和核能的时候总是满口术语。他们说"热释发光剂量计"，对于 α 辐射和 γ 辐射的差异一清二楚。"肺纤维化"这样的词时常脱口而出。他们突如其来的精明和老练颇让人感觉很不自在；一次，一位妇女将奥巴马总统和阿道夫·希特勒相提并论，随即还提到了关于粒子辐射效应的流行病学调查结果。这个地方接受过大量正规教育的人很少，出了名的孤立保守；当地人对于外界和陌生的事物常常会觉得不安。不过，跟原子相关的任何事物都不会令他们感到不安。他们不怕辐射，时常语出惊人。有好几个人当着我的面坚称，未经浓缩的铀物质不具有致癌性；他们还说，没有证据表明管理良好的铀矿和提炼厂所具有的低辐射水平对健康具有副作用。曾经在铀兄湾提炼厂工作过的霍华德·斯蒂芬斯告诉我，他在那里工作时所接受的辐射水平，与在纽约中央车站工作的人不相上下。有人说，航空工业给其雇员带来的辐射甚至超过核工业。县级专员罗恩·亨德森告诉我，黄饼其实无害，甚至可以交给美国邮政系统进行邮寄。"就像邮寄糖粉，"他说道。"你只需把它放进密封塑料袋。只不过你得注意让拉链一直密封着。"

　　他们跟反对新建提炼厂的环保主义者之间的分歧十分巨大。环保主义者受过更好的教育，显得更加老成，他们的观点不受预期财政收入的影响。不过我注意到，一说到科学问题就会有一种模糊性。"经常有人说这个地方的白血病和癌症率如何如何，"曾经两度参与反对提炼厂诉讼案的特拉维斯·斯蒂尔斯律师如是告诉我。当我问及证据时，他说流行病学的研究结果根本不可靠。活动家们经常援引位于科罗拉多州科林斯堡的拉瑞莫县医学会曾经发表的一份声明，说铀矿采矿社区已经在白血病、儿童骨癌、早产、遗传畸形，以及其他严重疾病方面表现出证据充足的上升势头。不过，当我联系发布这份声明的医生时，他们却无法提供可靠的来源。（一位医生告诉我，他的材料因为受潮而损毁了。）

　　然而，我在铀矿区听到的所有事情几乎都显得证据充足。世界卫生组织并没有把铀列为人类致癌物质。纽约中央车站的墙壁贴着花岗石，其中便含有释放出氡气的元素；在此工作的人员所承受的辐射量远高于美国核管制委员会允许铀矿提炼厂向邻近地区排放的剂量。离太阳越近——生活在高山，或乘坐飞机——也意味着面临更强的辐射。根据美国全国辐射防护委员会的资料，飞机空乘人员每年所接受的与工作相关的平均辐射量，比核电站工作人员所接受的平均辐射量高出一点五倍。（以上两种都没有超过普通美国人从自然环境中接受到的辐射量。）也没有强有力的证据表明低水平的辐射会引起健康问题。后来，我甚至不知道自己所听到的最不可思议的事情是否真实可信，于是给该地区的美国邮政发言人打了电话。他十分明确地告诉我，黄饼被划归为UN2912类放射性物质，严格禁止邮寄，不管袋子的拉链是否一直处于密封状态。

全国癌症研究所下设的辐射流行病学分支机构的约翰·博伊斯博士对铀咒湾进行过研究。他现在执教于范德比尔特医学院，也是独立的研究组织"国际流行病学研究所"的科学指导。当我在马里兰州罗克韦尔他的办公室见到他时，他说铀咒湾跟其他很多公司形成的小镇一样，其实保留着相当不错的档案记录。这才使得博伊斯和其他研究者能够找到哪些人在镇上生活过，他们都在什么地方干活儿。对1936年至2004年间的数据进行分析之后，他们追查到了相当广泛的疾病种类所导致的死亡。"我们确实发现肺癌有明显上升的趋势，"他说。"不过仅针对男性。且集中在矿工身上。跟生活在镇上的女性无关。如果考虑到环境暴露问题，那么应该是男女一致。即便都是提炼厂的工人也没有体现出这一点。"

铀旯湾镇的总体死亡率比全国平均水平低百分之十。心脏病发病率较低，这也许反映了人们无失业之虞时的生活方式，因为他们普遍喜欢从事户外活动。博伊斯之前在其他铀矿地区进行过研究，他发现唯一的高风险来自在通风条件差的矿井从事采矿且喜欢抽烟的那些矿工们。他指出，各项安全措施使之形成了巨大的差异。"现在的氡气含量极低，"他说道。"但在早期，连可以遵循的标准都没有。"

活动家们告诉我，博伊斯的研究结果并不可靠，因为他接受了来自联合碳化物公司的资金支持。当我把相关材料交由独立专家进行评估时，他们说方法没问题，研究结果也与美国全国职业安全与卫生研究所基本一致，该机构尚未发现显著的数据差异，以证明提炼厂工人因为铀矿的辐射或者化学毒性而导致了更高的死亡率。在新墨西哥州，DiNEH 项目正在对曾经具有未经监管矿井的纳瓦霍部分社区展开研究，研究人员告诉我，他们认为结果跟肾病和其他疾病有一定关联，但他们同时很谨慎地说明这只是初步的研究结果。

科学家认为，尽管公众有这样的认识，但辐射实际上只具有很低的致癌性。1980 年代，全国癌症研究所在全美一百零七个建有核电厂和具有能源部核设施的县开展过大规模研究。研究结果并未发现癌症患者超量。最近，该研究所参与了一项针对十五个国家的研究项目，牵涉四十万名核工业雇员，他们全都佩戴放射量剂量计以测定多年工作期间所接受到的辐射量。该研究所的埃舍尔·S·吉尔伯特博士告诉我，他们在接受辐射量不足0.1西韦特的雇员中并未发现有死亡率增高的现象，而这是美国核电厂雇员接受辐射量年平均值的五十多倍。她谈到要把这些问题解释清楚很具有挑战性，因为人们往往对辐射量的高低不加区别。"他们认为只要遭受了辐射就不是好事，"她说道。"他们很难理解，辐射量其实很关键。"吉尔伯特描述了研究人员对0.1西韦特放射剂量的理解，这样的辐射量仅在百分之五的研究对象身上被检测到，大多来自他们早年在核电厂工作时所接受的辐射。从工业的角度看，这样的剂量很高，但从影响健康的角度看却并非如此。"在接受辐射量为0.1西韦特的一百人中，我们发现仅有一人因为辐射暴露而罹患癌症，"吉尔伯特说。"不过，也有四十二人因为其他原因罹患癌症。这样低比例的患病率很难加以研究，因为人们罹患癌症的其他原因多种多样。"

　　高辐射量的后果均有很好的文献记录，很大程度上是因为对遭受核爆炸的近十万名日本幸存者进行了长达六十年的研究。随着辐射量增高，呈现出显著的线性模式——辐射量增加意味着风险增加。不过，尚不清楚这一模式是否适用于低剂量辐射范围，因为这个范围内的健康影响相当细微，根本没办法在流行病学研究中得以显现。包括法国科学院在内的专家和科学组织已经对低剂量辐射的线性模式提出质疑，他们认为辐射量符合一定阈值时便不再具有危害性。对很多元素和环境因素，比如铁和锌来说，在一定的阈值内对身体有益，高剂量时则具有毒性。不过，将这样的模式应用到铀物质的做法具有争议性，因为这会彻底地改变风险评估，以及储存核废料方面的可能性解决方案。

美国的监管将继续遵照线性无阈值理论。这样做既简单又安全，不过也有可能被误读。由于科罗拉多州特殊的地理位置，住在这里的居民从自然环境中接收到的辐射量是新泽西州居民的二到三倍，从严格意义上讲，罹患癌症的风险因此而增加。（实际上，科罗拉多州罹患癌症的比例很低。）经历了1986年的切尔诺贝利核事故之后，反核组织和反核科学家根据日本核爆炸幸存者的研究成果推算（欧洲的核辐射水平呈下行趋势），预言会有数十万人死于癌症。批评家指出，这种做法相当于把驾驶摩托车以一百多公里的速度在弯道行驶时所造成的死亡数字拿来做假设，如果大家把速度降到每小时十多公里，死亡率会随之降到原来的十分之一。所以才要花费一亿二千七百万美元的巨资强行清理一座废弃的小镇，而这个小镇的居民在此居住的时间比一般美国人都要长久。从比喻的角度来讲，铀觅湾镇的限速是每小时一公里多。

即便死伤最为惨重的灾难表现出来的后果也轻微到让人惊讶。在切尔诺贝利事故中，数十名紧急救援人员死于参与反应堆灭火工作，但事故之后对于毗邻社区的健康影响似乎十分有限。经过二十年的大规模研究，并没有找到一致的证据证明在出生缺陷、白血病或其他与辐射有关的疾病方面出现上升的现象。唯一的公众流行病是儿童甲状腺癌发病率升高，他们的腺体对辐射尤其敏感。死去的人不到十个——甲状腺癌很容易治愈，只是很多人需要接受手术，此种流行病的全部影响尚需等待数年才能为人知晓。

跟事故本身一样，即便这种流行病也可以完全避免。苏联的反应堆缺乏密封设备，这样的设计缺陷在今天看来简直不可思议，苏联政府还推迟了事故消息的发布时间。"苏联人完全可以采取一种措施，以消除流行性甲状腺癌，"博伊斯告诉我。"他们本应该告诉大家：'别喝牛奶。'"周边地区的奶牛吃了被辐射沉降物污染的草料，而家长们又把牛奶喂给了自己的孩子。一个开明的政府会做出迥然不同的反应；早在 1957 年，英国位于文德斯盖尔的一处核装置因为设计严重不合理而发生火灾并发生泄漏，当地所有的牛奶都被倒进了大海。2011 年，地震和海啸导致日本的两座核反应堆发生部分熔毁，但没有引发公众流行病，因为居民早已疏散，食品的污染都受到了监测。尽管日本的反应堆管理和维护严重不善，其所泄漏的辐射量仅相当于切尔诺贝利的六分之一——密封设备起到了防止灾难发生的作用。没有证据表明日本民众遭受了危险的辐射，在灾难发生后工作于此的四千多名工作人员中，只有一百零三人被检测出受到的辐射量超过 0.1 西韦特。科学家们预测，这个水平的辐射量导致罹患癌症的比例仅比正常水平高出百分之一。这样的影响相当轻微，尤其考虑到光是海啸就夺去了二十多万人的性命——但人们只记住了核设施熔毁这件事儿。

博伊斯告诉我，高关注度的事故所带来的最大的健康问题常常跟心理有关。一项为期二十年的研究表明，缺乏一致的证据说明三里岛事件所释放出的低剂量辐射给反应堆周边社区的死亡率带来了重大的影响。但人们高度紧张，酒精消费大增。切尔诺贝利附近地区的烟酒消费量和抑郁现象激增。乌克兰发生事故之后，遥远的欧洲国家如希腊，据报道选择堕胎的人数急剧增加，因为人们害怕婴儿先天缺陷。因为切尔诺贝利事故，相当一部分欧洲国家急剧缩减核电厂，意大利关闭了境内的所有核反应堆。二十年后，意大利从法国购买电能，其中百分之八十来源于核电，并在绝对温室气体排放的二十七个欧盟国家中名列第二十四位。

与我交谈过的癌症专家中没有一个人出于健康原因对核电提出反对意见。无一例外，他们最大的忧虑是核废料的储存，尽管很多人指出这是政治问题而非科学问题。好几位科学家告诉我，公众应该更关注医学辐射，因为 CT 扫描往往存在辐射超标，而对它的监管与核电产业相比要宽松得多。（从 1996 年至 2006 年，美国实施的 CT 扫描总量增加了近三倍。）

博伊斯还表达了对于恐怖主义的忧虑，不过很大程度上是因为他认为人们对于辐射的认知严重跟不上。把黄饼甚或浓缩反应堆燃料转化成真正的炸弹十分复杂，也许对恐怖分子而言是不可能完成的，不过这并不是问题所在。即便低放射性的材料——如人们在科罗拉多州西南部的花园或者起居室里看到的那种玩意儿——也会让大多数人胆战心惊。"我们对放射性的研究已经有了一百多年的历史，"博伊斯告诉我。"我们对它有了一定的了解。不过,这玩意儿终归看不见。我一个同事说过:'你要是能把它涂成蓝色让我眼见为实,那就不会有任何问题。'"

当草根环保主义者继续高举反核大旗时,气候变化的迹象令一些知名的环保人士公开发出了支持的声音。绿色和平组织的创办者之一帕特里克·穆尔已经从该组织退出,并认为该组织在这个问题上持有非科学的观点。盖亚理论家詹姆士·拉夫拉克尤其公开抱以支持态度,同样如此的还有《全球概览》的创立者斯图尔特·布兰德。2009 年,来自科罗拉多州的民主党参议员马克·乌代尔在参议院对这个问题进行了阐述。"在有些人看来,"他讲道。"乌代尔家族有人对核能持赞同态度的消息令人不安,甚至令人不快。"乌代尔来自有名的环保主义者家庭,他的叔叔斯图尔特·乌代尔去世于 2010 年,曾经在讼案中做过纳瓦霍铀矿矿工的代理人。乌代尔参议员告诉我,他高度敬重叔叔留下来的遗产,但现在的监管已经大为完善,气候变化的威胁要求我们重新考虑这样的问题。"来自核能的风险值得我们关注,"他说道。"这就像增加天然气的使用同样具有风险,实话实说,可再生资源也会具有同样的风险。"

乌代尔更钟爱风能和太阳能,不过他承认这些东西在短时间内还无法有效取代煤炭。他相信,人们会找到储存核废料的办法。当我提到他的家乡提议新建提炼厂时,他说道:"只要符合必须的法律和监管,我可以支持这样的项目。"他继续说道:"我叔叔对于冷战的本质,以及我们是如何形成非得在此偷偷摸摸的思维等问题曾经表达得一针见血,我们不需要任何监管措施,因为那终究会威胁到美国的存在。可我们已经进入了另一个时代呀。"

我问他,对于气候变化的害怕会不会像对苏联人的害怕那样导致草率决定和粗枝大叶。"考虑到我们在华盛顿需要克服重重困难才能说服参议院的绝大多数议员相信,大家必须对气候变化提出应对之策,"乌代尔说道。"我并不担心那个问题。不过我认为我们有必要永远不要忘记那些教训。"

科罗拉多州的偏僻一隅有一种时间停止的架势,这里位置太偏无法吸引全国连锁,旅游者只能落脚在位于纳彻里塔的瑞伊汽车旅馆。旅馆仍旧使用钥匙,钥匙链上仍旧镌刻着1970年代的一条提示信息,只要把它投进美国的任意一个邮筒,都能够免费寄回旅馆。我在1月份登记入住的时候,一位名叫谢丽·罗斯的前台接待员问我是否前来参加"能源公司"提炼厂的听证会。罗斯解释说,她曾经是铀臾湾镇的居民,她的父亲和几位叔叔均死于跟采矿有关的肺癌。到此,这条信息足以让我猜想,她会对该产业持全力支持的态度。"你看,我们遭受过最为巨大的损失,而我们对提炼厂并不持反对态度,"她说道。一位路过的清洁工说,她的父亲也死于肺癌,她同样欢迎采矿业能够尽快回归。

科罗拉多州公共卫生和环境局正在举行听证会。人们大多预言,卫生局最终一定会颁发许可证,不过几起官司悬而未决，还有其他人可能会被送上法庭。然而，真正的问题似乎跟经济有关。"能源公司"已经在多伦多上市交易，股价在过去一年间大幅跌落。已有数种迹象表明核能将会得以重振，但美国的道路仍不明晰。需求可能更多地来自海外，尤其是印度和中国，尽管这两个国家已经各自宣布了雄心勃勃的核电站建设计划。当前，中国严重依赖煤电和水电，其人口大部分居住在南部和东部，利用风能和太阳能的可能性并不乐观。

"能源公司"的创立者和首席执行官乔治·格拉希尔告诉我，他相信一定会存在需求。他曾经在铀矿公司当律师，直到其在1980年代突然破产，他随即在科罗拉多州西南部购买了一片大农场。跟许多实业公司的执行官一样，他对于追赶经济潮流显得颇为内行。数年前，他在自己的农场上开了一个砂石坑，出售岩石以用于掩埋铀晃湾镇的残余物。他还出售了七万多立方米的表层土，用来喷洒在另一处遭受污染的提炼厂厂区。既然该产业已然从强制性的清理转向了真正的生产过程，格拉希尔打算回归自己的本行。他的家里仍旧保留着一块矿石和一大罐黄饼。"这玩意的档次相当高，"他一边把矿石递到我手里，一边说道。我没有打开罐子。

因为品牌的缘故，"能源公司"把自己的项目命名为"皮农山提炼厂"。"我们可不想再用'帕拉多克斯'这几个字，"格拉希尔说道。他拿出从核能研究所弄来的宣传展示品：一个塑料小球。如果这个小球真的是浓缩铀，那么它产生的能量相当于一吨煤炭。展示品上印着："核能，清洁能源。"这玩意儿可追溯至 1970 年代，人们当时担心的是烟尘而非气候变化；其正面跟瑞伊汽车旅馆的钥匙链一样老套。"我可以给你，但我就一个也没有了，"格拉希尔说道。

听证会的举行地点就在纽克拉镇，距离提炼厂厂址仅有二十多公里。会议按计划一直在整个地区轮流举行，人们的反应有规律可循：越远离提炼厂，人们似乎越感到害怕。没有人说得清，如果在科罗拉多州西南部公开举行会议，大家会说些什么。在县政府所在地举行的一次会议上，一个人指责卫生局意图谋杀所有公民。还有一次，有一位发言人追忆，具有辐射性的铀觅湾镇种出来的西红柿如何的美味可口。另一个人紧随其后并无实质内容地宣布："对有色人种担任总统我并不是真的很感兴趣。"环境保护主义者说，他们参加这样的会议总是感觉很不畅快，因为当地人有时候会将自己的怒火发泄到对立者身上。我对外人的看法深感同情——作为一名作家，我总是激起他人同样的反应。不过，我逐渐明白了他们之所以怒火中烧的原因。本地人对于屈尊俯就早就习以为常，事关健康问题时更是如此，虽然实际上他们的专业知识非常扎实。当地人的很多观点我都半信半疑，不过当他们谈起铀矿时，我学会了倾听。

两百多位居民参加了纽克拉会议，绝大多数人都佩戴着橘色纽扣，上面印着"支持提炼厂"的字样。"对于铀物质我们并不害怕，"铀觅湾镇从前的居民乔伊斯·谢菲尔对着麦克风说道。"我不喜欢滑雪。我怕滑雪。我学不会。但我了解铀物质，我不怕它。"另一位妇女说自己是当地的第四代居民。"我家有好几位亲人在核工厂干活时丢了性命，"她说道。"但我无怨无悔。"一位商会会员做了一个声明，这样的声明只在那个叫做帕拉多克斯的地方才能听到："铀矿和旅游可以共存。"

直到第三十位发言者才发出了反对的声音。最后，只有五个人提出反对意见：他们提到了健康风险、野生动物和核废料的储存问题。来自帕拉多克斯镇的居民克瑞格·皮瑞兹批评了这个产业的不稳定性。"他们提供的工作很不稳定，"他说道。"大家应该得到的可不止这些呀。"

每年 8 月，铀晃湾镇的老居民们都要回来举行野餐活动。厂区被围拦之后，他们聚集在东南方一点六公里外从前的棒球场上。建筑掩体已经荡然无存，柳枝灌木丛封住了跑垒道，不过这里从未进行过清洗——既没有铁丝网围栏，也看不见警示语。幸免于难的硕大白杨树为这个地方带来了令人愉悦的树荫。

2010 年的野餐会上，乔治·格拉希尔告诉我，他很高兴自己能够全身心地经营他的大牧场。几个月前，他宣布公司需要重新定位，并从"能源公司"首席执行官的位置上退了下来。起初，股价跌至十二美分才得以反弹。很多人都以为公司能够拿到许可证，然后把它卖给能够化解这种不确定性的大公司。这是众多铀矿厂镇又一种超越时间的品质：他们可能落后了三十年，但也可能超前了十年。

前来参加野餐会的有两百多人。他们大老远地从休斯敦和洛杉矶赶过来，还有几个家庭从新墨西哥州一路开车回到了这里。两位铀晃湾镇曾经的医生也来了，1969 届高中毕业班举行了他们的第四十次聚会。很多人穿的 T 恤上印有这样的文字："危险：放射性材料：我居住在科罗拉多州铀晃湾镇!"一个叫做"专业个案管理"的组织散发了政府将为曾经的铀矿工人提供援助的信息。

在一棵杨树的树荫下，人们摆出了铀晃湾镇原来的铁制道路牌：燧石大道、提炼厂车道、方解石大道。这些东西本来应该跟别的物品一起被捣成一堆碎片，但工人们把它们偷了出来。一位从小在镇上长大、名叫斯坦·凯德曼的男子拿出了一块巨大的"铀晃湾"牌子，这原来是高速公路上的出口标识牌。凯德曼目前在科罗拉多州西南部跑运输，他经常在夜深人静的时候把车开到自己的老家来。

"它总萦绕在我心头，"他对我说。"我都能听见各种各样的声音。"我想起了萦绕于此的各种东西——提炼厂的声音、咳嗽不止的老矿工，甚至还有那些遭到轰炸的日本人——我问凯德曼听到了什么。他身材魁梧，戴着一顶哈雷-戴维森帽子，小臂文着刺青，蓄一把络腮胡。他笑着回答道："孩子们的嬉闹声。"

奇　石

　　我们在 110 国道沿线看到了许多奇石的广告牌。这些广告牌首先出现在河北省境内，那里荒凉偏僻，唯一的色彩来自沿路设置的广告旗。广告旗呈红色，上面写着两个很大的汉字：奇石。从字面意思来看，"奇石"指的是奇怪的石头，不过"奇"这个形容词也有"非凡"和"罕见"之意。这些广告旗被大风撕扯得破旧不堪。我们正往西北方，也就是春季暴风雪的方向行驶。现在下的仅是雨水，不过我们已经能看见等在前方的究竟是什么东西——迎面开来的汽车上凝结了前方的天气状况。车辆多是装载着从内蒙古往南运输货物的解放牌大卡车，车上成堆的箱子和箩筐覆盖着积雪。一辆辆大卡车顶着横风从大草原驶过来，走到此处那些冰冻的货物往右倾斜，宛如怒海小舟。

　　我驾驶着租来的切诺基吉普车，麦克·高提格顺路搭车。如果一切顺利，我可以一路开到青藏高原。我们俩相遇于和平队，在结束服务期之后各自找到办法留在了中国：我当自由作家，高提格在西南开了一家酒吧。不过，我们偶尔会在路上相遇，纯粹出于忆旧情怀。一路上经过了五六处奇石广告牌，我们谁也没有说话。

"这是什么？"高提格终于开了口。

"不知道。我之前没走过这条路。"

广告旗树立在水泥白瓷砖建成的小商店门前，似乎每往前开进一步，它们就愈发引人注目。"奇石"指的是任何形状类似其他物品的石头。它在全国的旅游景点已经成了一种必备之物；人们在黄山可以看到名为"仙人下棋"和"犀牛望月"之类自然形成的石块。收集者购买小块石头；这些小石头有时被雕刻成适当的形状，或是带有某种矿物图案，让我们觉得既神秘又熟悉。我对奇石没有一丁点兴趣，可它们在河北这样一个被人遗忘的角落里如此欣欣向荣，倒让我感到有几分神秘。什么人会买这样的玩意儿？驶过二十多面广告旗之后，我终于把车停了下来。

走进店铺，物品的摆放显得很怪异。整个房间摆了满满一圈展柜，只在入口处留了一个小口子。一位店员微笑着站在入口边上。我从一排排桌子边上挤了过去，高提格跟在后面，我随即听到了巨大的碎裂声。

我转过头去。高提格僵在了那儿；水泥地上满是绿色的碎片。"怎么了？"我问道。

"他把它碰倒了！"那位店员说道。他抓起了高提格的衣襟。"你的衣服把它扫下来了。"

我和高提格看着一地的碎片。过了一会儿，我问道："这是什么？"

"玉，"那位店员回答道。"是一艘玉雕帆船。"

我终于辨认出了那些部件：被摔坏的船帆的一角、扯断的缆绳。那是一艘中国商人们喜欢摆在办公桌上求取好运的帆船模型。帆船的材料看上去像是从工厂里弄出来的廉价仿冒玉石，整艘帆船已经摔散了——地上竟有五十多块碎片。

"没事儿，"那位店员乐呵呵地说道。"先到前边慢慢看慢慢选，也许你还想买点别的东西呢。"

身边全是展柜，我俩站在房间的一角，仿佛两只笼中困兽。高提格的双手都在发抖，我感觉自己的太阳穴突突直跳。"真是你打翻的吗？"我用英语问道。

"不知道，"他回答道。"我什么都没感觉到，不过我也不敢确信。我一走过它就掉下来了。"

我从未遇见过货物摔碎了还能如此平静的中国生意人。第二个人提着扫帚从边上一个房间里走了出来。他把帆船碎片扫成一堆，然后就离开了。又一个人悄无声息地出现了，直至大门边站了三个人。我几乎可以肯定，这就是一个事先下好的套；我听说，有的古董商店自己把花瓶砸碎，然后怪罪于顾客。可我们才离开北京几个小时，连所在地的县名是什么都还不知道。高提格变得出奇地平静——只要犯了事，他总会这样。除了挑选"奇石"，我们谁也想不出别的好法子。

我和高提格都于 1996 年加入和平队，当时做志愿者工作似乎有点不太合潮流。自约翰·F·肯尼迪总统在冷战的巅峰期建立和平队以来，这个组织的个性一直随美国的政治气候而变化。当时，和平队一下子大受欢迎，对于关心美国应该在发展中国家扮演什么角色的理想青年十分具有吸引力。越战后，随着美国在外交政策上遭遇犬儒主义浪潮，和平队这一组织随之成为受害者。自"9·11事件"以来，和平队的意义又一次发生了改变——现在任何加入和平队的人可能都对战争时期个人应该承担的责任进行过认真的思考。

不过，1990年代中期国内并没有什么志愿者心中具有相当分量的大事件发生。很难说清楚是什么东西让人想要去海外待上两年，而我们加入它的理由千千万万。我所知道的志愿者大多怀揣一丝理想主义，但通常予以轻描淡写，有时候人们觉得提起这样的词语会让人很不自在。高提格告诉我，和平队在对他进行面试的时候，要他把自己的"社区义务"按照五级制进行评价。高提格给自己打了三分。沉默了好久，面试官才开始发问。你曾经在毒品治疗中心工作过，对吗？你目前在教书，对吗？他终于说了句："好吧，我打四分。"高提格后来告诉我，他报名的理由之一是他在明尼苏达州的女朋友说要认真考虑两个人的关系。我在其他志愿者那里也听到过同样的说法——硬着头皮也要做的一件难事就是想个最简单的办法结束一段恋爱关系。

当时，我可不想告诉面试官我的真实动机。我需要时间用于写作，但又不愿意再去读书，而且不敢想象找一份平常的工作会是什么样。我很高兴有了学习外语的念头；教几年书的想法也让我很有兴趣。我觉得和平队的工作不会那么机械死板，我很喜欢这一点；而他们又把这样的工作称之为志愿者，所以我父母亲也感到十分高兴。我的父母亲都住在密苏里州，同为天主教徒，对肯尼迪的记忆相当愉快——我后来才知道，和平队曾经招募过大量的天主教徒。不知何故，它尤其受到中西部人的欢迎。我们那一年派往中国的十三名志愿者中，有六个人来自中西部各州，三个人来自明尼苏达州。这跟中西部笃信的自由主义有关，不过其中也有逃避的因素。有同伴之前从未出过国门，来自密西西比州的一位志愿者之前从未乘坐过飞机。

我们都没想过会来到遥远的中国。没有人在那里生活过，除了一点点基础，也没有人学习过他们的语言；我们对于中国历史实际上一无所知。我们了解到的第一点，是中国政府对我们的前往心存疑虑。我们得知，在"文化大革命"期间，中国政府指责和平队跟中央情报局有关系。这些疑虑从未公开表述，但仍然有一帮人对于接纳和平队抱着提防的态度。直到 1993 年，和平队才首次向中国派出教师，我是第三批。

我们一定受到了严密的监控。我时常想弄明白，中国的安全官员是怎么思考的——是不是我们的无知迷惑了他们，或者令他们愈发怀疑。他们一定想琢磨明白，这帮家伙有什么共同点，美国政府偏偏选派他们到中国来。为了确保从评估中全身而退，总有几个通用的选择标准。在我之前一年，一位从美国海岸警卫队退休的老人也加入进来。大家都叫他"上尉"，他还是美国著名电台节目主持人拉什·林宝的忠实粉丝；在培训活动上，他穿了一件罗纳德·里根 T 恤，这让他在即将任教的中国大学校园里显得非常扎眼。一次，和平队的一位官员对他说："你也许应该换一件衬衣。"上尉回答道："你也许应该再读一读宪法。"（这事就发生在成都。）一天，上尉给中国的青年学生上课，他在黑板中间画了一根线，并在左右两边各写上"亚当·斯密"和"卡尔·马克思"。"好，同学们，咱们开始上课，"他高声说道。"这个行；这个不行。"最后，他因为在成都街头的一场争吵中毁坏出租车侧视镜而被和平队扫地出门。（争吵碰巧发生在马丁·路德·金纪念日那一天，这个有趣的细节可能未被中国的安全官员记录在案。）

没过多久，大家几乎就可能忘了是谁并且为什么把我们派到这里来。我们大多在偏僻地区规模不大的大学教书，跟和平队很少有直接的联系。只是偶尔从上面传下一些课程方面的要求，比如"绿色英语运动"。这是一个全球性的项目：和平队希望从事教育工作的志愿者将环保主题融入到自己的教学活动中。我在中国的一个同伴非常审慎地开了头，以"乱丢垃圾是好还是坏"为题组织了一场辩论。这一下子把全班分成了两派。一部分学生群情激奋地说，很多中国人从事的职业就是捡拾垃圾，如果没有了垃圾可捡，他们肯定会失业。没有了垃圾，他们靠什么吃饭？除了"绿色英语运动"被有效地结束外，这场辩论没有明确的结果。

这样的经历会改变一个人，只是改变的结果不一定符合你的预期。对死硬的理想主义者而言，这样的工作真是糟糕透顶，他们大多干到最后便沮丧不已，十分不开心。实用主义者可以坚持到最后，明智的人还给自己的每一天都确定了细小的目标：学一个中文词组，或者教会求知若渴的学生一首诗歌。长远的目标统统被抛到了一边。懂得灵活变通最重要，幽默感同样如此。和平队的手册里没什么好玩意儿，美国人对于发展中国家的看法相当古板——有的国家需要拯救，有的国家需要害怕。中国政府同样如此，他们的宣传丝毫没有幽默感。不过，中国人本身倒是出奇地开朗。他们会取笑很多东西，也包括我：我的鼻子，我穿的衣服，我说的中文。对于固执地以美国人身份为荣的人来说，这个地方糟糕透顶。有时候，我把和平队想成是逆向的难民机构，它把我们这些失落的中西部人遣送至此，它变成了唯一的教会美国人抛掉国民性格的政府机构。骄傲、抱负、缺乏耐心、控制的本能、积累的欲望、传道的冲动——这一切统统被抛在了脑后。

这家商店有几块像食物一样的奇石。在中国这是比较流行的艺术主题，我认出了几样早有名气的：石头雕刻的大白菜、石头做成的腊肉串。还有些石头经过打磨，显出了神奇的矿物肌理，不过因为紧张的缘故，它们在我的眼里看起来大同小异。我随便挑选一件问起了价格。

"两千元，"那位店员说道。他看出我有些退却的样子——那毕竟将近两百五十美元啊。"不过可以便宜点卖给你，"他紧接着补充了一句。

"你看，"高提格对我说道。"这里的其他东西就算掉到地上也不会摔坏。"

　　他说得没错——这事儿彻头彻尾地奇怪。首先，玉雕帆船怎么会摆在那个地方？作为救命稻草，我指望高提格的体格也许可以避免暴力冲突。他身高一米八六，块头很大，蓄着短发，长着日耳曼人的大鼻子，中国人看了往往吃惊不已。不过，我从来没有遇到过他这么温和的人，我们俩乖乖地往大门口挪去。那个人还站在那里。"对不起，"我说道。"我不想买。"

　　店员指了指那堆绿色的帆船碎片。"怎么办？"他小声地问道。

　　我和高提格合计了一下，决定以五十元开始起价。他从钱包里掏出了钞票——相当于六美元。店员一言不发地接了过去。走进停车场的时候，我准备着有人走过来拍我的肩膀。我发动切诺基，转动方向盘，急驶上了110国道。车开到张家口，我们俩还在止不住地发抖。我们在一处大卡车停车点停下来吃午饭；我大口大口地喝着茶，以平复自己的神经。一看我们是美国人，服务员一下子来了劲头。

　　"我们老板去过美国！"她说道。"我这就去叫她！"

　　老板是个中年人，头发染成了深黑色。她来到我们的餐桌跟前，以夸张的姿势呈上了名片。名片的一面印着中文，另一面印着英文：

美利坚合众资源有限公司

中国办事处副主任

金芳柳

上面烫金印着美国的总统徽章，粗劣不堪。除了那只鹰，这个徽章跟美国的正宗原版大致相仿：张家口的这只鹰比它的美国同类胖了不少。它的翅膀臃肿，脖子粗大，双腿肥得像鼓槌。即便放下盾牌和箭头，我还是怀疑这鸟能不能飞起来。名片的一角印着几个小字：

名誉主席

杰罗德·R·福特总统

"这是一家什么公司呀？"我问道。

"我们在张家口经营的是餐饮业，"那女子回答道。她告诉我，她的女儿在弗吉尼亚州的罗恩奥克市也开了一家餐馆。

我指着名片的一角问道："你知道这个人是谁吗？"

"福特，"金女士用中文说出了福特的名字。"他当过美国总统。"

"他跟你们这家餐馆有什么关系吗？"

"只是个名誉头衔，"金女士回答道。她摆了摆手，仿佛在说，没必要让福特知道我们在张家口开的这家不起眼的大货车停靠站！她给我们打了折，还叫我们下次再来。

我们在集宁停下来过夜。气温降到了零下十多度；雨已经变成了雪；我一看见旅馆就停下了车。宾馆的名字是蒙古语——乌兰察布——大厅如此宽敞，竟然摆了一条保龄球道。我们在前台登记的时候，耳边满是球和瓶的撞击声。至此，我对接下来要去的地方胸有成竹。

跟高提格一起旅行完全是一次计划好的冒险。跟他在一起，总会遇上有趣的事情，而他往往不慌不忙。不过他对于舒适和安全的标准如此之低，简直对什么都没意见。在我所知道的来和平队逃避的中西部人中间，他跑得最远，根本没有回家的迹象。当我们那一批人在旧金山做行前集合时，高提格携带的行李最少。他随身携带的现金不到一百美元，那是他所有的积蓄。

他来自明尼苏达州西南部，从小由单身母亲抚养长大。她十九岁就有了两个孩子，从此便四处寻找工作——酒吧服务、办公室文秘、假日酒店服务生。后来，她在一家面包袋绳制造厂的生产线上找到了一份工作，这家工厂位于明尼苏达州的沃星顿市，镇上只有一万人。他们家先后住过拖车活动屋和公寓房；还在农场上住过一年，因为前一位租户是高提格妈妈的朋友，在一场摩托车事故中丢了性命。他们一家的生活主要围着摩托车打转。高提格的母亲是个痴迷的车手，他们经常在夏天去中西部参加哈雷-戴维森大赛或是竞技表演。他看着母亲的朋友在"猴子上树"之类的项目中相互比拼，女人从摩托车上一跃而起，抓住悬在低空的绳子并前后摆动，男人绕着障碍赛道往前骑行，女人趁着摩托车返回的时候稳稳地落下。还有一项比赛是看哪一位女子坐在行驶的摩托车上能够把绳子上挂着的热狗咬下最大一口。高提格第一次跟我说起这些事情的时候，我才意识到自己在中国看到的事情一点也不稀奇。他说他一直非常讨厌摩托车。

他是家里唯一喜欢读书的人。他读到十一年级就毕业了，因为明尼苏达州有一个项目，如果中学生提前毕业，州政府可以为其支付一年的大学学费。在明尼苏达大学的莫里斯校区，高提格主修英语，随后进入曼卡托校区攻读研究生。就在研究生学习期间，他申请加入了和平队。他从小就看过这类广告，觉得这是免费远赴海外最好的办法。

来到中国之后，他被分配到四川南部的小城市乐山从事英语教学。他抽空跟另外两名志愿者一起组织戏剧表演：学生版的《白雪公主》。学校很快就认识到其中的宣传良机，随即组织了巡回表演。其他志愿者没过多久先后抽身而出，但高提格对什么事情都很痴迷。他领着《白雪公主》剧组上了路，坐公共汽车在全省巡回演出，曾经一天在中学里进行了三场表演。出于政治原因，他们把剧目改头换面。伐木人原本是反面人物，但学校领导坚持喜剧的结尾应该有利于无产阶级，于是伐木人改过自新，还进行了一番自我批评。作为巡回文艺表演的一部分，铜管乐队演奏了《国际歌》，一名学生翻唱了理查德·马克斯的《此情可待》，高提格抱着蓝色吉他走上舞台唱起了《故乡的路带我回家》。无论走到哪里，他都被人围着索要签名。在穿行于各城镇的颠簸之旅中，《白雪公主》的演员们扯着嗓子高声唱歌，大嚼新鲜的甘蔗秆，把甘蔗渣直接吐在了公交车的地板上。高提格告诉我，那是他在和平队服务期间感觉最长的十天。

他中文学得很快。一到中国，和平队就给我们安排了两个半月的密集培训，之后便根据个人的需要雇请私人教师。不过，最好的策略是去大街上闲逛，随便找人说话。高提格在这一点上具有非常理想的人格魅力：他有耐心和好奇心，而且永不知疲倦。像中国人所说的那样，他还是个喝酒好手。像四川的乡民一样，他学会了用牙齿开啤酒瓶。

有一年秋天，他去中国最西边的新疆旅游。他一个人在天山露营。他偏离旅游线路去攀爬岩石，结果被蛇咬到了手指。先是手指红肿，接着整只手掌都肿了起来。他花了四个小时回到自治区的首府乌鲁木齐市。此时，红肿已经蔓延至整只手臂，痛得他死去活来。他找到公用电话，给住在成都的和平队医疗官打了电话。医疗官确认了症状：听起来像是肌溶性蛇毒惹的祸，他需要尽快住院。

他向过路的行人求助，一位年轻女子主动站出来帮了他。她的英语说得很好，这在如此偏远的地区很不寻常。她穿着一件宽松的亮黄色无袖衫，颇像一口大钟从头顶套在了身上。高提格当时就觉得这个女人多少有点奇怪，但对此顾虑太多显然不合时宜。她把他送到医院，医生切开了被蛇咬伤的手指。医院有传统的中药；高提格看见药盒上印着蛇的图案，觉得那肯定是个好兆头。医生用杵和碾钵压碎药片，然后直接把它塞进了被蛇咬破的伤口。

红肿继续扩散。手臂关节变成了紫色，蛇毒破坏了毛细血管。到了傍晚，高提格终于明白，穿亮黄色无袖衫的那位女子明显精神失常。她把自己的行李拿到医院并拒绝离开，还向所有的人申明她是他的正式翻译。她不回答任何私人问题——高提格仍旧不知道她在什么地方学的英语。只要他问起名字，她总是说："我的名字嘛……朋友。"她每次这样回答的时候，听起来都令人毛骨悚然，直到高提格不再追问这个问题。她在病床前的椅子上待了一整夜。第二天，医生三次切开手指，塞进了更多的药粉。疼痛非常剧烈，不过高提格至少成功地劝说护士们赶跑了那个女人。第三天之后，红肿开始消退。他在医院里住了一周；他身无分文，和平队的医疗官不得不汇款缴纳那笔不足一百五十美元的医疗费。他的手痊愈了。他再也没有见过那位穿亮黄色无袖衫的女子。

我们离开乌兰察布宾馆的时候，只有一个人在打保龄球。当地政府在110国道的入口处树立了一块告示牌，上面的数字可以像芬威公园的棒球赛记分牌那样进行更换：

到本月为止，该路段已经发生65起交通事故，造成31人死亡。

昨天的暴风雨已经过去，不过温度依然只有零下十来度。从集宁到呼和浩特的公路要穿过茫茫的大草原——低矮的山丘覆盖着积雪，狂风不停地怒号着。我们从一辆辆纹丝不动的解放牌大卡车边上开了过去，它们的燃油油路凝固了，也许是因为油箱里的水分太多吧。往前开了二十多公里，我们爬上山坡，看见一溜车一直延伸到地平线：大卡车、小轿车、吉普车。谁也动弹不了，都在摁喇叭；狂风中响彻着汽车喇叭奏出的管弦乐。我从来没想到，在这样蛮荒的地方也会遇到交通堵塞。

我们停下切诺基，朝着拥堵的方向步行过去，几位驾驶员向我们解释了事情的原委。一开始是大卡车的油路被冻住了。其他车辆在这条双车道的公路上开始超越它们，可总会遇上顽固的车辆迎头驶来。两车对峙，喇叭齐鸣，直至各自身后的车辆越聚越多。终于，大家一步也无法挪动。有些车辆试图从路面外绕行，可走不到五十米就陷了进去。人们穿着便鞋在雪地里跟跄而行，试着用双手把车给刨出来。没有警察的影子。与此同时，大卡车司机们蹲在卡车底下，在地上生起火堆，烘烤冻住的油路。这场景有一种别样的美感：积雪覆盖的草原一片荒芜，一溜烟望不到头的汽车长龙，蓝色的解放牌大卡车底下闪烁着橘黄色的火苗。

"你可以走过去给这些卡车司机们照一张相，"高提格说道。

"你才应该来一张，"我说道。"我可不会靠近这些家伙。"

终于，在这片未做标记的内蒙古大草原上，我们跨过了区分"奇"和"蠢"的那一道虚线。我们盯着橘黄色的火苗看了一会儿，随后从一条乡间小路开到了呼和浩特。刚一抵达，切诺基的启动装置失灵了；我们一路推着车来到了修理厂。在对着引擎捣鼓的过程中，修理工不停地抽着"国宾"香烟。不过，既然走完了110国道，这就跟7月4日国庆节上放放烟花一样没什么危害性。

有人说，在和平队服务最难的事情莫过于回家。两年的服务期即将结束，和平队举行了一次预告别会议。他们散发了求职材料，谈起我们回家后听见别人说"我不知道和平队竟然还存在着"这样的话时我们会有怎样的反应。有几位志愿者参加了外交服务考试。有个人只考了一半，感觉再也没法子认真对待；他在作文部分写的是自己的世界观如何受到了影片《空军一号》的影响。有几位通过了笔试，但在面试环节败下阵来。此后几年间，我陆续得知更多的志愿者参加了这一考试，不过他们一半都被繁琐的程序弄得晕头转向——他们在实际经历中学到的东西与此没有任何关联。

和平队从一开始就被描述成对外事务的帮手，不过它的另一个目的是要培养美国人对于外部世界的认识。这样做的意图是影响国家的政策——该组织在一定程度上受到了1958年出版的《丑陋的美国人》的激励，因为该书对美国自上而下式的外交政策进行了批评。在某种程度上，我加入和平队时还抱有真诚的信念，相信它具有改头换面的力量；我认识的每一个人都因为这番经历而发生了巨大的变化。不过，这种变化只会使人们更加不愿意替政府工作。志愿者一开始往往个人主义十足，很少具有传统意义上的雄心抱负。

一旦去到海外，他们便学会了在混乱中过日子，这很难让他们相信还有什么改变的可能。绝大多数前志愿者都会反对美国在伊拉克采取冒险行为，因为他们从自己的经历就可以得知，哪怕最为简单的事情，到头来也可能错误百出。然而，他们的意见对于国家政策不会产生实质的影响，因为他们所处的位置没什么影响力。

我在中国的很多同伴后来都当上了老师。这在一定程度上因为他们本身从事的是教育性质的志愿工作，不过同时也跟我们所锻炼到的种种技能有关——灵活变通、幽默感、愿意解决学生抛给你的各种难题。当上作家和新闻记者的也不少；有的人进入了研究生院。其他人继续游荡，高提格在中国一住就是好多年。每到夏天，他便为和平队工作，培训新到的志愿者，其余时间他便逮到什么做什么：为报纸撰写专栏故事、临时性地充当翻译或研究人员。偶尔，他会来北京，在我那张沙发上一睡便是一个星期。说到待客，我可算是终身在为和平队服务。有时候，我的公寓里会住着三四个客人，全是中西部的大个子，一边喝着燕京啤酒，一边高声笑谈旧时光景。

在西南部的昆明，高提格跟一个中国人合伙开了一家酒吧。他们找到一个废弃的防空洞；租约明确提出，如果中国发生战争，他们必须交还经营场地。酒吧有两张台球桌，一个乐队表演台。开张没多久，酒吧里就发生了一次持刀斗殴——其中一位酒吧招待员身中数刀，只好切除单侧肺叶的一部分。酒吧没什么生意，高提格和他的合伙人几乎无力支付那笔医疗费。他们的酒吧就取名为"地下酒吧"。

我们驾车横穿中国北方的次年，高提格回到了美国。他三十岁，几乎身无分文。他回到了明尼苏达州的西南部，但根本没想过还要在那里生活；一个月之后，他坐上灰狗长途大巴去了南方。有几个从前的志愿者住在密西西比州的斯塔克维尔；他们收留了高提格，并给他找了一份教授外国学生学习英语的工作。一学年的薪水有两万四千美元。高提格想攻读教师资格课程，却发现所花费的时间与读法学不相上下。他买回一大摞法学院入学考试的书开始自学，结果考分名列前茅。我再一次见到他的时候，他已经就读于哥伦比亚大学法学院，并入住了滨江大道。他利用空余时间为非政府组织"人权观察"从事中文研究工作。后来，他当上了哥伦比亚大学主办的《亚洲法律》的总编辑。看得出来，他脸上依然带着一丝源于中国的表情——略显震惊、不知所措、难以适应。他不知道这种状态会持续到何种地步，不过依然乐于搭上我的顺风车。

那次驾车出游的后半程，我们沿着 215 国道开到了青藏高原。双车道公路的两侧是高海拔的沙漠风景画，要么是岩石，要么是黄沙，间或点缀着公路安全宣传标语。有一个路段，政府部门在路边一根高达三米的纤细柱子上搁了一辆撞坏的轿车。车被撞得面目全非，前部挤压成了平头，摇摇晃晃的一扇门只剩几根铁丝连接着。车尾涂着几个大字：四人死亡。真像是小孩子令人恐怖的待客之物——汽车冰棍。还有一处关于速度的标识语，看上去颇像菜单的选项：

40 码最安全

80 码有危险

100 码进医院

　　道路陡直地爬升至青海省的边上。我们超过了一辆辆马达震天响、速度慢吞吞的解放牌大卡车，车上的高度计显示到了海拔三千六百多米。整整两百多公里的路段，我们没看见有人居住的痕迹。没有加油站，也没有餐馆或商店；我们经过的第一座小镇前不久才被夷为平地。没有了屋顶的墙壁孤零零地兀立在高原上，仿佛是某个失落王国的遗迹。

　　进入青海，高提格的左眼犯病了。先是流泪，接着疼痛；他坐在副驾驶座，不停地用拳头擦脸。我们又经过一处海拔三千六百多米的山口，下到了青海湖。那是中国最大的湖泊，周长三百多公里，蓝得像宝石。我们在含盐的湖边扎下营寨，在一处狭长的地上支起了帐篷。那是我在中国见过的最漂亮的地方，但高提格此时几乎什么东西都看不见了。

　　第二天早上，他躺在帐篷里嚎啕大哭。他已经取下了隐形眼镜，但疼痛有增无减；他问我还要走多长时间才能到达省城西宁。"疼得要命啊，"他说道。"一阵阵的刺痛。"

　　我问他要不要我帮忙。

　　"也许到了西宁要去找个眼科医生，"他说道。走了整整一万公里，我觉得这才是最不吉利的一句话。眼睛最终痊愈了，他后来才知道，隐形眼镜是罪魁祸首。在昆明的时候，一个朋友告诉他，当地一家商店可以半价买到强生牌隐形眼镜——很划算啊，于是高提格一下买了好几副。结果呢，全是假货。那又成了一条新规矩：在昆明千万别批量购买隐形眼镜。中国是一个充满教训的国家，我们大家现在还得天天学习。别在新疆跑出主路。别在河北的偏僻旮旯购买奇石。遇到停着的大卡车下面有人拨弄火堆，千万别套近乎。沿着湖边，我们又经过了一根汽车冰棍，尽管高提格的眼睛依然泪流不止，几乎什么也看不见。青海境内，他一直在流泪——他流着泪走过盐湖的荒寂湖岸，流着泪走过纹丝不动的汽车冰棍，又流着泪走过世界屋脊长长的下坡路。

恕我直言

　　杰克·阿德尔斯坦是研究日本有组织犯罪的顶级专家。他在密苏里州的农场里长大成人，曾经是日本最大的报纸唯一专事犯罪报道的美国人，目前靠着警方的保护居住在东京。日本警察每天都要到阿德尔斯坦的住所进行巡访，并在大门上留下写着"一切正常"的黄色纸条。纸条上印着东京警察的吉祥物 Pipo 君，这个面带微笑的卡通人物长着大大的老鼠耳朵，前额上伸出一根天线。城里的有些人不太把阿德尔斯坦当一回事儿。他们不理会他，以为他不过是个脾气乖戾而偏执的外国人，只会大谈来自黑帮的死亡威胁。有些人的反应则充满了怀疑；不少日本人声称，他的新闻职业不过是美国中央情报局安排的幌子而已。好几家网站都说他是摩萨德的特工人员。阿德尔斯坦对这样的风言风语很少理会，依旧保持着引人注目的形象，足以让真正的特工人员自愧不如。他四十出头，穿一件军用短衫，戴一顶窄边圆顶帽，不停地抽着来自印度尼西亚的丁香香烟。有一阵子，他把头发染成大红色，声称这样的装束能够挫败可能存在的暗

190　奇 石

杀。他雇了一位保镖兼做司机，这个人曾经是黑社会成员，几年前活活被砍掉了一根小手指，以向帮派头目谢罪。阿德尔斯坦说，他之所以有一辆由九指司机驾驶的奔驰车，是为了避免乘坐地铁的时候被职业杀手推下站台。

日本这个国家并不危险。每年近二十万人中才有一起谋杀案。这属于全世界的最低水平，仅高于冰岛和瑞士；在美国，被谋杀的几率要高出十倍以上。在日本，拥有枪支是犯罪，拥有子弹是犯罪，扣动扳机也是犯罪：你还没找好目标下手，就已经拥有了三项罪名。黑帮的射击准度之差众人皆知，因为很难有实弹操作的机会，不过他们还是形成了巨大的影响力。警方估计，黑帮组织有近八万名成员，而美国的黑手党鼎盛时期也仅有五千人。1990 年代的经济衰退有时候也被称作"黑帮衰退期"，因为有组织犯罪确实扮演了非常重要的角色。

"我很难想象还有类似的文明国家，犯罪竟有如此的影响力，"替一家大型金融公司进行风险评估的一位美国律师最近在东京告诉我。他有从事情报工作的背景，并有充足的经验对拟投资的项目进行审核，以确保这些项目跟有组织犯罪没有任何牵连。"我们每个月都要拒绝五六家想跟我们做生意的公司，因为它们跟黑社会有着这样那样的关联，"他说道。他告诉我，在 2008 年金融风暴期间，雷曼兄弟公司因为黑帮幌子公司的坏账损失了三亿五千万美元，花旗银行的损失超过了七亿美元。

这位律师要我别使用他的姓名或公司名。"如果你的工作没有差错，而且你能够识别出坏人，不跟他们进行生意往来，你就会面临一定的危险，"他说道。他对阿德尔斯坦的工作十分熟悉，并认为他采用了迥然相异的工作方法。"杰克很高调，"他说。"那是他的风格。"对丁香香烟和窄边圆顶帽调侃一番之后，他又说道："我要是今晚听到他被暗杀的消息，准保一点也不会吃惊。"

我和阿德尔斯坦都在密苏里州的哥伦比亚市长大，尽管我跟他见面的次数不多，但他这样的人往往让你过目不忘。他早年的名字叫乔西，又高又瘦，长脸，略显不对称。他的双眼斜视非常厉害，只好接受了一次矫正手术。手术后，他的神情依然模棱两可，永远无法叫人准确判断他的视线集中在什么上面。数年之后，他被诊断出患有马凡氏综合征，这是一种罕见的结缔组织失调症，常常会引起严重的眼部、心脏，以及其他主要器官的病变。不过，他在小时候只是显得比较特别而已。他的视力和协调性很差，甚至考不出驾照（这对于密苏里州中部的高中生来说是必备品），因此他去镇上的什么地方都只能让班上的同学替他开车。他很喜欢戏剧，这在体育运动受到热捧的中学里也算是一种罕见的失调症；他是那个自称为"戏剧苦工"圈子的成员。女孩子对他没什么指望。体格健壮的同学老是揶揄他，于是一位老师建议他练习武术。他先练习空手道，然后进入密苏里大学开始了一年级日语课程的学习。一切都做得顺风顺水，直至乔西在当地一家书店干活儿的时候从电梯轴上跌落下来。这事也非常邪门——那样的电梯在密苏里州的哥伦比亚市并没有多少部。乔西因为头部受到重创在医院躺了一个星期，尽管康复得不错，但学过的日语一句也想不起来。不过，头部的创伤也抹去了很多高中生活的记忆，所以也还划算。至于日语，随时都可以从头再来。

他大学二年级时来了东京，却再也没有回过美国。他转到一所日本大学，并以学生的身份在一所禅宗寺院居住了三年。此间，他放弃了当演员的计划，并改名为杰克，其中的原因多种多样，全看你什么时候向他提出这个问题。他日语学得很快，经过五年的学习就通过三个阶段的考试，成为了东京《读卖新闻》的警情记者。据说阿德尔斯坦是通过这家报纸严苛考试体系的第一个美国人。

《读卖新闻》是全世界最大的日报。每天印行两版，总发行量为一千三百五十万份，是《纽约时报》的十倍之多。互联网对《读卖新闻》几乎没什么影响，所以它对自己的网站也不怎么看重。它发表的文章很少署名，大都由记者团队创作而成。《读卖新闻》安排新来的警情记者报道高中的棒球比赛，因为他们觉得这项体育活动有助于专事犯罪报道的记者的培训和成长——团队精神、统计数据、关注细节。阿德尔斯坦刚进入这家报社的时候，同事们发现这个美国人对于棒球运动一无所知，不免感到吃惊。他不知道得分和出局的差异，看成绩表更是如同辨认日本汉字。他告诉我，他在培训期间一直期待着发生重大的刑事案件。"就在高中棒球赛季期间，我们获得了拯救，一个漂亮的女孩被杀害，尸体被人装进了油桶，"他说道。"这事儿很难说出口，不过我却乐意做这种特别的工作。"

　　2004年，我居住在中国期间，专门赶往东京联系了阿德尔斯坦。一天晚上，他带着我参观了歌舞伎町的红灯区，大讲黑帮男妓们的离奇故事。《读卖新闻》除了提供职位，还给他提供了一辆轿车和一名专职驾驶员。穿西装系领带的阿德尔斯坦坐在后座，时不时要求驾驶员停下轿车，以便他前往弹珠游戏厅或者隐蔽的按摩场所会见线人。我上一次见到他的时候，一个高中密友正开车带着他在密苏里州中部四处转悠，因为他的视力相当糟糕，可如今他竟然把后排座位看成了身份的象征。密苏里州一位名叫威洛比·约翰逊的朋友曾经说过，阿德尔斯坦本质上仍是一名演员。"在一定程度上，多少有点名的人都会这种自我塑造，"约翰逊最近告诉我。他读高中的时候一直是最受阿德尔斯坦信赖的驾驶员，现在依旧称他为乔西。"我觉得乔西就是这样的人，"他说道。"他一直觉得自己想成为一个大牌的国际特工。"

　　日本的黑帮有时候说他们从事的就是表演行当。"就是一种氛围和仪态，"一位前帮派成员曾经这样对我讲。作为年轻的刑事罪犯，他的大佬——就是他在帮派内部的"养父母"——曾经给他提出过很多重要的建议。"我的大佬告诉我，一旦你加入黑帮，就会受到很多双眼睛的注视，"他告诉我。"要一直把自己想象成正在舞台中央进行表演。这就是一场演出。如果黑帮成员的角色没有演好，那你就不合格，根本没法活下去。"

黑帮的一贯形象都是失败者，靠着粗暴和背信弃义才能活下来。这个名字原指纸牌游戏中的一手烂牌——其日文名yakuza的意思是"8 - 9 - 3"，因为虚张声势是常有的事儿。帮派成员多为日籍韩裔，或是其他长期遭受歧视的族群。这些局外人在第二次世界大战日本战败后显示出灵活、有头脑的特质，他们的故事由罗伯特·怀汀在《东京黑社会》一书中探讨过。这一时期，有组织犯罪集团建立黑市，以供大家购买生活日用品，并善于跟美国占领者打交道。在日本重建经济的过程中，黑帮介入了房地产和公共建设项目。

最重要的是，他们避免对平民诉诸武力，因为在一个讲求秩序的社会，犯罪形象已经很能说明问题。帮派成员在各自的背部和手臂刺上十分复杂的文身图案，并尽可能把头发梳理得卷曲，以区别于普通的日本人。如果某位成员惹大佬不高兴了，他得剁下自己的小手指以示道歉。帮派成员善于放高利贷、恐吓和敲诈勒索。他们想出各种奇妙点子恫吓银行。我在东京陪阿德尔斯坦去拜访了一位中年黑帮成员的家，这位成员跟他过去的同伙一起饶有兴致地回忆了1980年代他们敲诈各大银行的事情。

"他们有时候会派三个家伙带着几只猫赶过去，他们在银行的大门口揪着猫的尾巴在空中画圈，"那个人一边回忆，阿德尔斯坦一边进行着翻译。"他们没有停手的意思，直到银行答应提供贷款。或者，我们会召集一百来号帮派成员在银行的门口排成一排。大家轮流进去开户并存入一块钱，这对新开户头来说是最低的存款金额。整个过程会持续一整天，直到银行为了摆脱我们而最终答应放款。"他说，这种贷款他们根本不会归还。"不过，我们会给银行提供保护，同时帮助他们催收欠款，"他说道。"所以，这对他们来说不算是亏本买卖。"

两个人都因为轻罪入过狱。他们俩体格魁梧，鼻头硕大，鼻梁看上去都曾经断过。两个人说起话来不冷不热，轻描淡写，眼睛的表情却相当丰富——弓形眉，好似漫画作品里精巧的一笔；只要一激动，那眉毛就颤动不已。其中一个的肩膀和手臂纹着日本皇室的爱国标志菊花。两个人都说自己知道有一百来个同伙死于帮派争斗。"这是帮派生活的一部分，"一个人说道。"你杀别人，最终你又被别人杀掉。"不过，他们都强调一点，从不针对无辜的平民。他们觉得，帮派从事的工作都很高尚：跟踪欠债不还的赖账者，让大家不花钱请律师也能够解决问题。黑帮帮派还涉足慈善事业，尤其是在遭受地震或者灾难之后。

1980年代和1990年代期间，很多黑帮趁着经济泡沫发了财，并建立了大规模的公司组织。（只要登记手续完善，没有哪条法律规定要取缔这样的黑帮组织。）目前，黑帮经营对冲基金。他们投资房产市场。三大黑帮组织之一的稻川会设在东京市中心的办公室，跟丽思卡尔顿酒店隔街相望。至少有一位日本首相拥有跟黑帮的交往记录，政客们跟犯罪组织也都有往来，在其他的地方这肯定会毁了他们的职业生涯。1990年代中期，时任运输大臣的龟井静香承认，自己接受过来自黑帮幌子公司数百万美元的捐款，不过他矢口否认知道这些公司跟犯罪组织有任何牵连。这样的行为对他的声誉没有造成任何损失，他后来担任金融大臣，专管日本的金融业。

　　身为外国人的阿德尔斯坦轻松地周旋于黑帮和警察之间，在双方面前都高调地充当着外来者的角色。不过他遵循一套严格的规则：从警察那里弄来的信息可以提供给其他执法部门的官员，却绝不能传递给帮派成员。相反，如果某个帮派向阿德尔斯坦提供了什么信息，而这样做的目的通常是为了揭露某个敌对的帮派，那么信息就可以报告给警察。阿德尔斯坦对于情报的来源守口如瓶。他说，自己这个行当的关键就是日本人所说的"互惠性"。他通常的做法是向线人提供小恩小惠，然后把收集到的各种情报拿到其他地方进行交易。

　　春天的一个下午，我陪着阿德尔斯坦来到位于六本木的一家墨西哥餐馆，与需要帮助的一位黑帮成员见面。他四十来岁——我就叫他宫本吧——受过大学教育，英语讲得非常好。在进入黑帮之前，他在东京一家公关公司工作。当时，公司的一个客户，也就是一家美国汽车制造商经常委派高层管理人员前来日本。晚上，宫本的职责就是领着一帮外国人前往被称为"泡泡浴"的按摩房，客人们在这里可以享受洗浴、按摩和性。后来，公司遇到一个黑帮的敲诈，威胁说要把美国汽车公司管理人员洗泡泡浴的事情透露给低俗小报。

支付款项的事情交由宫本处理，后来又发生一次敲诈，他很快便成为了公司和黑帮事实上的中间人。黑帮随即把他从公关公司挖了过来。

自此以后，宫本就成为了全职的帮派成员，尽管从外表上根本看不出来。他的大佬叫他别去文身，因为这对他们在商界活动是一种负累。同样，他所有的手指也都完好无损。现在他帮自己的公司打理三种对冲基金。在餐馆里，他给了阿德尔斯坦一张新的名片。"这张名片一定要保管好，因为这是我现在从事的真正的行当，"他用英语说道。"如果传出去，我们就没法在股票市场上市了。"

他有点私事需要帮忙。加入帮派之后，妻子就离开了他，所以他已经好几年没见过自己的孩子。2011 年，由于不到两个月前发生的大海啸，他很想跟妻子取得联系。他请求阿德尔斯坦跟他早已疏远的妻子取得联系。"告诉她，我是清白的，我不再是帮派成员了，"他说道。

"我可以向她撒谎，"阿德尔斯坦说道。"我可以告诉她，你现在做的是正经生意。但我不会说你现在不是帮派成员。"

"好吧，我理解。反正就是想办法劝她跟我见一次面。"

宫本谈起了其他的公司化帮派，特别提到了一个很有名的帮派。"他们现在安排了一个人替德意志银行做事，"他说道。

阿德尔斯坦说，宫本把他的帮派标志放到了网上，他提醒后者一定多加小心。"在推特上你得有所保留。"

"老天，我已经有了一千个支持者。"

"在推特上你就不能说他妈的是谁给你的钱。"

"警察又不会看。大家都觉得那不过是胡言乱语而已。"

"好吧，10月份将生效一项新的法规，如果公开谈论收取保护费，你会锒铛入狱，"阿德尔斯坦说道。

"是的，我知道。"

他们一直没提，阿德尔斯坦帮宫本联系老婆的交换条件是什么。不过，过了一会儿之后，帮派成员倾过身来，低声地提到了东京电力公司，也就是在海啸中遭到毁坏的福岛核反应堆的拥有者和管理者。管理不善的指责一直不绝于耳，因此宫本建议阿德尔斯坦对东京电力公司和犯罪组织松叶会之间可能存在的往来展开调查。"你知道什么东西才能勾起人们的兴趣吗？"他说道。"松叶会的人和东京电力公司的核废料处理人员一起打高尔夫。这事儿你可以查一查。"他还提到了另一个帮派成员的名字，这个人向核反应堆提供员工和建筑材料，由此获利一百万美元。

接下来的数个星期，阿德尔斯坦带着有关核反应堆的数条信息联系了不同的线人。整整一个夏天，他先后在《大西洋月报》网络版、伦敦《独立报》和数家日本出版物发表多篇文章，揭露东京电力公司和犯罪组织之间的关联。他提到是黑帮组织的幌子公司提供了设备和合同工，并引述一位工程师的话，说他早在核处理人员换衣服的时候就注意到了奇怪的事情：穿着防护服的他们全身布满文身。

还在替《读卖新闻》工作期间，阿德尔斯坦就说过，大家实际上心照不宣，对帮派组织开展调查性报道的做法并不会走得很远。一如众多的日本大公司，诸多媒体公司跟犯罪组织往往也存在一定的关联，就连警察也尽量不跟他们发生冲突。首先，手段有限：日本政府不可能参与辩诉交易或者证人保护，非法窃听更是不被允许。在以往，黑帮极少诉诸暴力，如果确实对某个人使用了暴力，那么这个人通常是另一个帮派的成员，但这算不上大问题。有组织犯罪预防单位的一位官员告诉我，早在1980年代，如果某位帮派成员杀了人，他多半会向警方自首。"罪犯第二天就会拿着枪找到警察述说：'这事儿是我做的，'"那位警察说道。"他大不了蹲两到三年的监狱。就好像没有真的杀人。"

就连警察都认为黑帮具有一定的作用。"日本社会没有少年犯的容身空间，"他说道。"那正是黑帮扮演的角色。就传统而言，少年犯都被人们送进了黑帮组织。"少年犯长大后成为黑帮成员的事实，并没有让这名警察觉得有多难堪。我问他是否开过枪，他说自己连警棍都没有使用过。他的名片上印着的专业是"暴力犯罪调查"，同时还印着微笑的东京警察标志物Pipo君，大大的老鼠耳朵，头上配着天线，这说明警察能够察觉到发生在任何地方的事情。那位警官解释说，警方原来在进行突击搜查前都会提前通知黑帮组织，既是出于尊敬，也是给帮派成员留出时间收拾好犯罪证据。"我们不会再那么做了，"他说道。

新一代帮派成员不那么讲文明，他对此唏嘘不已。"他们原来是不会偷摸扒窃的，"他说道。"大家觉得这样的行为不光彩。但现在完全变样了。"他把这归咎为贪婪：1990年代的泡沫经济轰然破灭后，很多富极一时的帮派组织显得无所适从。多年来，他们吸纳了危险的反社会人员的虚假表象，有些人的行为就开始吻合这样的形象。那位警官列举的一个名叫后藤忠政的黑帮分子就属于这一新的类型。"他比原来的帮派成员冷酷得多，"他说道。"他会把平民作为目标。不幸的是，这样的帮派成员越来越多。"

在我们进行谈话的六天前，后藤忠政过去的一个下属在泰国被人枪杀。数年来，这个人因为涉嫌谋杀一个妨碍后藤忠政介入房地产项目的人而一直逃亡在外。警察说，后藤忠政已经清除了所有的证人。他还提醒我，这个坏蛋也向阿德尔斯坦发出过死亡威胁。最近一次的死亡威胁发生在上一年，也就是后藤忠政出版其自传的时候。"我们怀疑后藤忠政涉嫌参与了对十七个人的谋杀，"那位警察说道。"泰国谋杀案说明，他还能把手伸到海外。"

罪犯的自传无论在什么地方都算是一种有悖常情的类型，在日本尤其如此，后藤忠政的自传取名为 *Habakarinagara*，这是一种敬语，意为"恕我直言"。自传出版的时候，作者发表声明，所有的稿费都将捐给柬埔寨的残疾人和缅甸的一座寺庙。作品一开始就透着大卫·科波菲尔的语气：后藤忠政从小没鞋子穿，他吃的是大麦而不是稻米。（"那些年尤其艰难，我还有一个酒鬼爸爸。"）他以棒球做了一个形象的比喻，说明自己从少年犯成长为黑帮成员的过程。（"我感觉我们一直在芦苇坝里玩棒球，一夜之间被人发现，从而参加了重要的联盟赛事。"）细节并不丰富的犯罪过程讲述得轻松活泼，就连一次次漫不经心的过程也都值得追忆。（"我家老三，也就是康孝，曾经在骏河银行门前散发传单，抛洒大便，因此进了监狱。"）后藤忠政尤其强调自己的幽默感；哪怕没有别的，他至少有勇气承认自己的罪行。（"我不会道歉以求原谅。我天生不是那样的人。所以，我剁掉自己的小指头，并交给了川内。"）

数年来，这位自动切手指的人一直是日本航空公司的最大股东之一。据警方估计，后藤忠政的总资产将近十亿美元，他在日本第一大犯罪组织山口组内部掌控着自己的小团体。令他臭名昭著的是对于日本最负盛名的电影制作人伊丹十三的袭击。1992年5月，伊丹十三推出电影《民暴：勒索的温柔艺术》，将黑帮成员描述为与硬汉形象不相符合的冒牌货。数日后，后藤忠政所在帮派的五名成员在这位电影制作人的家门口展开袭击，用刀子对着他的脸部和颈部一通乱划。后藤忠政声称自己对此次袭击事件事先并不知情。他在书里说起这事的时候既惊讶又傲慢，就像是老板度假归来，却发现自己的下属已经先声夺人。（"我首先想到的是：'要是让我发现谁的手下做了这件事儿，我会送他点小礼物聊表敬意。'"）

之后，伊丹十三愈加直言坦率。五年后，他从自己的办公室楼顶一跃而下，结束了生命。他留下纸条，说自己因为陷入绯闻猜测而心智错乱。不过，阿德尔斯坦在引述一位不愿意具名的帮派成员提供的资料之后，撰写报道说该电影制作人是被迫在那张纸条上签下自己的名字，然后跳楼自杀的，警方很可能把这件案子认定为故意杀人。那位研究有组织犯罪的美国律师告诉我，有些帮派组织的专长便是把杀人案伪装成自杀案。"我一直以为他们是因为爱面子而自杀，因为从文化的角度来说，日本人都这么做，"他说道。"但现在一听见有人自杀，我就会怀疑这到底是怎么一回事儿。"

在《读卖新闻》工作的阿德尔斯坦开始对后藤忠政展开调查。一切进展顺利，直到他的线人——一位外国妓女——突然失踪。阿德尔斯坦确信她已经被人谋杀，并随即被这起案件弄得心神不宁。他此前娶了一位名叫直的日本记者，并有了两个年幼的孩子。不过，阿德尔斯坦很少在半夜之前回家，因为大家认为日本的犯罪报道记者应该跟警察和其他线人一起抽烟喝酒。有时候，他受到来自帮派的威胁；一次他受到毒打，被打坏了膝盖和脊柱。跟许多罹患马凡氏综合征的人一样，他的心脏每天都要接受注射治疗。有迹象表明，他的生活方式是一种自我摧残。他一直喜欢把自己的健康问题戏剧化——这是他一贯的形象——而他现在似乎已经真的做起了演员，扮演的角色是个麻烦缠身的犯罪报道记者。

几年之后，阿德尔斯坦和他的妻子都说，这段时间毁了他们的婚姻，也结束了他在《读卖新闻》的记者生涯。他说，这家报纸在跨越了某个阶段之后，便在关于后藤忠政的报道上畏手畏脚，因此阿德尔斯坦才要辞掉这份工作。直至今天，报社没有人愿意谈及他的任职经历；有些记者说他是个大骗子，还有一些人则说《读卖新闻》对于他的执着痴迷颇感不爽。不少人猜测，他是在为中央情报局做事。来自具有竞争关系的报社的记者更愿意对他的工作褒奖有加，很多人指出，日本媒体对于惹恼后藤忠政这样的黑帮大佬的文章向来秉持回避态度。他们还说，《读卖新闻》对于阿德尔斯坦的离去非常生气，因为这违反了一贯的社团忠诚理念。

离开《读卖新闻》后，阿德尔斯坦继续开展调查，直至锁定后藤忠政的肝脏。对帮派而言，肝脏是身体的重要器官，是与小指不相上下的自残对象。很多帮派成员以注射方式服食甲基苯丙胺，污染的针头和文身都会传播丙型肝炎。此外，他们还抽烟酗酒。在帮派圈子内部，受损的肝脏是一块光荣勋章，像后藤忠政这样狂傲的武士当然要在回忆录里面吹嘘一番。（"我喝了太多的酒，足够毁坏三对肝脏。"）不过，这也意味着帮派成员经常需要进行器官移植，而警事信息渠道让阿德尔斯坦得知，后藤忠政在美国新换了一只肝脏，但他那包罗万象的犯罪记录本应让他没有资格获取美国的签证。阿德尔斯坦经过数月的调查后发现，后藤忠政和另外三名帮派成员早就是全美顶尖器官移植机构加利福尼亚大学洛杉矶分校医疗中心的病人。后藤忠政之所以取得签证，是因为他和美国联邦调查局做了一笔交易——他答应供出其他帮派的内情。

阿德尔斯坦于 2008 年 5 月在《华盛顿邮报》首先发表这篇文章，随后向《洛杉矶时报》的记者提供了细节。吉姆·斯特恩是美国联邦调查局亚洲刑事犯罪企业调查小组的退休主任，他对这样的交易进行了证实，尽管他说这事后来功亏一篑。他告诉《洛杉矶时报》："我并不认为后藤忠政给了警察什么有价值的东西。"（斯特恩没有参与这项交易。）根据阿德尔斯坦在日本的警事信息来源，加利福尼亚大学洛杉矶分校医疗中心收到过来自黑帮超过一百万美元的捐款。调查发现，加利福尼亚大学洛杉矶分校并没有不当行为，而医疗中心报告的捐款数目只有二十万美元，尽管它承认收到过其他礼物——后藤忠政给自己的主刀医生送了一箱酒、一块手表和一万美元。就在他接受肝移植的那一年，洛杉矶地区有一百八十六个美国人死于等待肝脏移植的过程中。文章见报前很久一段时间，后藤忠政的手下一直在联系阿德尔斯坦。他说自己受到过他们的死亡威胁，而另一个帮派的负责人提出给他一百万美元，要他撤下那篇文章。之后，阿德尔斯坦就处于东京警方的保护之下，而联邦调查局负责监护他早已移居美国的妻子和孩子们。

2008 年，山口组正式开除后藤忠政。他接受必要的训练，成了一名注册的佛教禅师，这对于担心遭到过去同伙报复的前帮派成员而言并不鲜见。谋害禅师是一种造孽，哪怕他曾经指使过犯罪行为，并且据说至今仍掌控诸多忠实的追随者。后藤忠政禅师利用自传来讲述自己间接感受到的各种威胁。"我刚从生意场退下来，但这并不意味着我有时间去追查那个美国小说家，"他以"恕我直言"的语气说道。"要是我和他相遇，那一定会是一件非常严重的事情。他估计要写'后藤忠政正在追杀我'而不是'后藤忠政可能会追杀我。'"

2010 年，阿德尔斯坦雇了一位名叫猪狩俊朗的律师，以起诉后藤忠政的出版商并要求收回这一死亡威胁。猪狩俊朗参与了诸多针对黑帮的案子，其中包括对相扑比赛和职业棒球比赛的调查。2011 年 8 月，这位律师前往菲律宾度假，结果被发现陈尸于房间，身边有一瓶安眠药、一套开箱刀和一瓶酒，他的手腕上有一道浅浅的割痕。菲律宾警方的报告语焉不详，但日本的报纸多将死因报道为谋杀。在日本，后藤忠政的自传销量超过二十万册。2011 年春季之后，所有的稿费都捐献给了海啸救援工作。

那一年春天，我去东京拜会阿德尔斯坦。他告诉我，他在此前一周已经被诊断患了肝癌。他参加的佛教禅师训练即将结束。阿德尔斯坦觉得，如果后藤忠政能够以此作为保护，他也完全可以做到这一点。他把自己当成佛教徒看待，喜欢"因缘"这个说法，尽管他对训练他的禅师说，他并不相信转世轮回的说法。"他说你不一定要相信，"阿德尔斯坦说道。"佛教看重的不是信或不信，它看重的是怎么做。"

他对癌症这一诊断结果既不惊讶，也不沮丧。他的癌症属于初期，东京一家诊所的医生正在对他进行乙醇注射治疗。他们告诉阿德尔斯坦，癌症可能与他的膳食有关，也可能与他多年抽烟喝酒有关，甚至可能与他自身的马凡氏综合征有关。然而，他的平和心态与其说是与他信奉的禅宗有关，还不如说与他所处的环境更有关系，因为每个人对肝脏问题都略知一二。一天下午，我们前往所在社区的警察所，阿德尔斯坦将诊断结果告诉了一个侦探朋友。"喔，你都快赶上帮派成员了！"那位警察说道。"你的身上是不是真有文身哦？"当我们见到阿德尔斯坦的一位刑事犯罪线人时，他说自己的帮派头领原本指望去加利福尼亚大学洛杉矶分校医疗中心换一个肝脏，但在阿德尔斯坦做了披露之后，只能前往澳大利亚寻找器官。（他后来从澳洲人那里获得了两个肝脏，但还是死了。）阿德尔斯坦的驾驶员偶尔会谈及他俩都认识的熟人的近况，说这个人的肝脏对乙醇没有任何反应，目前只能进行电波治疗。那位驾驶员自己的肝脏非常幸运——他曾经患有丙型肝炎，但采用的干扰素治疗非常成功。

这位驾驶员的名字叫做望月照雄，具有很长时间的刑事犯罪史。他十来岁的时候成为少年犯，直至被深感失望的父母送进当地的帮派组织。望月照雄加入稻川会，变成了吸食冰毒的瘾君子。他因为毒品犯罪四次被判入狱。现年五十多岁的他说，自己金盆洗手已经有二十多年。他身材魁梧，看不见脖子，脑袋尖得像颗子弹。跟我遇到的其他帮派成员一样，他的眼睛表情丰富，尽管我问起他的左手时，那充满喜感的眉毛一动不动。他平静地回答道："遇到过一点小麻烦，我必须得失去一个小指头。"他在帮会办公室当着上司的面采取了行动。一位医生帮他止了血，但望月照雄拒绝接受末端神经治疗。"修复手指相当于收回自己的道歉，"他解释道。他说，帮派的这一传统跟古时候的武士仪式性地切腹紧密相关。他还说，日本的法律赋予九指者残疾人的身份，不过望月照雄同样拒绝申请——出于对自己断指道歉的敬意。

他认识阿德尔斯坦已经有十五年时间。我问他们一开始怎么认识的，他漫不经心地给我讲起来龙去脉，其中的细节仿佛是一个人每天都要遇到的事情。1993 年，望月照雄的一个手下前去敲诈一家宠物店具有刑事犯罪记录的老板，于是老板杀害了这位帮派成员。据谣传，老板把这位帮派成员的尸体肢解并喂了狗。当时还是单身一人的阿德尔斯坦负责采访这起案件，他前去采访已故帮派成员服食安非他命成瘾的女朋友；当天他们就睡在了一起。一天，望月照雄前往这个女人的住处以示慰问，开门的是刚刚享受完床笫之欢的阿德尔斯坦。

我有一大堆问题要问，但还是从最显而易见的问题开始吧："你对杰克先生的第一印象如何？"

"我的第一印象是'真他妈的白痴！'"望月照雄回答道。"你就算找遍全日本，也找不到肯干这种事情的记者来。让我觉得惊诧的是，他显得无所畏惧。这个人太奇怪了。"

随后几年间，阿德尔斯坦和望月照雄成为了朋友。2007年，望月照雄被稻川会逐出帮派，起因是一件他不愿意谈论的内部冲突。第二年，阿德尔斯坦提出让望月照雄做自己的保镖兼驾驶员。"我并不想答应，"望月照雄告诉我。"后藤忠政是全日本最有影响力的家伙，谁愿意接手这样的活。不过，我觉得自己别无选择。"他解释说，对一个没有受过教育、只有九个指头、透过衬衫便能看出满身文饰的中年男人而言，东京的就业前景非常暗淡。他现在开着黑色的奔驰S600轿车——这是帮派的常用车型——带着阿德尔斯坦满东京转悠，每个月能挣到三千五百美元。这辆轿车是阿德尔斯坦从另一个帮派线人那里便宜买来的。

望月照雄没有携带武器。他说自己对于麻烦会尽量有所预见，他还操控着几个黑社会线人，随时掌握后藤忠政的情况。他告诉我，阿德尔斯坦的举止跟一般的日本记者迥然相异，后者非常小心，往往不愿意越过某些界线。"他不用考虑那样的禁忌或者界线，"望月照雄说道。"如果他是日本人，现在早就没命了。"望月照雄解释说，有些帮派很不喜欢阿德尔斯坦写的文章，但大家又觉得他是个言出必行的人。"他讲良心，"望月照雄说道。"人们就欣赏他这一点。对于一个非日本人来说，这样的责任感十分罕见。"

阿德尔斯坦出版了一本书名叫《东京之恶》，讲述自己参与警方行动的各次冒险经历，目前正在着手写作另外两本书。几年前，他替美国国务院开展过关于人口买卖的研究项目，现在是打击性交易的非营利项目"日本北极星"的董事会成员。间或，他会替有关公司做一些调查工作。研究日本有组织犯罪的那位美国记者告诉我，他第一次遇见阿德尔斯坦的时候，他的形象十分令人反感。不过，他对他的工作倒是印象深刻。"他是个手艺人，"他说。"他对于自己做得正确的研究项目感到十分自豪。"他继续说道："正是在这些奇怪的事情上，大家发现这个白人已经尽可能地深入了日本社会。"

阿德尔斯坦严格地坚守互惠性和信息来源保护的规则，不过他也愿意尽一切办法来收集事实。他说，在自己的婚姻破灭之后，一位独身的女警曾经主动向他提供有关后藤忠政的文件资料，条件是要陪她睡觉，他答应了。在红灯区，他靠外国脱衣舞女收集信息，有几次当这些人遇到签证问题时，他把她们介绍给男同性恋的工薪族，后者需要老婆来提升自己在保守的日本企业内部的社会地位。阿德尔斯坦说自己的做法并不违反法律——他只是让这些人取得联系，并告诉他们可以自由恋爱自由结婚，之后也可以自由地申请配偶签证，并在社团活动上出双入对。不过他承认，这种做法会吓到美国记者。"我陪线人睡过觉，"他告诉我。"我还做过几件与敲诈有关的艰难谈判。为了获取信息，我翻过垃圾桶。我愿意从有组织犯罪集团或反社会力量那里获取信息，只要这样的信息对我有用。"

至此，他扮演犯罪报道记者的角色已经太久，以致很难动摇这样的生活方式。只要我陪他出门，我们似乎总会伴着某位时尚漂亮的女人推杯换盏。整整五年时间，他在一个安静的小区租了一套房子，不过总像是刚搬进去的样子：一到晚上，他就从壁橱里搬出一张床垫，在办公室的地板上席地而睡。他用微波炉烹煮从便利店买来的速食当早餐，吃饭用的是纸质餐盘。我在厨房里数到了五瓶威士忌、四瓶伏特加和三只汤匙。没有餐桌；他坐在沙发上吃着外卖食品。他每点燃一支丁香香烟都要用笔在自己的手上做个记号，应该是为了减少抽烟的数量吧，尽管我有一次发现他在跟我前往接受癌症治疗的路上，一连做了六个记号。就在那一天，医生决定推迟乙醇注射，不过我不太确信阿德尔斯坦的身体注意到了这一天的差异。我们从医院径直赶往日式涮锅店吃饭，他要来两瓶日本米酒，在等待一位优雅的日籍美国女子的过程中喝了个精光。之后，他又在三家不同的酒吧喝了五种酒，凌晨两点的时候他还兴致高涨。

布恩县的一处农庄里，在俯瞰密苏里河的最后一道山梁上，矗立着一座六边形塔楼。这座塔楼有三层，每一层都有上翘的屋檐。"我印象中的日本房屋就是这个样子，"当我前往拜访的时候，艾迪·阿德尔斯坦这样说道。他说自己只去日本看过儿子一次，所以对日本不太了解，不过他一直很欣赏修一座亚洲式房屋的想法。他在堪萨斯有一位专门从事六边形建筑设计的朋友，于是他们把自己的兴趣组合了起来。自 2005 年以来，这座塔楼一直是直·阿德尔斯坦和她的两个孩子的家。艾迪和他的妻子维拉居住在同一块地头的另一所房子里。

邻居大多是农民和搬来乡下寻求安宁的人，不过大家对于日本黑帮和后藤忠政的事情还是有所耳闻。"一开始，联邦调查局的人来到这里，跟每个人都做了交流，"居住在附近农庄一位名叫海蒂·布乃纳的护士告诉我。"这太奇怪了。第一天晚上我在场，治安官来过之后，头顶上还出现了直升机。"布乃纳养了一头驴、四十只小鸡、十只山羊和一只名叫贝西的小狗。她说整整一年的时间，只要每天晚上治安官的人把车停在塔楼附近，贝西都要狂吠一番。"他们就坐在车上守着。有一次他们还赶跑了好几个四处挖蘑菇的小家伙。"还有一位名叫罗伯特的邻居问我能不能讲一讲后藤忠政发出死亡威胁的最新情况。"现在安全了，对吗？"他问道。杰克和直的十一岁女儿本妮·阿德尔斯坦试图确信我弄明白了日本黑帮和密苏里刑事犯罪的差异性。"那跟杰西·詹姆士抢劫火车不是一回事儿，"她说道。

直·阿德尔斯坦告诉我，她一想起后藤忠政就厌烦不已。2008 年，联邦调查局建议她家安装报警系统并购买枪支，因为一个职业杀手要在密苏里河的沿岸找到唯一的塔楼建筑并非难事。之后，当局认为危险期已经过去，不过到我前去拜访的时候，她已经有两年时间没回过日本，因为东京警方对于后藤忠政"恕我直言"式的死亡威胁仍然十分担心。直曾经在东京做过商业记者，但她现在正在学习会计，努力地适应密苏里的乡下生活。她非常喜欢这座塔楼，尽管不时抱怨塔楼里面几乎找不到壁橱空间，因为设计者当初醉心的是塔楼的日本样式。谁会想到塔楼里要有壁橱呢？"我总在想，自己怎么会生活在这个地方？"她说道。"我生长在琦玉县。虽说那不是什么大都市，但好歹也算是东京的郊区。我从来没有对付过蜱虫和臭虫。蜱虫真讨厌！"

直是一位身材修长的漂亮女人，她领着孩子陪我到乡下散步。她穿着红色短裙和黑色紧身长袜，偶尔会停下脚步清除蜱虫。经过几年的分居，她和杰克终于决定正式分手。他们的关系仍然较好，不过一说起这桩婚姻她就哀伤不已。在她看来，丈夫对于黑社会犯罪的研究已经非常深入，这种深入改变了他自己。"他受过别人的殴打，所以总是谨小慎微。他早已不再是原来的那个笨杰克，"她说道。"说话带有帮派习气。"她继续道："这跟他们的说话方式和面部表情有关。他生气的时候说话就是这个样子。我们有一次吵架，他脱口而出：'关你屁事！笨蛋！'我当时想，哦，他都会用日语讲粗话了。"

她说自己曾经希望他重新选择职业，可她现在明白这是根本不可能的事情。阿德尔斯坦的家人和朋友告诉我，他痴迷于这种充满刺激的生活，另一些人则说他已经附身于自己创造出来的这个角色。不过，在混乱的私生活表象之下，他的人生观仍然不乏道德的成分。他对于"义理"的信奉超过任何法律制度，他可以尊重罪犯，只要这个人仍旧恪守信用。"他希望所有的人都公平而正直，"他的父亲告诉我。

艾迪·阿德尔斯坦说，他和犯罪打交道的经历影响了自己的儿子。他曾经在位于哥伦比亚的弗吉尼亚医院担任病理学家，并担任县级医疗检查官二十年。1990年代早期，弗吉尼亚医院的病人突然出现高死亡率，并出现了关于一位名叫理查德·威廉姆斯的护士的谣言。后来，阿德尔斯坦博士委托一名流行病学专家展开调查。"三天之后，他告诉我：'你知道，这个家伙在杀人，'"阿德尔斯坦博士对我说道。"病人多死在凌晨一到三点之间，正是这位护士当班的时间。研究工作针对十三位死者展开，其中十一位由他看护。"调查表明，只要威廉姆斯当班，其病人的死亡率是其他护士看护的病人死亡率的十倍。

一些人相信，这位护士可能通过注射可待因的方式谋杀病人，但谁都没有十足的把握。当阿德尔斯坦找到医院管理层时，他们的第一反应便是遮掩调查结果。"凡是参与掩盖调查结果的人都升了职，而试图揭露这件事情的都受到了处罚，"他说道。威廉姆斯后来离开了医院，不过院长给他写了推荐信，他藉此在一家偏远的疗养院找到一份工作。威廉姆斯进入这家疗养院的头一年，死了三十三位病人，而在此前的十个月里只死了六位病人。阿德尔斯坦和其他人把这件事情报告给了联邦调查局、国会和美国广播公司新闻频道。联邦调查局进行了调查，但法医的检验结果并不完整，原因之一是实验室正忙于处理跟辛普森案有关的各种检验。威廉姆斯被提起诉讼，但因为检察官无法断定死因，诉讼被驳回。根据上一次的报告来看，他目前平静地生活在圣路易斯的郊区。人们怀疑被他杀害的人多达四十二个，其中多为退伍老兵——相比特德·邦迪、约翰·维恩·盖西或是后藤忠政手上的遇害者还要多。

当这一切发生的时候，杰克正好在日本开始他的职业生涯。"这让我对谁都无法信任，"他说道。"给我的最大教训就是，即便你是对的，哪怕你做的事情很有好处，但不一定会有好的结果。"在我看来，阿德尔斯坦生命中最阴暗的部分不是他表现出来的痛苦不堪的记者形象，甚至也不是那些疯狂的帮派报道。在他的异域风味下，最令人心烦的其实是犯罪的常态化。无论身处密苏里或者东京，事情往往不同于表面——护士可能是杀人犯，帮派恶棍可能管理着对冲基金。

我在日本出差期间，曾经联系过后藤忠政的宣传代理人，他说自己的客户不愿意接受采访。于是我联系到了曾为黑帮的粉丝刊物写过稿件的新闻记者铃木智彦，这本刊物把刑事罪犯们描写成了社会名流。最近有谣言说铃木在为后藤忠政传递信息。

我们见面的地点位于东京的一家咖啡屋。铃木穿着白色的工作服和厚重的靴子，因为他刚从仍在遭受海啸影响的南相马镇的一项慈善活动归来。最近几周，各黑帮一直在提供援助，后藤忠政资助了当天的慈善活动，活动的名称就叫做"恕我直言"。我问有没有知名的帮派成员参加，铃木提了一个人的名字，然后说道："他就是当着媒体的面戳伤邪教成员的那个家伙。"我没有追问细节；至此我已经明白，此类断语中看似漫不经心的语气才是问题的关键。

铃木说，阿德尔斯坦的外国人身份是使其免遭后藤忠政威胁的挡箭牌。执法部门和外交界的人士曾经对我说过，他们仍旧把死亡威胁当一回事儿，不过铃木说他们的戒备完全没有必要。"类似的话帮派成员经常挂在嘴边，"他说道。"这跟他们对另一个帮派成员说的'你好'大同小异。"

不过，几个月后有报道说，后藤忠政再一次正式地活跃于有组织犯罪。没多久，几项新的法律生效，规定清偿帮派成员债务的行为属于非法。尚不清楚这样的规定将会得到怎样的执行，不过它反映了人们打压有组织犯罪集团的想法正变得日益强烈。在我们会面的过程中，铃木对后藤忠政的计划只字未提。他前一个星期才拜访了这位犯罪头目。"我没发现他有什么不对劲的地方——他看起来十分健康，"铃木说道。"我认为加利福尼亚大学洛杉矶分校做得很棒。"

　　我离开的那天早上，望月照雄载着阿德尔斯坦和我前往成田机场。阿德尔斯坦听说最近有人通过海关走私了一把专供海军陆战队使用的步枪。"我在海关有线人，我想跟他谈一谈，"他说道。"也许有戏。"然后，他打算进城参加一个记者招待会。他穿着黑色西裤、条纹衬衫，和一件带有红色丝绸衬里的黑色军用雨衣。他戴上了窄边圆顶帽。我们出门几分钟之后，他想起忘了换鞋。他对脚上穿着的蓬松家居拖鞋笑得乐不可支，说非得到机场的商店买一双便鞋不可。

　　那个星期他应该进行化疗。七点二十五分，他点燃一天中的第一支丁香香烟，在前往机场的路上大口大口地抽了起来。一路上，望月照雄问阿德尔斯坦是否愿意跟他去海滨度一次假。"我们应该趁大家的身体都没有问题的时候度一次假，"驾驶员说道。几天前的一个晚上，我坐在车上，阿德尔斯坦问望月照雄有没有杀过人。驾驶员沉默不语，仿佛在仔细斟酌该怎么回答。"我从没杀过不是帮派成员的人，"他最后笑着回答道。

　　阿德尔斯坦讲故事时好像总是脱口而出，而且不可思议地充满着帮派元素，他今天又讲了一个新故事。他说，自己醉心于调查工作期间曾经与后藤忠政的一个情妇有染。这个混蛋据说在东京和其他地方供养着十多个女人，阿德尔斯坦和给他提供有用信息的那一位睡了一觉。后来，他把她介绍给一位需要娶妻并将被派往海外的同性恋工薪族，目的是帮她摆脱后藤忠政。他说，两口子给了他自己在欧洲的地址，现在相处得非常和睦。我问那一位情妇的情况怎么样。

"我们曾经在床上谈论过这个有趣的问题，"阿德尔斯坦说道。"她问：'你爱我吗？'我回答说：'不，但我喜欢你。'她又说：'我也喜欢你，你很风趣。'她接着又说：'你跟我睡觉是为了了解后藤忠政的情况吗？'我回答说：'是的。那你呢？'她回答道：'嗨，我恨死他了，我每次跟你睡觉就等于是抽他的耳光。'她很喜欢天文学。我们有一次去太阳城参观天文馆。我记得那是我们唯一一起出现在公共场合的一次。也是我们唯一的一次约会。"他继续说道："美妙极了。还有一次我给了她一件礼物——我给她买了一只世嘉生产的天象仪，很贵，她哭了。"

他又点了一支烟。他曾经告诉我，不指望自己长命百岁，但他在东京好像活得十分开心而且精力充沛。我欣赏他这个故事里的意象：天文馆里并不般配的男女、日本恶棍的情妇和眼睛斜视的密苏里男人，两个人凝望着满天星斗。我思忖着，直到机场出现在眼前，他下车去买鞋子。

当你长大

　　小陆、小张和小刘在桥头等我。他们的年龄分别为十岁、十二岁和十四岁，来自四川北部的同一个村子。他们说，他们辍学后来到南方，因为家里太穷，交不起学费。我三天前在深圳市区见到他们，他们想让我买黄色光碟。

　　他们告诉我，一开始有个男人雇他们卖黄色光碟，因为他们年龄小，不担心会被关起来。这个男人每月给每个小孩子三百元钱。不过，几个孩子说没过多久他们就单干了。我最初很难相信这一切——这么年轻的小孩似乎根本不可能自个儿从事违法的营生。不过整整一个月，我经常去看望他们，都没有发现有大人管束的迹象。我终于慢慢地相信，他们跟我说的大多是实情。他们还说，有两次被逮住并被送出深圳经济特区的关外，不过他们又都翻过绕城的链状铁丝网跑了回来。他们租了一套房子，自己煮饭吃。他们睡在一张床上。他们以四元的价格买进黄色光碟，再以十元的价格卖出去。他们把钱凑在一起，每个孩子每个月至少能往家里寄回三百元。

我答应今天带他们一起吃午饭。我们找到一家广东菜馆，几个孩子一坐下来就点了冰镇咖啡和热气腾腾的火锅，我以前从来没有试过这种组合。火锅端上来之后，几个孩子拿起桌上的调料盒，全倒进了锅里。火锅油混合着盐块、味精和辣椒扑扑扑地沸腾起来。几天前我带他们去吃肯德基的时候，他们对炸鸡已经如法炮制过一次。

　　不到两分钟，他们就喝光了冰镇咖啡。

　　"我想喝啤酒，"小陆说。他在哥仨中年龄最小，但总能起带头作用。我告诉他，他还小，不能喝啤酒，应该喝茶。

　　他们狼吞虎咽了一会儿，小陆叫来了服务员。我从未见过十岁的小孩以如此威严的语气跟一个大人说话。

　　"来一瓶啤酒，"他吩咐道。

　　"别给他啤酒，"我说道。"我们喝茶。"

　　"我想喝啤酒，"小陆说道。服务员有点拿不准，到底谁说了算。

　　"啤酒不行，"我语气坚定地说道。

　　"吃火锅就应该喝啤酒，"小陆说道。"我们老家都这样。"

　　"他爸爸酒量大，"小张指了指小陆说道。

　　这事我信，尽管当时并不想深究。我换了个话题，问他们怎样躲过警察。小刘和小张说，他们尽量蓄短发，让警察无从下手，同样，他们还尽量避免穿长袖衬衫。跟其他人一样，小陆穿着紧身短袖衫，不过头发比较长。他的头发中分，对此他似乎颇感得意。吃饭的过程中，他起身上了一趟厕所；出来后，又变成了溜光的大背头。我一直仔细地观察着他，那是他唯一在我视线中消失的时段。几乎与此同时，另一位服务员走了过来。

"要青岛还是燕京？"她问道。

"我们不要啤酒。"

"可他已经点了！"

"别听他的。"

吃光了锅里的肉和菜，几个小孩子又喝起了油汤，汤里全是调料，变成了亮晶晶的化学品。他们的肚子好像还没有填满。我问他们长大了想干什么。

"开车，"小陆说道。

"保安，"小刘说道。

小张笑了笑回答道："我想回家。"

四重奏

第一起事故不是我的错。我租了一辆大众捷达轿车，前往位于北京北边三岔村的周末度假屋。人们把路的尽头铺成一块空坝子，我就把车停在这里。要在三岔村里面开车完全不可能，跟全国几乎所有的村子一样，建村的时候大家都没有汽车，连接每家每户的都是窄窄的步行小道。

进村一个小时之后，邻居要我把车挪一下，因为有村民要给那块空地铺水泥。那一天，我和妻子彤禾都带了电脑，想写点什么。

"你要是愿意的话，我来帮你挪车吧，"我的邻居说道。他叫魏子淇，最近刚学完驾驶课程拿到了驾照。这是他最引以为豪的成就——他属于全村最早学开车的一批人。我把钥匙交给他，坐回电脑跟前。半小时后，他一言不发地站在门口。我问他是否一切顺利。

"出了点问题，"他慢吞吞地回答道。他的脸上带着笑容，不过是中国人遭遇难堪时那种紧绷的笑容，这样的表情让人心跳加快。

"什么问题?"我问道。

"我想还是你自己去看看吧。"

已经有几位村民来到空坝子上打量着轿车,也正咧嘴乐呵着。车的前保险杠完全被撞掉,躺在路上,隔栅敞开着,仿佛是小孩子掉了三颗门牙,正在情不自禁地哈哈大笑。为什么大家看上去都他妈的这么高兴呢?

"我忘了前面还有一截,"魏子淇说道。

"什么意思?"我问道。

"我还不太适应开前面有一截的车子,"他回答道。"我们学车的时候开的是解放牌大客车,前面是平的。"

我早先把捷达轿车同一段墙平行停放着,刚才他往后倒车的时候猛打方向盘,根本没意识到车的前端会朝相反的方向猛扫过去。我蹲下来查看了一下保险杠——弯到无可救药。

"你觉得这要花多少钱?"他问道。

"我也不知道,"我回答道。"我之前从没遇到过这样的问题。"

他找来铁丝,把保险杠系回了车子的前端。他几次提出赔钱,我叫他不用多想;我自己会跟租车公司交涉。第二天,我前去归还车辆。

开车这件事儿我一直认真对待。十六岁的时候,有人告诉我,开车是一种荣耀和责任。现在,每当回想起母亲开车送我去密苏里州哥伦比亚市维尔克斯林荫道联合卫理公会教堂参加第一次驾驶考试，我都感到紧张不已。州机动车管理部门在大楼里租用了办公室，考试的起点和终点都设在教堂的停车场。密苏里州中部的人都知道，机动车管理部门评判十六岁男孩的严格程度甚至超过了卫理公会。如果男孩子不看盲区、冲黄灯、顺向停车时有细微的矫正动作，都会被判为不合格。有谣传说，凡是流露出自信满满的男孩都会被判不合格——如果你自认一定会拿到驾照，维尔克斯林荫道联合卫理公会教堂的那帮人就肯定会证明你的想法是错的。我参加考试用的是自家的道奇拖车，之后考官对我讲了一段严厉的话。一开头就是一句断语"你应该感到幸运，我们不会用专业的眼光评判你"，结尾是"我不希望自己某天在医院碰见你"。在话语中间，考官确认我勉强通过了考试，而要紧的也就是这几句话。机动车管理部门并不是炼狱。要么通过要么不通过，通过考试意味着只要不出纰漏、遵守规定，你就无需再来密苏里州参加驾驶考试。

搬到北京之后，我很惊诧自己的密苏里州驾照竟能通行于中华人民共和国境内。这个国家正处在汽车大发展的初级阶段，北京一地每天要颁发近一千张驾照。所有的中国申请者都要接受体检，参加笔试，修读为期一个月的技术性课程，然后参加两场驾驶技术考试。不过，这一整套程序对于已经在本国取得驾照的外国人都进行了精简，我只需要参加专为外国人设立的道路考试即可。考官四十五六岁的样子，戴着驾驶员专用的白色棉手套，手指部位留着香烟熏烤的颜色。我刚上车他就点了一支红塔山。那是一辆大众桑塔纳轿车，是当时全国最常见的乘用轿车。

"发动车子，"他吩咐道，我转动了钥匙。"往前开，"他又吩咐道。

我们位于城北，所在的区域已经实行交通封闭——没有轿车，没有自行车，也没有行人。那是我在首都见过的最安静的一条街道，我真希望我能够好好地享受一番。然而，我只开了几十米，考官又说话了。"靠边，"他说道。"熄火。"

桑塔纳没有了声音，那个人龙飞凤舞地填写着表格。红塔山只抽了一小点。"结束了吗？"我问道。

"对，结束了，"那个人回答道。他问我在什么地方学的中文，于是我们闲聊了几句。他跟我说的最后一句话是："开得不错。"

那年夏天，我开始在一家叫做"首都汽车"的公司租车。租车是个新兴产业；早在五年前，北京几乎没有人想过租车外出度周末。可现在这家公司已经购买了五十来辆汽车，大多是中国生产的捷达和桑塔纳。我一般租用捷达车，每天的费用为两百元，外加填写一大堆表格。最为复杂的过程是在工作人员的带领之下验视轿车的外观，工作人员需要在一张示意图上标示出剐蹭的部位。整个过程通常需要费一点功夫——捷达轿车只是小型车辆，但作为北京交通的标志，它拥有最大的市场份额。记录下损耗情况之后，工作人员转动点火钥匙，让我查看了油量。有时候是半箱，有时候是四分之一箱。有时，他经过一番查看后宣布："一小半箱。"我有责任在归还轿车的时候让油箱里装着同样多的油。

一天，我决定向这个蹒跚起步的产业贡献一份自己的力量。

"你们租出去的时候应该加满油，然后要求客人还回来的时候也加满油，"我说道。"美国的租车公司就是这么做的。"

"我们这里做不到，"经常给我办理租车事务的王先生说道。他是个大个子，稀疏的头发耷拉在宽宽的额头上，好像永远都是好心情。"首都汽车"的前台办公室坐着他和另外两个人，大家像是比赛似的抽着烟。房间里烟雾缭绕，我只能依稀辨认出挂在公司墙壁上的评价表：

> 顾客满意率：90％
>
> 服务效率：97％
>
> 服务用语合格率：98％
>
> 服务态度满意率：99％

"这种做法可能在美国行得通，但在这里不行，"王先生继续说道。"中国人还回来的时候油箱是空的。"

"那么你就另外收钱来加油，"我说道。"把它作为一项制度。如果有人不遵守，那就多收钱，大家总会遵守吧。"

"中国人才不吃这一套！"王先生大笑着说道，其他人跟着点了点头。作为外国人，我经常听到这样的说法，这也就相当于我们的讨论到此结束。中国人发明了指南针、丝绸、纸张、火药和地动仪，在 15 世纪就能航行到非洲，修建万里长城，在过去十年间发展经济的速度在其他发展中国家闻所未闻。他们能做到在交还租来的车辆时让油箱里还有一小半箱燃油，但却做不到还车时加满油。我们就此问题又进行过几次讨论，不过我到后来只得放弃这一话题。我怎么也不可能跟王先生这样和善的人发生争执。

当我把损坏了保险杠的捷达轿车还回去的时候，他好像显得尤其开心。以往，我交还的车辆会带有新的剐蹭痕迹，这在拥有两百多万辆汽车、而且多由新手驾驶的城市在所难免。不过，之前遭遇的损失都不严重，王先生一看见捷达轿车立马瞪圆了双眼。"哇！"他惊叹道。"怎么弄的？"

"不是我弄的，"我回答道。我讲了魏子淇的事儿，说他不熟悉这种带引擎盖的轿车，王先生的表情很是疑惑，我越解释，他的表情越发茫然。最后，我只好不再提轿车前端的事儿——我提出要赔偿一个保险杠。

"没问题！"王先生微笑着说。"没问题！我们有保险！你只需填写一下事故报告。带公章了吗？"

我告诉王先生，我所在单位——也就是经过登记的《纽约客》的官方大印放在了家里。

"没问题！下次带来也行。"他拉开抽屉，抽出一摞表格。除了鲜红的印章，全是空白表格。王先生翻出一张纸，摆在了我面前。上面的公章是：美中拖拉机协会。

"这是什么？"我问道。

"不要紧，"他回答道。"他们出过交通事故，也没带公章，所以就用了别人的。后来，他们拿来这张表格作为替换。你现在就可以把事故报告写在这张纸上，下次找一张纸盖上章再带过来，下一个人还可以用。明白没？"

我没明白——他把这样的安排解释了三遍。最后，我恍然大悟，这个被毁的保险杠——既不是我的错，在一定程度上也不是魏子淇的错，因为他没想到轿车还有个前厢——要算在美中拖拉机协会的头上。"但你不要说事故的发生地点在乡下，"王先生吩咐我。"那太复杂。就说你在我们停车场出的事儿。"

他写了个样板，彤禾照抄了一遍，因为她写的中文字比我好得多。我在拖拉机协会的印章上签了名。我又去租车的时候，王先生说保险公司已经赔付了。他没有就盖章的纸找我的麻烦，我决定到此为止——正如王先生所说，我是他们的老顾客。

作为生活在中国的外国人，在认知上有两个至关重要的时期。刚来这里的时候，你会发现自己一无所知。语言、风俗、历史——一切都得从头学起，这看起来根本无法完成。接着，当你逐渐有所领悟之后，你会意识到周围其他人的感觉其实跟你一样。这个国家变化得太快，在中国谁都不敢夸口自己的知识够用。是谁教会农民们到工厂找活儿干的？原先的红卫兵是怎么学会做生意的？究竟又有谁知道，如何经营一家汽车租赁公司？一切都在飞速中解决，每个人都是急就章的好手。这就是认知的第二个时期，它比第一个更令人胆战心惊。意识到自己的无知会让人感觉孤独，可跟周围十三亿人分享这种感觉也不会带给你半点宽慰。

一旦上路，只会更让人毛骨悚然。中国的驾驶员还不太多——我拿到驾照的时候，每一千人中只有二十八个机动车驾驶员，跟美国在 1915 年时的水平大致相当。不过，世界卫生组织在 2004 年发布的一份报告表明，尽管中国的机动车数量只占全世界机动车总量的百分之三，其交通事故的死亡人数比例却占到了百分之二十一。这是一个路上新手辈出的国家，其变化如此迅速，以至人们习惯了怎么走路就怎么开车。他们喜欢成群结队地行动，所以车辆也会扎堆行驶。他们很少使用转向灯。要是在高速公路上错过了出口，他们会径直把车停在路肩上，然后挂倒挡，回到出口处。排了这么多年的长队，中国人对于插队早已学会了一身狠劲，这样的本能在交通拥堵的时候简直是一种灾难。同样，收费站也是一种危害。驾驶员很少察看后视镜，也许因为他们在走路或骑自行车的时候从未用过这种玩意吧。雨刮器被视为干扰了驾驶员的注意力，还有车头灯。

　　实际上，直到 1980 年代中期北京还禁止使用车头灯。当时去过海外的中国官员越来越多，欧洲和美国政府鼓励这样的出国访问，他们希望中国领导人在窥见西方的民主之后，会重新考虑自己的各项政策。1983 年，北京市市长陈希同对纽约市进行了一次类似的访问。陈希同在与郭德华（Ed Koch）市长会面期间有了一项重要发现：曼哈顿的司机们一到晚上便会打开车灯。陈希同回国后，规定北京的司机们如法炮制。不知道这位市长在美期间遭遇了什么样的民主理念——他后来因贪腐而锒铛入狱——但至少为交通安全出了一份力。不过，对于车灯的使用仍有不少争议，为此驾驶员笔试考题设计了这样一个问题：

278 题．夜间行车，驾驶员应该：
　　A）开大灯。
　　B）开小灯。
　　C）关小灯。

　　我最近弄到了一份备考资料。这份资料一共有四百二十九道多项选择题和两百五十六道正误判断题，其中的任何一道题都可能出现在考卷中。这些练习题准确无误地抓住了道路使用的实质精神（"对或错：乘坐出租车可以携带少量爆炸物品。"），但我不敢保证这能教会人们正确地驾驶车辆。经过仔细研究后我才明白，这份资料与其说是规定性的，不如说是描述性。它不是教你怎么开车，而是让你知道别人是怎么开车的。

　　77 题．超车的时候，驾驶员应该：
　　A）从左侧超车。
　　B）从右侧超车。
　　C）两侧均可超车，视情况而定。

　　354 题．驾车经过大水坑，且水坑边上有行人时，驾驶员应该：

A）加速通过。

B）减速，确保水花不会溅到行人。

C）以原速度径直通过水坑。

80 题．准备超车时，如果发现前车准备左转、掉头，或者超越前车，你应该：

A）从右侧超车。

B）停止超车。

C）鸣笛、加速，并从左侧超车。

很多答案都跟鸣笛有关。在中国，汽车喇叭从本质上说具有神经学的意义——它连接着驾驶员的反射系统。人们不停地按喇叭，所有的喇叭一开始听起来大同小异，然而随着时间的推移，人们慢慢学会了区分其中的细微差异，并能够加以正确诠释。从这一点来看，它的复杂性跟汉语不相上下。汉语的读音有声调，一个简单的音节会随着阴、阳、上、去四个声调而表达不同的意思。相应地，汽车喇叭声也能够表达至少十种迥然相异的意思。一下短促的"毕—"意在引起注意。连续两声"毕—毕—"表示愤怒。特别悠长的"毕——"显示驾驶员受困于交通拥堵，没有边缝可钻，正巴不得路上的人和车统统消失。如果有其他的"毕——"回应，说明大家都已经无路可走。另一种是略带结巴的"毕—毕—毕—"，代表着驾驶员除了痛苦就再没有别的感觉。还有一种马后炮似的"—毕"，这一般是新手驾驶员的做法，他们通常反应迟缓，还没来得及摁喇叭，刚出现的状况已经自行化解。也有一种基本而简单的"毕"，相当于在说："没事儿，只不过我的手一直放在方向盘上，所以这个喇叭是我神经系统的延伸。"试题还涉及其他类型的鸣笛：

353 题．车辆从老人或小孩身边经过时，你应该：
  A) 减速，确保安全通过。
  B) 继续正常行驶。
  C) 鸣笛提醒人们注意。

269 题．进入隧道时，你应该：
  A) 鸣笛并加速。
  B) 减速并开启车灯。
  C) 鸣笛并保持车速。

355 题．经过居民区时，你应该：
  A) 正常鸣笛。
  B) 比正常多鸣笛，以警示居民。
  C) 尽量不鸣笛，以免打扰居民。

  第二起事故也不是我的错。我正驾驶在乡间道路上，一条狗突然从房子后面蹿出来，扑向我的捷达轿车。这种问题很常见——跟人一样，中国的狗对于汽车的出现还不太适应。我急打方向，但还是晚了一步，狗一下子撞到了汽车前方。当我和彤禾把捷达轿车还回去的时候，那三个人正坐在公司的评价表边上一起抽烟。"首都汽车"的每个人工作都非常棒：

顾客满意率：90％
服务效率：97％
服务用语合格率：98％
服务态度满意率：99％

验收捷达轿车的时候，王先生乐呵呵地注意到右转向灯的塑料罩子破损了。他问我撞到了什么东西。

"狗，"我回答道。

"狗没问题?"他问道。

"狗有问题，"我回答道。"死了。"

王先生笑得更欢了："你吃了?"

我无法判断他是否在开玩笑——他自己就养狗，我还看见他在办公室逗自己的宠物狗。"不是那种狗，"我说道。"是那种很小很小的狗。"

"哦，驾驶员有时撞死大狗之后，直接扔进后备厢拿回家煮了，"他说道。他收了我们两百元，以便买一只新的转向灯罩子——这点钱太少，没必要用保险，也没必要给美中拖拉机协会打电话。

申请驾照的中国人必须自费报读专业认定课程，而且至少要接受五十八个小时的训练。这意味着标准化的程度相当高，但大多其实取决于教练。教练通常发展出自己的理论和套路，颇像旧时的武术师傅。魏子淇的教练不屑于带前厢的车辆，还强迫学员们每一次操作都从二挡开始。据他说，这更具挑战性；一挡只会把他们训练成懒人。我认识一位女子，她的教练不允许她使用转向灯，因为这会干扰其他驾驶员。我妻子彤禾决定学习驾驶手动挡汽车，便在北京请了一位私人教练。我对这种做法是否有效深表怀疑，但我知道谁才是明摆着的最佳备选教练，所以我什么也没说。彤禾第一次上课的时候，坐在副驾驶座上的教练做了自我介绍，然后把后视镜调向他自己。

"我怎么看见后面的东西呢？"彤禾问道。

"我会告诉你后面有什么东西，"教练说道。"你不用担心。"他俨然是蒙住徒弟双眼的武术权威：信任是迈向熟练的第一步。

我最近前往南方的丽水市公安驾校观摩驾驶课程。当地的汽车拥有量依然很低——过去六个月每一千户家庭只有二十户购置了汽车。不过，这一水平已经是头一年的两倍多，该市的工业经济已经进入蓬勃发展的阶段。这家驾校一派忙碌，驾驶课程分为三个阶段：停车场、驾训场和上路行驶。

一天下午，我观察六名学员开始第一天的学习。唐教练首先掀开一辆红色桑塔纳的引擎盖。他一一指出这是发动机、散热器、电池。他给大家演示了如何拧下油箱盖。之后是车门——学员们一一练习开关车门。接着，他教大家识别仪表盘和脚踏板。学员们小心翼翼地围在桑塔纳边上捣鼓着各个零部件，那样子像极了盲人摸象。一小时后，学员们才被允许坐上汽车。他们依次坐上驾驶座，把没有点燃发动机的汽车从一挡拨到五挡。看到这一切，我不禁皱起了眉头。过了一会儿，我问唐教练："这不是很伤车子吗？"

"不会，"他回答道。"没问题。"

"我认为如果不启动发动机的话，对汽车会有损伤，"我说道。

"完全不会有问题，"唐教练说道。"我们一直是这样做的。"在中国，不管哪种类型的教练都应该毫无疑问地受到尊重，这是一种传统，于是我决定不再开口。但这并不容易。学员们的第二步是在固定手刹的情况下练习使用离合器。汽车发动之后，他们挂上一挡，一边踩油门一边松离合。发动机在刹车的牵阻之下发出一阵阵怒吼，引擎盖跟着上下抖动。一天下来，桑塔纳的引擎盖上甚至可以煎鸡蛋，每当一位驾驶员踩一下油门，我的手心禁不住浸湿了汗水。我甚至听见了父亲的声音——他是个相当不错的业余机械师，很少有什么事情会像漫不经心地糟蹋汽车那样惹他生气。

第二天上课的时候，大家才被允许驾驶车辆。学员一共有四男两女，全都不到四十岁。每个人都交了二千五百元的培训费——在一个最低月工资只有五六百元的小城市，这可是不小的数字。学员中只有一个人家里买了车。其他人告诉我，他们总有一天可能会买车。大学生们——一共有四个——认为，驾照会令自己的求职简历增色不少。"就像游泳，人人都应该学会，"一位名叫王燕珩的学生告诉我。"今后的中国将会有很多人购买汽车。"他是高年级学生，修读的专业是信息技术。唯一家里有车（三辆）的那个人十九岁，主修社会学，她的父亲开了一家塑料厂。我问她家的工厂生产什么样的产品，她用手指抚弄了一下桑塔纳轿车的车窗边框。"我家做的就是这种东西，"她回答道。

学员们在停车场待了十天，期间他们纯粹只操练三个动作：直角弯倒车入库，再反向操作一次，然后顺向停车。每天六个小时，他们就反复练习这三个动作。跟优秀的武术师傅一样，唐教练十分严厉。"怎么搞的？"一位学员撞杆之后，他厉声吼道。"今天脑子进水了吧！""握排挡的手别松垮垮的！"他对另一位男学员大声说道。"再这样的话，你父亲不骂你才怪！"他有时候要拍打学员的手。严格禁止回头——哪怕倒车的时候，你也只能靠后视镜。

第二阶段是场地驾驶，这一环节的技能要求更加严苛。学员们需要在距离标线二十五厘米的地方停下车，并要在急弯路段通过障碍车道。最后一项技能是"单边桥"——一道高约三十厘米、仅比车胎稍宽的水泥埂子。学员们需要准确地校正车头，让两侧的轮子驶上水泥埂子——先左轮，再右轮。只要有一个车轮掉下，就算失利。十天时间里，学员们大多在练习单边桥，我问教练，这个项目为什么这么重要。"因为很难，"他回答道。

"对，我明白，"我追问道。"可在路上什么时候能用得着呢?"

"哦,比如通过有洞的桥面,轮子只能从一个地方通过的时候,那么这种技能就显得非常重要了。"

中国人对于驾驶的想象力异常丰富——驾驶考试笔试题里全是这类情形。这些不太可能的情形显得十分可笑,但其详细程度让我不禁怀疑是否在什么地方和什么人身上真的发生过这样的事情:

> 279题. 如果驾驶的车辆在铁路道口发生故障,你应该:
>
> A)弃车于此。
>
> B)想办法立即移开车辆。
>
> C)暂时离开车辆,并找人修理。

经过十来天的道路训练之后,驾驶课程即将结束,我在最后一天又陪着他们上了一课。教练坐在副驾驶位置上,学员们在一条双车道的乡村道路上轮流驾驶汽车。有几项规定动作他们必须要操练:从一挡换到五挡再换回一挡、原地掉头、红绿灯停车。他们之前已经学会,无论起步,转向,或发现道路上有任何物体,都要摁喇叭。他们看见汽车、拖拉机、驴车要摁喇叭,哪怕看见一个行人也要摁喇叭。有时候,同一驾校的两辆车相对驶过,他们更是欢快地摁着喇叭,仿佛在跟老朋友打招呼。到了中午,全班学员在一家餐馆吃饭,包括教练在内的每个人都喝了啤酒,接着继续开车。一位学员告诉我，他们头一天喝醉了，只好取消当天下午的训练。

整个训练过程中，没有多变的情景，不强调对于各种情况的应变能力。相反，学员们只学习和排练少数几种情景，并随后组合应用到城市道路的实际驾驶过程中。这让我想起中国孩子练习写字的过程：一开始总是无休无止地反复抄写特定的笔画，然后把这些笔画组合成汉字，再加以无休无止地反复抄写。在中国，重复是一切教育的奠基石，实际上每一种新的技能都在以这种方式进行传授。中国人建造流水线工厂远胜于创新，这就是原因之一。

这也解释了中国人在驾驶方面的一些问题。最后一天上课的时候，一位学员恳求我，让我把租来的车交给他开回驾训场地，说是为了多一点练习。经过一番相当愚蠢的思考之后，我答应了，结果证明那是我在中国经历过的最为惊心动魄的十来公里。我两次大吼大叫，让他顺利通过盲弯；还有一次，我一把抓住方向盘，他才没撞上另一辆小轿车。他从不察看后视镜；只要看见移动的物体，他就摁喇叭。最糟糕的是他根本不使用转向信号灯。他差一点儿撞上一辆停着的拖拉机，又差一点儿撞上一堵水泥墙壁。最后好不容易回到驾训场地，我真想跪下去亲吻那道单边桥。

居住在北京的外国人总是这样对我说："我真不敢相信你能在这样的地方开车。"我的回答是："我真不敢相信，中国驾校培养出来的毕业生驾驶的出租车和公交车，你们也敢坐。"一旦上了路，大家都不知道何去何从——"迷茫的一代"——但作为驾驶员，总还能有那么一点点操控感。

我跟第三起事故没有任何关系。我甚至无法开车——我在长城徒步考察的时候摔伤了膝盖骨，我们经常租用的捷达轿车按照规定办理了移交手续。尽管跟着一位本地汽车教练做了一段时间的蒙眼弟子，彤禾对于自己开车还是底气不足。一天下午，她要我陪她出去办点杂事。我架着伤腿坐在后座，她每熄火一次我就要给一次建议。（"多给油！"）天上下着雪；路上的车很多；我们在各大商店进进出出了两个小时。最后一站，我妻子刚转动钥匙，捷达车径直撞向了一堵砖墙。

我赶紧说道："踩离合。"

传来了一阵嘎吱声，但我们没有检查车辆；此刻我们都急于回家。来到雍和宫附近，我们正等着进行当天的最后一次左转弯，一辆小轿车撞了上来。小轿车的驾驶员往我们边上倒了一下便开走了。我根本顾不上摸拐杖，靠一条腿跳到了车外。还好，交通完全堵死，我只跳了七步就逮住了他。我使劲地拍打着玻璃："你把我的车撞了！"

驾驶员抬起头来，满脸诧异：一个独腿老外一边上蹿下跳，一边使劲地拍打玻璃。他钻出车来一个劲地道歉，说自己没有感觉到撞击。我跟他一起查看了捷达车——左后轮上方有新鲜的刮蹭痕迹。他说道："我赔一百。"

在中国，人们遇到小事故的时候，通常在大街上用现金当场解决问题。这成了大家日常生活中的标准程序——我曾经见过两个小孩子玩游戏，他们用自行车相互猛撞，并大声喊道："赔钱！赔钱！"

彤禾用手机拨通了"首都汽车"。听说我们又出了事故，王先生的声音听上去一点儿都不惊讶。他只说了一句话："要他赔两百。"

"太多了，"那个驾驶员说道。"这只是小剐蹭。"

"这又不是我们定的。"

"那么，我们只有通知交警了，"他说道，但很明显他并不想真的这么做。十几个路人围住了布满积雪的大街上停着的这两辆轿车。就中国的交通事故而言，围观者与其说是观众，不如说是陪审团，一位中年妇女弯下腰查看了剐蹭的痕迹。她直起身来说道："一百元够了。"

"这关你什么事儿？"彤禾大声问道。"你会开车吗？"

五十步笑百步，不过我什么也没说。老婆的话肯定是正确的，因为那个女人再也不说话了。不过，那位驾驶员还是不愿赔两百。"要不要一百五算了？"彤禾用英语问我。老子说得对：一个在雪地里拄拐的人不可能为了租来的捷达车有一点剐痕就长时间地讨价还价。那天晚些时候，彤禾带着钱去还车。王先生发现又破了一只灯罩，那是她在砖墙上撞的。他乐呵呵地问道："这次又撞到什么了？"撞到小狗那一次，我赔了二百元；这一次他只要了五十。一定是我们在雍和宫附近干得漂亮，所以他给了我们一个特价。

第四起事故完全是我的过错。那是我在中国的最后一天，也是我最后一次驾驶捷达轿车——我已经买好了第二天一早飞往檀香山的单程机票。前去还车的路上，我遇到了交通拥堵，尖利的喇叭声此起彼伏——这样的喇叭声意味着："让我离开这里吧！"停在我前面的出租车瞅准一个缝隙，径直挤了出去；我跟着挤了过去；他一下停住了；我没停住。

我们都下了车。我看一眼就皱起了眉：两辆车都有剐痕。"一百元，"我说道。

"开玩笑？"那个人大声吼道。"至少两百！"

突然间，我觉得厌倦透顶。我在中国生活了十年，开了六年的车，听到的喇叭声比巴别塔还要多——"让我离开这里吧！"那个人愤怒得口齿都不利索，说修补被剐蹭过的保险杠要花很长时间，但我想不出应该如何回答他。"就一百，"我又说了一遍。

一群人围了过来，出租车驾驶员充当起了陪审员的角色——剐蹭很明显；他每天开车的时间很长；修车要花时间。接着，一位身材矮小的老太太上前一步抓住了他的手臂。"收下吧，"她轻声说道。驾驶员低头看了看她——她的身高不超过一米五——然后便不再说话。我把钱递到他手里的时候，他还是一言不发。

来到"首都汽车"的停车场，王先生用手指摸了摸剐痕。"没问题！"他说道。

"你看，我赔钱没问题的，"我说道。

"你是我们的老顾客，"他说道。"算了吧。"我们握了握手，我在前台跟他告了别，他在那幅永恒的告示牌下面抽起了香烟：

顾客满意率：90％

服务效率：97％

服务用语合格率：98％

服务态度满意率：99％

离乡回乡

小胖子老是够不着。他两次半途把球掉到了地上，第三次，姚明终于把他举过篮筐，但他持球还是过低。他名叫孙浩轩，四岁，体重五十二斤。最近一家广告公司为征集眼睛又大又黑的圆脸小胖墩遍寻北京的各大幼儿园，终于选中了他。这是一个巨大的人才库。中国的城市生活水平日渐提高，计划生育政策始终执行，不禁让人回想起质量守恒定律：孩子越少，稚气越多。大人们往往把这样的小孩称作小胖子。"小胖子，准备！"无论什么时候需要用到孙浩轩，导演都会大声吆喝。"让小胖子退后两步！"

我们位于北京电影制片厂，姚明正在这里为中国联通拍一部宣传片。脚本很简单：小胖子遇到身高二米二六的篮球运动员，运动员举起小胖子，小胖子灌篮成功。脚本里没有的是小胖子的行为。他一有机会就四处乱动，有时候直接指着姚明，并以发现新大陆的口吻叫道："姚明！"整整半个小时，片场里的大人们——摄影师、助理、技术人员——全都心照不宣地动起了针对他的歪点子，在第四次重拍的时候，姚明一个趔趄，不经意地让小胖子的鼻子撞上了篮筐。

接连传来几下响声：篮球轻轻地落下——嘭，嘭，嘭——接着是小孩子嚎啕大哭的声音。

小胖子的妈妈急忙跑了过来，姚明耷拉着肩膀无助地站起身来。他大口地喘着气。有人擦了擦小胖子的脸——没有出血，没有犯规。再次重拍的时候，他终于灌篮成功，四周响起了稀稀拉拉的掌声。姚明踱步来到我所站立的场地边上，用英语说道："举重训练。"

他刚在休斯敦火箭队完成了激动人心的新秀赛季。现在正值夏季，这位二十二岁的中锋队员回到中国只有一个目标：带领国家队取得奥运会区域资格赛，也就是获得亚洲篮球锦标赛的冠军。中国通常主宰亚洲篮球，但今年他们面临着严峻的挑战。中国的第二号球员王治郅因为政治原因一直未能从美国赶回来。姚明则高调地卷入一起官司，中国新闻界对此的理解是个人权利和国家利益间的冲突。姚明的世界慢慢地一分为二：运动固然神圣，但球场外却是旋风一般的干扰，既让人烦恼又难以捉摸。我上一次在 7 月份对他进行采访的时候，他跟中国队一起住在海滨城市青岛的一家宾馆，该市正在主办对阵美国篮球学院球队的一场表演赛。姚明没有参赛——训练的时候，他的眉骨因为被队友撞伤而缝了八针。赛前，中国联通的代表正拿着数码录音机指导姚明说几句话，这几句话将被作为手机短信的提示音出售给联通的用户们。"起床了，懒虫！"姚明顺从地说道，就在这位女代表要他重复一遍的时候（"再着重一点！"），他包着纱布的眉头渗出了血液。

那天晚上，中国人差点就输掉了比赛——他们在最后一节未能抵御住这个美国草台班子的全场紧逼。"我认为中锋应该跑回半场来抵御对方的进攻，"比赛结束之后，姚明在宾馆房间里对我说道。刘炜是中国的控球后卫，也是姚明最好的朋友，此时正四仰八叉地摊倒在床上。姚明坐在另一张床上，床草草地进行了加长：床头有一个铺着毯子的木柜子。我们都讲英语；他谈起了网上看到的 NBA 季后赛新闻。回到中国之后，他还一次也没跟休斯敦火箭队的队友们通过话。"你听说过罗德曼的事儿吗？"姚明问道。"他可能会回来。我不相信湖人队居然挖来了佩顿和马龙。我不相信他们只拿出了四百万美元。如果科比状态没问题的话，那就有点像梦之队了。"这些名字让我听起来有点怪异而且恍若隔世——马克·库班、大鲨鱼奥尼尔、基里连科。"AK‐47，"说起这位在犹他爵士队担任前锋的俄国人安德烈·基里连科，姚明用到了体育资讯中的绰号。一听到这个词语，姚明就像孩子般笑了起来。"AK‐47，"他又说了一遍。

姚明刚出生的时候有九斤多。他的母亲方凤娣身高一米八八；他的父亲姚志源身高二米零八。他们俩都打过中锋：他为上海市篮球队打球，她则效力于国家队。中国的运动型夫妻并不鲜见——正与姚明约会的叶莉身高一米九零，是国家女子篮球队的前锋。姚明小的时候，他家楼上住着姓沙的一家，父母均是上海市篮球队的控球后卫。"我的父亲和母亲是通过篮球组织介绍认识的，"姚明儿时的朋友沙一峰告诉我。"在过去，组织就是这样来关心你的生活。"

目前，姚明的父母都已经五十出头，身材修长、满头黑发，举手投足间无不显露出运动员曾经的体魄与自信。不过，他们说起篮球的时候却明显地透出超然和冷静。他们俩小的时候都没打过篮球，体育运动在 1960 年代的中国——尤其是"文化大革命"初期——属于次要行业。随后，官员们逐渐恢复国家的体育运动体系，挑选符合身高要求的人来填满篮球运动员的花名册。姚志源十九岁才开始打篮球。方凤娣被发掘的时候已经十六岁了。"实话实说，我一点也不喜欢篮球，"我在上海拜会他们的时候，她对我这样说道。"我想当舞蹈家，或者是演员。"到 1970 年，她跟随国家队满世界地参加比赛。"我从没想过自己想要这样或者不想要这样，"她告诉我。"我觉得这是一份责任。这是我的工作。"

在中国，竞技性的体育项目属于舶来品。像武术和气功之类的传统体育活动在具有运动性的同时，也具有美学性和精神性，因此中国的历史学家们认为"现代体育"始于1839 年至 1842 年间的鸦片战争。此后的数十年间，随着外国商人和传教士在通商口岸站稳脚跟，他们建立的学校和慈善机构引进了西式的竞技性体育项目。美国传教士在 19 世纪末把篮球带到了中国。与此同时，中国人正致力于抗击外国统治，随后他们便把体育项目作为一种反击过去一个世纪以来不公正待遇的象征手段。目的就是要用外国人的体育项目战胜外国人。1949 年共产党执政后，依据苏联模式建立了全国性的体育运动训练体系。有潜力的年轻运动员被录取到专门的"体育运动学校"。

姚明上一年级的时候就比自己的老师还高。到三年级的时候，他的身高已经达到一米七，上海市徐汇区体育运动学校挑选他参加了课余篮球项目的训练。我最近拜访了姚明的第一任教练李章明，他跟中国传统的教育者一样，说起自己曾经的徒弟时丝毫不带感情。（"他不喜欢篮球。他个子高，但动作慢，不协调。"）交谈结束，我到徐汇区体育运动学校经常进行训练的上海市第五十四中学的篮球场溜达了一圈。我发现有几个年轻的女孩子正在练习篮球；过了一会儿，我向名叫陶艳萍的高个子教练做了自我介绍。

"我跟姚明的母亲是队友，"陶艳萍说。"我参加了他们的婚礼。我记得送了他们毛巾和热水瓶——那个时候送新婚夫妇的都是这样的东西。看见那个女孩了吗?"——球场上个子最高的小女孩，满脸通红——"她的母亲也是我的队友。她现在上三年级。她的母亲身高一米八三，进过国家队。"

我问陶艳萍，她怎么录取学生。"我们一般去学校，首先看孩子们的身高，然后看他父母的身高。"

两个小时的训练主要是控球练习。陶艳萍看得很仔细，不时向队员们大声地发出指令。（"小燕子，你这是在带球走! 谁教你的?"）训练快结束的时候，身材高大的父母们突然出现在了球场边。"我之所以让她参加训练，是为了她的身体好，"身高近一米八三、名叫张建荣的女子告诉我。她说女儿在学校上了一天的课，打打篮球对身体有好处，当然家庭作业更重要。跟我遇到的其他父母一样，张建荣是个中产阶级，他们谁也没表达过让自己的孩子今后从事体育运动的愿望。她们是一群篮球妈妈，生长在凭身高挑选篮球妈妈的国度——中国还没有财力为每一所公立学校都配备教练和体育器材。

相反，国家体育运动策略的关键在于提前选拔，并集中训练相对具有运动潜能的少数人群。这样的制度在体操和跳水之类群众参与度不高的程序化体育项目上被证明非常有效，但如果说到篮球，那也许是中国最大的弱点。美国的社区联盟十分普遍，学校教练非常充足，运动员可以从众多参加者中像金字塔那样层层筛选。以阿伦·艾弗森为例，他凭着超人的热情和创造力一路升至巅峰，可如果阿伦三年级的时候就有人来他的家乡进行选拔，选拔者只会发现他没有父亲，母亲个子矮小，十五岁就生下了他。重要的是，中国现在还没有培养出伟大的男后卫——这个位置要求的不是身高，而是技巧和热情。目前在 NBA 打球的三大中国球员都是中锋，其中有两人还属于第二代。中国国家队总是在关键比赛中掉链子，这一点尽人皆知，原因之一就是他们的控球很不流畅。球员们似乎很少把它当成一种乐趣，其个性也并非是在真正的竞技中形成。哪怕以自由市场为标志的改革已经改变了这个国家的诸多产业，但体育运动这个圈子依旧维持着计划经济：安排周密，职业稳定。有一次我问姚明，十年后有多少中国人会进入 NBA，他说只会有三到四个。

姚明小的时候，他的父母始终强调，篮球是一种爱好，而不是一种职业。他从小就喜欢历史、地理和考古。"我小时候总想着出名，"姚明曾经告诉我。"我想当科学家，或者政治家。这都没关系，只要出名就行。"到了六年级，他长得比母亲还要高。他读初三的时候身高超过了父亲。此时，他已经跟上海东方大鲨鱼篮球俱乐部签了约。长到十七岁，身高达到二米一九的时候，姚明加入了中国国家篮球队。他的亲戚朋友告诉我，他的父母亲直到此时才认可了他的职业运动员身份。

　　有一次我问方凤娣，她是否记得有什么场合，让自己第一次感觉到篮球激发了姚明。只有这次，她在谈论体育运动的过程中露出了笑容。我觉得她是在谈论她自己——这个女人曾经梦想当舞蹈家或演员——而不仅在谈论自己的儿子。她说："他上小学的时候，哈林篮球队来上海表演。票很不好弄——我只找到两张。他们打球既不为竞技，也不为工作。我记得当时这样想过，美国人很善于从中寻找乐趣！那些队员从事的是普通的运动项目，但他们把它变成了别的东西——表演。之后，我看得出来，姚明受到了激励。那一次给他留下了深刻的印象。"

　　从中国大陆转到美国高水平篮球队的第一位男子运动员是马健，1990 年代他在犹他大学打了两年的前锋。马健发现，犹他大学队举行的赛前会议上，一位助理教练在使用战术板的时候，有时会在对方球员的名字旁写上"W"或

"B"。"白人球员都是投手，"我最近跟他在北京见面的时候，马健这样向我解释道。"如果他写的是'B'，我们就知道那些人是身强力壮的家伙。"马健从未看见板子上写过"C"。1995年，他参加了洛杉矶快船队的选拔赛。"我在季前赛一登上球队的飞机就发现，黑人和白人各坐一边。我看了看自己——我应该坐黑人兄弟这一边，还是白人那一边？终于我下定决心，只管打球。"

2002年，姚明以NBA选秀状元的成绩被休斯敦火箭队选中，此后不到一周，联盟里便有人发表了颇有种族主义意味的讲话。在一档电视访谈节目中，NBA的主力中锋沙奎尔·奥尼尔说："告诉姚明：'Ching chong yang wah ah so①。'"奥尼尔的这句玩笑话当时并没有引起大家的注意，但在次年的1月被人旧事重提，《亚洲周刊》的一位专栏作者为此对奥尼尔进行了抨击。

奥尼尔和姚明还没来得及在球场上见面，这篇专栏文章已经在媒体中掀起一阵狂怒。不过，姚明平息了这场争议。"两种文化在相互理解方面存在诸多困难，"他说道。"中文很难。我自己小的时候就老学不好。"NBA随后发布公告指出，联盟球员来自三十四个不同的国家。等到比赛开始，问题也不再是问题。火箭队凭着加时赛的四分取得胜利；奥尼尔的表现优于姚明，但这位来自中国的中锋一开始便表现出

---

① 此处为奥尼尔以戏谑的语气模仿姚明用中文说话的腔调，并无实际意义。——译者

色，不亚于其他人。事后，奥尼尔告诉媒体记者："姚明是我的兄弟。亚洲人民都是我的兄弟。"

那个赛季，我抽出一个月里的大部分时间追随着姚明的比赛，有人不厌其烦地拿奥尼尔的事情老话重提。我采访到的黑人球迷没有一个人说姚明的坏话——很多人觉得他给美国的体育运动注入了新鲜的成分。"跟以往不同，人们总是这样说，啊，那个运动员是黑人，所以他才有那样的步伐，或者那是个白人，所以他才有那样的投篮姿势，"正在亚特兰大全明星赛担任理疗师的达利斯·胡珀对我说。"我们好像多了一种选择。"

姚明在休斯敦火箭队的队友华金·霍金斯对这样的说法深表赞同。"不同于人们原来的想法，支持某个人是因为这个人是黑人，或者是白人，"霍金斯告诉我。"大家之所以支持他，只因为他是个人。"

霍金斯对这种外来者角色并不陌生。这位加利福尼亚州林伍德土著在 1997 年时被 NBA 拒之门外，他于次年辗转来到中国的内陆地区重庆参加职业篮球赛。我当时就住在那个地方，当我提及那里的篮球土话时，霍金斯不禁哈哈大笑。如果某位球员投篮"三不沾"，球迷会用四川方言高喊"阳痿"。如果要鼓励自己的主场球队，他们会齐声高呼"雄起"。

重庆很少有外国人，黑人更为少见。我问霍金斯当时如何应对这样的差异。"我一直觉得自己代表的是一种文化传统，"他说道。"林伍德很靠近康普顿——我也算是正宗的康普顿人。关于那个地方有很多负面说法，无论我去到什么地方，这些负面说法总是如影随形。不过，我的童年很快乐。我妈妈把我养大成人。我要竭力表现出这一点。"

霍金斯小的时候，他一个叔叔把他引进了篮球世界。他从未见过自己的父亲。"我只知道他的名字，还知道他不想跟我的家庭有任何牵连，"霍金斯说。"这样的经历确实悲惨，但我一直把它看成是动力。"他通过篮球结识了自己的妻子——两个人曾经参加过林伍德中学的篮球队，后来又一同加入"长滩州大"。

霍金斯说，重庆是他曾经居住过的最为崎岖不平的城市。他在中国台湾、日本和菲律宾都打过职业赛。他曾经随哈林篮球队出征各地。（"那一段经历确实让我受益匪浅。"）他曾经两次参加 NBA 季前赛训练营，结果都被淘汰出局。2002 年夏天，为了抓住最后的机会引起 NBA 关注，霍金斯买来一架双头录像机，把自己在各地打球的经历制作成一盘集锦。休斯敦火箭队邀他加入训练营，在此他成为一名专司防守的球员，并击败其他球员，从而让自己的名字写进了花名册。二十九岁的他成了联盟开幕阵容里年龄最大的新人。得知自己被球队选中的那一天，霍金斯一打通母亲的电话就嚎啕大哭。

成功的运动员无一例外都要离乡背井——一旦表现出色，你就要离家外出——而在迁徙的过程中总会失去某些东西。霍金斯带给球场的很多东西重庆球迷们是看不见的，无论是康普顿还是黑人单亲家庭，他们对此都知之甚少。霍金斯不过是个优秀的运动员，跟那座城市里的其他人迥然相异。我在附近的一座城市生活期间，总会在大街上遭遇二十甚至是更多人的围观。当地的一家夜总会曾经雇用过一位非洲的舞蹈演员，因为他们知道他的与众不同能够招徕顾客。

姚明在首个赛季的表现非常出色，种种迹象表明，他终将成为主力中锋。但火箭队只给他安排了三十场比赛；起初他在美国的声誉主要来自其身高和场外形象。他对于公众的关注总是抱以幽默和优雅，并避开了美国体育界暗流涌动的种族紧张关系。他还满足了国家的说教冲动：美国人就算无法让中国人信仰上帝和民主，至少也把他们变成了 NBA 球迷。在美国媒体的描述中，他是一位不带有威胁的、温和的巨人。

不过，他在跟中国媒体打交道的时候又进入了另一个世界。姚明自加入 NBA 以来首次被罚下场的洛杉矶之战惜败后，一位中国记者问他被科比在头顶上灌篮的感觉如何。姚明平静地回答道："不要拿我自己都觉得很丢脸的事情来问我。"在一次全明星赛的记者招待会上，姚明穿着一件旧的中国国家队运动衫出场亮相，一位中国记者询问原因。"舒服一点，仅此而已，"他说道。另一位记者又问："如果向所有年轻的中国球员说一句话，你会说什么？"姚明这样回答："如果就一句话的话，我说不了什么。"

即便姚明已经成为大家的偶像，但很少有中国人觉得他跟别的中国运动员有什么不一样。他打球的时候，脸上带着明显的快乐。他能在关键时刻罚篮得分，火箭队也慢慢学会了让他在咬住比分的关键时刻上场发挥作用。他时不时需要巧妙地引开中国媒体的爱国主义问题，仿佛觉得类似问题在球场上显得过于沉重。

中国人对于体育运动的动机如此具体、有限——民族主义、体校——以至于运动员很难征战海外。对绝大多数居住在美国的中国人而言，体育显得可有可无，即便他们生活在过去十年间迅速发展起来的休斯敦。这座城市估计生活着五万名中国人，加上相当多的越南华裔。休斯敦的中国人往往受过良好的教育，家庭年平均收入超过五万美元，高于该市的平均水平。

休斯敦的亚洲社区位于贝莱尔林荫道一带——这是一个长十余公里的中国城购物中心。2月，我花了两个下午沿着贝莱尔林荫道开车闲逛，一些标牌让我想起居于此间的人们正在适应一种新的文化（全明星防守型驾驶），另一些标牌折射着当地人取得的成功（中文书写的"嘉信理财"），还有一些让人立即联想到中国人（发廊林立——中国人对头发的态度总是一丝不苟）。但我一个篮球也没有看见。尽管大家都很热爱姚明，但他们告诉我，这个社区的孩子很少从事体育运动，他们全都忙于学习。我逛了好几个小时才找到一家体育用品商店——位于"王朝广场"购物中心，名叫"国际体育网络"——店里却只出售网球用品。"中国人因为身材的关系，对于篮球并没有多大的兴趣，"店老板戴维·张对我说道。"不过，你如果对姚明感兴趣的话，可以去找'安娜美容设计'的人问。他在那里剪头发。"

那并不完全是我要寻找的东西，不过我觉得还是可以去看看他们怎么说。服务台后面坐着一位台湾女子。我问姚明是不是在他们这里剪头发。

她犹豫了一下才回答我。"不，"她说道。"姚明不在我们这里剪头发。"

我又问了一个问题："那么'安娜美容设计'有没有人去姚明的家里给他理发呢？"

"这个问题我无法回答，"她含糊其辞道。过了一会儿，经理走了进来。"这人是个记者，"她对他说道。"他想知道姚明的头发是不是我们剪的。"

经理瞪了我一眼。"别跟他说是我们剪的，"他说道。

接待员又说了一句，不过晚了整整五秒钟："他会讲中文。"

我总共调查了三所防守型驾驶学校、三家书店、六家银行和十四家美容店——没有一家篮球店。在休斯敦的中国城，找姚明的理发师比篮球还要容易。

2月底，休斯敦火箭队踏上了具有重要意义的东海岸比赛之旅。他们此行的最后一场比赛将对阵华盛顿奇才队；两个队都开了会，力争打进季后赛，姚明有望获得"年度最佳新秀"提名。这是姚明和迈克尔·乔丹最后对阵的机会，因为乔丹即将退役并担任奇才队总管。

跟华盛顿奇才队比赛的前一天晚上，中国大使馆为姚明安排了专门的招待会。那是一个下雪的夜晚，我坐了一辆出租车前往大使馆。出租车驾驶员是个七十五岁的黑人男子，名叫威拉德·库珀，问我到那个地方去做什么。"我能想到中国人怎么看待他，"我一提到姚明，库珀便接过话头。"多年前，当杰克·罗宾逊还在打球的时候，我就有这样的感受。"

来到中国大使馆，中国美食和燕京啤酒早就摆好了——姚明签约之后，这家位于北京的酿酒厂就成了休斯敦火箭队的赞助商。偌大的会议厅挤满了人：外交官员和海外移民，亲华人士和市场专家。空气里飘荡着大家的交谈声。

"燕京啤酒付了六百万美元。他们的分销商是哈布鲁。"

"谁给签的六十年分销合约呀？不过，你知道，在中国人看来，这不过是产品流转。他们可没有什么品牌概念。"

"他在中国当了十五年的增值型球员。"

"实际上，我来自白宫新闻办公室。"

"你知道，安海斯-布希公司拥有青岛啤酒百分之二十七的股份。"

"他来了！你拍到照片了吗？"

"真难以想象，他竟然那么高！"

姚明伴随着掌声进入了会场。大使馆的兰立俊公使发表了简短讲话。他提到了乒乓外交，以及"体育运动在拉近两国关系方面发挥的独特作用"。结束的时候，他说道："我们有充分的信心，中国和美国将继续努力改善双边关系。"

身着灰色西服的姚明弯下腰来将就麦克风。他身后的展示台上摆放着来自唐代的陶马。一盏盏红色的灯笼悬挂在天花板上。姚明的讲话不到一分钟，根本没有提及中美关系。"这些红色的灯笼让我想起家乡，"他低声说道。"我从小对中国大使馆的印象就很虚幻，只在电影和电视里才看见过。"大家争着拍照，工作人员簇拥着姚明进入了里间。角落里，一位穿着红色衣服的漂亮的欧亚混血儿正在哇哇大哭。她的父母说，姚明就从她身边走过，却没给她的请柬签名。"他是她最喜欢的运动员，"她的母亲告诉我，还说这个收养的女孩来自乌兹别克斯坦。一位工作人员拿过她的请柬，答应给她弄到签名。

姚明在大使馆待了近两个小时。他离开之后，人们三五成群地徘徊着，一边聊天一边喝着燕京啤酒。等到深夜，我们见证了中美作风的差异分明——雷厉风行的中国客人们已经离去，美国人仍旧以自己的方式逗留着。我不知不觉站到了武官随员陈小工的边上。陈小工眼神呆呆的，不住地抚弄自己的手表。"那么多美国人知道姚明，真是奇了怪了，"他低声咕哝道。

第二天晚上，卡·沃高唱着弗朗西斯·司各特·基的歌曲，迈克尔·乔丹显得兴奋不已。第一节四次上篮：转身，跳投，跳投，转身。十天前，乔丹庆祝了自己的四十岁生日，之后他每场平均得分接近三十分。奇才队派出身高二米一三的中锋布兰登·海伍德防守姚明。海伍德今天晚上看上去成了个矮子。姚明第一节拿到六分，火箭队落后对方九分。球票全部卖完：一共二万多张。亚洲人不少——楼上摇晃着的全是红色旗帜。

第二节：火箭队主教练鲁迪·汤姆贾诺维奇凭直觉启用了很少上场的华金·霍金斯。霍金斯先在六米开外投了一个篮，随后投了一个三分球。他带球往前，避过阻拦。霍金斯急不可耐，仿佛刚从重庆脱身：他已经连续九天没有得分了。穆奇·诺里斯为火箭队投中一分。穆奇蓄着玉米辫，胸部粗壮，手腕上纹着四个汉字：患得患失。（"永不满足，"我有一次问他那是何意，他这样回答道，我随即来到了更衣室的另一边。"其实那几个字的意思一点都不好，"姚明用中文对我说道。"大意是说你只会尽自己所能去维护自己。"）姚明在第二节一分未得。乔丹拿到了十八分。火箭队落后二十分。半场表演：先是中国舞狮表演，接着是关于"黑人历史月"的广播节目。

休斯敦火箭队在第三节显得昏昏欲睡。他们一度分差被拉大到二十四分。到了最后一节，火箭队的前锋莫里斯·泰勒开始跳投得分。六分钟之后，休斯敦把分差缩小到十四分，汤姆贾诺维奇换上了姚明，赛况开始逆转。霍金斯灌进一个三分球，随后又把球从泰伦·卢的手里夺了下来。两位球员撞在一起，卢倒了下去，痛苦地扭动着。肩部错位、眼角撞破：晚安，泰伦。火箭队四次直接上篮。最后三分钟，姚明四次站到罚球线跟前，每投必中。海伍德犯规被罚下。进入加时赛。

霍金斯防守乔丹，一开始互有进账。姚明小勾手投篮，火箭队一下领先了两分。乔丹每次一上场，奇才队的队员就会把球传到他手里，打了四十五分钟之后，他仿佛一下子获得了新生。转身，越过霍金斯，跳投。又一次控球：乔丹斜线运球左路突进；霍金斯僵在那里——扣篮。再次控球：乔丹强行突破；霍金斯倒地，没有吹哨——跳投。再一次控球：乔丹突破；霍金斯被摆脱，姚明阻拦——干扰投篮得分。乔丹在加时赛获得十分，全场获三十五分和十一个篮板球。姚明获十六分和十一个篮板球；霍金斯获十分。最后几秒，火箭队落后两分，姚明抢得一个防守篮板球，但未叫暂停，而是一次跨场长传。投篮未中。火箭队失利。

比赛结束，霍金斯一个人坐在火箭队更衣室的凳子上。"真泄气，"他对我说道。"他是史上最伟大的球员。"休斯敦火箭队将继续比赛，汤姆贾诺维奇刚才已经在外面表扬了他的后卫。"霍金斯的到来使我们加强了防御力，"他说道。"今天属于霍金斯和莫·泰勒。"

姚明的腰间围着毛巾，正坐在储物柜跟前。中国媒体追得很紧，他告诉他们，他应该叫暂停。

奇才队的更衣间，我跟一帮记者等待着乔丹。跟其他球员不一样，他从不在沐浴和换衣服的时候跟媒体打照面，而球队通常会给自己的明星安排专门的讲台。乔丹穿着灰色条纹西服，走到了麦克风跟前。有人问，奇才队有没有可能进入季后赛。"肯定会，对此我从未怀疑过，"乔丹回答道。

另一个记者问起了加时赛，乔丹对霍金斯不屑一顾："我在跟一个还不懂真正比赛的小年轻对抗，他还想假摔骗犯规。"

有人问到了姚明。"你可以坐在这里一直谈他今后的球会打得多好,"乔丹说道。"不过他迟早得展现出大家希望看见的东西。他必须越打越好,我相信他肯定会。"

科比·布莱恩特在本赛季的表现相当出色,有记者问处于巅峰时期的乔丹会如何面对湖人队的这位后卫。乔丹把布莱恩特夸奖了一番,但随后笑着说道:"我觉得自己有机会可以好好展现一番了。"

乔丹说话很直白,他对比赛的看法带有运动员的局限性:球场上的运动员来自何处和去往何处都不重要。整整五十三分钟的时间内,竞技本身远比周围的一切事物更重要。不过跟其他比赛一样,很快一切就会归于统计数字——分数没有意义,时间也没有意义。最终,奇才队和火箭队都没能打进季后赛。迈克尔·乔丹再没在一场球赛里拿过三十分和十个篮板球,退役之后,他还是在 5 月份被迫离开了奇才队。华盛顿那场球赛之后不到三个星期,鲁迪·汤姆贾诺维奇被查出患有膀胱癌,从此结束了教练生涯。姚明也没能获得那一年的"年度最佳新秀"。第二个赛季来临,华金·霍金斯未能进入 NBA,又回到了哈林篮球队。

尽管中国运动员很难进入美国,但要回到家乡却可能更加困难。马健曾经参加过洛杉矶快船队的选拔赛,但因为某些运动场外的原因,一直未能重返国家队。中锋王治郅,身高二米一四,是 1990 年代晚期中国国家队的绝对主力,他遇到的麻烦更多。在王治郅作为运动员的地位不断上升的过程中，中国的许多体育机构改制重组成了营利实体。中国篮球协会希望实现自负盈亏，手段是通过职业联盟 CBA 获取企业赞助和收益。在这种氛围之下，CBA 变成了混杂的庞然大物：其赞助方包括私人企业、国有企业和管理八一火箭队的中国人民解放军。在八一队打球的王治郅于 1999 年被达拉斯小牛队第二轮选中，成为了 NBA 球员。达拉斯小牛队跟王治郅的老板们举行过数次谈判，试图说服他们放手这名球员。当时，王治郅名义上还是中国人民解放军的团级干部。

2001 年春，达拉斯和八一队终于达成一致，王治郅成了进入 NBA 打球的第一个中国人。那一年他二十三岁。他在季后赛期间回到国内，并履行诺言代表国家队和八一队参加了比赛。王治郅在 NBA 第二季每场球赛平均得分只有五分，之后，他提出希望推迟回国的申请，以便能够参加 NBA 的夏季联赛。他答应 8 月份的时候加入中国国家队，征战世界锦标赛。

中国国家队训练日程的苦和累尽人皆知——每天两次，每周六天。整个过程充满了焦虑：教练们知道，如果代表队因为缺乏大量的训练而输了球，最终受到责怪的是他们自己。任何创新都会受到抵制。比赛前夕，中国男子篮球队的热身方法是进行基本的传球训练，这跟我在上海看到的三年级女孩们的训练方法一模一样。

2002 年夏季，中国有关方面拒绝了王治郅的申请，不过他还是留在了美国。达拉斯没有与他签订合同，据说原因之一是他们不想影响与中国人建立起来的良好关系。10 月，王治郅与洛杉矶快船队签订为期三年、金额六百万美元的合同。之后，快船队的所有比赛都在中国遭到禁播（NBA 转播在中国往往能吸引到超过一千万的观众）。这让王治郅变成了拖油瓶——NBA 一位总经理告诉我，以后各个队跟他签约时都得倍加谨慎。

王治郅的军人护照已经过期，据说他拿到了美国绿卡。整个夏季，他都在努力地协商回国事宜，以重新办理普通护照，并取得在亚洲锦标赛后还能回到 NBA 的承诺。一连串的沟通过程非常复杂，王治郅主要通过一位名叫苏群的体育记者跟军队领导和篮协官员进行协调。"我知道，自己作为一名记者，不应该掺和这件事儿，"供职于北京《体坛周报》的苏群告诉我。"但我碰巧跟王治郅走得很近。我们得像拯救大兵瑞恩一样拯救他。"

王治郅未能回到中国，也拒绝了我的采访请求。我跟中国篮球协会的秘书长李元伟谈起了王治郅。"王治郅过于强调个人得失，"李元伟告诉我。"我向他保证过，不会有风险。部队也向他保证过。但他就是不相信我们，不断地提出各种不必要的条件。非常遗憾。"

王治郅遇到的麻烦为姚明加入 NBA 敲了一记警钟。离开中国之前，姚明承诺在季后赛期间履行其在国家队的义务，据称他还答应向中国篮球协会支付其在 NBA 打球期间百分之五到八的总收入。他还得付钱给所在的球队上海大鲨鱼，这笔赎身费估计在八百万至一千五百万美元之间，视其广告收入和职业年限而定。姚明与火箭队的四年期合同总价值为一千七百八十万美元，仅一个赛季后，他的广告代言收入就超过了工资。

不过，即便姚明获得赞助费的可能也受到了中国体育界不规范行为的威胁。5月，可口可乐公司发布一款专门的罐装饮料，上面印着三位国家队队员的头像，其中就有已经与百事可乐公司签约的姚明。在未经运动员本人同意的情况下，篮球协会把姚明的形象卖给了可口可乐公司，依据的是体委模棱两可的规章，即国家对于国家队队员的各种"无形资产"均享有权利。这一规定跟中国的民法制度明显存在冲突。姚明在上海提出针对可口可乐公司的法律诉讼，要求其公开道歉并赔偿一元钱。中国的新闻媒体将这一诉讼行为解读为向国家传统的运动员控制模式提出直接挑战。

当我与中国篮协的李元伟说起这事的时候，他强调可口可乐公司是他们重要的资金来源，他希望姚明和公司能够达成庭外和解。李元伟告诉我，美国人难以理解中国的运动员所应该承担的责任，因为这些运动员还是孩子的时候，国家就一直在资助他们。我问他，这一逻辑能否运用于考上北京大学、独自经商成为百万富翁的公立学校的学生。"这有所不同，"李元伟说。"当运动员是一种使命。他们对于普通人和孩子们的思想有很大的影响。那就是他们的责任。"

我在前往东北的哈尔滨参加亚洲锦标赛之前，与中国人民大学的法学教授杨立新见了一面。杨立新正在就可口可乐诉讼案准备一场研讨会。"接触美国社会之后，姚明也许获得了一些新的思想，"杨立新告诉我。"这正如邓小平说过的——一部分人要先富起来。发展不可能平均，在一定意义上来说，权利也就不可能平均。当然，他们在法律面前是平等的，但有的人可能会主张自己的权利，而另外一个人则不会。这是个人的选择。从这个意义上说，姚明算是开路者。"

离乡背井的人总会来哈尔滨溜达溜达。20 世纪，这样的人来了又去：白俄罗斯人、日本军国分子、苏联军队。即便到了今天，这里依旧保留着很多俄式建筑物。哈尔滨的标志便是从前的圣索菲亚大教堂：金色的十字架、绿色的洋葱头穹顶、环绕着白色圣像的黄色光晕。这座城市还有全国仅存的一处斯大林公园。

2003 年 9 月底，十六支代表队前来参加亚洲锦标赛，胜者将获得参加奥运会的入场券。各代表队绝非单一民族或者疆域能够界定。哈萨克斯坦队的大多数队员其实是苏联解体之后仍旧住在那里的俄罗斯人。马来西亚队囊括了整个半岛：华人、印度人和马来人。卡塔尔队里有美国人和加拿大人——有对手私下嘀咕，卡塔尔对卡塔尔人的定义过于宽松。叙利亚队的教练是来自密苏里州的黑人男子，卡塔尔队的教练是来自路易斯安那州的白人男子。伊朗队的教练是个塞尔维亚人，这个人告诉我，他的篮球生涯已经被画上了句号；他挽起袖子让我看了看那道瘆人的伤疤。（"之后没多久，我就当上了教练。"）

除了中国队，所有的球队都下榻在新加坡大酒店。大堂里进进出出的全是穿着汗衫的高个子；二楼的餐厅被改成了清真餐厅。韩国队有一个队员名叫河升镇，十八岁，二米二一，一百四十三公斤，具有篮球家史——他的父亲曾经担任韩国国家队的中锋。大家都希望河升镇参加次年的 NBA 首轮选秀，由此成为打进 NBA 联赛的首位韩国人。"我想成为韩国的姚明，"他通过翻译人员（这个人补充道，眼前这个年轻球员的绰号就叫河奎尔·奥尼尔）告诉我。河升镇急于跟姚明同场竞技，但大家都希望中国队和韩国队相逢于决赛。头一年的亚运会上，韩国队让中国队吃了苦头。河升镇指望着姚明犯规。"姚明喜欢右转身，"河升镇说道。"我会守在那个位置，引他犯规。"

　　锦标赛上另一位身高二米二一的运动员是伊朗人，名叫贾贝尔·鲁兹邦哈尼·达仁哈萨里。在其父亲靠出售水果和蔬菜为生的伊斯法罕被人发现以来，达仁哈萨里只打了三年的篮球。达仁哈萨里的臂展超过二米四。有一次，当他打完比赛离开球场时，我请他跳起来摸一摸篮筐。他轻轻一跳，随后站着不动：手指勾着金属架，两个大脚趾稳稳地站在坚硬的地板上。他十七岁，皮肤黝黑，睫毛修长，还没长胡须——仿佛一颗小孩的头颅长在了颀长的身体上，两只长臂前后晃荡。在伊朗队的前两场比赛中，达仁哈萨里只打了几分钟；对方个子矮小的队员毫不留情地推搡他。他在球场上显得非常惊恐。坐在凳子上的他几乎不苟言笑。

中国队下榻在花园村宾馆，这一处高墙环绕的院落专事接待中央领导。整整一个夏天，只要姚明出现在公共场合，无不受到大家的围观。中国媒体在 8 月的时候报道，姚明在体检中发现患有高血压。他的经纪人说这种情况只是暂时的，不过大家还是担心偏高的血压和过度的练习会缩短姚明的职业生涯。他通过个人网站发了一条信息，表达他在国家队的种种无力："我深感疲倦，比赛的安保不好……国家队安排了太多的公开露面和任务，球迷在球队宾馆的干扰无休无止。"

中国队跟伊朗队对阵前的几小时，姚明的一个经纪人告诉我，我可以面见他的客户。姚明的团队名叫"姚之队"，由三个美国人、两个中国人和一个美籍华人组成。姚之队一半的人马都来到了哈尔滨——姚明的远亲兼队长章明基、章明基就读的芝加哥大学商学院副院长约翰·海金格，以及 BDA 体育管理公司的负责人比尔·A·达菲。跟他们同行的还有 ESPN 杂志的高级记者里克·布彻，他已经签下为姚明正式写作传记的合约。一天前，姚明同意与锐步公司签订多年的赞助合同，只是这一消息尚未对外公布。一位接近谈判小组的人士告诉我，双方对这一笔交易的意向都很强烈，合同总额会超过一亿美元——这可能是单个运动员能够拿到的最大一笔运动鞋合同。

一位安保人员领着我进入了院落。我穿行在一排排柳树之间，两旁有精心护理的草坪，间或点缀着水泥制作的小鹿。雨下得很大。尽管比头一天又增加了一亿美元的财富，姚明还是没有睡上合体的床铺。这一次,宾馆在他的床尾摆了一只搁脚的木箱子。百叶窗已经拉上;满地都是穿过的衣服。控球后卫刘炜四仰八叉,躺在另一张床的毯子上。

头天晚上,他们以六十一分的成绩击败了中华台北队,姚明在登上随队巴士的时候扭伤了左脚踝。现年四十多岁、曾经打过篮球的达菲正在给他做检查。脚踝轻微红肿。达菲吩咐姚明,今晚的比赛一结束就要用冰块冷敷。姚明说场上没有冰块。

达菲神情惊诧地抬起头来:"没有冰块?"

比赛场地由多功能体育场内的一块溜冰场改建而成,距离西伯利亚边境只有三百来公里。

"没有冰块,"姚明回了一句,随后改用中文跟章明基说了一句。"我一直在针灸。"

几分钟后,姚之队陆续离开了房间。我和姚明用中文先聊了一会儿锦标赛,随后我提到他的第一位教练对我说过,他小的时候并不喜欢篮球。"是真的,"姚明说道。"我长到十八九岁的时候才真正喜欢篮球。"

我问起姚明 1998 年第一次前往美国时的情形,当时的耐克公司替他安排了夏季训练和篮球营。"在那之前,我一直跟比我大两三岁的人打球,"他说道。"他们发育得比我好,我一点也感受不到自己的长处。到了美国,我终于可以跟自己的同龄人打球,我意识到自己真的很棒。这给了我很多信心。"

他谈到了刚进火箭队的时候有多么艰难("周围的环境

很陌生"），我问他中国体育和美国体育有什么不同。

"在中国，搞体育的目的是为国争光，"姚明回答道。"我并不反对这一点。但我并不认为那就是体育运动的全部目的。我打球还有个人的原因。我们当然不能完全不要爱国主义，但我觉得体育运动的意义应该变一变。我希望中国的朋友们知道，我打篮球的原因之一是为了自己。在美国人看来，如果我输了，那就是我输了，是我个人的事情。但对中国人而言，如果我输了，那就意味着其他人跟着我一起输了。他们总认为我是他们的代表。"

我问到了压力问题。"这就像一把剑，"他说道。"你既可以让剑锋朝外，也可以让剑锋朝向自己。"接着，我问起了王治郅的处境。

"有些问题我没法说，"姚明慢慢地说道。"我还是只说篮球吧。如果王治郅也在，我会感觉好很多。我只知道，他如果来这里打球的话，我就不会感觉一个人承受了那么多压力。"

我问到了可口可乐公司的诉讼案。"我一向把国家利益放在第一位，把我的个人利益放在第二位，"姚明说。"但我也不能就这么忽视自己的利益。就这次官司而言，我觉得它符合我的利益，也符合其他运动员的利益。如果其他运动员在今后遇到类似的情况，我不想听到有人说：'嗨，人家姚明都没有告状，你为什么要告状啊？'"

亚洲锦标赛开赛前没有演奏国歌。今晚的比赛之前，大喇叭里传出了《泰坦尼克》的乐曲声。伊朗人看上去很紧张。票已经全部卖出：四千多张。观众席里满是充气棒——都是中国生产的——只是好像不大有人会用。没有喧哗声，这让人感觉高度紧张。两个队都拥有观众的欢呼声——中国队得分时热情的欢呼，伊朗队进球时礼貌的欢呼。

教练大胆派出了脸上带着惊恐的达仁哈萨里。每次拿到球，这位伊朗人都会避开姚明，沿着边线东绕西拐：埃斯拉米传给巴赫拉米，巴赫拉米再传给马什哈德。马什哈德传给巴赫拉米，巴赫拉米再传给埃斯拉米。有六分钟的时间姚明一分未得。终于，他甩掉达仁哈萨里，抢到进攻篮板，来了一记双手扣篮。比分追平。又一次控球：中国队领先。再一次控球：领先更多。埃斯拉米传给巴赫拉米，巴赫拉米再传给马什哈德。有人从五米外把球传向达仁哈萨里，姚明根本没想去阻挡，达仁哈萨里二米二一的身体仿佛开启了连锁反应：屈膝、沉腰、弯肘、颀长的双手猛然弹出——嗖。他跑回后场时，尽量憋着脸上的微笑。几次控球之后，他对姚明有一次严重犯规。达仁哈萨里肘膝齐下，不过也第一次在赛场上显示出气势。教练安排他打完了整个半场。他得到四分，为伊朗队抢到四个篮板球。半场哨响，队友们拍了拍他的肩膀。

姚明只打了一半的时间：十五分、十个篮板球。他看起来有些无聊。中国队以二十四分的分差获胜。事后，姚明以外交口吻对我说，达仁哈萨里很有潜力。"这要看环境，"他说道。"教练、队友和训练。"锦标赛的其余场次上，达仁哈萨里上场的时间并不多。那天跟中国队的比赛结束之后，他笑着对我说道："跟姚明对阵是一种荣幸。"

决赛前，中国联通举行记者招待会发布了新的商业广告，有一百多位中国记者参加。大屏幕上闪动着各种场景：篮球、小男孩、巨人、灌篮。小胖子看起来很可爱。中国联通的营销总经理李为冲发表了讲话。"在美国，人们到处都在谈论'明王朝'，"他说道。"意思是什么呢？既然迈克尔·乔丹退役了，那么 NBA 就需要另一位出色的篮球运动员。我们的姚明就是这样一个人。"记者招待会在《泰坦尼克》的乐曲声中画上了句号。

中华人民共和国五十四周年国庆那天，韩国队和中国队进行了冠军争夺战。十八岁的河升镇一出场就显得兴奋异常：跳球抢跳之后，他一鼓作气得到了四分、两个篮板球、一次盖帽、一次双手大力灌篮。他在不到四分钟的时间内有四次犯规。之后的比赛，河升镇一直耷拉着肩膀坐在凳子上。

中国队的首发控球后卫打到第三节时犯规被罚下，之后后场便开始溃不成军。韩国队采用紧逼防守，迫使对手失误并直接远投三分球：方成允、梁东根、文弘秀（音译）。方成允三分，方成允三分，直接上篮——比赛还剩下五分钟的时候，中国队的比分优势缩小至一分。

每次控球后，姚明都会运球进入半场，依靠其身高和双手突破围堵。有一次，他俯身争抢一个自由球——二米二六的身体差不多全展开在地板上。比分优势重回五分，剩下不到两分钟，姚明抢到前场篮板，扣篮得分。三十分、十五个篮板球、六次助攻、五个盖帽。哨声响起，两支球队跑到中场相会，姚明握住河升镇的手，拍了拍他的肩膀说道："NBA见。"

第二天早上，姚明乘坐第一个航班离开哈尔滨。他坐在头等舱的中部，头上戴着耳机。首先鱼贯而过的是穿着深黑色羊毛运动装的印度队，然后是穿着三色运动衫的菲律宾队。最后登机的是伊朗队，达仁哈萨里的头在机舱顶蹭了一下。每个运动员从姚明身边经过的时候，都对着他点头微笑。整个航程期间，差不多所有的中国旅客都拿着机票要到了姚明的签名。三天后，姚明将前往美国。那个月的晚些时候，他将接受可口可乐公司的道歉，并就诉讼案达成庭外和解。

我坐在姚明的后排，边上是一个四十多岁的胖子，名叫张国军。他专门飞到哈尔滨观看比赛，那张转手票花了他两千多块。张国军对自己的财富颇为得意——他给我看了他使用的手机，中国联通号码，内置数码相机。张国军告诉我，他在内蒙古修路。他在头枕上勾画着地图："这是俄罗斯。这是外蒙古。这是内蒙古。这是"——他指着的不知是什么地方——"我的家。"

我们谈起了篮球。"姚明在我们的心目中很重要，"张国军庄严地说道。"他去了美国，又回到了中国。"飞到半途的时候，这个人举起手机，仔细对焦，拍下了姚明的后脑勺。

主　队

　　2008 年奥运会开幕式的前一夜，魏子淇跟另外两个邻居一道在当地设起了路障。路障是一条横跨道路的绳子，村民们还带来两块木板，用中英文写上了"停"和"Stop"。两位村民穿着蓝白条的圆领套头汗衫，胸部印着"Beijing 2008"字样。他们的村子三岔离首都只有九十分钟车程，在此万里长城向华北平原的两端蜿蜒伸展。路障边还有一张纸，上面用英文写着："请支持我们保护万里长城。本段长城不对外开放。"

　　根据北京奥林匹克运动会组织委员会（BOCOG）的说法，该地区一共活跃着一百七十万名志愿者。最容易找到志愿者的地方莫过于奥运项目举办场所和机场、城区的十字路口，这些地点的志愿者由会讲英语的大学生担任。城区的志愿者们身着奥运会官方合作伙伴阿迪达斯提供的服装，该公司提供灰色的裤子、全新的跑鞋和天蓝色 T 恤衫，全都由一种叫做 ClimaLite 的高科技材料制作而成。不过，在农村见不到 ClimaLite 和企业赞助。这是丈量差距的一种方式——首都以北，发展的势头逐渐弱化，志愿者们的行头也随着越显破败。ClimaLite 被廉价棉取代，运动鞋不再是标准配置，阿迪达斯商标更是难觅踪影。很多农民只戴了一个红袖章，他们得把那件新衬衫省下来，用到比奥运会更为重要的场合。

不过，农村地区的志愿者们也十分勤快。三岔的人口不到两百，但全村挑选了三十位村民到路障二十四小时轮流值守。那天下午的早些时候，魏子淇开车载着我回到村子，一路上经过了另外两个检查站。我们还经过了一处快要风化成齑粉的明长城瞭望塔，一个孤独的哨兵守在这里，手臂上戴着绿色的袖章，上面写着"长城保洁员"。在距离村子十公里远的渤海镇，我去派出所进行了登记。奥运会期间，政府禁止外国人在这里的乡下过夜，不过我是个例外，因为我自 2001 年起就在村子里租了一套房子。"别去爬长城就行，"警察这样告诫我。他说大型的旅游景点已经全部开放，但其余地区一律不得入内。他的办公桌上堆着一摞警察手册，名叫《恐怖预防手册》。就在闲聊的时候，我随手翻到一个章节："如果卡拉 OK 歌厅遇到恐怖袭击怎么办？"

对中国来说，2008 年是自 1989 年以来最为多事的一年。3 月西藏发生骚乱。海外的民运人士干扰奥运火炬的传递活动，引发国内爱国主义者们的强烈反弹。5 月，四川发生特大地震，导致六万多人丧生。最近，新疆的武警又遭到严重袭击。一系列事件加剧了奥运年的紧张气氛，不过我不太明白，长城怎么会引起大家的担心。"他们担心外国人，这些人可能想鼓吹西藏独立，"魏子淇告诉我。"他们不允许外国人拿着标语或其他东西上长城。"

原来是担心拍照——担心有人在中国最为独特的建筑物上打出政治标语并拍照留念。政府还担心外国人到偏远地方攀爬长城，万一受伤就成了媒体上的负面消息。为此，政府在当地动员了五千多人，当然，中国农村有的是劳动力。这些志愿者都有报酬。这是农村和城市的第二个区别，因为城市里的爱国学生愿意把自己的时间奉献给祖国的奥运工作。农民们对此的态度实际得多；除了免费的 T 恤，农村的志愿者每个月还能拿到五百元钱。在人均年收入只有八千来块的三岔村，这是一大笔钱。

不过，魏子淇并不觉得奥运会代表了意外之财。他和他老婆是村里少有的经营户，开着一家小餐馆和几间客房，目前他们失去了从城里开车到乡下度周末的消费者。自 7 月 20 日以来，政府开始限制轿车的使用，目的在于改善首都为人所诟病的空气污染问题。这一制度通过号牌加以实施：尾号为单号的车辆只能单日出行，尾号为双号的车辆只限双日上路。这极为有效地限制了隔夜出行——如果有人开车来村子并停留超过当日午夜，他就得在这里多待二十四个小时。

我从来没听见魏子淇对奥运会有过任何抱怨，他也没对据认为会对长城形成威胁的抗议分子表现出任何恨意。但对北京的中层或上层居民而言，他们的反应要有感情得多——他们对于奥运会的举办颇感自豪，很多中国人对于破坏火炬传递的行为深感厌恶。不过，农村人深知自己能够掌控的十分有限，尽管这会对村子带来一定的影响。三岔村没有一个成年人计划观看奥运会。我问魏子淇和他的家人是否愿意陪我去看几场比赛，他这样回答道："我不想去。"

"为什么不？"

"我们不能去城里，"他回答道。"他们现在不希望很多人拥到那里去。"

我让他放心，持票观赛的人都会受到欢迎。

"没有必要，"他说道。"我们可以看电视。"

开幕式的前一夜，我跟他和其他几个村民看守路障。魏子淇的值守时间是晚九点至次日清晨六点。一共只过了两辆车，全都是本地村民。之后，两辆车都掉头朝着进城的方向开走了，因为号牌是单号。简直就像是"灰姑娘"——午夜钟声一旦敲响，谁都不愿意还在路上奔忙。

在路障值守的另一位志愿者名叫高永福。"布什总统刚刚到了，"他一边捣鼓着小收音机一边大声说道。"他已经到北京了。普京也到了。"他继续说道："一家美国公司获得了奥运电视转播权。全世界的转播权哦！就算中国想转播，也得找这家美国公司。"

第三位志愿者是一位名叫薛金莲的女子，她觉得这样的做法很不妥。"中国转播什么它怎么管得了，"她说道。

"对，人家肯定管得了。"

"我觉得不行。这是在中国！"薛金莲沉默了一会儿。"中国人天生聪明，"她终于又说道。"问题是没有钱。你看人家美国，很多顶尖的科学家都是中国人。我们这里聪明人不少，可如果钱不够，人家终究要走的。"

村民们的闲聊似乎戛然转了方向，颇像老鹰遇到了看不见的气流，不过他们终究会回到某些话题上来：食物、天气、金钱。高永福跟我们说起了天气——云层很厚，但他说政府不允许明天晚上有雨。"他们可以让其他地方下雨，"他说道。"我不知道他们是怎么做到的，反正是高科技。"

眼看临近午夜，他们还在说天气的事儿，于是我起身回屋子睡了。后来，我听说8月8日凌晨两点钟左右，有第一辆车驶过了路障。车牌尾号是"2"——驾车的北京市民决意要最大限度地利用这二十四小时。同一天，政府向天空中发射了碘化银弹，以保证开幕式期间绝不下雨。凌晨五点，我因为时差醒了过来，又回到了路障。路障边上，魏子淇正坐在自己的车里呼呼大睡，晨光洒在了军都山上，如此宁静的场景，实在看不出有什么东西会让那一天不同寻常。

那个星期的早些时候，我乘坐美国联合航空公司889号航班从旧金山飞到了北京。该航空公司是美国奥运代表队的赞助商，旧金山的登机闸门已经有了赛前氛围：大家在出发线前挤作一团，随即自然而然地分散成各个小组。美国女子垒球队来了，花样游泳队也来了。美国场地自行车选手集中在了可以俯瞰停机坪的窗子边上。两位伯利兹选手穿着相同的黑绿相间运动服。委内瑞拉国家奥林匹克委员会的委员是一位老者，打着蝴蝶领结，拄着一根拐杖。电视台的人很容易辨认出来——个子高大的金发女子皮肤光洁，手里拿着黑莓手机。著名的体育节目解说员吉姆·格雷将为全美广播公司全程主持奥运节目，此时正在航站楼里来回地踱步，避免跟任何认出他的人进行眼神交流。

一旦登机，团队立马土崩瓦解。电视工作者们跟着委内瑞拉奥委会委员一同消失在头等舱和商务舱。坐在经济舱里的两位伯利兹运动员一言不发。美国运动员绝大多数乘坐的是豪华经济舱。垒球队坐左侧，自行车队和花样游泳队坐右侧；如果这不算是压舱石，至少也很类似。"联合航空公司的全体工作人员欢迎所有运动员登机，"飞机一起飞，机上广播就传来了飞行员的声音。过了一会儿，他又说了一遍。"我在此转达女子垒球队的意思，"他说道。"她们想说的是：'祝所有穿着紧身衣的男同胞们好运！'"

自行车队没有任何反应。他们穿着白色压缩式贴身紧身衣，外面套着T恤和热身服，每过一会儿便有人站起身来，到过道上踱几步或者伸伸腿。889航班成了他们的室内自行车赛场：走到卫生间，在舱门处掉头，低头从垒球队边上走过，再折回伯利兹队座位处。就在这一来一回走动中，迈克尔·弗里德曼与我迎头相遇，他计划参加两星期之后的男子场地自行车赛。他是一个友善的人，二十五岁，蓄着棕红色头发，胸部粗壮。"这样可以防止淤血，"当我问起压缩式紧身衣和来回踱步时，他这样解释道。"我们不可以坐得太久。"

飞机飞行了十三个小时，我们在北京机场的第三航站楼受到了身着ClimaLite的志愿者们的欢迎。同时还有美联航的代表向所有的美国运动员分发信息单。除了其他事项，信息单就奥运志愿服务进行了专门提醒：

> 我们希望大家不要与各自的代表队或本航空公司工作人
> 员走散，因为我们发现，北京奥运会的部分（身着蓝色
> 制服的）志愿者有心帮忙，但却带着部分运动员走
> 散了。

其他的要点性提示略带不祥的语气：

> 请注意：边检人员通常会在不做任何解释的情况下拿走
> 你的护照和奥运会身份与注册卡。

　　运动员们默不作声，全都聚成一堆，活像暴风雨来临前待在空旷地带的牛群。四位自行车运动员戴着口罩，鼻子和嘴巴都被遮了起来，仿佛穿了一副盔甲。迈克尔·弗里德曼说，口罩是运动队发放的，主要是考虑到北京的空气污染太严重。"有人说我们应该戴口罩，"他说道。他看起来有些局促不安；其他运动队没有一个人戴口罩。不过，他们也没穿压缩式紧身衣。"我想，没有必要冒风险吧，"弗里德曼一边耸肩，一边对我说道。

　　自行车运动员们通过行李检查和海关的时候仍旧戴着口罩。电视工作者们早就守在出口处，他们这番模样一出现就引起了短暂的骚动。不到一天，这帮运动员就通过美国奥林匹克委员会发表了致歉信。致歉信上写着："我们并不想侮

辱北京奥组委，以及众多竭尽全力改善北京空气质量的其他人士。"我来到三岔村值守路障的那一天，致歉信登上了《中国日报》的头版头条：

京城传递火炬，市民热情高涨

普京盛赞奥运准备工作

美国自行车选手就戴口罩行为作出道歉

　　开幕式后举行的第一项比赛是公路自行车男子组的比赛，这也是少有的不要入场券的比赛项目。比赛的起点设在城区，蜿蜒向北出城后，一路向长城进发。雍和宫门前的整条街道和人行道之间设置了金属路障。工作人员穿着ClimaLite，相互间隔十余米。还有T恤上印着"首都公共秩序维护者"的本地志愿者。围观的人群里充斥着便衣警察。在中国，便衣的外貌特征非常明显：三四十岁的魁梧男子，穿着纽扣式衬衣、黑色裤子和廉价皮鞋。他们几乎清一色留平头。他们以小组为单位溜达，盯着固定的目标。为了敷衍了事的掩饰作用，比赛围观人群中的便衣警察也分到了小国旗，只是他们不像其他人那样使劲挥舞。他们拿着国旗的手靠近臀部，仿佛握着武器随时准备射击。

　　有两个人在人行道上下着象棋。他们围着一块木板相对坐在小凳子上，对越来越多的围观人群毫不在意。两位棋手即便注意到了便衣也没有表露出任何神情——对此，北京的居民们早就习惯了从容面对。这里是棋手的地盘：上有大槐树，后有八达岭皮鞋店。其中一位棋手张永林是这家店铺的老板。他的对手是一位退休的汽车机械师，名叫张有志。两位棋手并不沾亲，当地人称他们小张和老张。自行车赛开赛前四十分钟，一位志愿者要他们赶快搬走。

"等我们下完这一盘，"老张说道。

他手里有一把印着黄色题字的扇子，他握着扇子打着手势，轻轻一挥表示这盘棋很快就要下完。这位志愿者的等级不高——没穿 ClimaLite——只是耸耸肩便走开了。几分钟后，北京奥运会的正规志愿者走了过来。"你们要搬走，"他说道。"这里要举行自行车比赛。"

"我们知道，"老张说道。"这一盘马上就下完。"

这一次挥动的扇子更带有藐视。年轻的志愿者似乎并不愿意招惹这样的老人，于是棋赛继续进行。至此，棋盘周围聚拢了七个人，其中一个人告诉我，老张是附近一带下得最好的棋手。在中国，象棋也是一个体育项目：跟中国自行车运动协会和中国篮球协会一样，中国象棋协会受中华全国体育总会的领导和管理。中华全国体育总会还管理桥牌、围棋、飞镖和中国拔河协会。也许这样的体育运动观含混不清，但有助于人们把体育总会想象成广义的竞技性娱乐活动的组织单位。在这个伞状组织的领导之下，有些协会存在的目的主要就是到奥运会上跟外国人较量。所以，中国人在某些非普及项目上的成绩出类拔萃，并于 2008 年在普通民众很少接触的项目上取得了那么多块金牌：射箭（一块金牌）、帆船（一块金牌）、射击（五块金牌）、举重（八块金牌）。他们在皮划艇项目得到一块金牌，对于中国人这种水上运输方式如同美洲印第安人使用的战斧。这是官僚体制的胜利，谁都不必大惊小怪。如果一个国家能够在天安门广场至长城脚下的范围内组织起一百七十万名志愿者，并根据其阶层和身份的细微差异用服饰加以区分，那么他们肯定能挑选出一名女子，并培养她夺得 RS：X 级的帆船帆板冠军。（她名叫殷剑。）

不过，跟官僚体制一样，象棋在中国的出现远早于奖牌举足轻重的时代。中国象棋确实有体育运动的感觉，观棋同样如此。这项运动甚至有固定的角色定位。一般至少有一位观棋者，每走一步他都要给出建议。另一位观棋者则会等着这一步走出后再下评论。这对观棋者而言是一种双人比赛——教练员和评论员——这样的双人比赛有时甚至能让两位棋手诉诸武力。不过，即便有武力，也直冲着棋盘而去。雍和宫前，老张和小张每走一步，都要把木质棋子砸得啪啪直响。

啪！

"我就喂你的马吧！"

啪！

"我要突围！突围！"

"对，对！这一步走得很对！"

啪！

"我让你捡个便宜!"

离自行车项目开赛还有二十四分钟,在三拨人先后吩咐两位棋手收手之后,小张终于举手认输。他耍起了北京范儿:把棋子狠狠地扔到地上,然后大声说道:"老张耍赖!"不过,他们随即又开始了第二盘。至此,已经有了十五名观棋者,其中包括四名身着制服的治安志愿者。间或,一个手拿国旗贴近臀部的便衣踱过身来围观上三五分钟。

老张下棋的时候,使用扇子的模样活像一位大师。他收拢扇子陷入沉思,每走一步便会得意地展开扇子。下至尾盘,眼看自己大势已去,他手中的扇子仿佛发怒似的不停扇动;不过,老人依旧一言不发。终于,他微笑着认输了。剩下不到十分钟的时候,他们终于撤掉了棋盘。

这时,人群朝着路障拥了过去,大街上已经空了好长时间。"来了!"不知是谁喊了一声。

"来的是轿车!"

"全是大众,"另一个人仔细辨认着。走在前头的,是车窗贴膜的黑色大众轿车。后面跟着驶来一辆警用摩托和一辆警用轿车,其后是一辆大卡车,上面的巨大平台可以像机关枪一样随意转动。

"那是电视摄像机!"

领头的两位自行车手呼啸而过,一位是智利人,另一位是玻利维亚人。半分钟之后,车手群一闪而过,围观的人群甚至来不及反应。没有人知道走在前面的是哪国运动员;运动服上没有汉字;车手们的脸模糊不清。刹那间,围观的人群出奇地安静，随后，大家看见一长串保障车开了过来，不禁欢呼雀跃。

"顶上怎么放着自行车?"

"用来维修呗。"

"每一辆车都插着旗帜——你看!"

"那不是大众。"

"我觉得是斯柯达。"

"绝对是斯柯达。"

"还有救护车呢!"

大家对走在最后的救护车行了好一阵注目礼。一连数分钟，大街上空无一物，随即仿佛开始了另一场比赛。打头的是一辆破旧的人力脚踏车，拉着一大捆碎木片。一辆普通自行车紧随其后，再其后是一辆本田出租车。然后是一辆拉着桶装水的大卡车。一连串单数号牌：1、7、5、9。围观的人群散开；志愿者们拆除路障；老张迈开脚步去吃午饭。"还不错，"他说的是自行车赛。之前，他向我展示了扇子上印着的题字，那是一首名为"莫生气"的诗歌。

"它提醒我，下棋要保持心态平和，"他说道。诗句的开篇这样写道：

人生就像一场戏，因为有缘才相聚；
相扶到老不容易，是否更该去珍惜。

当我告诉魏嘉我有多余的击剑比赛门票时，他问我是哪一类击剑。十一岁的魏嘉是魏子淇的儿子，是三岔村土生土长的农村人。"有佩剑、重剑和花剑，"他十分内行地说道。"不同的剑有不同的规格和形状。"

跟全北京市的中小学生一样，魏嘉也领到了一本《小学生奥林匹克知识读本》的课本。课本一开始讲的是奥林匹亚（"草绿花香"），接着是希腊人裸体摔跤的漫画场景，一直到巴伦·顾拜旦。其中一章专述芬兰长跑选手帕沃·鲁米；另一章则讲述约翰·阿赫瓦里，这位坦桑尼亚的马拉松运动员在 1968 年因为最后一个跑完全程而显现出伟大的体育风范。关于中国著名的跨栏跑选手刘翔的那一章不禁令你希望本书的发行会给他带来好运：

> 刘翔身体健康，在训练和比赛的过程中很少受伤，这一点对运动员来说很不容易。

魏嘉的父亲接受了我请他们观看比赛的提议，儿子感兴趣是原因之一。我们观看的第一场比赛是赛艇，魏子淇在比赛的头一晚给我打电话探讨了雨衣的问题。"他们会不会免费发放？"他问道。

"我想不会吧，"我回答道。"人家为什么要免费发放？"

"我在电视上见过，"他说道。"看台上的每一个人都披着同样颜色的雨衣。"

尽管看了几个小时的电视报道，我还是错过了这一细节。我说也许哪里都可以买到雨衣，但魏子淇更敏锐。"不能打雨伞，对吧？"

这倒是真的，因为安全的原因。

"那么，既然不让大家打伞，"他说道。"也许他们会发放雨衣。"

我不太明白其中的逻辑，但我们第二天在北京城外三十来公里的顺义奥林匹克水上公园经过安检之后，碰上的第一件事情就是一位女子正在派发廉价的塑料雨披。每场比赛都会这样——组织者对自己的观众了若指掌。中国人对免费赠品情有独钟，随时有志愿者免费发放各种物品：塑料旗、廉价的硬纸板望远镜、印有麦当劳图案的扇子。他们也分发小册子，讲解各个项目的比赛规则和观赛礼仪。（观看排球赛："提倡在比赛的适当时间鼓掌。不许发出嘘声和倒彩声。"）特许商品的价格便宜得出奇。中国人喜欢干吃的方便面只卖两元钱。一听冰冻啤酒五元。上午十点钟的时候来到击剑馆，花三十元能买到半打百威啤酒。不过，没有一个中国人购买啤酒。中国人很少花时间观看比赛，也没有在球场喝啤酒的习惯。购买啤酒的似乎多为外国人。

中国人看得很专注。他们一改大街上的松懈和拖沓，毕竟都花钱买了票，而且知道这样的机会不可多得。大家在比赛的开始阶段往往沉默不语，仿佛在紧张不安地琢磨运动员的每一个动作；随即，尤其如果出场的是中国运动员，他们会高声尖叫。在男子佩剑的预赛阶段，比赛开始了一个小时，在我和魏嘉前三排的地方有人打了一架。一场戏中戏啊：作为背景的赛场上，巴西选手伦佐·阿格里斯塔正在对着意大利选手路易吉·塔朗迪诺狂劈猛砍，两个中国人站起来互朝对方大打出手。他们看起来都是中产阶级，其中一位还带着孩子。在中国，公共场所发生纷争司空见惯，而且往往伴有不知所云的破口大骂。但击剑馆发生的这一场斗殴没有序曲，也没有重唱，只相互对打了十来秒钟。等到ClimaLite出现的时候，两个人一言不发，志愿者根本不知道发生了什么事情。那两个人坐在那里，因为怕被赶出去而沉默不语。我从邻座那里知道，两个人的争端是因为视线问题。

坐我边上的女子名叫王萌，是个农学研究生。她的门票是一个朋友一年前在网上购买的。门票的票面价值是三十元；我问她愿不愿意以两千元的价格把票卖掉，她摇了摇头。"观看奥运会的机会只有这一次，"她说道。前半个小时她几乎都在和邻座耳语，试图弄清楚击剑手的头盔发亮究竟是什么意思。

我以往一直不喜欢在中国参加体育活动，因为民族主义有时显得非常狭隘。很少有人关心运动本身；胜负才是关键，运动过程中很少能体会到乐趣。但奥运会让我有了完全不同的认识。魏嘉的妈妈曹春梅说的都是比赛项目带给她的种种感受。"很平和，"这是双人跳水项目给她的感觉，而摔跤项目让她紧张不已。她觉得"鸟巢"，也就是北京国家体育场很"乱"。"就应该是这样，"她说道。"真正的鸟巢也是这么乱。"她最喜欢的还是国家游泳中心，也就是"水立方"。我告诉她，水立方整齐划一的外墙装饰酷似水泡，她并不赞同："没有那么大的水泡。"她之所以喜欢，是因为这儿给她一种很清爽的感觉。

崭新的顺义水上公园开始也让她感到非常紧张，因为她既不会游泳，也不喜欢坐船。（我问魏子淇会不会游泳，他回答说："一点点。"）突然下了一会儿小雨，一家人穿着免费的雨披坐在那里显得特别高兴。乡下人出门喜欢一身轻——魏家人进城什么东西都没带，就连计划住在城里陪我多看几个项目的魏嘉也两手空空。观看完比赛，我们跟他的父母亲分手后坐上了出租车。我让驾驶员推荐一下顺义的餐馆。

"金百万不错啊，"他说道。顺义离北京三十来公里，在中国迅猛发展的特大城市周边，这样的小城市比比皆是。顺义的居民从前是农民，现在正告别农民身份，即将获得别的身份。当地官员对于主办赛艇、独木舟和皮划艇等奥运项目感到十分自豪。满大街都拉着标语，上面写着"文明顺义/奥运顺义"等词句。位于市中心的金百万餐馆在入口处镶嵌着玻璃，摆放着四百九十三瓶马谛氏尊者苏格兰威士忌。餐馆中央有一只巨大的水箱，里面养着十多条鲨鱼、两条甲鱼，还有一位穿得像美人鱼的女子。除了一条长长的鱼鳍，这个女子还穿着比基尼上衣，戴着面罩和鼻夹。边上的标语写着："首都顶级美人鱼秀！"水箱呈圆形，那个女子跟着鲨鱼和甲鱼不停地游动转圈。跟魏嘉一起出门的好处，是他总能够提出我想问而不敢问的各种问题。

"那个女的在水里做什么？"服务员走过来的时候，魏嘉十分关切地问道。

"她在表演啊，"服务员回答道。

"鲨鱼怎么不咬她？"

"因为它们吃饱了，"她微笑着很有把握地说道。"你只要把它们喂饱了，它们就不会咬人。"

魏子淇后来告诉我，我跟魏嘉在水上公园坐上出租车之后，我们身后的出租车拒绝他们两口子上车。当时的出租车排了一长溜，但驾驶员们早就被要求，只能拉外国人：中国观众只能等着坐公共汽车。魏子淇跟我讲的时候只是笑了笑，他并没有把这当回事儿。

2001 年 2 月，北京正在申请奥运会主办资格，我跟随国际奥委会考察团对首都进行了最后一次巡察。整整三个小时，我们的车队穿城而过，对可能修建奥运场馆的地方进行了考察，每到一处，交通信号灯犹如神助一般变成了绿色。（中国人在前一天已经演示过，所有交通信号灯都可以在该市的交通控制中心实现远程控制。）考察线路两侧成百栋房屋的立面刚刚被涂成了鲜艳的颜色。根据政府的统计数据，工人们的粉刷面积达到二千六百万平方米，相当于把半个曼哈顿粉刷了一遍。

即便是异议分子在那个时候也支持申奥，以期待奥运会带来政治变革。据报道，国际奥委会在做出决定的时候考虑过这种可能性；国际奥委会多名委员认为，1988 年的汉城奥运会推动了韩国的改革步伐。"他们的政府究竟会怎么做?"曾经担任国际奥委会顾问的一个美国人在2001年时这样问我。北京市副市长刘敬民告诉我,主办方曾经考虑过,但最终放弃了"伟大长城,伟大奥运"这样的口号。七年后的事实清楚地表明,中国政府也能举办奥运会。考虑到现在安排了五千多位农民防止外国人登上长城,当时关于那句口号的决定似乎也是非常明智的。

自邓小平上台以来,中国逐渐接受了外部世界,不过仍然存在害怕和担心。奥运会无疑有助于增加开放程度,但举办体育比赛并不会开启任何政治变革,正如它无法改变大多数人的基本观念。很久以前,中国人便已经学会从容冷静地面对重大事件,所以他们才能在"文革"时代幸免于难,并熬过四川大地震这样的自然灾害。这种顽强的精神在各个比赛项目中都得到了体现,尽管你得首先弄明白究竟往哪里去看。在安之若素的跳水选手身上,在坚毅顽强的举重选手身上,在步调一致的体操选手身上,你都可以发现这样的精神。中国运动员大多来自偏远的农村地区,从小就被录取到体育运动学校。三岔村足够繁荣,不会再有这样的事情发生——在他们的记忆中没有一个孩子就读过体育运动学校,魏子淇告诉我,他也不会让自己的儿子走这条路。不过,其他地方没有选择的余地,父母对于自己的孩子能够进入体系完善的体育运动机构已经心满意足。

农民们至少以间接的方式在体育设施上留下了自己的印迹。我重读北京奥组委在申奥期间发放的宣传资料时才发现,场馆的规划方案与实际建成效果相比显得非常普通。这与申奥城市的一般情形相反——奥运会申办城市在做出承诺的时候往往说得天花乱坠。中国政府在 2001 年宣布，将建设六条总长为一百四十公里的地铁线路，后来实际修建了八条总长为二百公里的地铁线路。比赛场馆的规划方案看起来矮小平淡，富于实用。既没有鸟巢，也没有水立方，没有一点有特色的东西。但自此以后，农村人不断地拥进城市，他们不光刺激经济，还为修建各种综合性场馆提供了大量的劳动力——可不是刷刷油漆而已。在一定意义上，中国已经发展到了适合举办奥运会的绝佳时期：劳动力依然廉价，政治责任依然微不足道，不断崛起的中产和上层人士愿意观看比赛并以此为荣。这些人对于奥运会的反应才最为热烈——主要是年轻人和富裕群体。坐上看台，你很容易就会忽略，大多数中国人还是来自农村。

观看比赛的时候，我喜欢到场馆的偏僻角落闲逛。最次的位置一般作为赠品：在男子佩剑比赛时，最偏僻的区域坐着一百五十位北京市的林业职工，他们手拿充气棒，露出略显迷茫的眼神。在古典式摔跤的预赛现场，坐着一群来自昌平的中小学生。他们的老师站起身来大声提醒：参赛者的父亲就坐在他们的身后！

那个人坐在最后一排。他名叫常艾美（音译），五十二岁的他看上去比实际年龄至少大了十岁。他皮肤黝黑，被太阳晃得眯缝着眼睛，随身带着农民常用的白色毛巾。他的大腿上堆放着那一天领到的免费物品：一面中国国旗、一面印着奥运吉祥物的小旗、一本英文的观赛手册。他还拿着一本小册子，指导大家如何观看古典式摔跤："当摔跤手表现出高超技艺，或者得到高分时，观众应当热烈鼓掌。"

常艾美的儿子名叫常永祥，之前刚刚击败了雄霸跤坛的保加利亚籍世界冠军。常艾美正在给自己的妻子打电话，跟众多的农村人一样，他一拿起手机就扯开了大嗓门。"老大刚刚比完！"他大声说道。"赢了！什么？我说他赢了！"

此后一小时，他的电话铃声不时响起：家乡的亲戚、朋友和记者。常艾美住在汉霸，这是河北省一个不到三千人的小村子。他们在自己那四亩多的土地上种植小麦和玉米，年收入只有四千多元。1980 年代，常艾美的一个侄子被选中参加摔跤比赛，最终成了全国冠军。之后，常艾美相信，自己天生一副大块头的儿子也应该有机会。十三岁时，他的儿子离开家乡，进入了县体育运动学校。他现在参加的是七十四公斤组别的摔跤比赛。我问常艾美怎么坐在了最后一排。

"教练不想让他知道我来这里看比赛，"他说道。"他们不想让他受到任何干扰，所以让我坐在最后面。"

他这是第二次观看儿子的摔跤比赛。观看奥运会完全出乎他的意料；三天前，当地的干部告诉他，他们有几张票，他可以拿到一张。其他的票分给了村党支部书记和县体育局局长，两个人都拿到了前面的好位置。常艾美的女儿在体育馆的外面等着；她没有拿到票。

手机又响了。"一个美国记者正在采访我！"他高声说道。"现在！美国人！"

两年前，他的儿子在科罗拉多州斯普林斯参加过摔跤比赛。"他说你们美国人很好，"常艾美告诉我。"他还说你们那里很干净。"

当时正值上午，运动员们按部就班地进行着比赛。中国摔跤选手在奥运会上只拿过铜牌；没有一个人闯进过决赛。常永祥那天早上参加第二轮比赛的时候，击败秘鲁选手取得了半决赛资格。当轮到他进行下一轮比赛的时候，我来到了看台的最边上。他的父亲还一个人坐在那里。

常永祥将对阵名叫奥列格·米哈洛维奇的白俄罗斯选手。整整一个上午，观众们的呼声越来越高，现在他们终于齐声呼喊："中国队，加油！中国队，加油！中国队，加油！"几乎与此同时，白俄罗斯人把常永祥摔出圈外获得四分，由此赢了第一局。但随后常永祥似乎精神大振。他体格强健，大腿粗壮，方形下巴。他黑发林立，每完成一次抱摔都像野牛一般猛甩头发。第二局，他扳平比分，全体观众站了起来。来自昌平的中小学生高声喊叫，使劲拍打着充气棒。

他们身后的常艾美仍旧坐着。他跷着二郎腿，仿佛经过一天的劳动正在藉此放松，那一堆物品依旧整齐地码放在大腿上：毛巾、旗帜、小册子。自比赛开始以来，他没有挪动过半块肌肉。他的视线集中在远处的垫子上，一句话也不说。但我听见了他的呼吸声——平稳、平稳、平稳。第三局，白俄罗斯人率先得分。深呼吸，深呼吸。比赛继续，常永祥被压倒在身下；他挣脱出来，得了一分。吸气——差不多是倒抽一口凉气。又得一分，比赛结束，裁判举起了常永祥的手臂。

　　之后，常永祥输给格鲁吉亚人，拿到了银牌。不过，他在半决赛那天骄傲地离场，因为他是中国古典摔跤史上成绩最好的选手。人群中一片欢腾——中国队，加油！中国队，加油！看台的顶端，常艾美安全地躲在众人的视线之外，依旧表情轻松。他一言不发，直到掏出手机。"喂！"他大声说道。"他刚刚又赢了！"

汽车城

　　每天，这几个美国人都要前往位于芜湖的汽车生产厂。一共有二十个：工程师、公司经理、市场专家、技术顾问。一个律师。汽车生产商名叫奇瑞，是过去两年里蓬勃发展起来的一家新公司。多数在上午，美国工程师们都要到奇瑞组装厂外面的一条小路上试驾原型车。试车道上有中文提示；工程师们讲的是底特律英语。

　　"我打六分。"

　　凹凸路

　　"注意离合器接合。"

　　制动检测

　　"你还记得那辆林肯凡尔赛吗？"

　　"当然记得。"

　　"那辆车真让人汗颜。"

　　请保持车距 40 米

　　"我只给林肯大侯爵的怠速打过九分。"

　　毛石路

"你要调头吗？要调头的话，提醒我一下。"

美国人的领队是马尔科姆·布里克林，他之前建立了一家名为"幻想汽车"的公司，并以此与奇瑞展开合作。当我在芜湖见到他的时候，他握着我的手，说他们即将成为第一家向美国引进中国制造汽车的公司。他说："我们正在创造历史，我要把它拍成电影。"他的儿子担任录音师。乔纳森·布里克林二十多岁，父亲走到哪里，他就拿着录音机跟到哪里。

马尔科姆·布里克林六十六岁，一辈子的大多数时间都在汽车生产领域寻求突破。1960年代晚期，他把斯巴鲁汽车介绍给美国消费者，为此小赚了一笔。1970年代初，他把赚到的钱悉数投入，在加拿大新布伦斯维克建了一家汽车制造厂。他委托设计了一款前卫的翼型门跑车，并以自己的名字命名，没过多久就亏得血本无归。

1980年代，布里克林把雨果轿车从大西洋对岸搬到美国。之后没多久他便宣布个人破产。后来，他又在加利福尼亚尝试生产电动自行车，但美国人对自行车的爱好远远不及小轿车。

2002年，他开始寻求重返汽车制造业之路。他知道，还是要先找国外的汽车制造厂，再把汽车出口到美国。他寻访过英国、塞尔维亚、罗马尼亚、波兰和印度。来到芜湖之后，他终于停下了脚步。

这是"幻想汽车"的第二次中国之旅，他们下榻在国信大酒店。每天早上，他们都会在行政酒廊用早餐，马尔科姆·布里克林开始大谈他的过去和未来。他个子很高，头发花白，一双蓝灰眼睛显得炯炯有神，嗓音低沉而柔和。他从不会安安静静地坐着。他说自己一来芜湖就碰上了这家非常完美的汽车制造厂。跟他一起吃早餐的，通常有"幻想汽车"执行副董事长托尼·西米内拉，以及公司的律师罗纳德·E·沃尼克。沃尼克是布里克林的老朋友，他的专长是破产法。他远在亚利桑那的车库里还停着一辆型号为布里克林 SV－1 的双翼门车。

"人们谈论雨果汽车的时候，总把它当成彻头彻尾的失败者，"布里克林说。"托尼当时的工作就是在全世界寻找最便宜的汽车。当时的南斯拉夫还是一个共产主义国家——但是对西方很友好。我们找到一款已经投产十五年、但从不需要满足各项规定的汽车。这就是菲亚特 128。"

托尼·西米内拉接过话头："一箱箱的卫生纸，还有传真机墨粉。我们都得自己带。为了把车子开起来，我们还得自带无铅汽油。"

布里克林说："亨利·基辛格担任我们的顾问。托尼在十四个月里进行了五百二十八处改动，只用了十四个月，我们就把车子交到了经销商的手上。"

托尼说："我们就在他们的工厂边上建了一间厂房，调整刚下线的每一辆汽车。这款车在美国卖得很快，经销商每辆车加价三千美元，卖到了三千九百美元。"

布里克林说："通用汽车公司把土星汽车提高到价格更昂贵的细分市场，完全是因为雨果的缘故。质量越来越好。

我们卖出了很多辆，也得到了很多赞扬。三年后，我卖掉了自己的股份。随即，战争开始了。现在，大家都说雨果汽车很失败。"

跟芜湖的其他事物一样，国信大酒店里的一切都是新的。行政酒廊的书架上摆放着很多书籍，完全可以让一个人白手起家。一共有十二本中文版的《哈佛营销管理》、十本《哈佛商学院 MBA 管理百科全书》。

布里克林说："我们不是要引进廉价的中国汽车。我们引进的汽车物有所值，价格低廉。两万美元的汽车我们只卖一万四；三万的我们只卖两万。我们现在谈论的，是百分之三十的市场份额。"他略显不安地眨了眨眼睛，随即变换了话题。"我发觉跟日本很像，"他说道。"1968 年是他们的转折点，人们对日本产品的看法从廉价变成了高质量。"他继续说道："日本人花了二十年才做到的事情，中国人只要五年就能完成。"

在布里克林一行抵达芜湖前的好几天，我开着车从北京赶了过来。这趟旅程接近一千三百公里；我租了一辆中国制造的大众捷达轿车，不慌不忙一路走来。我既经过了孔子的故里，也与南皮石金刚、沧州铁狮子、金牛苜蓿园擦肩而过。我还经过了东光铁菩萨和吴桥杂技之乡。一路上都能看见地方名产的大幅广告。金乡县的农村地区竖立着一大块告示牌，上面用英语写着："中国大蒜数金乡。"

高速公路的路况好得出奇——四车道、精心打理的隔离带、出口标示清晰明了。有些路段刚刚修好，在我的地图上依然保持着虚线状态。中国的高速公路总里程在过去四年间翻了一番，交通部最近举行新闻发布会，计划再建三万公里的高速公路。当问及新建道路的目的时，交通部长张春贤提到了美国国务卿康多莉扎·赖斯头一年对中国的访问经过。很显然，赖斯跟中国的官员说过自己带着一家人在夏季度假时的美好回忆。"她说那几次度假加深了她对美国的热爱，"张春贤解释道。"修建高速公路可以刺激汽车产业，但这只是其中的很小一部分。"

去芜湖的路上，我开着车从很多崭新的告示牌边一驶而过；这些告示牌犹如拔掉插头的电视机，上面什么东西也没有，正等着广告商们琢磨，什么样的消费者总有一天会从这条路上开车经过。近年，越来越多的城里人买了汽车，但他们很少做长途旅行，一是因为收费高，二是因为驾驶员还欠缺经验。路上的多是货运大卡车。这是中国高速公路的第一个阶段：先运送物资，随后人才会到达。

卡车司机三两个人一起出行，以便昼夜轮换驾驶。他们遵循固定的线路，大卡车也是他们自己的；稍有延迟都会产生费用，所以他们在路边餐馆吃饭的速度很快。每天晚上，我都要停车吃饭，不管遇上什么人都要交谈一番。我曾经碰到过一个具有诗人气质的卡车驾驶员——他把自己的工作说成是"经济的晴雨表"——不过我们通常只来得及礼节性地寒暄，紧接着他们便要匆忙地返回停车场。一辆卡车的两个驾驶员告诉我，他们刚卸下满满一车有色金属材料，车上现在装满的是竹枝扫把。另一辆卡车刚卸下彩色电视机，现在装的是经过加工处理的小麦。这些人都是新经济的炼金术士。在中国高速公路沿线每一个充满神秘感的交易现场，这样的炼金术士总是处于核心位置。一组卡车司机刚卸下电脑化的麻将桌，立马又装上了中小学课本。还有一队人马从杭州拉着散热器，来到石家庄换回一车化工原料。温州的鞋子；长春的发电机。大同的煤炭；温州的火车组件。谁都没有开着空车乱跑。

来到曲阜，我把车开到了孔子家族的墓地。当地政府把这块墓地改成了旅游景点，在高速公路出口设置了告示牌，不过停车场上只有我这一辆车。墓地在一大片林地里延伸出去；两千多年以来，当地凡是姓孔的人都和他们的妻子葬在了这里。数字惊人：柏树林里一共长眠着十多万人。

我漫无目的地一边闲逛，一边察看那些墓碑。我先是看见一块墓碑标着明朝晚期和孔家第六十二代；刚走几步我就看见边上一块墓碑一下穿越了三百年：2001年，第七十四代。我正要察看边上的墓碑，突然听到了哀号。我顺着哭声穿过一片坟墓。

一个新土堆旁，几个妇女正在一边磕头一边嚎啕大哭。把他们拉到这里来的，是一辆三轮二冲程泰山200型拖拉机。坟头的供品很简单：橘子、苹果、炖鸡。几个男人站在一边看着他们，其中一个人给我递了一支烟。这个人告诉我，现在安葬的是一位妇女，生前嫁给了孔家的第七十二代。哀号声又持续了十来分钟，随即仿佛油料耗尽一般戛然而止。两个女人走过来跟我闲聊，向我打听美国人如何举行葬礼，我的薪水有多少，美国人是不是真的想生多少孩子就可以生多少孩子。我告诉他们，我是美国海斯勒家的第五代子孙。一个人用曲柄发动拖拉机之后，他们突突地绝尘而去。他们留下炖鸡，带走了橘子。

就在不远处，孔子的墓碑上依然有"文革"破坏形成的裂痕。一个导游说，红卫兵掏空墓穴，结果发现里面空空如也。他讲这件事的时候带着微笑；我无法断定他的意思是小闯将们扫了兴，还是孔子根本就没有埋在这里。我离开的时候，停车场上依旧看不见任何车辆，高速公路同样如此。一路上唯一的障碍出现在天津以南，车流到此突然减慢，车辆纷纷变道行驶，因为几百本小册子如死鸟一般散落在路上，妨碍了大家的正常驾驶。我停下车来捡了一本。全是英文：位于美国肯塔基州达特福德市一家名为伍尔维奇的金融服务公司长达十四页的抵押申请书。很显然，一辆满载进口回收废料的大卡车忘了闩上车门。表格有数千份之多，飘散在空中，飘落到车轮下，跟那些告示牌一样全是空白。

世界各地都散落着汽车零部件生产厂，马尔科姆·布里克林曾经想方设法把它们组合在一起。他到处打听已经破产或位置偏远的汽车厂，因为在这样的地方总能找到机会。一天早上吃饭的时候，我请他详细地说一说来到芜湖的经过。

"三年前，我接到南斯拉夫一个熟人的电话，"他开始讲了起来。"他问我能不能去他们那里看看，因为他们想把工厂卖给我。这家工厂被北约扔了五枚导弹。我们在那里待了一年。问题是，那家工厂有那么多工人，你复建厂房的这段时间怎么安置这么多老雇员？随即，他们的总理遭到暗杀，于是我说，我们年纪大了，不适合干这件事儿。

"我们来到了罗马尼亚，大宇在这里建过一家工厂。还是那个问题——你拿那些老雇员怎么办？我们又到了波兰，地方很不错，大宇修建的工厂也很不错。这家厂生产的发动机卖给了乌克兰。别问为什么。同样的问题——老雇员。不过，这家工厂把我们引荐给了罗孚汽车，这家公司有意与波兰方面展开合作。然而，不确定的因素太多。我们又来到了印度的塔塔。那些人真的不错。"

"确实不错，"托尼·西米内拉说道。

"我们去看了他们的工厂，工厂没问题，"布里克林说道。"技术不算最先进。他们只生产一个车型，而且有点吹过了头。我们正琢磨，怎样组合才有意义。我们遇到一个俄国人，来找我们商量把发动机卖到中美洲的事情。他问道，你们干吗不去中国看看？我回答说，我再也不想走下去了。他又说，你应该去那里看看，那儿的人很精明，也有冒险精神。他后来又说，就在上海，你们干吗不去看看呢？于是我们决定来一趟。就在我们出发前，他又说，对了，还得坐一程火车才到。幸亏他撒了个谎。于是，我们坐着火车来到了芜湖，火车真是挤呀；我们就这样坐了整整五个小时。"

整整一个早上，布里克林一动不动，这下他头一次把双臂紧紧抱在一起，身体收缩，仿佛挤在了几个乘客中间。随即，他又猛然回过神来："他们领着我们参观了厂房，我们印象很深。我掏出意向书交给了他们。接着，我们花了七个小时探讨意向书。他们说想跟我们发展关系；我说我可不想飞来飞去地发展关系。那天晚上，我们跟他们的总裁一起吃了饭。他所说的每一件事情都是大家所期待的。于是，我们签订了意向书。这是一份四十八小时搞定的意向书。"

中国的精英阶层一度对经商持鄙夷态度。根据儒家的传统价值观，任何读书人都应该鄙视商人，皇帝们对西方人首次提出通商的建议更是断然拒绝。不过，英国人铁了心也要购买茶叶推销鸦片，并不惜为此打上一仗。1842年，也就是第一次鸦片战争之后，中国被迫签署《南京条约》，开放五个口岸与英国通商。这成了套路：如果中国人不愿意开放市场，人家总能找到借口并诉诸武力。1858年，经过几次战争之后，中国答应向外国人再开放十个口岸。1876年，一位英国领事在中国西部为宗族成员杀害（他当时正在侦察连接缅甸的通商线路），清政府同意再开放四个口岸，芜湖是其中之一。

这座城市位于内陆省份安徽，坐落在长江的东岸。1870年代晚期，英国人在俯瞰城市的山坡上修建立柱式领事馆，并在江边建起海关大楼，专门进行鸦片加工。法国耶稣会会士建了一所教堂；西班牙人开了一所天主教学校。美国新教徒传教士建了一所医院。随即，20世纪见证了一系列事件的发生——清王朝的倒台、日本人的入侵、共产党的革命——外国人从此在芜湖消失了踪影。在计划经济的几十年间，中央政府对这一地区投入的资金少之又少。

1978年之后，中国进入改革开放时期，邓小平的主要策略之一便是建设出口加工区，即指定的地区通过特别税收政策鼓励外商投资。早期的出口加工区碰巧多设立在之前的通商口岸，一如从前像潮水般地先后涌现。1992年和1993年，在深圳这样的早期出口加工区已经繁荣十多年之后，中央政府又批准了三十二个城市。芜湖是其中之一。

芜湖市是新经济的后来者，位置相对比较偏僻。当地有价值的特产并不多见。1980年代，芜湖因为生产一种名为"傻子瓜子"的葵花籽闻名过一段时间，但这比"苜蓿园"或"中国第一大蒜"这样的招牌还要糟糕。芜湖的领导人想建立真正的核心产业，他们觉得在管控严格的汽车生产领域，本地的寂寂无名实际上可以成为一种优势。自1980年代以来，外国汽车生产商已经可以与中国国有公司组建合资企业，条件是他们所持有的股份不得超过百分之五十。政府的目的是通过向外国人学习，但保持控制权的方式快速地建立起自己的工矿企业。（在中国，谁都不会忘记通商口岸所带来的屈辱。）大众公司和通用汽车公司与中国人展开合作，一方面给生产出来的汽车打上外国品牌，另一方面则把零部件的生产外包给价格低廉的中国供应商。一段时间里，这样的策略让大家都赚得盆满钵满，原因之一是来自中央政府的严格管控有效限制了竞争的存在。

然而，芜湖的官员们悄无声息地打起了管控制度的擦边球。他们请来了尹同耀，他既是安徽人也是个训练有素的工程师，并且在合资新建的大众汽车公司是冉冉上升的明星人物。尹同耀帮着把位于美国宾夕法尼亚州威斯特摩兰一家倒闭的大众汽车制造厂的部分工具和设备搬到了吉林省长春市。位于威斯特摩兰的这家工厂主要生产高尔夫轿车和捷达轿车。搬到长春之后，他们用同样的平台——汽车的框架和主要部件——生产出中国版的捷达轿车，并最终使之成为了全国最畅销的车型。

尹同耀离开长春，来到芜湖这家新建的工厂当上了副总经理。拿着当地政府提供的资金，他到英国一家过时的福特发动机厂购买生产设备，并运回了芜湖。接着，他来到西班牙买到了一款名叫托莱多的轿车生产图纸，托莱多这款轿车的生产商是正在勉力挣扎的大众子公司西雅特。这款西班牙轿车跟捷达轿车采用的是同一个生产平台。

尹同耀在芜湖悄悄地建起了一条汽车组装线。国家的管控政策禁止新建的汽车制造厂进入销售市场，于是芜湖的官员给自己的企业取名为"汽车配件"公司。第一台发动机诞生于1999年5月。七个月之后，他们生产出了第一辆汽车。这辆汽车用的是本应专供大众汽车的捷达零部件。大众汽车大为光火，同样光火的还有中央政府。

不过，这种策略在改革开放的年代十分普遍：先触碰底线，再请求谅解。一年多的时间里，芜湖的官员们不断与中央政府协商，最终于2001年拿到许可证，可以把汽车销往全国各地。（据报道，大众汽车接受经济调解方案，并决定不提起诉讼。）他们给这家公司取的中文名字叫"奇瑞"，意即"好运当头"。其英文单词 Chery 的发音跟具有"欢乐"之意的 cheery 十分相近，只是省去了中间的一个 e，意指奇瑞公司需要不断进取，才能达到幸福快乐的境地。2004 年，奇瑞公司一年的汽车销量差不多达到了九万辆。

芜湖经济技术开发区党工委副书记褚昌俊会见我的时候，我问奇瑞为什么不按照正常的程序申请成立汽车公司。

"这就像生孩子，"他解释道。"首先你得怀上孩子，然后再去登记注册。我们也是这么个做法：先把汽车造出来，然后取得生产汽车的许可证。"

正在这时，副主任何学东加入了谈话，他补充道："如果按照传统的模式去申请，那你可能得等上很多年。在当时，机会可以说是稍纵即逝。"

我们所在的地方是开发区新建的投资服务中心，大理石装饰的门厅宽敞得足够并排拉上两张羽毛球网。当我在午间休息前往拜访的时候，很多干部正在兴高采烈地打羽毛球。褚昌俊和何学东递给我一大摞用英语编写的招商材料，其中有"投资者的绿洲"和"投资者是我们的上帝"这样的名言警句。一个句子写道："芜湖有高质量低成本的人力资源。"其后的句子谈到了电力、水资源和下水道。

开发区位于城北的长江边上。继奇瑞这家主力租客之后，芜湖已经吸引到了一百多家制造商，随时都有拔地而起的新建厂房。很多工厂搬迁自南部沿海，过去二十年间强劲有力的经济增长已经使那些地方的成本和工资大幅增加。

一天下午，我来到芜湖第二大厂区的保顺路，马路两侧的工厂正处于不同的建设时期。帝国希尔计划于下月开始生产（空调电气部件），顺城电子计划再招聘一百名工人（空调配线工）。世纪厂每天生产四千个空调器塑料外壳。来到芜湖世界硬件公司，我向门卫咨询他们的产品，他打开抽屉，抓起一大把崭新发亮的钉子，像抛骰子一样把玩着。一位漂亮的年轻女子走出来，递给我一张印着"国际业务部经理叶美丽"（Merry Yeh）的名片。我们来到楼上的办公室，叶美丽给我倒了茶水，墙上挂着一块牌匾，纪念这家工厂与美国全国钉子集团公司的合作成功（"不仅仅是钉子"）。芜湖世界每天生产六十吨钉子。三百四十名工人。一万八千平方米。还有问题吗？

"你怎么取了这个英文名字？"

"我是根据 Merry Christmas（圣诞节快乐）取的！"

位于主城区的英国旧领事馆已经被改造成党委所在地，西班牙教会学校被改造成了一所职业技术学院。原来负责鸦片加工的旧海关大楼曾经多年被用作幼儿园，现在已经弃之不用。在这遭人痛恨的英帝国炮舰外交的标志物上，纵向涂写的"文革"标语虽日渐模糊，但依旧能够辨认。不过，小摊贩们围着大楼底部搭建的木质棚架挡住了标语的部分词句：

毛主席语录
在斗争中学习

一天下午，一个名叫约翰·丁克尔的美国人开着奇瑞
T-11 原型车来到了芜湖经济开发区。"幻想汽车"雇用丁
克尔担任技术顾问，他的专长是道路测试。"你通过做坏事
便能知道一辆汽车究竟好到什么程度，"我们驶出厂房的时
候，他这样对我说。后排坐着三个中国的道路测试工程师。
他们谁都没系安全带。

　　T-11 是一辆 SUV 运动型多用途汽车，后来被冠名为
"瑞虎"投放到中国市场。其外形与丰田 RAV4 极为相似。
丁克尔还打算测试一款计划于当年晚些时候投放中国市场的
新型跨界车 B-14。奇瑞正在提升其国内生产线，原因之一
是为进入更加严苛的国际市场做好准备。计划打进美国市场
的车型尚处于设计和研发阶段，最大的阻碍之一是如何满足
美国的安全和排放标准。尽管 T-11 和 B-14 都不会用于出
口，但丁克尔还是计划对两者的质量进行评价，并借机向奇
瑞的工程人员展示美国人是如何进行汽车道路测试的。他之
前要求我一同前往，并帮着做一些翻译工作。

　　在开发区的一条街道上，他进行了一系列的测试：加
速、刹车、转向。"一个轮子抬起来了，"他在转一个急弯的
时候说道。"这个轮子在空转，需要增加限滑差速器。"我尽
最大努力把他的底特律汽车英语翻译成中文。我们沿途经过
一辆装满砖头的拖拉机、一家新建的空调制造厂，以及一个
在草丛里撒尿的小男孩。丁克尔加速转向；一辆公共汽车正
使劲摁着喇叭。坐在后排的三位工程人员用手使劲地撑着车
顶棚。其中一位终于通过我表达了请求："我们可不可以找

一个没有其他车辆的地方？"

那还不简单：在中国，只要顺着某条路走下去，肯定能找到一片更加崭新的开发区。我们往北驶去，先后经过一辆辆推土机、运土车，以及一处处未来房产的雏形骨架，来到了保顺路。丁克尔说："告诉他们，从二挡换到三挡、从四挡换到五挡的时候，变速箱的顿挫感很明显。"

丁克尔很敏锐，说话轻言细语，身材十分瘦小。作为1960年代晚期密执安大学迪尔伯恩分校的毕业生，他是排放实验室唯一适合操作马自达 Cosmos 车型的人选。我问他为什么原本学习的是工程技术，他回答道："我遇到的辅导员不怎么聪明。"在那个时候，大家以为数学成绩好的人就应该当工程师。在克莱斯勒短暂工作一段时间之后，他转行做了新闻记者。他在《道路与测试》杂志工作了二十年，其中包括两年时间的总编辑。"我测试了三十年的汽车，"他说道。"路上跑的车我几乎都测试过。"他告诉我，芜湖空荡荡的街道让他想起了曾经在加利福尼亚度过的旧时岁月，也就是他们在奥兰治县的豌豆地里测试车辆的那段时光。

在厂区的西头，位于钉子厂和空调外壳厂之间，有一段空荡荡的环形路。在丁克尔的眼里，这很像一个试车场。他把车速提到每小时六十多公里，从一堆支成塔形的竹竿旁一驶而过，这堆竹竿即将被用作下一个建筑工程的脚手架。他持续绕着弯路，轮胎吱吱作响，环形路一次次被甩在身后：钉子、竹子、空调罩子。钉子、竹子、空调罩子。三位中国工程人员被甩到右侧挤作一团。他们还是没有系上安全带。

坐在中间的名叫齐海波。他本可以拎着杂物袋坐上马自达 Cosmos 汽车的驾驶座。二十二岁的他在内蒙古的一个农场上长大成人。他的祖父从陕西省迁到了那里（"要么因为饥荒，要么因为战争"）。齐海波的父亲读到五年级，他的母亲只读过一年级。他们种植小麦、玉米和葵花。

读小学和中学的时候，他都是班上成绩最好的学生。高中毕业的时候，尽管对于工程技术并没有特别的兴趣，他还是考入了武汉工业学院。"我想考一所好大学，我还听说计算机和电子技术是当今最好就业的两个专业，"他说道。"所以，我在考试的时候填报了这两个专业。"

一年前他还在大学里就读最后一个学期，参加人才招聘会的时候遇到了奇瑞的招聘人员。"他们可以录用我，学校的人都说这是一家新建的公司，发展很迅速。于是我在第二天签订了合同。我觉得年轻人在这里可以学到很多东西。"以奇瑞的标准来看，他并不算特别年轻——公司员工的平均年龄为二十四岁。齐海波每个星期工作六天，每个月的收入不到两千元。他跟另外三位工程人员同住一间宿舍。他希望拥有独立的空间，但宿舍的条件比他所知的内蒙古的条件好多了。他希望在奇瑞公司拥有长远的未来。"它不是合资企业，这一点我很喜欢，"他说道。"它是中国自己的汽车制造厂。"

道路测试结束之后，我问齐海波从丁克尔身上学到了什么。齐海波说 T - 11 的传动轴有点小问题，也就是急转弯时其外轮略微打滑。B - 14 的尾部在高速行驶时容易飘浮。齐海波尤其羡慕丁克尔操纵汽车的能耐。这位中国工程人员的工作既涉及质量控制，又涉及汽车试驾，一个月前他才刚刚拿到驾照。

奇瑞的早期策略，是到全世界遭遇滑铁卢的汽车厂收集有用信息，这在一款名叫 QQ 的微型车上达到了极致。1990年代，位于韩国的大宇汽车试图在全世界拓展业务，并在越南、印度、波兰、罗马尼亚、乌克兰和乌兹别克斯坦大肆投资建厂。没过多久，大宇汽车就意识到了自己的过度扩张——后来证明，乌兹别克斯坦根本不是建立汽车制造厂的理想之地——于是不得不宣布破产。几家大的美国公司一面看着价格不断下跌，一面抓紧时间在这家破产的公司上挑挑拣拣。2002 年，通用汽车公司在经过一年多的研判之后，终于获得对大宇汽车的控股权。通用汽车公司接管了大宇一款名为马蒂兹的微型车的生产平台，重新包装为雪佛兰 Spark（乐驰），并打算在中国开始投产。

2003 年 6 月，距离 Spark 上市还有半年，奇瑞揭开了 QQ 的面纱。这款车与通用的车型看上去几乎如出一辙，但售价低了四分之一：只有五万多元。奇瑞还开发了一款与大宇 Magnus 十分相近的车型，并取名为东方之子。

中国消费者一直不喜欢东方之子，但 QQ 轿车很快大获成功。这款车长度不到三米七，搭载 0.8 升发动机，甚至比 MiniCooper 还要小。这款车对于中国新兴的城市中产阶层是完美之选，他们以往根本买不起昂贵的合资品牌。2003 年，全国的乘用汽车产量增加了百分之八十，奇瑞和其他小型汽车生产商在低端市场占据了牢固的地位。2004年，奇瑞QQ轿车的销量是通用Spark轿车销量的五倍。

2004年12月，通用大宇在上海提起诉讼，状告奇瑞公司"通过抄袭和未经授权使用通用大宇商业机密的方式"研制出QQ轿车。一般的侵权行为在中国比比皆是，而这起案子要复杂得多：奇瑞公司推出仿制品的时候，原型还没来得及上市。这意味着就在通用汽车公司与那家破产公司进行磋商的那一年，韩国的设计机密已经被泄露。

当我前往上海拜访通用中国公司时，公司的法律总顾问夏尊恩（Timothy P. Stratford）递给我两张照片。第一张照片上并排摆放着两辆轿车：绿色的QQ轿车和原产于韩国的黑色马蒂兹轿车。第二张照片上，两辆轿车的车门做了对调：绿色轿车装着黑色车门，黑色轿车装着绿色车门。

"从来没有两家竞争对手的轿车，车门是可以对调的，"夏尊恩解释说。"这意味着他们不光抄袭车门，还抄袭了车门的门框。车门的门框相当于一辆轿车的指纹。"

奇瑞的管理层除了说明QQ轿车已经取得中国专利（如果设计方案的获取途径非法，这将不具有实际意义），并未对这一案件发表过公开声明。当我与奇瑞国际公司的总经理张林谈及此事时，他强调自己进入公司的时候QQ轿车已经上市销售。不过，他否认有什么违规之举，并说像奇瑞这样的年轻公司自然会以合法的手段开发与在其他地方已经证明成功的车型相类似的车型。

"这就是初始阶段的创业模式，随后进入下一个阶段，"他说道。"就像学画画。你不可能一开始就画出自己的得意之作——你只得临摹他人的画作。任何产业都有这样的本质。索尼、现代和丰田都是这样起家的。它们以某样东西起家，很快又弃之不用。"

　　一年前张林进入奇瑞公司。他出生于上海，在密执安大学安娜堡分校获得机械工程的博士学位。他在位于底特律的戴姆勒-克莱斯勒公司工作过九年时间。他有两个孩子，分别为八岁和十岁，在美国的求学时光十分愉快。不过，张林每年回到上海的时候，这里总有他认识的新城区涌现，这让他觉得自己错过了很多。在一个朋友——也是一位在美国受过训练的中国工程人员——接受奇瑞公司提供的职位之后，他做出了同样的决定。

　　"如果留在美国，我可以预见五年或十年后的自己在做什么工作，"他告诉我。"这样的生活容易得多，但也会错失很多精彩。我觉得风险和回报往往相伴而行。"

　　风险是奇瑞的文化之一，即便 QQ 轿车也可能是一场处心积虑的赌博。多位独立分析家告诉我，他们质疑中国的法律体系是否足够完善，能处理好这一案子。再说，奇瑞是国有企业，中国人一直梦想拥有真正的国产品牌。通用大宇希望迎来开庭，但谁都不敢保证这家外国公司能否得到公正的对待。同时，因为奇瑞无意向美国出口 QQ 轿车，也不存在诉诸美国法律体系的可能性。

　　奇瑞的规模依然很小——八千名雇员——但在不怎么花

钱投入设计和工程技术的情况下，一年竟然可以制造十多万辆汽车。管理层开始转变策略；庞大的研发中心刚刚建成，并雇用了三十来位像张林这样在国外接受过训练的工程人员。最近该公司开始强调质量控制，其规模和精密程度给每一位到访的专家都留下了深刻的印象。专事汽车生产的美国顾问罗纳德·E·哈勃尔告诉我，奇瑞公司的铝棚厂房十分巨大，目前只利用到十分之一的空间。"在中国，人们喜欢先于需求建设庞大的生产能力，"他说道。"他们似乎拥有源源不断的资金渠道。我不知道这样的资金从何而来。大多数西方公司不可能把钱投到这种对未来的假设上。"

作为一家国有公司，奇瑞并不需要对股东们负责，也没有人说得清投入了多少资金。一天，我前往 QQ 轿车和东方之子轿车庞大的总装厂房。门口立着一块用中文书写的标语牌：

> 我们不仅要努力工作，
> 还必须勤奋，
> 更要有国家使命感。

边上的电子屏显示，他们当天已经制造出二百五十三辆 QQ 轿车。穿着蓝色制服的工人们正在组装线上移动着崭新的轿车。一位名叫胡斌的经理告诉我，为满足日益增长的需求量，他们在过去几年间逐渐加快了生产步伐。胡斌所在部门的各个装配站一开始需要三分钟才能完成一项任务，现在只要两分零五秒。胡斌说，要不了多久奇瑞就能以汽车数量而不是工作时间为标准向工人们支付工资。他问我，美国的汽车制造厂是否也采用同样的策略来增加产量，我说不会，并提到了"工会"这个词。胡斌希望自己的部门到年底时把时间再减少十八秒。

在国信大酒店又一次吃早餐的时候，马尔科姆·布里克林说芜湖需要在长江上再修建一个港口。

"港口还要深挖，街道还要铺宽，灯光要更明亮，以确保安全和查看损耗，"他说道。"要能在五个小时内装载五千辆汽车。"

布里克林在美国寻找着愿意出资四百万美元获得中国汽车销售权的代理商。"幻想汽车"也需要起一个新名字。"需要符合、但不直接取自'虎'或'龙'，"他说道。"我碰巧又喜欢 Chery 这个名字。"就在这次谈话后没多久，通用汽车公司的律师给布里克林发来警示函，说 Chery 不仅跟 Cheery 只有一个字母之差，跟雪佛兰的英文名称 Chevy 也只有一个字母之差，很可能再次引发诉讼。之后没有多久，通用汽车公司和奇瑞最终就 Spark—QQ 之争达成庭外和解，双方都未公开置评过和解条款。

中美公司之间的这种紧张关系十分普遍，双方都在琢磨怎样在同一个世界中共存。当我在上海和一家名为亚洲汽车资源的咨询公司的总裁迈克尔·邓恩谈起这事的时候，他说自己不认为奇瑞的低价吸引力能让它成为美国市场上的新品牌。历史上的外来汽车制造厂——以现代汽车为例——在美国消费者面前一亮相就走得步履蹒跚，原因通常是质量低劣。丰田汽车之所以取得成功，全靠它的谨小慎微——这正是底特律长久以来所缺乏的品质。邓恩相信，中国人跟底特律人具有同样的弱点。"中国人跟美国人很相似，"他说道。"都想底线得分，都想来个本垒打。我们很聪明。"

中国人总喜欢这样说："我们很聪明。"邓恩继续说道："但我在他们身上看不到恒心和毅力。这句话的意思更像是：'我们能够赶超。'"

我明白他的意思：我在中国生活得越久，某些方面就越发让我想起美国。中国人和美国人都拥有无止境的乐观和精力，都在快速崛起的城市之间修建了宽阔的道路。他们一向拥有自命不凡的品质，相信自己能够战胜时间——中国人的这一品质比美国人还要美国化。每当中国的工程人员与"幻想汽车"的雇员们站在一起，来自更为年轻国家的人们突然之间更显衰老：时差、头发花白、大腹便便。他们都是这方面的老手——布里克林做过百万富翁，也经历过破产潦倒；他因为幻想受过赞扬，也因为仿冒受过谴责。他说起话来口若悬河，原因之一正是不想提及这样的往事。

2006年年底，布里克林和奇瑞公司的关系戛然破裂。两年后，"幻想汽车"状告奇瑞公司，提出大约四百万美元的赔偿。布里克林转向插入式混合动力汽车。奇瑞公司继续发展，终于成为中国最大的汽车出口商。随后几年间，奇瑞公司跟菲亚特和捷豹路虎成为合作伙伴。不过，他们出口的汽车大多针对发展中国家——截至 2012 年，他们还没有为美国市场生产出一辆汽车。

在芜湖期间，我会见了曾经身为大众公司雇员、现已升任奇瑞公司总裁的尹同耀。大家都知道他刻意躲避新闻媒体，但他还是答应于傍晚时分在国信大酒店的一间会议室里会见我和另外几位记者。他穿着西装打着领带，仿佛刚刚离开办公室。他四十出头，面相更显年轻。不过，当我问起他的教育背景时，他的回答仿佛在描述一段远古的历史。

"我刚进大学的时候，"他说道。"还没有坐过小轿车。"他解释说，那个年代的好学生都分配到了卡车制造厂，因为中国根本不存在乘用轿车市场。他属于差生——他一边说一边自嘲地笑了起来——所以被分配到了东北。我问到了公司的优势。

"我们拥有的是进取心，"他说道。"我们没有品牌、没有认知度，什么都没有。我们拥有的只是强烈的进取心。"

在芜湖的最后一晚，我无法入睡。返回北京的驾车之旅正等待着我，灯光和噪音也钻进了我的房间。早上四点三十分，我起身看了看窗外。街道对面，海螺工厂因为连夜赶工而轰鸣不已，里面的工人们正在生产着 PVC 窗框。"幻想汽车"的人马已在头一天离去。我是继续住在国信大酒店的最后一名外国人。

我走到外面，发动了捷达轿车。开发区笼罩着一层薄雾，车头灯在空荡荡的大街上一扫而过。农历新年即将来临，很多工厂都在为节日的到来连夜赶工。低矮的厂房透出缕缕光线，宛如一个个纸糊的灯笼。

天刚亮，我驶过新建的长江大桥，进入了高速公路。在芜湖城外十几公里的地方，我驶过了一个标示为"无为"的出口。"无为"是一个远古的道家用语，意思是"什么都不做"。该地区还有一座城市取名为"无锡"。一次，我在四川省乘坐公共汽车时经过了"石棉"。对一座小城市而言，这名字颇有些生硬，不过总比什么都没有好很多。

中国巴比松

在丽水西南部的农村地区，大溪从建于公元 6 世纪的一条石堰穿流而过，当地政府宣布，这里正在形成中国版的巴比松。法国的巴比松画派肇始于 19 世纪上半叶，是在枫丹白露森林边作画的画家们对浪漫主义运动的回应。当时的法国艺术家们极力颂扬乡村景色和农业主题。这种氛围与丽水格格不入——跟浙江省的大多数城市一样，丽水强调的是城市发展；新的工业区已经建成，出口经济正在蓬勃发展。不过，当地的干部们希望这座城市更具有开放的面貌，而他们又很喜欢巴比松这个颇具优越感的外国名词。他们还觉得，这可以成为一种不错的产业：画画不需要多少原材料，而且在国外广受欢迎。他们把这个项目称作丽水巴比松，正式的名称是古堰画乡。当地政府的一幅宣传标语说它是"艺术之乡、浪漫之都、休闲胜地"。

为了吸引艺术家，政府对位于溪边的几座旧时建筑加以修缮，并提供一年租金减免、之后租金优惠的政策。艺术家们趋之若鹜，全乡很快便建起了十来家私人画廊。艺术家大多来自更远的南方——这些地方针对外国市场的艺术产业早已十分繁荣兴盛。买家们想要廉价的油画，其中有相当一部分最终被卖到遥远国度的旅游商店、餐厅和宾馆。不知何故，在丽水巴比松落脚的艺术家们专画威尼斯的城市风景。新开业的最大一家画廊红叶画廊的经理告诉我，他们有三十位画师，主顾是欧洲的一家进口商，这家进口商对于威尼斯风景画有着贪得无厌的喜好。他每个月都要中国画师们把这座意大利城市画上一千多遍。

另一家小型画廊名叫波米亚，创办者是一位名叫陈美子的女子和她的男朋友胡建辉。我第一次见到陈美子的时候，她刚刚画完一幅威尼斯风景画，正在画一幅看起来像是18世纪的荷兰街景画。一位俄罗斯客户送来一张明信片，要她临摹。画作的尺寸为五十厘米×六十厘米，陈美子告诉我，这样尺寸的画一般可以卖到二百元。跟古堰画乡的所有人一样，她把威尼斯称作水城，把荷兰风景画称作荷兰街。她说过去半年间自己画荷兰街至少有三十遍。"每一幅画上面都有一座很大的塔，"她说道。

我告诉她，那是教堂——红瓦屋顶的砖房沿边是一条小路，小路延伸到远方，尽头处耸起一座尖塔。

"我也觉得那可能是教堂，但不敢确定，"她说道。"我知道那座房子很重要，因为只要一有差错，画就会被退回来。"

通过尝试和犯错，她认识了欧洲的很多地标性建筑。她叫不出圣马可大教堂和威尼斯总督宫，但她知道这些地方十分重要，因为哪怕非常细微的差错也会招致退货。对于标志性不强的风景她画得很快，因为顾客一般不会注意到细微的差错。平均而言，她不到两天便能完成一幅画作。

　　陈美子二十出头，生长于丽水附近的农村地区；十来岁的时候，她在一所美术学校学会了画画。她现在还保有一种农民的率直——嗓音略微沙哑，对我提出的任何问题都要发笑。我问她最中意自己的哪些画作，她回答道："一张也不喜欢。"她没有钟爱的画家，也不受哪一个艺术时期的影响。"那种艺术跟我们现在从事的工作没有丝毫关系，"她说道。巴比松这个概念给她的印象并不深刻。政府委托他们以欧洲风格对当地的风景进行创作，陈美子一点也没有放在心上。跟来自乡下的很多年轻人一样，她的头脑里早已充满了田园风味。她之所以选择入住古堰画乡，仅仅是因为租金减免，所以她十分怀念曾经生活过的广州所具有的繁忙景象。她留着一头卷发，衣服的颜色十分惹眼，似乎只要醒着就会穿上高跟鞋。周一到周五，她穿着细高跟鞋在画架跟前驻足或徘徊，画着刚朵拉和大教堂。

　　陈美子的男友胡建辉说起话来轻声细语，戴着一副眼镜，上唇淡淡地蓄着形状并不规则的胡须，好似书法家漫不经心地涂了一笔。每个月，他都会卷起已经完成的画作，坐上南下广州的列车，来到一处巨大的艺术品市场。他们就在这里与那些没有来过古堰画乡的买家们碰头。总体而言，外国人想要的是荷兰街和水城，不过偶尔也会送来其他的风景照片，让他们转画成美术作品。胡建辉有一本样品册，顾客可以随意挑选图画，报上编号，订制全尺寸的帆布油画。
HF‐3127 是埃菲尔铁塔。HF‐3087 是狂暴大海中的一艘
快速帆船。HF‐3199 是围成一圈正在抽烟的美洲印第安人。
陈美子和胡建辉对于自己绘画的外国场景几乎叫不出名字，
但通过一次次的委托任务逐渐了解了各个国家的艺术品位。

　　"美国人喜欢明亮的图画，"胡建辉告诉我。"他们喜欢
明亮的风景。俄罗斯人也喜欢明亮的颜色。韩国人喜欢柔和
一点的，德国人喜欢灰暗的色彩。法国人也是。"

　　陈美子翻到 HF‐3075：一所色彩亮丽、大雪盖顶的房
屋。"中国人喜欢这一类，"她说道。"丑死了！他们竟然喜
欢这种东西。"HF‐3068：海滩棕榈树。"蠢啊，只有小孩子
才喜欢这种东西。中国人最没有品位。法国人最有品位，其
次是俄罗斯人，然后是欧洲的其他国家。美国人次之。我们
画出来的作品欧洲顾客可能根本不买，但如果拿给中国人
看，他们通常会说：'好极了！'"

　　丽水属于三线工业城市，在这样的地方，与外部世界的
联系无处不在却又无处存在。在新建的开发区，组装线上生
产出来的产品主要用于出口，但极少有直接的外国投资。这
里找不到耐克工厂、英特尔车间，也看不到杜邦的标志——
大品牌都把自己的根基扎在了大城市。丽水的城区人口约为
二十五万，以中国的标准来看这只是一座小城市，当地的工
厂主要生产零部件：拉链、铜线、电器插座盒子。这里的产
品寂寂无名，以致你根本无法从厂门口的标牌上得到什么信

息：金潮实业有限公司、华都革基布有限公司。丽水三星动力机械有限公司的老板做了一块英文标牌，但字母顺序像中文的古汉字那样从右到左排列：

DTL,. OC YRENIHCAM REWOP GNIXNAS IUHSIL

在丽水很难看到外国面孔。过去三年间，我经常到访这座城市，但一个外国买家也没遇见过。这里的产品会送到其他地方的组装线上，有些经过两三次倒手才会出口海外；欧洲或者美国的商人根本没有必要造访这里。不过，尽管这里没有外国面孔，城内的国际化面貌却比比皆是，外部世界的踪迹也随处可见。在一家叫做"格雷"的工厂里，工人们正在生产价值二十来元的塑料电灯开关，上市后取了个得意的名字叫做"简爱系列"。丽水的第一家健身馆名叫"闻香识女人"，完全受了阿尔·帕西诺同名电影的影响。有一次，我遇到一位拆迁工人，他的左臂上文着一个英文单词KENT。他告诉我，这个文身他自小就有，因为他当时发现美国电影里的匪徒都有文身。我问他为什么专门选了那个单词，他回答说："这不就是你们国家产的一种香烟吗？"还有一次，我面见一家工厂的年轻老板，他戴了一只 K 形的钻石耳环。他女朋友佩戴的则是 O 形耳环：当他们站在一起的时候，两个字母就串了起来：万事大吉。

细节给我留下了深刻的印象。外部世界虽然很遥远，但不一定非得模棱两可；人们可以断断续续地窥见来自海外的东西。很多情况下，以这种方式获得的印象看上去多少有些扭曲——既有聚焦，又有折射，就像光线遇到角度会弯折。这也许跟专业化有关。丽水的居民们学会了以局部看待世界，而这样的局部有着奇特的清晰度，尽管他们对此尚不完全理解。一个从未正式学习过英语的工厂技师给我翻看了他记住的术语表：

> PADOMIDE BR. YELLOW 8GMX
> SELLANYL YELLOW N-5GL
> PADOCID VIOLET NWL
> SELLAN BORDEAUX G-P
> PADOCID TURQUOISE BLUE N-3GL
> PADOMIDE RHODAMINE

就这种迷宫一样的外语而言，他跳过所有一般性的入门程序——简单的招呼用语和基本的词汇学习——直接进入了对自己有用的一堆堆词汇积累。他从事的专业工作是染色，需要混合不同的化学物质，以调出不同的颜色。他名叫龙春明，同事们都叫他小龙。他所在的工厂名叫"娅顺"，专门生产胸罩调节带上需要用到的细小调节环。这也是丽水寂寂无名的典型产品：一个覆上尼龙的细小钢环，重量不到半克。一般胸罩有四个这样的调节环，调节环的颜色与胸罩的其他部件应当匹配。只要胸罩组装厂给娅顺发来订单，通常都会送来一根肩带样品，小龙就要琢磨肩带的颜色。他翻查笔记本，琢磨着恰当的化学配方，以调出 Sellanyl 黄或是 Padocid Turquoise 蓝来。

他生长在贵州的农村地区，是中国最为贫穷的地区之一。他的父母种植茶叶、烟叶和蔬菜，小龙跟他那两个兄弟姐妹一样，中学一毕业便离开了家乡。在中国这是一条十分常见的路径，大约有一亿五千万农村务工人员进城寻找工作。小龙在一家胸罩制造厂找到了他的第一份装配工活计，自此一直待在这个行当，变换着不同的工种。后来，他终于当上调节环着色工的助手，从他那里学会了所有的门道。在我遇到小龙之前，他的整个职业生涯一直围着胸罩打转，这使他可以非常老道地谈论某一个十分具体的主题。"日本人喜欢印着小花的胸罩，"他曾经十分内行地告诉我。"但俄罗斯人不喜欢这种，他们喜欢色彩朴素而明亮的胸罩。还要够大！"

在工业区内，他算是相对成功的，每个月的薪水足足有两千多元。不过，他决心进一步提升自己，所以又研读了外国的自助书籍。在他的意识里，这跟自己的工作毫不沾边。他没有自命不凡，也从不谈论使他与外部世界产生特别关联的胸罩产业。在他看来，他所获得的各种技能仅仅局限于技术层面。"我还不够成熟，"他曾经这样对我说。他还收集了很多据说能够提高道德修养的书籍。其中一本叫《哈佛大学MBA 综合卷之引领自己进入社会》，还有一本叫《正直做人，正确处事，当上老板》。在这本书的引言中，作者对劳动者的处境进行了分类："对于生活在地球上的人而言，他必须面对两个世界：无边无际的外部世界，以及他的内心世界。"

小龙双唇饱满，颧骨很高，略显自负，对他的齐肩长发更是如此。他到附近一家发廊把头发染成暗红色，显得十分惹眼，如果用专业术语，那最好叫做：Sellan 红。不过，他对那些书籍十分认真。这些书遵循的是中国工业城镇流行的自助图书十分常见的模式：以简短的章节讲述某位外国名人的逸闻趣事，并辅之以道德教义。在《经典故事集》中，关于闲暇时间的效用这一章节便列举了查尔斯·达尔文的故事。（本书介绍说，达尔文的生物学研究发端于闲暇爱好。）还有一个章节讲了一个故事，说一位餐厅服务员曾经因为石油大佬约翰·D·洛克菲勒每次用餐后只给可怜巴巴的一美元小费而大动肝火。（"就因为这样想问题，所以你只能做一个服务员，"据这本颂扬洛克菲勒斤斤计较的中文书籍所述，他对服务员进行了反唇相讥。）

小龙尤其喜欢《经典故事集》，因为其中介绍了外国的宗教信仰。他对基督教很感兴趣，当我们谈起这个话题的时候，他给我翻看了专述耶稣预言的章节。在这个故事里，一位谦逊的看门人替供奉着耶稣受难像的一家教堂看守大门。这位看门人每天都要祈祷，希望自己能够代上帝之子承受苦难。令他惊讶的是，耶稣终于发话并接受了他的好意，不过需要满足一个条件：看门人一旦登上十字架，就一句话也不能说。

协议达成之后没多久，便有一位富商前来祈祷。富商不小心弄丢了钱袋子；看门人正要开口提醒，突然想起了自己的承诺。接着前来的祈祷者是一位穷人。他十分虔诚地完成祈祷后，一睁开眼睛便发现了钱袋子：他满心欢喜地向耶稣表达了谢意。这一次，看门人还是一言不发。接着，又来了一个年轻的旅行者，他正要踏上漫漫的海上之旅。就在他进行祈祷的时候，返回的富商指责旅行者捡拾了自己的钱袋子。一场争吵随之而来；富商威胁说要诉诸法律；旅行者害怕自己误了登船。看门人终于开了口——只三言两语，他便解决了纷争。旅行者踏上旅途，富商找到穷人要回了自己的金钱。

但是，耶稣因为看门人违背承诺而怒气冲冲地把他从十字架上叫了下来。当这个人表示抗议的时候（"我不过实话实说而已！"），耶稣对他进行了教训：

> 你懂什么？富商并不缺那一笔钱，他只会用来招妓，而穷人急需那一笔钱。不过，最不幸的还是那位旅行者。如果富商拖住不让他登船，那实际上是在拯救他，现在呢，他乘坐的船只已经沉没。

我翻阅小龙的自助书籍和他那一摞化学色彩词汇表时，不禁感到一阵晕眩。这样的感觉在丽水十分普遍；他们与外部世界的接触如此奇特而零散，我无法想象他们怎么能够形成条理分明的世界观。不过，我来自地球的另一面，印象深刻的不是我的零碎所见，而是其中的种种差异。对小龙而言，这样的零碎所见本身似乎已经足够，它们不一定非得聚合成完美的整体。他告诉我，在读完达尔文对于闲暇时间的利用之后，他决定不再抱怨工作繁忙，所以他现在的心情平静了很多。约翰·D·洛克菲勒的故事让小龙相信，他应该改换香烟的品牌。他以前抽的是常见于中产阶级的"利群"烟，在读了美国石油大佬和餐馆服务员的故事之后，他转而抽起了更为廉价的"芙蓉"香烟。"芙蓉"烟很难抽，一盒也就一元多一点，这样的牌子几乎立马就能把抽烟者划定为吝啬鬼。不过，小龙决心像洛克菲勒那样从这类小气的想法中升华而出。

耶稣的训示最为简单：不要力图改变世界。这是道家的基本要义，更强化了"无为而无不为"的中国古训。在小龙的自助书籍中，耶稣受难像的道德寓意是这样说的：

> 我们时常想着最好的行事方式，但现实的情况和我们的愿望总是相去甚远，以致我们根本无法完成自己的意愿。我们务必相信，已经拥有的便是最好的。

某月，波米亚画廊接到一项委托，把美国一个小镇的几幅照片转画成美术作品。华南的中间人送来照片的时候，要求每一张照片都画成六十厘米×五十厘米的油画作品。中间人强调，油画的质量必须上乘，因为这几幅风景画全都要卖到国外市场。此外，他没给出任何细节。中间人对于订单详情一般都会守口如瓶，以此维护自己的利益。

当我在那个月晚些时候前往拜访时，陈美子和胡建辉已经完成了委托任务的一大半。陈美子正要着手画最后一张快照：有两个筒仓的白色大谷仓。我问她想到了什么。

"开发区呗，"她回答道。

我告诉她，那是一个农场。"这么宽大的农场？"她问道。"那么这又是什么？"

我告诉她，筒仓用来盛放谷物。

"装谷物的东西有那么大？"她笑着问了问。"我还以为装的是化学品呢！"

这下，她重新审视了风景画。"简直不敢相信，这么庞大！"她问道。"村里的其他人呢？"

我向她解释说，美国的农民一般居住在城外十来公里远的地方。

"那他们的邻居呢？"她问道。

"邻居也住得很远。"

"他们不觉得孤独吗？"

"不会，"我回答道。"美国的农民一直这样。"

我知道，要是我不发问，陈美子对这一处风景也许不会有任何多余的想法。在她看来，对自己不必了解的东西大费周章没有任何意义；她也不认为有必要与外部世界发生深层次的关联。从这种意义上来说，她和小龙有所不同。小龙是探寻者——我在丽水经常碰到这样的人，他们总希望在自己的职业之外再对这个世界有所了解。不过，像陈美子这样的实用主义者更为常见。她有一技之长，也有工作要做，画什么对她来说并不重要。

在我这个局外人看来，她所从事的行当如此特别而细致，令我不禁暗生好奇。我经常琢磨她的画作，试图弄明白这些风景画来自何方，来自美国的委托任务尤其让我觉得与众不同。除了那一处农庄，照片大多显示的是某个美国小镇某条干道的风景。上面有装饰精美的店面和爱护有加的人行道，所在的地点看上去十分繁华。在所有委托给他们的任务中，最漂亮的一幅画作是一座十分显眼的红砖楼房。楼房有尖尖的屋顶、高大的旧式窗户和白色的带栏门廊。旗杆上悬挂着美国国旗，门前还有一簇簇鲜花。二楼挂着一块牌子，上面写着"Miers Hospital 1904"（米尔斯医院 1904）。

这座楼房显得十分重要，但我找不到别的线索或者细节。这幅风景画挂在中国人开设的画廊里，显得平淡无奇：我和陈美子都看不出她花了两天时间究竟画的是什么东西。我提出要看一下作为蓝本的照片，这才发现墙上悬挂的牌子写的是"Miners Hospital"（矿工医院）。其他已经完成的画作中也有拼写错误的标牌，因为陈美子和胡建辉对英语一窍不通。一家名为"横跨大陆"的商店悬挂的标牌是"Fine Sheepskin Leather Since 1973"（始于 1973 的精致绵羊皮），画家把它写成了"Fine Sheepskim Leather Since 1773"（始于 1773 的精致绵羊浏览皮）。一块标牌上的"Bar"（酒吧）被写成了"Dah"（大刀）。有一家名为"Hope Nuseum"（正确的英文应为"Hope Museum"，意为"希望展览馆"）的店铺出售"Amiques"（正确的英文应为"Antiques"，意为"古董"）和"Residentlal Bboker"（正确的英文应为"Residential Stoker"，意为"家用加煤机"）。在某种程度上，我更喜欢改编后的版本——谁不愿意去那个叫做"大刀"的地方喝上一杯呢？但我还是帮着两位画家进行了更正，那之后整个画作看起来便显得完美无缺了。我告诉陈美子，她关于矿工医院的那一幅画作相当不错，但她对我的赞美之词不住地摇头。

有一次，在我们相识之后不久，我问她最初怎么会对油画产生兴趣。"因为我学习成绩不好，"她回答道。"我成绩不好，进不了高中。上艺校比上技校容易，就这么回事儿。"

"你从小就喜欢画画吗？"

"不。"

"那么，你很有天赋，对吧？"

"一点天赋也没有，"她笑着回答道。"我开始学画画的时候，连画笔都拿不住！"

"你学画画的成绩好吗？"

"不好，我是班上最差的学生。"

"那么，你喜欢画画吗？"

"不喜欢，一点也不喜欢。"

她的回答在进城务工人员中间很有典型性，他们既有很强的谦逊传统，又有很强的实用主义。在工业小镇，人们通常把自己说得既无知又无能，尽管他们实际上都具有一技之长。这正是陈美子对于自己描画的风景少有兴趣的另一个原因：这样的地方不值得她为之大费周章，任何矫揉造作之物都会被她嗤之以鼻。作为巴比松项目的内容之一，地方干部给大家分发了宣传丽水的 DVD 光盘，以此强调这个小镇和世界艺术的各种关联。但陈美子懒得观看。（"我敢保证，说的都是废话！"）相反，她把 DVD 光盘挂在画架边的一颗钉子上，把发光的一面作为作画时需要用到的镜子。她拿起光盘，对照自己的画作与原作，反着看更能发现差错。"是艺校老师教我们这样做的，"她说道。

陈美子和男友每个月能挣到一千美元，这样的收入在小城镇生活绰绰有余。在我看来，她的经历令人惊叹：我很难想象，一个来自贫穷的农村地区的人学会了画画，并通过描绘纯粹陌生的东西而获得成功。不过，陈美子对于自己的成就并不感到特别自豪，她对于艺术生产的说法与小龙对于胸罩调节环着色的说法如出一辙。至少在涉及其中的劳动者看来，他们的种种努力如此专门和具体，以至于基本无需更为宏大的背景。这就像他们第一次透过显微镜来观察另一个国家。

丽水的经验似乎与全球化所带来的公认的好处之一——经济交流会自然而然地增进人们的相互了解——背道而驰。不过，还有一种批评声也与丽水经验相矛盾——他们认为全球化网络会让位于最远端的劳动者迷失方向并遭到伤害。我在这座城市停留的时间越长，就越容易铭记人们对于各自所从事的工作感受到多么的舒心。他们无需关注自己生产的商品被谁消费，自我价值也几乎不与这些商品的买卖有什么牵连。没有控制的幻想——丽水这样的地方虽然偏僻，但瞬间便能感知世界市场的需求，人们普遍接受其中非理性的要素。如果没有了工作，或者丧失了机会，人们不会浪费时间去琢磨其中的原因，而是径直前进。谦逊将助他们一臂之力，因为他们从来没把自己想象成世界的中心。陈美子选择专业的时候，并没有指望找到与其能力相匹配的工作，反而指望拥有与工作相匹配的新能力。她的职业与个人性格和过往经历毫不沾边，这和她描画的风景一样，并没有让她觉得不知所措——如果有的话，这反而使事情变得更加简单。她分不清外国的工厂和农场，但这无关紧要。镜子里的倒影让她专注于细节；在更大的风景面前，她从未觉得无所适从。

我每次来到丽水，总要穿行于各个自给自足的小王国，拜访我认识的每一个人。我先在堆满胸罩调节环的地方停留数小时，然后是威尼斯画作、窨井盖、廉价棉质手套衬垫。有一次，我穿过一片空旷地带的时候，发现了一堆被倾倒在杂草丛中的大红色高跟鞋鞋跟。这些鞋跟一定是某个工厂的退货；没有鞋子，只有几十只孤零零的鞋跟。空旷的地势映得这些鞋跟粗短而忧伤，好似一场晚会失败后留下的残羹冷炙——这不禁让我想到未醒的酒意、堆满的烟灰缸，以及耗时太久的闲聊。

如果你是外人，联想肯定会有差异。有很多产品我从未想到过，比如仿皮，也就是合成皮革，一夜之间这种东西就在丽水具有了异乎寻常的重要性。生产这玩意儿的大型工厂有二十多家，大批量地运往全国各地之后，被用于汽车坐垫、钱包，以及不计其数的其他产品。在城里，仿皮无处不在，竟成了当地的一门独特的学问。工人们认为，这种产品需要用到有毒的化学品，会对人的肝脏产生危害。他们说，打算生孩子的女人不应该站到这样的生产线上。

这样的认识非常标准化，农村青年似乎刚来到城市也能马上掌握。不过，谁也说不清这样的谣传来自何处。工厂的墙壁上看不到任何警示语，我在丽水的报纸上也没有见过介绍仿皮的文章。再说，流水线工人也很少看报纸。他们不知道有谁因此生过病，也无法告诉我是否对其风险进行过科学研究。他们把认为有害的化学品称之为"毒"。然而，这样的观念深入人心，已经塑造了这个行业。事实上，年轻女子都不愿意到仿皮车间工作，各大公司为了招到员工只能开出更高的工资。在这样的工厂看到的多是老年男性——这样的人群在其他工厂很难找到工作。

在我看来，这样的信息流十分神秘。很少有人受过正规教育，流水线工人鲜有时间使用互联网。他们不看新闻，也没有兴趣关心时政。他们是我在中国见过的最缺乏爱国主义的人群——他们看不到国家事务与自己生活之间的联系。他们接受这样的事实——没有人在乎他们。在丽水这样的小城市，根本找不到为普通工人服务的重要部门或非政府组织。他们主要靠自己，与外界接触的范围似乎也很狭窄，但还算不上封闭。各种来自外部世界的说法，哪怕模棱两可的谣传或十分琐碎的传闻，都会让他们毅然地付诸行动。这才是关键：信息也许有限，但人们可以自由地流动，并确信自己的抉择更为管用。这给予他们一种能动力，尽管在外国人看来这使这个地方更显奇特。我熟知另一种完全相反的世界——人们偏爱稳定，乐于拥有巨量可支配的信息和时间以做出决定。

丽水人面临新机遇时采取行动的步伐快得出人意料。这种特质处于该市和外部世界联系的核心位置：丽水既是实用主义者的家园，也有数量不菲的探寻者，但严格来说，每个人都是机会主义者。他们以市场为师——工人时常变换工作，创业者瞬间改换产品线。丽水城外有一个名为石帆的社区，人们似乎每个月都能找到不同的收入来源。这是一个新兴城镇，所有居民都迁自山间小村北山——为了给工厂提供电力，政府要在此筑坝修电站。石帆没有重要产业，但自从有人居住，这个社区的零散活计似乎就汩汩地冒了出来。一般而言，这类活儿按件计酬，并由城内的工厂委托加工。

每个月我都会拜访一户吴姓人家，他们几乎每次都要向我介绍一种新颖而不知名的行当。有一阵子，他们会跟着邻居往童鞋上织彩珠；接下来的一段时间，他们会往发带上粘贴装饰条。之后，他们又会组装小型灯泡。六个星期的时间内，他们在临时搭建的一条组装线上编织棉布手套。（他们告诉我，那份活儿已经停止，因为异常暖和的冬天扼杀了市场。）

我有一次前往石帆拜访，发现吴家的儿子吴增荣和他的朋友们买回了五台二手电脑，开通宽带做起了电脑游戏《魔兽世界》的职业玩家。这是一款全世界最受欢迎的在线游戏，用户已经达到七百多万。玩家耗费时间提升角色，提升的手段包括积累技能、装备和财富。在线游戏市场不断涌现，人们可以在此购买虚拟财富，一些中国人以之作为全职工作，并在最近传到了丽水。这被称为"种田"。

吴增荣之前对于电子游戏没有兴趣。他很少上网，家里原来也没有使用互联网。他接受过烹饪培训，先后在工业城镇的多家小餐馆做过活计。他间或也会做一些简单的组装工作。他有一个妹夫在宁波当厨师，不光知道《魔兽世界》，而且意识到这款电脑游戏的收入远高于捣鼓锅碗瓢盆。他给几个伙伴打了电话，于是三个人丢下工作，筹集资金在石帆开了一家店。其他人随后跟进，不分昼夜地玩起了游戏。星期三，所有人放假一天。就《魔兽世界》而言，这一天十分特别：位于欧洲的服务器将于巴黎时间凌晨五点至上午十一点关闭，以进行例行维护。我每次在星期三这一天前往石帆的时候都会发现，吴增荣和他的朋友们要么抽烟要么闲逛，尽情享受《魔兽世界》给他们定下的周末时光。

他们玩游戏的时候极度认真。他们担心被逮住，因为拥有《魔兽世界》的暴雪娱乐公司认为，"种田"行为威胁了该游戏的公正性。暴雪娱乐公司监控着各个站点，随时关闭那些游戏模式显示出商业行为的玩家账号。吴增荣一开始玩的是美国版，但在被逮住几次之后转而玩起了德国版。光景不错的日子里，他每天能够赚到两百来元。如果账号被封，三百多元的投资就算打了水漂。他把自己挣来的在线积分卖给一个网名为菲菲的福建籍中间商。

我在某个星期六看吴增荣玩了一下午的游戏。他身材瘦削，略显神经质，瘦长的手指在键盘上不停地翻飞。他的妻子丽丽间或会走进房间看一阵子。她的右手戴着一只用欧元硬币打造的黄色戒指。这在浙江南部十分盛行，有专门的店铺把欧元熔铸成首饰品。这是当地又一种匠心独运的产业：以这种方式得到的戒指既是货真价实的外国货，又因为生产于浙江本地而花钱不多。

吴增荣用来工作的电脑有两台，他来回奔忙于三个不同的账号。他那些名为卡利姆多、塔纳利斯和巨槌岩石的角色穿行于各个角落，与火胆沃吉思和怒沙剥皮工这样的角色展开厮杀。屏幕上偶尔会弹出几行英文句子，大意是："你抢得了 7 个银币和 75 个铜币。"吴增荣一句也看不懂，他的妹夫靠着死记形状和标志的方式教他学会了电脑游戏。有一会儿，吴增荣的角色接连遭遇了怒沙刀斧手和剥皮工，于是他对我说："附近还有一个玩家，我猜他也是个中国人。你从他一见面就杀人夺宝的方式便能判断出来。"

过了一会儿，我们发现了那个玩家，他的角色是一个矮人。我用英文打出一条信息："你好！"吴增荣不让我写中文，因为他担心管理员会认出他的种田人身份。

没有反应，于是我又发了一条。矮人终于接话了："???"

我又打出一行英文："你来自哪里?"

这一次，他用英语回应了："抱歉。"根据我在中国教授英文的经历，这是答不出问题的学生一致的答语。就这样，矮人不言不语地又恢复了惯常的杀戮行为。"看见没?"我们都笑了。"我就跟你说他是个中国人!"

两个月之后，我再次造访石帆，吴增荣卖了三台电脑，正打算把其余的电脑也一起卖掉。他和他的朋友们都觉得，玩德国版照样无利可图，暴雪娱乐公司还是要关闭他们的账号。吴增荣给我看了暴雪娱乐公司最近发给他的一封电子邮件：

> 谨致问候，
>
> 我们特此发函告知，我们不得已取消您的《魔兽世界》账号……采取此种行为，我们深感抱歉；然而，此举符合《魔兽世界》社区的最广大利益。

这封电子邮件一共采用了四种语言，吴增荣一种也不认识。这无关紧要：在工业城镇奔忙于各个工种二十多年后，在全家因为电站大坝而异地搬迁后，他觉得被《魔兽世界》社区扫地出门不过是短时阵痛而已。我后来再见到他的时候，他正在申请护照。他在意大利有几个亲戚，他早就听说去意大利可以挣钱。我问他打算去什么地方，他这样回答："可能是罗马，也可能是水城。"我在政府的办公大楼里陪着他一起排队，注意到他的文件材料上使用的名字是"吴增雄"。他说之前申请护照的时候，工作人员把他的名字写错了，这一次将错就错反而更简单。就在即将前往未知国度、打算从事全新的职业时，他变成了另外一个人。我问他到了那边希望找什么样的工作，希望拿多少报酬，他回答道："我怎么知道？我不是没有去过吗？"跟我们一起排队的有一个二十出头的年轻人，他打算前往阿塞拜疆，因为他在那里的亲戚可以帮他经商做买卖。我问这个年轻人，阿塞拜疆是不是伊斯兰国家，他这样回答："不知道。我没去过。"

　　回到美国之后，我跟一位玩过《魔兽世界》的表亲交流。他说他一般从玩家的虚拟外表就能判断出谁是中国籍种田人，因为这些人在游戏中的装备十分蹩脚。他们获得装备或武器后立刻就会卖掉，所以基本上两手空空。我喜欢这样的形象——中国人即便到网上也还是轻装出行。与此同时，我对合成革进行一番调查后才知道，制作这种物品需要用到的溶剂叫做二甲基甲酰胺，简称DMF。美国的研究表明，接触DMF往往面临肝脏损害的风险。有证据显示，女工发生死胎的可能性大为增加。在针对老鼠的实验室检测中，过量接触DMF被证明会造成发育缺陷。换句话说，我从丽水的进城务工人员那里听来的每一种说法——尽管缺乏事实依据——都被证明是真的。

　　这便是这个三线工业城市的第二点效能。人们所生产的产品微小无名，所具有的知识同样细碎零散。不过，这些知识足以让他们自由流动并做出决定，并且他们的判断力好得惊人。流水线工人能感知DMF的危险，画师能逐渐知道哪一栋楼房重要，调节环着色工可以调出Sellanyl黄。即便错误的信息也有它的用处——如果耶稣基督与道家圣贤更相

关，那正是他的本来面目。工人们知道，他们需要知道
什么。

回到美国后，我对陈美子和胡建辉花费那么多时间绘制
的小城市心生好奇。我在古堰画乡的时候替站在画架前工作
的艺术家们拍过照，现在开始探寻那些被拼错的标牌。所有
的标牌似乎都位于犹他州的帕克市。那里离我居住的科罗拉
多州西南部近在咫尺，于是我踏上了旅途。

我跟丽水的很多熟人依然保持着联系。陈美子偶尔会给
我发来电子邮件，当我跟她通电话的时候，她说现在绘制的
仍旧以水城为主。经济衰退对她的影响不大；看得出来，中
国产的威尼斯绘画的市场对于经济衰退基本免疫。其他产业
就没有这么幸运。2008 年下半年，随着对中国出口产品的
需求减弱，数百万工厂员工失去了工作。在老板削减技术人
员的薪水、并解雇一半的流水线工人之后，小龙离开了
工厂。

不过，与我有过交谈的丽水人大多能够从容应对这样的
情形。他们既没有抵押物品，也没有债券投资，并早就学会
了随机应变。他们已经习惯于变换工种——很多下岗工人径
直回到老家，等着时日好转。再说，他们从来就不认为国际
经济充满理性、可以预测。如果大家对仿皮的购买量突然减
少，这就跟大家最初对它的需求一样，不必感到奇怪。2009
年，中国经济获得动力，工人们重新回到了流水线上。

我在帕克市轻而易举就找到了画家们绘制了多时的各个

地方。他们绘制的商店主要位于主大街，我一边向店主们展示照片，一边与他们交谈。谁都不知道委托来自何处，当发现自己的店面被远在一万公里外某个无名的中国城市的画家们绘制之后，他们的反应各不相同。在那家叫做"横跨大陆"的商店里（始于 1773 的精致绵羊浏览皮），经理显得紧张不已。"你得联系我们的公司总部，"她说道。"对此我无可奉告。"有一家店主问我，我是不是觉得有摩门教徒牵涉其中。还有一位女士给我讲了一件事，一位可疑的阿拉伯男子不久前造访过当地的一家美术馆，并提出向他们出售廉价画作。有人担心这是竞争作祟。"这正是我们希望看到的，"得知中国画家们的售价之后，一位画家酸溜溜地说道。还有人发现照片中的陈美子像众多的中国农村人一样不苟言笑，不禁表示了怜悯之情。一位女士盯着"矿工医院"画作旁表情阴郁的陈美子看了半天，终于说道："你看，这就是忧郁。"

　　每个人对那幅画都有话要说。那栋建筑物勾起了他们无尽的回忆；顷刻间，那幅画不再显得平淡无奇。那所医院最先由落脚于帕克市的银矿矿工们修建，后来变成了市政图书馆。1979 年，政府为了给滑雪度假村腾地方，把图书馆搬到了城市的另一边，全城居民倾巢而出转运书籍。"我们排成长队，一本一本地传递书籍，"一位老太太回忆道。一位餐厅经理看到我手里的照片之后，一边开心地大笑一边告诉我，《阿呆与阿瓜》的关键场景就取自矿工医院。"你知道他们参加猫头鹰慈善晚宴那一场戏吗，他们穿着滑稽的服装，一个人用手中的棍子敲打着另一个人的小腿——你知道我在说什么吧?"

我说,我知道他在说什么。

"那个场景就是在这栋大楼里拍摄的!"

当我前往拜访的时候,帕克市市长的办公室仍旧位于矿工医院的一楼。市长名叫达纳·威廉姆斯,看见陈美子绘制的画作时禁不住十分兴奋。"太棒了!"他说道。"简直不敢相信,中国竟然有人在绘制我们的建筑物! 她做得太好了!"

跟我在帕克市交谈过的每个人一样,威廉姆斯市长也无法告诉我,那栋楼房怎么会被人委托到海外进行画像。这便是中国巴比松和美国帕克市的一种对称:无论绘制景物的人,还是切切实实居住在景物中的人,都对美术作品的目的感到神秘莫测。

威廉姆斯市长给我斟上绿茶,我们交谈起来。他很爱笑,也有年轻人的气质;他是当地一家摇滚乐队的吉他手。"这是当市长所需要的阳气,"他解释道。他对中国很感兴趣,交谈中时不时蹦出中文词语:"有没有啤酒?"他用中文问道。他记起了 2007 年陪同当地的学校代表团造访北京(一个互访项目)的旅途中学到的这个句子。他的办公桌旁挂着一幅书法卷轴,上面的文字是:"团结、文化、美德。"他告诉我,他最先想到的是 1960 年代的中国,当时的安吉拉·戴维斯曾经在加利福尼亚大学洛杉矶分校做过一场关于共产主义的讲座。他的办公室藏书中有一本《红宝书》。帕克市的媒体发现之后,专门刊发一篇文章,暗示市长的决策受到了毛泽东的影响。威廉姆斯市长觉得这种说法非常滑稽；他告诉我，他只不过选取了书中的有用部分。"为人民服务，"当我问他从毛泽东身上学到了什么东西时，他这样回答道。"为人民服务是一种责任。我之所以坐在这个位置上，是因为我小时候读过《红宝书》。政府工作就是一种平衡。我觉得这跟道教有关。"

去西部

　　我在海外生活期间学到的第一件事情是，如果迷了路，你就应该询问方向。我学到的最后一件事情是，即便没有最终目的地，也完全可以把一百四十三个箱子从北京运到太平洋的对岸。我一直不善于提前谋划，在中国生活了多年之后，我的这种习性愈发糟糕，因为那里的每个人似乎都活在当下。在那样的国家，要找到愿意随机应变的搬运公司十分容易。他的英文名字叫做维恩，像中国艺术家那样蓄着长长的头发。就在我们斟酌合同内容的时候，维恩问我的太太彤禾是否已经想好，我们即将前往什么地方。"总之是一座小城市，也许就在科罗拉多州吧，"她回答道。"但我们还没有决定住在哪一座城市。"

　　"未来几个星期能够定下来吧？"

　　"我觉得可以。"

　　维恩解释说，船运集装箱将在大洋之上颠簸一个月左右的时间，所以地址无关紧要，只要运载的物品朝着大致正确的方向行进就可以。但到达美国之后，美方合伙人需要知道运货卡车将开往什么地方。那也就是维恩的最后期限：我们需要在五个星期内找到住处。

维恩在我们位于北京的寓所忙活了两天，以指导那帮搬运工人。一共有十来个搬运工，全都穿着洁净的蓝色制服，带着金属开箱器。对于每一件家具，他们都要按照尺寸把一大块硬纸板划成同样大小的小片。他们先是划下一块纸板，裹住椅子的前腿，接着依次是后腿和侧面。所有的纸板粘贴在一起之后，看上去就像一个椅子状的盒子。他们据此做出餐桌状、书桌状、书架状、条凳状和沙发状的纸盒。他们做了一张巨大的纸板床。一个三层的古董鸦片桌被一层层严丝合缝地裹了起来。那情形如同看着一队雕塑家逆序创作，直到我们所拥有的每一样物品被转换成更大更粗糙的版本。

我数次想与工人们交谈几句，但他们的反应简短而且乏味。他们不让我们帮忙。每当我捡起某个物件，立马有人一个劲微笑着向我道谢，同时把东西拿了回去。"还是留给他们做吧，"维恩说道。他说得没错。他们把集装箱塞得像积木那样密实，一辆卡车拉着它进入了夜幕。突然，我有一种奇妙的感觉：我们的财物消失了；我们没有地址；我们可以住在任何想住的地方。那个月的晚些时候，我和彤禾踏上了寻找新家的路。

我们俩成年之后都少有在美国生活的经历。我大学一毕业就前往英国进入研究生院，随后旅行到了中国；不知不觉间，我已经离开了十五六年时间。我从未在美国找过工作，既没有买过房子，也没有租过房子。我最近一次在美国买车的时候，加的还是含铅汽油。我的父母亲仍旧居住在我从小长大的密苏里州，此外便找不到任何把我维系在这个国家某个地方的其他东西。彤禾跟美国的维系更少：她是两个中国移民的女儿，出生并成长于纽约，先后在上海和北京从事写作。

我在中国生活期间很少回美国，但花了大量时间思考这个国家。中国人大多对外国人的生活深感好奇，总喜欢提出某些特定的问题。你们那里几点了？你们可以生几个孩子？回去的机票要多少钱？人们对于美国的观点往往位于两个极端，既积极又消极。他们总是沉迷于之前听来的种种稀奇古怪的细节。美国农民是不是非常富裕，可以用飞机来播种？老人和成年子女同桌吃饭，孩子们会让父母自付饭钱，因为他们的关系不像中国家庭那么亲密，这是真的吗？我在大学教书的时候，一个名叫塞恩的学生写过一篇作文：

> 我在书上和电影里看到，美国人可以拥有枪支。我不知道这是不是真的……我在一本书上看到，乞丐必须穿着防弹背心。这是真的吗？关于美国有一种说法。想进天堂，请去美国；想去地狱，请去美国。

对于这种交织了真相和夸张的问题，实在难以回答。头几年，这让我感到十分忐忑，因为我未能传达一种更为精准的视角。不过，我终究意识到，类似的对话不仅仅与我有关，甚或与我的国家有关。在中国的时候，我逐渐把对美国的认识当成一种想象：它往往形成于人们的意识之中，从这个意义上而言，那与其说是我个人的问题，不如说是他们自己的问题。他们的问题反映了中国人的兴趣、梦想和忧虑——即便他们谈论美国的时候，也总有部分话题涉及自己的国家。

我在海外生活的时间越久，就越觉得自己的视角正在发生相似的变化。中国成了我的参照物；我总拿自己对美国的认识与自己对亚洲的认识加以对照。我对美国生活的认识日渐成为开放式的，而不是定型的。我很难想象自己身处特定的地方，那实际上也意味着我有很多地方可去。当我和彤禾决定离开北京的时候，我俩都已经完成了写书需要的研究工作，知道自己可以带着工作上路。我们没有职业，也没有孩子，并不需要长久的家；最终，我们可能还会前往海外。我在中国的城市里生活多年之后，更喜欢乡下的幽静和平淡无奇。落基山脉的小镇上没有人认识我们——那里便是我们自己中国版的美国梦。

我们买了一辆二手的丰田车，在后座放上冷藏箱，沿着两车道公路在科罗拉多州四处转悠。时值3月下旬，山上的积雪依旧深厚；有些高海拔的隘口仍然封闭着。夜幕降临，我们住廉价旅馆，白天，跟房产中介们交谈，他们手头很少有房源。之前我们根本不知道，美国的中产阶级几乎从不租房子来住；当时正值房地产次贷崩溃的前夜，买房很容易。在一个不到三千人的银矿社区里德威尔小镇，我问房产中介是否有物业可供出租。"你有美国住房和城市发展部颁发的HUD证书吗?"她问道。我告诉她,我确信我们俩都没有那样的证书;于是她建议我们租一套活动屋。我们看到唯一可供出租的是一套白色的活动屋,坐落在距离24号公路六米远的地方。活动屋里正居住着一群钼矿矿工,但房产中介向我们保证,那帮人很快就要搬走;她可以把我们列入待租名单。里德威尔镇打算开掘更多的矿洞,主要是因为来自中国的需求激增。我们看了那房子一眼,便继续开车上路。

我喜欢宽广而色彩亮丽的土地,慢慢染上晚霞的山峦,以及坐落于山谷间名字厚重的一座座小镇:花岗石镇、基岩镇、锯坑镇、鸡冠丘镇。我们沿着科罗拉多西南部的安肯帕格里河一连开了十余公里,沿途看见的标牌就让我心情舒畅。离河不远的地方,一个人带着我们参观了坐落在盐碱平地上的一座新房子。白色的土壤犹如碎玻璃般熠熠泛光,一想到要在这样的地方写书就让我感到头痛。我们找到的出租房,总是不太称心。要么地毯破旧、墙板损坏,要么建在背阴的山谷里,积雪难融。我时常感觉,在我们来之前,这里一定遭遇过大灾大难。离婚、死亡、破产——以我的想象,这是小镇上的大房屋纷纷落入租赁市场的主要原因。

在一个叫做瑞奇威的地方,我们先给一个房产中介打了电话,随即又偶遇一位刚与男友分手的年轻的办公室经理。男友离去,留下她和一纸新屋租约,她打算搬到丹佛从头再来。地方很漂亮:位于一个小山包的山顶,在安肯帕格里河河面之上三十来米。站在屋后看出去，没有一栋房子；视线掠过一片矮松林，径直投向凹凸不平的西马仑山脉。瑞奇威位于犹他州和新墨西哥州的交界处，总人口只有七百多。全县只有一盏交通信号灯。瑞奇威没有麦当劳，没有沃尔玛，也没有星巴克；在屋子里收不到手机信号。我们想不出有什么地方比这里跟北京的差异还要大，于是决定就此落脚，并签订了一年租约。

我们买了一张床垫和几件草坪用具，在外面支起帐篷等着船运集装箱的送达。一天下午，我们驾车来到蒙特罗斯镇，在一处古玩市场发现了一对木质书架。售卖者答应与我分担送货费：我们支付十美元，剩下的由她负责。她给自己的儿子打了个电话，因为他有一辆皮卡。"二十五美元吗？"我听到她对儿子说。"太贵了，二十美元怎么样？"中国人就对这样的细节感兴趣——回到美国不到一个月，我已经亲眼见证了年迈的母亲和自己的成年儿子就金钱问题讨价还价。

我们在空荡荡的屋子里签订了电话服务协议。当我提出电话号码不要列入黄页簿时，电话公司的业务代表说那得每个月加收两美元的服务费。瞬间，省钱的心态压过了我期待隐匿的愿望。"登在我妻子名下吧，"我说道。"她的名字是莱斯利·张（张彤禾）。"

我当时觉得，她的名字相对来说更为普通，但没有想到最后电话黄页簿会把我附带列出："彼得/莱斯利·张。"紧接着，邮件就来了。

尊敬的彼得·张先生，

你喜欢省钱。还有更好的，你既能省钱，又能得到更优质的服务。因此，干吗不换一家电话公司呢？

我和彤禾几乎没有收到过任何邮件。收到邮件的是彼得·张，头几个月我们的邮件几乎全由他接收。信用卡公司和电话公司会像汽车经销商一样给我们派发宣传单。彼得·张收到过用韩文和繁体中文印制的广告单。有人深更半夜打来电话，操着莫名其妙的语言。韩国人一看我们听得云里雾里，立马挂断电话，但我们通常会跟讲中文的电话推销员纠缠一番，以弄清他们究竟是从什么地方打来的电话。是谁在翻阅科罗拉多州农村地区的电话黄页簿，专门搜寻亚洲人的名字？

多数时候，打进电话的似乎都是推销长途电话卡的个人。不过偶尔也有中文电话推销员向我们推销其他东西。一天晚上，彤禾一拿起电话就听到一个女人起劲地推销位于怀尔明的某处旅游景点。我把耳朵凑了过去，尽管我们俩一开始谁也弄不懂那是个什么名字。"怀尔明？"彤禾问道。"在哪里？"

来电者解释说，怀尔明位于美国西部，是一片牛仔出没的山地，空气清新。那情形如同盯着拼图看了好半天，图案一下子变得清晰明了，并且绝无差错：怀—俄—明。

"你从什么地方打来的电话？"彤禾问道。"中国大陆吗？"

一阵沉默。"我们是一家香港公司。但我们做怀尔明的旅游项目。"

"我不相信你们是香港公司,"彤禾说道。"香港公司不可能这样随机拨打电话。还有,你的口音不像香港人。你究竟在大陆的什么地方?"

打电话那个女人的声音越来越小。"我只能说我们是香港公司,"她说道。"其他的我没法告诉你。"之后,我会不时地重复那个地名,只是想听听它的读音。有点像魔法,半是陌生半是熟悉:怀—尔—明,怀—尔—明,怀—尔—明。

货运集装箱晚到了。丹佛的搬运公司原定星期二中午到货,但他们的卡车走到莫纳克山口时陷进了积雪,随后又遭遇了机械失灵。驶上我家车道后,他们往后倒车撞上一根矮松,刮倒了几根枝条。驾驶员发现自己没有钥匙打开集装箱上的中国海关关锁,于是抓起了一只重重的退耦器,笑道:"找个乡下佬用这个东西使劲敲打,多半能搞定。"

从北京回美国的朋友曾经提醒过我们,行李送达时会是怎样的心情。如同将新生儿从医院抱回家里:转瞬之间全靠你自己。来到瑞奇威,维恩的十多个中国搬运工变成了叫做詹姆斯和格里格的两个美国人。他们没穿制服,搬运效率也不高。我和彤禾提出打帮手,他们毫无怨言。他们一到我家就打听,哪里可以找到吃的东西。詹姆斯成功地捣毁了海关关锁之后,他俩站在打开的集装箱跟前目瞪口呆。

"我可从来没见过这样的东西,"詹姆斯终于说道。"我得打电话把这事儿告诉别人。"

下午剩余的时间，我们一边把盒子往家里搬，詹姆斯和格里格一边不时地查看着中国人的手工活儿。有一阵，我看见他们两个蹲在车道上，正琢磨被纸板裹起来的一张餐桌。"他们简直令我们无地自容，"詹姆斯一边摇头一边说道。"太不可思议了。"

每个盒子上都有编号和标签，詹姆斯每跑一趟都会读一遍号码，以方便拿着表单的彤禾进行对照。搬运盒子的过程中，他简要地讲述了自己在路易斯安那州的成长经历，他和妻子在家自教的七个孩子，以及他曾经当长途卡车司机时听来的逸闻趣事。他最近卖掉了自己的卡车，因为油价涨得太高。"卖给了一个想挣上千儿八百的家伙，"他说道。"千儿八百个麻烦还差不多。"詹姆斯说，他每年都要拿出几千美元购买书籍，所以讲的逸闻趣事各不相同：卡车司机的加油策略、植物护理、养鸡场心得。"那些家伙现在用药太多，"他说道。"我有一个朋友在鸡场干活，从小鸡孵出到加工处理只要十八天。十八天！原来可是要好几个月。还有一个女人曾经在鸡场给小鸡打针，偶尔不小心会把针扎到自己身上。她后来得了狼疮，脸上还长出了毛发。所以我再也不吃鸡肉了。这个盒子的编号是九十四——办公室文件夹。"

最后拆开的，是我们的大床——彤禾数年前发现于上海的一处古玩市场。这张床有个顶篷，顶篷共有十八块，全由榆木雕刻而成，上绘涡形图案，或为花草、人物，或为佛教圣像。顶篷既不用螺丝，也不用闩子——只有木槽和卯榫。

组装时必须按照固定的顺序。我们从立柱开始，按顺时针方向推进，一人扶撑一边，直至整件物品完美合成。夜幕降临，黑暗让这样的场景有了一种亲密感：我和彤禾，詹姆斯和格里格，一起忙活着民国初年的顶篷大床，四周全是雕刻而成的莲花、菩萨和相互交织的 8 字符号。高大的顶篷竖起来之后，詹姆斯花了整整一分钟的时间琢磨其中的卯榫。"设计得太好了！"他不禁感叹道。他们还得开六个小时的山路回到丹佛，但詹姆斯很高兴能坚持到最后。他跟我握手道别，并祝我好运；他的行车经历又有了新的逸闻趣事，这似乎令他感到十分开心。

回到美国之后我才意识到，自己是多么的怀念美国人说话的方式——尤其是在小镇上。我喜欢他们不慌不忙地讲述逸闻趣事，也乐见自己还能明白他们话语中的细微含义。有一次，我回到密苏里州看望父母。我从机场坐上穿梭巴士，驾驶员来自南卡罗来纳州，浓密的胡须像一堆白雪在他胸脯上来回抖动。我说我刚从中国回来。

"你会讲扑腾话吗？"他问道。

我的口音没那么正，但我还是告诉他，自己会一点点扑腾话。

"我在什么地方看过一份资料，"他说道。"什么地方我忘了，反正就是说中国人能四人一排齐步走向大海，直到永远。"

近两百公里的路程中，那位驾驶员一直不停地说话。他讲述前妻的故事，也描述自己对《圣经》希伯来文的钻研，还对《但以理书》发表了激烈的观点。他当时住在密苏里中部的一处拖车庭院，但在 1960 年代到访过法国、西班牙、希腊和土耳其。"我有一个有钱的叔叔，是他出钱让我走了那么多地方。"

"哦，这趟旅途一定很棒吧，"我问道。"你叔叔是谁？"

"山姆大叔啊。"

在中国，人们不会这样说话。他们不善于讲故事——他们不希望成为被关注的中心，很难从讲故事的过程中获得乐趣。他们很少纠缠于兴味盎然的细节。这并不是说他们愿意缄口不言；实际上，很多中国人都能够用食物、金钱和天气这样的话题让你的耳朵生茧，他们还善于向外国人提出各式各样的问题。不过，他们一般不谈私人话题，身为作家，我知道，有时需要等上几个月的时间才能让采访对象敞开心扉。也许，在一个彼此接触十分密切、凡事围着家庭和其他群体打转的国家，这种现象非常自然。

有选择权的中国人，决不会选择住到科罗拉多西南部这样的地方。美国人喜欢独来独往的性格令我印象深刻，正是这样的独居让大家的闲谈变得无拘无束。一天晚上，我在瑞奇威的一家酒吧遇到一个人，他跟我交谈不到五分钟就解释说，自己刚从监狱里释放出来。另一位酒客告诉我，他的老婆已经过世，他最近又心脏病发作，所以预料自己活不过当年。我知道，美国人的闲扯多半不靠谱；任何时候人们都可能扯到私人话题。当我申请安装"DIRECTV"时，一位技术人员来我家的侧墙上开洞。他说自己刚搬到一个叫做三角的小镇，于是我问他对那个小镇的看法如何。

"安静，"他回答道。"三角镇很少有事儿。"

"你怎么会搬到哪儿去住呢?"

他从开凿的孔洞上抬起头。他是个二十来岁的精瘦男子，一双手臂上刺着蓝色线条的文身，活像恣意分布的一条条血管。"我两个月大的儿子刚刚去世，"他缓慢地回答道。"就在丹佛，所以我不得不搬走。在那里我再也住不下去。所以，我搬到了三角镇。"

过了好一会儿我才回过神来。"我真的非常遗憾，"我说道。"太糟了。"

我不知道还应该说点什么；在美国，我总觉得很难对这种私人的故事做出回应。不过，我很快就明白过来，其实我说什么都无关紧要。很多美国人是说话的好手，却不喜欢倾听。我要是在某个小镇对某人说自己在海外生活了十五年，他们的第一反应如出一辙："你是在服兵役吗?"除此之外，他们很少提问。我和彤禾逐渐明白，中断闲扯最有效的方法，莫过于告诉大家我们是作家，而且在中国生活了十几年。没有人明白这意味着什么，他们似乎更善于聊自己刚刚服完的有期徒刑。

有时候，好奇心的缺乏令我深感沮丧。我永远记得自己在中国的时候被问到的各种问题，哪怕不识字的人也希望了解一下外部世界的信息，我不禁疑惑美国人怎么会如此大相径庭。不过，很多中国人对自己和所在社区的事务几乎不感兴趣，这也给我留下了深刻的印象。他们不善于反思——不愿意去太多地思考自己的生活。这是他们跟美国人的主要差异，后者不断地制造出有关自己和自己所在地的故事。小镇的人们很少向外来者发问——的确，你所要做的就是聆听。

有时候，这样的角色让我觉得自己像一个外来者或是假冒顶替的，不过，会说话也有好处。它让我从小就理解自己的文化；即便我不是他们故事里的角色，我还是听得懂人们说了些什么。我喜欢聆听，静坐在人群之中，被当地的社区事务所吸引。我和彤禾前去观看牛仔表演和赛马会，当地的农场主与专业人士展开比拼。秋天，我们到附近的一所高中观看橄榄球比赛。我们跟随名不见经传的奥拉西高中队一起度过了州锦标赛赛季，并前往奥拉西镇的主大街参加庆功大游行。球员们坐在消防车的车顶上，一直开到大街尽头，原地掉头再回到出发点，这样，全镇的每个人都有了两次喝彩的机会。

6月的一个周末，我们前往参加一个名叫"牛仔皈依基督"的宗教聚会。这次聚会恰逢牛仔表演季的开始，主办方免费派发了《牛仔之路》，专述牛仔表演者的基督主题故事。一位发言者是乡村音乐师，名叫莫里斯·莫特，大谈自己小时候家庭生活的支离破碎。"十六岁时，我在自己的生活道路上遇到了他的故事，也就是耶稣基督的故事，"他说道。他详细讲述自己如何开启了一种别样的生活，还说信仰帮他熬过了孩子病危时的艰难时光。莫特的语速很慢，充满着自信，两百多名听众一片静默。"有故事的人比只会讲大道理的人更高明，"莫特说道。"你的故事是你可资利用的武器，它不但帮你战胜敌人，还能给他人带来光明。"

六个月的时间里，我的体重减了二十多斤。多年前，我就是个好胜心强的长跑好手，但北京的空气严重污染，我只好放弃了这一爱好。在瑞奇威我重拾旧好，我家的海拔为二千四百多米，走哪条路都能翻过小山包。跑步的过程中，我四处察看野鹿、麋鹿和火鸡；我两次看见过美洲狮。我很惊奇地发现，自己还能一口气跑上十二三公里。没多久，我的双腿重新变得轻盈无比。

我逐渐把这看成是彼得·张的康复期。现在，他的邮件主要是闪闪发光的人参产品中文广告单——太子金心配方、纯正美国人参粉——全都来自威斯康星沃沙市一家名为"太子行"的公司。一家名为"赫尔曼机动车"的公司寄来了一张两千零七十八美元的支票，随附信件的内容是：

敬呈彼得·张：
　　此乃正式通知函，以确认您已经在鄙机动车公司的市场推广测试中被抽中为获奖者。这不是玩笑、骗局或者恶作剧。

我很高兴，有人求彼得·张收下他们的钱。我把他想象成一头孤狼，一个令全世界摸不着头脑的角色，我喜欢代他接听电话。一天晚上，我和彤禾刚从镇上吃完饭回到家里，电话响了起来。

"找彼得·张，"彤禾拿起听筒后说道。"是个女人。她说她来自全国灯泡协会。"

"全国灯泡协会是个什么玩意儿？"

"我怎么知道？我要不要挂电话？"

我决定听完这通电话。通话状况不太好，那个女人提到，听完协会副主席维恩·拉皮埃尔的电话录音后，会有一个民意调查，只问一个问题。录音一开始是一个怒气冲冲的声音，我不禁想：老天，这个法国佬看来真是让灯泡烦透了！随即，我明白过来，我们把"灯泡"和"步枪"这两个词搞混了①。全国步枪协会正在科罗拉多西南部的荒野里进行导向性的电话民意调查。

拉皮埃尔解释说，联合国正在努力推动一项历史上最为严格的枪械管控条约。第三世界的威权国家正在力推该项法案，美国的自由派官员和媒体精英也大力表示支持。这段录音后，电话里传来了另一个人的声音。

"张先生，"他问道。"对于第三世界的威权国家以及希拉里·克林顿试图在美国取缔枪支的行为，你怎么看？"

"我支持。"

"你支持什么？"

"我支持他们取缔枪支，"我回答道。"你得明白，我就

---

① 据作者解释，表示"全国"的 National 和"协会"的 Association 这两个单词音节较多，lightbulb 和 rifle 位于它们之间，来电者深夜致电，且略带口音，加之语速较快，很容易让接听电话的人误听中间的音节和单词。——译者

来自第三世界的威权国家。我来自中国。我并不认为大家应该拥有过度的自由。"

长时间的沉默。"那么,"他说道。"我感谢你的坦诚。"

"你以为我会说什么?只要你打给姓张的人,他会跟我说一样的话。我们对此看法相同。我们都来自中国,我们不需要枪支。"

"好的,"他说道。"我明白你的意思了。"

"我们这里也需要更强有力的政府,就像中国那样。"

"好吧,"他说道。"谢谢你的答案。"他显得彬彬有礼,也没有跟我争辩什么,不过他似乎无法令自己从这通电话中满意地抽身而出——看来还不是协会里最亮的灯泡啊。最后,我跟他道别,挂上了电话,那一晚剩下的时间就交给彼得·张了。

在美国生活将近九个月之后,我和彤禾开着车踏上了拉斯维加斯之旅。我们抵达的时候恰逢该市举办混合马拉松赛和半程马拉松赛,那仿佛成了我们回家之旅的最后一个动作。既然已经观看过这么多牛仔表演和橄榄球比赛,我决定回归体育竞技,于是报名参加了半程马拉松赛。

比赛开始于黎明之前,出发点设在曼德勒海湾度假区,一万七千多人拥上了拉斯维加斯大道。我们推搡着跑过了亮着霓虹灯的卢克索酒店、热带天堂大饭店和米高梅大酒店。有些通宵赌客跑出门来为我们加油助威。几公里之后,我加快了节奏;感觉越来越轻松,因为我在高海拔地区一直训练不辍。很快，比赛的队伍越来越稀疏，跑到十公里的时候，我身后只跟着为数不多的选手，跑在前面的选手领先我不过四五十米。

参加马拉松赛的不乏专业人士，他们是前来争夺四万五千美元大奖的非洲人和欧洲人，一出发便跑得飞快。我知道，半程马拉松选手跑到十公里的地方应该转向而行，但我看不到前方有人改变线路。不得已，我只好冲边上身着志愿者服装的旁观者大声发问："半程在什么地方转弯？"

"就在这里，"他回答道。

我猛然收住脚步："确定吗？"

"确定，"他回答道。"跑上那条街就行了。"

志愿者一直没有留意，他只是看着一个个选手疾跑而过。但我还是遵从了他的指示，前方不远处，一名警察慢慢开动警车，打开了警灯。我这才意识到，那是一辆安保车，我成了领跑者，身后跟着八千多名参赛者。

即便年轻的时候，我也没有优秀到领跑大赛的地步。偶尔，我会在有数百人参加的赛事中夺得桂冠，但超过这个人数的比赛往往注定由比我更优秀的选手把持。我知道，今天比我优秀的好手都去了别处；他们跑过了分道处。如果他们很快明白过来重回赛道的话，追上我不会有任何问题。我告诫自己，跑到十六公里之前千万别回头看。

在中国，我时常梦想着宁静和孤独，但那完全不同于领跑比赛的感觉。一般而言，体育比赛是一种视觉活动；你挑选位于前方的地标和选手，设定为目标。可当你跑到前方之后，剩下的只有声音：你的呼吸逐渐清晰可辨，跨步的节奏同样如此。你聆听着身后传来的脚步声。偶有观赛者发出欢呼声，随即陷入沉默，你会读秒，直至他为下一位选手发出欢呼声。

我从没想到拉斯维加斯会这样宁静。赛道沿着大道西部过了好几个街区，明亮的灯光逐渐暗淡，两边的建筑愈显破败；我跑过了拉斯维加斯犯人感化中心和情色遗产博物馆。我看见一个无家可归的人推着一辆商店购物车。他大笑着高喊道："嗨，老兄，你赢了!"摇滚乐队在赛道旁支起了舞台，乐师们还在调试各自的乐器。时常，我从他们身边跑过的时候，他们才注意到我，于是赶紧替我弹点什么作为安慰。我听着身后传来的音乐声，越来越微弱，直至耳畔只有自己的脚步声和呼吸声。

跑到十六公里的地方，我回过头去，一个人也没有。经过大赌场的服务台入口处后，我很快跑上法兰克·辛纳屈大街，接着就来到了设在曼德勒海湾的终点线。我冲线之后，人群中发出一阵阵欢呼声；赛事指导与我握了握手。十五分钟后，拉斯维加斯电视台对我进行了现场采访，同时受访的还有女子项目的冠军和首位跑完比赛的猫王模仿者——一共有一百五十位猫王模仿者参加了比赛。跑得最快的那位满脸自豪地与我同台亮相，这个人穿着白色莱卡紧身衣，贴着鬓角，正像音乐会的猫王本人一般汗流满面。

我和彤禾被引进专为顶尖选手设立的 VIP 帐篷，一边等着专业选手结束比赛，一边吃了些自助早餐。专业选手一个接一个地跛着腿走了进来，多是肯尼亚人和埃塞俄比亚人，大腿壮实，腿肚瘦削。他们的脸上带着长距离赛事结束后特有的疲态：脸色憔悴，眼神空洞。排队取餐的队伍里，一位俄罗斯选手满腹疑惑地打量着我。"你刚跑完比赛吗？"她问道。

我告诉她，我是半程比赛的第一名。

"你看上去一点也不累啊，"她说道。"完全不像刚跑过步的样子。"

她说得没错——我显得跟其他运动员格格不入。我的成绩是该赛事过去十四年以来最慢的记录，我了解到，走错道的领跑者直到跑出赛道数公里后方才如梦初醒。（就拉斯维加斯的一贯做派而言，通常会有豪华轿车带着他们来到终点线。）赛事指导向我确认，肯定会有颁奖仪式，但随着晨光逝去，我越来越感觉自己如同坐在 VIP 帐篷里的冒牌货。终于，我和彤禾抓起几块羊角面包，匆匆地溜了出来。

我一直没去领取这次比赛的奖品。这就是彼得·张的精神——面对奖品和意外之财他抽身而退，他还知道，像所有外国人那样，一旦迷失方向你就得问路。不管怎么说，过程本身才最为重要。我独自一人跑过法兰克·辛纳屈大街，还登上了拉斯维加斯的电视屏幕。我与汗流满面、扮相酷似猫王的参赛者握过手。终于，我回家了，有了一个属于自己的故事；在美国，这就够了。

多恩医生

在科罗拉多西南角,安肯帕格里高原顺着一片云杉林和灌木林逐渐降至犹他州的边界,在这里有一片宽达一万平方公里的土地,既没有医院也没有百货商场,只有一家小药店。店主是多恩·科尔柯德,他居住的小镇名叫纽克拉。一个多世纪前,纽克拉镇之所以得名,是因为一批理想主义者希望,他们居住的社区将会成为"世界社会主义政府的中心"。不过,这里现在更像是地球的边缘。97号公路走到主大街的顶端便断头了;总人口七百左右,并在日渐减少。开上一个半小时才能看到距离最近的交通信号灯。农场主老夫妇开着皮卡前往纽克拉镇的时候,妻子们往往会从靠门的位置挪到前座中间,近得足可以触碰开车的丈夫们。仿佛此地的地形——群山无尽、四野辽阔——让人更珍惜福特 F-150 狭小驾驶室给人的亲密感。

多恩·科尔柯德在纽克拉镇经营药剂师商店已有三十年。以往,这样的商店在美国的农村卫生保健方面发挥着重要的作用,这里曾经有过另外三家药店,但全都已经关门歇业。有些人开车行驶一百三十来公里的路程，只是为了光顾这家药剂师商店。店铺里有几排货架、一个明信片支架、一个百事可乐饮料机，以及一个标着"糖尿病用品"的区域——这个区域挂着几颗装饰用的动物头颅，分别是两只长耳鹿和一只羚羊。头颅边上便是药剂师的工作台。顾客们不像城里人排队时那样小心地保持着距离，纽克拉镇的人们挤在柜台跟前，大声地谈论着各种健康问题，或许是基于人们乘坐皮卡时紧挨在一起的本能，也或许因为多恩（当地人通常这样直呼其名）似乎总能做到有问必答。

"把脑袋伸进蜂窝，你觉得怎么样?"当时是星期二下午，问话的是一个身材魁梧的男子，因为罹患关节炎而急于找到费用低廉的治疗方法。

"这个法子有人用过，叫做蜜蜂蜇刺渐进疗法，"多恩回答道。"被蜜蜂蜇刺之后，人的身体会产生可的松。可的松能够消肿，但不会留在体内。不过，你不知道人体什么时候作出这样的反应，也可能因为过敏性休克倒地而死。风险很大。你不知道蜇你的蜜蜂去过什么地方。你也就不知道它采到的是哪一种蛋白质。"

"你真行，谢谢。"

"我给你推荐一种玻尿酸吧。这东西有点贵，每个月要花二十五美元。但有些人服了很管用。是从公鸡鸡冠中提取的。"

接着，一位妇女聊起了自己的儿子。她儿子是一名空军军官，负责从伊拉克护送阵亡士兵的遗体回国。另一位妇女咨询解充血剂。第三位妇女问，服用胶原蛋白促生物会造成什么样的生育缺陷风险。那一天的早些时候，充实生命教堂的一位布道者前来咨询治疗声带麻痹的药物。("每次布道，我都要说上三十分钟的话。")还有一个人给多恩医生扔下一盒重新装上弹药的点222弹壳。"这是新的铜质弹壳，"那个人一边说，一边把子弹放在了柜台上——这药还真够厉害的。

其他人只是顺道进来闲聊而已。作为唯一的药剂师，多恩也许是方圆一万平方公里内最健谈最友善的人。我第一次前往他的店铺拜访时，他问起我的家庭情况，我向他提到了自己刚出生的双胞胎女儿。他用一只小杯子装了些他最近配制的药膏。"这是安息香酊剂，"他说道。"参加竞技的牛仔无论骑牛还是骑野马都会用这个东西。用来涂在手上，手才不会起皮。这是一种呼吸促进剂，主要用于创伤治疗。治疗尿布皮疹，这东西最管用。"

多恩·科尔柯德出生在纽克拉镇，在科罗拉多度过了整整五十九年时光，这个地区浓厚的社区意识所形成的一些品质，往往让外来者感到自相矛盾。多恩的店铺有香烟出售，因为他认为大家有权利做一些并不符合健康的事情。他投票支持在该地区属于少数派的民主党。他喜欢波切利的音乐，开一辆雷克萨斯。复活节的时候，科尔柯德家族有涂彩蛋的传统，涂好的彩蛋依次摆放在草场上，再用25-06型雷明顿步枪挨个打爆。作为全国步枪协会的忠实成员，多恩说起射击活动时显得语气平静。"呼吸的时候，手臂会一上一下移动，所以你得控制自己的呼吸，"他说道。"跟打坐差不多吧。"他曾经获得过科罗拉多州立大学步枪队神枪手的称号，在美国空军学院保持了多年的立射射程记录。

沉着冷静是他在该社区具有如此影响力的原因之一。他身材矮小，戴着一副略显斯文的眼镜，无论男女，跟谁说起话来都十分自如。"只要多恩看着你的眼睛，世上的烦恼就仿佛消失了，"一位当地人告诉我。大家对多恩绝对信任。人们有时候会在深夜两点钟给他打电话描述症状，询问应该前往位于纳彻里塔的小诊所，还是应该叫救护车把自己送到最近也要两小时车程才能到达的大医院。人们有时会到他的家里拜访。几年前，一个墨西哥移民家庭八岁大的儿子生了病；全家人两次前往邻近社区的小诊所，均诊断小男孩为身体脱水。但孩子的病情没有起色，于是一天夜里，一家大小八口人全出现在了多恩家的车道上。他快速进行了诊断——小男孩的肚子肿胀，伴有热感。他告诉父母亲，孩子需要急救。于是他们赶到了离得最近的蒙特罗斯的医院，医务人员确诊为布鲁氏菌病，并立即用飞机把孩子送到了丹佛市。孩子在ICU病房住了两个星期才彻底恢复。丹佛市的一位医生告诉多恩，如果再晚一点送医院，孩子必死无疑。

多恩在药剂师店铺里从不穿白大褂。他经常给人们量血压和注射；如果需要臀部注射，他会把病人带到浴室以保障私密。上了年纪的人称他为"多恩医生"，尽管他并没有医学学位，并劝阻大家不要使用这样的称谓。他也没戴工作牌。"我喜欢穿老式的李维斯牌牛仔裤，"他说道。"人们希望跟自己说话的人穿戴相似、说话相似、住在同一个社区。我知道，很多医生都要穿白大褂，这会让你看起来更专业。但我们这里不是那么回事儿。"他更愿意大家称他为药店老板。"药店老板嘛，既可以帮你修钟表也可以修眼镜，"他解释道。"药剂师呢，就是沃尔玛里面那些家伙。"

他的柜台后面放着维修工具。他经常用到这些工具，一如他经常抱怨沃尔玛、保险公司和医疗保险 D 项目。自2006 年以来，该项目开始向老年人和残疾人提供处方药物，以确保数百万人能获得药物治疗。不过，该项目也产生意想不到的后果，让乡村药店无事可干。美国政府未能像其他很多国家那样建立标准药价的国家处方集，而是允许私有保险公司自行与药物供应商进行协商。大型连锁企业和邮购药房因为订货量大，所拿到的价格远优于个体药店。该项目实施的两年之内，超过五百家的乡村药店停业。多恩举了一位本地顾客的例子，这个人因为类风湿关节炎需要用到阿达木单抗。保险公司每个月报销 1 721.83 美元，而多恩的进价为1 765.23美元。"我每个月损失 43.40 美元，"他说道。邮购药房的价格更加优惠，但多恩的这位顾客不喜欢；他担心送货延误，并喜欢与药剂师进行面对面的交流。"他这个人我很喜欢，"多恩说道。"所以我一直替他做这样的事情。"自从 D 项目生效之后，多恩的盈利变得十分微薄，他先后三次拿出自己的积蓄才能让药剂师商店照常营业。

从严格的意义上讲，他是个不合格的商人。商店的电话响起，他语气友善地交流了五分钟，挂上电话之后说道："她甜言蜜语了一番，还让我给她赊账。"打电话的人来要尿片，多恩的回答是可以。每次遇到有人赊账，他就把收据粘贴在柜台里侧的墙壁上。"这个人说他的花费可以用保险支付，但这一部分保险支付不了，"他指了指其中一张收据解释道。"这个人说他星期二要过来一趟。这个病人外出度假了，需要延期。"他数了数：二十三张收据。"大多拿不出钱，"他说道。每年他都要勾掉一两万美元的坏账，这么多年的坏账，估计总共有三十万美元。他每年的收入为六万五千美元。我在药剂师商店驻留的几天时间里，从没看过走进店里而多恩叫不出名字的顾客。

"这就是在小城镇做生意的代价，"他说道。"我无法想象，一个人可以看着他邻居的眼睛这样说：'我知道你有麻烦，但我帮不了你，你的孩子也无法好转。'这是药店生意衰败的首要原因，也是我读大学时，会计学第一课的内容。"

当初定居者之所以来到如此偏远的地方，是因为他们期望在此实验一种不同于资本主义的替代品。1890 年代，一个名为科罗拉多合作拓荒队的团体打算在该地区建立一个乌托邦社区。其颁布的《原则宣言》大肆抨击以市场为导向的激烈竞争："［我们］相信，在现行竞争制度下，只有强大者和狡诈者能够取得'成功'；［我们］认为，无论男女，正直者均无法过上舒心的生活；如果妥善实施，该合作制度能创造最好的机遇，释放人性的优良和高贵。"（怀俄明大学的帕梅拉·J·克拉克曾经在 2001 年的一篇论文中对该团体的历史和作用进行过描述。)

19 世纪末期,社会主义性质的社区在美国西部并不鲜见。卡尔·马克思认为城市工人阶级是共产主义最大的希望所在,但在美国,常常是偏远地区成为了合作组织和社会主义的试验田。1877 年颁布的《沙漠土地法案》是原因之一,它规定定居者只要有办法实行灌溉,便能以低价获得土地。为了修建水利设施,集体力量势在必行,很多早期社区都以共同劳动的原则得以成立。摩门教尤其成功——他们在犹他州所实施的一些项目为美国西部其他各州树立了榜样。不过,多数社区并不具备宗教特性,更多是受了马克思或者罗伯特·欧文这样的知识分子思想的影响。加利福尼亚阿纳海姆市的人们因为合作修建水利项目而定居于此,离它不远的河滨市同样如此。其他地方虽以失败告终,但在地图上留下了一个个充满理想主义的地名:平等镇、自由地镇、利他镇。

科罗拉多合作拓荒队选了一处蛮荒之地,取名为太比瓜彻公园。这个地方极度干旱,但不到九十多米之下的山谷里就有圣米格尔河汩汩流过,定居者们经过线路勘察,决定修一条近三十公里的灌溉水渠。全体成员于 1895 年开始挖凿。他们在全国范围内出售股份,还在布鲁克林、芝加哥、圣保罗和丹佛等地成立了科罗拉多合作拓荒队俱乐部。他们出版了一份名为《利他主义者》的报纸,报纸上经常用到“同志”这个词,并对合作组织和社会主义等内容进行理论阐述。他们计划废除债务、利息和租金，并禁止赌博和售酒行为。他们梦想着灿烂的未来："如果一个由逃犯和难民组成的微小团体都能够建成罗马并维持国家状态长达十二个世纪，谁又能料想到由美国知识分子精心组织的拓荒团体将会取得怎样的成就。"

他们在一年时间内进行了第一轮整肃。有十名成员因为共产主义色彩过于浓厚而被逐出团体；《利他主义者》报道，水渠将实行股份制，其他财产继续保持私有。无论头一阶段的情形多么不如人意，该报纸一如既往地坚持使用格言警句。（"共产主义可能实行合作制度，但合作制度未必就是共产主义。"）到1898年冬季，定居者们耗尽了所有的食物。次年，一半的董事会成员提出辞职。（"竞争是地狱的产物，合作将创造人间天堂。"）1901年，秘书宣布该团体破产。一位前董事会主席自杀身亡。（"只要你只顾着自己，那你就不可能成为好的合作者。"）

最终，他们放弃共同劳动的原则，并将工程外包给私人工作队。1904年，渠水终于从完工的水渠里哗哗流过；六年后，他们重新取名纽克拉（Nucla），意为"中心之城"。社会主义的梦想一直未能实现，不过那条水渠直至今天还在发挥作用。科罗拉多合作公司至今仍然存在，由它雇用的全职"渠道员"负责这一水利设施的运行。渠道员名叫迪恩·纳斯朗德，他的父亲和祖父都参与过水渠的开凿。跟纽克拉镇的大多数居民一样，纳斯朗德谈论父辈时从不涉及他们的社会主义政治理论。（"人们叫他乔伊老爹。他算是个牛仔。

他喜欢四处闲逛。可能玩上一个星期的纸牌，然后又开始找点活儿干。"）当地一家董事会负责监管水利系统的运行，但股份仍为私有制，争执往往令人恼怒，创立之初的合作精神似乎早已在这干燥的气候里蒸发殆尽。"威士忌是用来喝的，水是用来挑起争斗的，"纳斯朗德告诉我。"我曾经见过好多人用铲子相互殴打。"

纽克拉镇的粗野远近闻名。这样的粗野兴起于1950年代和1960年代，当时的铀矿开采及加工迅猛发展。不过，1979年发生三里岛事件后，铀矿市场迅速萎缩，前来投奔纽克拉镇以及六公里外的姊妹小镇纳彻里塔的人口持续减少。除了放牧，唯一稳定的工作就来源于当地一家毗邻煤矿的发电厂和教育系统，此外很少能找到工作机会。这两个小镇的人均年收入都低于一万四千美元，只比全州水平的一半略高一点，接受大学教育的人口比例仅有百分之八。由于资金匮乏，学校董事会最近决定实行每周四天工作制。纽克拉镇只有一家餐馆，纳彻里塔镇有一家汉堡店，两个镇共有一个酒吧。这家酒吧名叫"141沙龙"，取自从纳彻里塔穿城而过的141号高速公路。星期四晚上，我是酒吧里唯一的顾客，酒吧招待员告诉我，她刚以五万三千美元的价格在纽克拉镇买了一套三居室。每个月归还按揭贷款二百五十美元。她叫凯西。

"唯一的问题是，房屋的壁板是石棉瓦，"她说道。

"问题严重吗？"

"只要你不碰它，问题不算严重。石棉很耐用。"她靠在木质吧台上说道。"你要喝点什么?"

"你们这里有什么?"

她笑着说道:"我们只有野格利口酒。"

　　多恩·科尔柯德八岁的时候便知道,自己将来想成为一名药剂师。他出生在距离纽克拉镇并不算远的铀觅湾镇,他的母亲是当地一家药房的职员。放学后,多恩会在药房一连待上数个小时,心满意足地看着药剂师们忙前忙后。十多岁的时候,他悄悄潜入了药店。他跟几个朋友一起,偷了啤酒、《花花公子》杂志和避孕套。("避孕套被当做废物扔掉了。")铀觅湾镇是个小型社区,没过多久几个孩子就被逮住了。他们不能用钱赔付损失,而是以每小时二十五美分的报酬替店铺做事,直至偿清债务。"我们要做清洁、整理货架。大家都知道你为什么会在那儿。对于我而言,那也许是件好事。"

　　当时,多恩在他和哥哥吉姆合住的房间里找东西,碰巧找到一本藏在床底下的杂志。杂志上全是裸体男人的图片。多年后,多恩仍旧感到惊奇,1960 年代中期居住在科罗拉多偏僻之地的小孩子怎么会得到这样的杂志,但他当时却没有这样的想法。他只觉得这是自己见过的最怪的东西。

　　"这本杂志是你的吗?"哥哥回到家里的时候,他这样问道。

　　"是的,"吉姆回答道,他一点儿也没有觉得难堪。他收回了杂志,之后两个人再也没有提起过这件事。

吉姆比多恩年长三岁，在家里个子最高。他身高一米九，体格魁梧，但对于运动和打猎丝毫没有兴趣。多恩学打棒球和步枪射击，吉姆则喜欢钓鱼。他大部分时间独来独往。上中学之后，他的学习成绩非常优秀，喜欢参加辩论队的活动。他常常令自己的父亲深感失望，后者教训他举止要像个正常的男孩子。1972年，也就是吉姆离家前往大学两三年后，他给家里人写来一封信，说自己是同性恋，还说他知道父亲永远都无法接受这一点。他叫家人不要去找他，他将永远离开科罗拉多。接下来的十二年，谁也没有收到过吉姆的只言片语。

　　十八岁时，多恩跟自己高中时期的女朋友克瑞莎结了婚，并同住于他正在念书的博尔德。后来，他们定居在纽克拉，经营这家药剂师商店。1983年，多恩的父亲去世，他的遗孀做的第一件事就是雇请一名私人侦探。这位侦探在芝加哥找到了吉姆，他是县法院的职员。他说自己之前有预感，家里肯定出了什么事情。

　　次年，吉姆回到纽克拉住了四天。他陪着母亲开了好长一段距离的车，母亲告诉他，她老早就知道他是个同性恋，她深感抱歉的是一直没能改变他父亲的态度。那几天，吉姆和多恩聊到很晚才睡。一天晚上，吉姆告诉多恩，自己感染了艾滋病，还说医生告诉他，他的病情很可能已经恶化了。吉姆告诉多恩他想把自己的骨灰撒在什么地方。他还请求多恩前去芝加哥，看望他和他长期共同生活的男友。

　　那一年，他们每个星期都在电话里长谈。可一说到芝加哥之行，多恩总有脱不开身的理由。店里太忙，儿子和女儿的学校活动太多。克瑞莎一直劝说他踏上旅程，但他总是无法成行。

吉姆死后，他的一位同事打来了电话。她寄来了骨灰盒，同时附带有他的一份遗嘱、工作奖金，以及几张照片。其中一张照片拍摄于瑞格里球场，照片上的吉姆和自己的男友站在一块写着"小熊队，加油"的牌子跟前。多恩细看那张照片的时候才明白，他实际上根本不了解自己的哥哥。他在过去十多年间跟吉姆只有四天的时间相处，他甚至不知道哥哥的男友叫什么名字。他终于明白了自己一直未能前往芝加哥的真正原因。"我是在生自己的气，一想到两个大男人同处一室我就自在不起来，"他这样说道。"我不愿意看见两个大男人接吻。我现在倒没什么，可当时真的无法接受。我真后悔。"

带着母亲和年幼的妹妹，多恩把吉姆的骨灰撒在了圣米格尔河和多洛莱斯河的汇流处。多洛莱斯河自南向北流淌，从帕拉多克斯峡谷一个充满盐碱的小山包中间穿过，河水含盐发涩，没有鱼儿。去那里游泳的人会浮在水面上，仿佛到了一千六百多公里之外的太平洋。

纳彻里塔最后一位医生死于十五年前。镇上只有一间小诊所，最近与科罗拉多其他地方的一个医生签订合同，让他每个星期来镇上出诊两天。不过，打主力的还是肯·金克斯，他是一位内科医生的助理，每天二十四小时应诊。金克斯在科罗拉多的乡下生活了十多年，在此期间他知道，撕开伤口上的绝缘胶带比一般的胶带更难。有两次他遇到病人颈椎骨折之后，自己开着车来到诊所，并走了进来，实际上这些病人应该在受伤地点就地固定。"如果移动的方式不对，他们很可能送命，或者在轮椅上度过余生，"他说道。违背医嘱强行出院的人并不罕见。有好几次，金克斯告诉心脏病人需要用直升机转院，结果病人们纷纷表示拒绝，因为他们觉得自己有更便宜的转院方式。金克斯签好表格，取下静脉输液器，病人们钻进自己的皮卡，开上两个小时转到其他医院。"他们竟然做到了，"金克斯说。"所以他们是对的！"

　　金克斯在盐湖城长大，可他大多数的工作时间都在小城镇度过。"也许应该这么说，"他说道。"我喜欢下象棋。我搬到小城镇之后，当地没有人下象棋，可有一个家伙提出与我下跳棋。我总觉得那是小菜一碟，不过还是接受了挑战。可他一连赢了我八九盘。这就像小镇的生活，虽然简单，但水平更高。"金克斯说，他被迫与当地的冰毒吸食者建立一种"工作关系"，以提高他们戒掉毒瘾的信心。他说，人们也许觉得小镇上的人思想保守，但实际上他们常常不会以个人的好恶妄下评判，因为大家相互之间的接触十分紧密。"也许某天我正走在路边，让我搭车的人碰巧就是一个冰毒吸食者，"金克斯说。"这里的圈子紧密得多。"他相信，小镇上的流言比人们想象的要少，因为很多事情大家都已经心知肚明。

　　一天上午，一位在看守所度过周末的年轻妇女来到了药剂师商店。她与自己的丈夫发生争执，后者报了警；科罗拉多州的法律要求，只要出面协调家庭纠纷，警察就应该逮捕肇事者。该法律意在保护妇女免于被迫撤诉，但本案中的丈夫声明，受到攻击的人恰恰是他。在药剂师商店，在本地报纸上看过逮捕案报道的五六个人围在了那位妇女身边。

"事情完全不是那么回事儿，"她冲着一个上了年纪的女人说道。"他纯粹是在撒谎，他会因此惹来更大的麻烦。"

"你要跟他分手吗？"

"是的。"

他们围着柜台站在一起。"我的店里有犯罪分子，好可怕，"多恩开着玩笑。那位年轻妇女在商店的前厅拿到一份报纸，读起了警事报道。"还有比这更胡扯的吗？"她说道。"报纸上说是二级攻击，算是重罪。但他们把它降格为轻罪。"

"我跟朋友们说，你没有出手伤人。"

"他说我用煎锅袭击他。他说我打到了他的手臂。我如果用煎锅打他，应该打在他的头部啊。"

"让我来告诉你应该怎么做，"那位老太太说道。她七十多岁，留着一头卷曲的白发，脸上带着慈祥的微笑。"你去找一瓶黄蜂喷雾剂，"她说道。"不弄瞎他的眼睛才怪。"

"我连球棒都不能用，因为那是武器啊。"

还是老太太年高智长，她解释说，黄蜂喷雾剂不算是武器，所以即便是取保候审的人也可以买到。"比辣椒喷雾剂好多了，"她说道。"保准弄瞎他的眼睛。"

过了一会儿，我看见那位年轻的女子用一把剪刀剪下了逮捕名单。当我问她怎么会剪下这个时，她丝毫没有显得难堪。"假如我傻到想让他重返家门的时候，我就会看看这个玩意儿，"她说道。"我会把它保留在剪贴簿里。"（后来，所有的指控都被驳回，他们离了婚。）

多恩从不在商店与他人谈论某个人的病情，却会时不时地提起自己的健康问题。二十年前，克瑞莎被诊断患有罕见的脊柱裂，病情不断恶化，已经到了很少离家出门的地步。曾经有一年，因为这种病，全家人都无法享受医疗保险。他们的大儿子在空军部队驾驶 F-16 战斗机，女儿却因为酗酒一直在勉力寻找比较稳定的工作。因为她无力照顾自己的儿子盖文，多恩和克瑞莎只得接过了孩子的监护权。多恩经常向一个顾客提起这件事儿。"如果我治疗的病人家里有酗酒者，让他们知道我女儿的情况会有一定的帮助，"他说道。"在小镇上，什么东西都藏不住。一个人无法假装自己的家庭很完美。我的女儿不完美，但她一直在努力。"他接着说："小镇上差不多所有的瘾君子都有自己的故事。每个人都是这个社区的一分子。没有谁更好些，也没有谁更坏些。我们全都一样。"

星期三是纽克拉镇的保龄球协会之夜。本地的保龄球道早已不对公众开放，因为镇上留下来的人不多，不过每周会向本地的社区协会开放两次。球道建于 1962 年，所有设备至今保持原样，钢材的大量使用现在绝无仅有：修长而闪亮的布伦瑞克回球架、桌腿厚重而外展的餐桌。墙上是有着五十年历史的可口可乐挂钟，指针凝固在六点零几分。记分牌上显示着退出历史舞台十余年的企业广告：神奇屋顶及通风公司、快速先生及时打印中心。（"无论份数，立等可取！"）多恩是该协会的主席，他每年都要对球道进行质量认证。为了有资格使用保龄球道千分尺，他专门去蒙特罗斯培训过。

为了满足当地的某些需要，他一直在不停地考证书。他修读过心脑复苏课程CPR，有资格使用电击除颤器。他拥有烟花表演证书。他负责对一百六十公里半径内多家小诊所的配药室定期行使州级检查。他有飞行执照，驾驶的是一架已有五十年历史的塞斯纳飞机，经常外出检查工作。他听说加利福尼亚有人开办激素疗法的培训课程，径直飞过去上了两天的课；他现在为分散居住于西部各地的四位变性人配置药方。他觉得这件事情很有趣。病人们每三个月给他打一次药品预订电话；他很同情他们，陪他们在电话里聊医疗保险方面的烦心事儿，因为变性人几乎无法享受医疗保险。

秋季的星期五晚上，他会宣布纽克拉高中橄榄球赛开幕。橄榄球赛实行八人制，不过如果有人数较多的学校前来比赛，他们会在每次控球时转换规则：逢纽克拉进攻，实行八人制，如果另一方球队获得球权，又转回十一人制。这样双方都能按照自己的习惯发起进攻。偶尔有人会犯迷糊，扬声器里响彻了多恩的声音："场上有十一名白衣队员，只有八名蓝衣队员。这不算数。"橄榄球比赛可能算不上一流，但队员们的名字却是小说家笔下的梦之队。纽克拉队有门把手赛斯、投石器查德和谜语谢尔顿。鸽子溪队有一个队员名叫狂怒的汤米。布兰丁队有利爪杰克、黑色英镑、铁疙瘩汤姆和癞蛤蟆赫舍尔。斯洛·斯坦利、泰伦斯·泰特、戴伦·戴维斯：如果有球队需要姓名首字母押韵的进攻队员，挑选工作应该首先从科罗拉多州和犹他州的边界地区做起。

纽克拉队的教练名叫吉姆·艾普莱特，他也是当地小学的校长。我前往他的办公室拜访，他与我闲聊了一会儿便告诉我，他生长在纽克拉，在外地住过几年，随后又搬了回来。"我之所以回来，是因为这个小镇养育了我，"他说道。"在我遇到困难的时候，这里的很多人看着我挺了过来。只要还是这个社区的一分子，我就对此感到十分骄傲。"

我问他，"困难"是指什么。他个头很大，友善的红脸上闪着一双冷峻的蓝眼睛。犹豫一会儿之后，他看着我的眼睛。

"我母亲近距离击中了我的父亲，"他说道。"他回家的时候烂醉如泥，母亲不让他进屋，他硬要闯进去。他破门而入，她朝他开了枪。我站在三米开外。两个弟弟都在另外的房间。爸爸被抬上了救生直升机，妈妈进了监狱。在这里没有社工服务。我带着两个弟弟住进了锐意汽车旅馆，一个星期还没住满钱就用光了。"

我们坐在他的办公室里，四周都是孩子们的画作和诗句。他又讲了一个故事：十四岁时，他搬到了一位"帮助其他迷途者的好太太"家里，这位太太资助他读完了高中。每逢周末，他都会到加油站干活。也许他是纽克拉镇有史以来最好的棒球球员，获得过一等奖学金。他进了大学，但只坚持了不到半年：他把所有的钱都用在了吃喝玩乐上。"很多人对我失望透顶，"他说道。

他回到家乡的矿上工作，后来又成为了学校设备的维护人员。三十岁那年，他的上司鼓励他再试一试大学生活，于是他举家搬到新墨西哥州，终于获得了教育学方面的学位。他先后在纽克拉和纳彻里塔教了十五年书。这所小学有七个年级，共有一百五十名学生，每年差不多流失十五个学生。每流失一名学生，来自州政府的预算就减少大约一万美元。学校最近削减了约百分之八的经费预算。教师的起薪不足二万九千美元。

"我想到了'命悬一线'这个词，"艾普莱特说。他上一次对学生进行家访时发现，四分之一的孩子没有与亲生父亲一同生活。很多孩子像多恩的外孙那样与祖辈同住，还有的孩子与亲戚朋友同住。不过，艾普莱特说，人们有的是办法，孩子们自我照顾的效果令他铭记在心。"在我们看来，非传统的方法反而成了传统，"他说道。"我们可没有你们大城市那么优越的看护体系。"

上暑期课程时，艾普莱特往往没有报酬。他经常修剪学校的草坪，如果哪里需要油漆粉刷，他也会拿起刷子。去年，校园内的一批树木需要砍伐，招标价为一万美元，艾普莱特租来一辆斗式铲车，带着自己的女儿干了起来。当地有一个自发组成的群体，勉力维护社区的完整，他是二十个群体成员之一。很少听到有人提及作用并不明显的当地政府，纽克拉甚至找不到足够的成员组成市议会。艾普莱特告诉我，至关重要的是学校老师、校董会成员，以及多恩这样的本地经商人士。"正是他们这样的人让一切得以苟延残喘，"他说道。

当离群索居者和流浪者来到小镇之后，他们总会循路找到多恩。多年前，一个名为蒂姆·布瑞克的七十岁老人搬到纳彻里塔租了一套活动屋。他在药剂师商店提交了一份特别订单：紫锥菊、白毛茛、甘菊茶。他信不过医生，时常让多恩替他量血压。他的血压很高，多恩终于说服他定期接受药物治疗。没过多久，他便每隔四五天拜访多恩一次，主要目的是找他闲聊。

多恩称他为布瑞克先生。他在本地没有其他朋友，他对自己的过去闪烁其词，尽管随着时间推移总有诸多细节不时出现。他出生时名为彭罗斯·布瑞克——是来自费城、并靠着跛子溪的矿业所有权大发其财的彭罗斯家族的后裔。不过，不知何故，布瑞克先生已有十余年疏远于家人和亲戚。他改了名，一辈子大多数时间从事汽车修理。

一天，他的活动屋被人破门而入，盗贼们拿走了一摞股票证书。布瑞克先生从不雇用经纪人——在他看来，股票经纪人跟医生一样不值得信任——于是他来到药剂师商店求助。多恩便数次开车穿行于失望峡谷，来去一趟要两个小时，只为前往科特斯的银行对某些文件进行认证。后来，他整理出了布瑞克先生的财务报表，但老人的身体已经每况愈下。多恩负责照料工作，在不同的住处把他搬进搬出；有好几次，布瑞克先生在多恩的家里一住就是很长时间。九十一岁时，布瑞克先生病情严重，前往蒙特罗斯看了一次医生。医生说他的前列腺癌已经扩散至胃部，如果接受手术，他还能再活六个月。布瑞克先生说，自己从没做过手术，现在也不想做。

第二天，多恩在老人的病床前过了一夜。夜晚的某个时刻，布瑞克先生突然神志清醒，能聊天了。"我觉得你就要死了，"多恩说道。

"我死不了，"布瑞克先生说。"但我想做个祷告。"

"好的，你最好用心祷告，"多恩说道。"不过我还是觉得你就要死了。"他问布瑞克先生要不要见律师。老人拒绝了，他说自己的后事早已做了安排。

多恩找了一位临终关怀护士，不到两天，布瑞克先生去世了。多恩替他安排了葬礼弥撒，接着开始整理他那几大箱财产。有一堆高速公路旧地图、一部古董摇椅电话机，以及一只天主教祷告支架。也有很多裸体男人的照片。多恩找到一本有四个化名的支票簿。还有几封信，签名人是布瑞克先生，他请求朋友们给他介绍"与我同类的"男人。不过，他一定缺乏勇气，因为这些信全都不曾邮寄出去。多恩还发现了布瑞克的母亲半个多世纪前寄来的几封一直未曾拆开的信。其中一封装有一张十美元的钞票，信件内容是要求自己的儿子跟她取得联系。钞票的年份回溯至 1940 年代，看上去依然崭新如初，这张柔软的钞票不禁让多恩感到一丝悲哀。多年以前，他就感觉布瑞克先生是个同性恋，并觉得那是他与家人们疏远的主要原因，不过从未提及。多恩琢磨，如果他愿意聊一聊，老人可能会有所提及。

布瑞克先生在遗嘱中给药剂师留下了五十来万美元的现金和股票。除去税收和其他开支，总额还有三十万美元，差不多正好是社区赊欠多恩·科尔柯德的数字。不过，多恩似乎并不觉得这一连串事情中间有什么必然的联系。他所谈过的三个主题——对自己垂死的哥哥置若罔闻、赊账给小镇居民、帮助布瑞克先生并获得馈赠——出现在长达一年的不同谈话中。他自己也许不会提及别人赊欠他的钱财，但纽克拉镇有人告诉我，我便过问了。在我看来，很有必要用到道德的微积分不断累加出一个在前乌托邦社区的关于救赎和回报的美好故事。他看到了另一种类型的联系：这些人和事更像是轮子上的辐条。它们互不接触，但总跟更大的事物相关联，而他的角色便是让所有事物以最好的方式不断运转。

7月4日是多恩·科尔柯德的生日。这也是纽克拉镇一年一度的"水节"，以纪念该镇终于建成水利工程。每一年都会在主大街举行游行活动，多恩通过大喇叭宣布彩车仪式开始，并评出最佳彩车装饰。获胜者能得到七十五美元。人们用消防水龙带打水仗，在当地一家公园举行烧烤会，这个公园还有一项习俗，那就是请一位女士走上舞台，为多恩高唱"祝你生日快乐！"夜幕降临，他开始忙活焰火晚会，因为他是镇上唯一取得过执照的人。

今年的天气很好。傍晚时分，我和多恩把车开到了纽克拉镇背后的山顶。面向小镇的石壁刷成了白色，上面隐隐约约有一个歪扭的字母 N。我们身后，太阳正下落到黛青色的拉萨拉山后。多恩带上了他的外孙盖文，他说今年的游行活动规模最小。今年的主题是"过去与未来交汇"，焰火晚会跟其他项目一样由"狮子俱乐部"负责。1978 年加入该俱乐部时，多恩是最年轻的成员；三十多年过去了，他依旧是最年轻的成员。本周末，他即将年满五十九岁。只剩下六头狮子，他们决定于明年解散本地的分会。

几个志愿消防员坐着卡车跟了上来，两个农场主随意地说起了干草收成。

"今年你的灌溉用水怎么样？"

"我觉得还行。"

"干草已经割过第一轮了吗？"

"对。"

他们指了指远方的纽克拉水渠——一根细长的线条，略微上翘，沿途覆盖着荫翳蔽日的杨树。其中一位消防员名叫马特·魏玛，他的祖先是纽克拉最早的定居者，现在还经营着一片农场。他说，有人不久前在水渠边发现了一把老式的火帽弹头手枪，手枪位于壁架上，仿佛是某位开路先锋昨天才遗忘在那里的。

卡车和轿车纷纷驶出小镇，停在山脚观看焰火表演。随着夜幕降临，狮子们把焰火装进金属管。紧接着，多恩挨个点燃。他们为今年的焰火晚会筹集到一千七百美元，算是很少的金额。不过，周围的地势令焰火的效果非常耐看：红色、蓝色、绿色，纷纷爆开在高高的山顶之上。焰火结束，我看着成对的车头灯有序地返回主大街，接着纷纷散开，转入各自的回家路。我们抬头仰望——爆开的焰火和车头灯已经散去，成串的星星显得更加璀璨，仿佛某座城市遥远的街灯。多恩取出几瓶啤酒。"我不在乎这里是不是小城镇，焰火很好看，"多恩说道。他呷了一口啤酒，仰头凝视着银河。"从这里看，星星们好像离得很近，"他说道。"很难相信，它们彼此相距数百万公里。"

突袭美国

　　在温州的多家影碟店，我先后找到了三张有关美国遭到攻击的碟片。其中一张是 DVD，片名叫做《世纪大灾难》，另两张是普通影碟，分别取名为《突袭美国》和《美国的灾难：21世纪的珍珠港》。世贸中心大厦双子塔和国防部遇袭后三天，这两张影碟在市场上出现。差不多两个星期后，那张 DVD 问世，我只在一家影碟店找到了它，摆放在《侏罗纪公园》和《决战猩球》之间。店员说，《世纪大灾难》卖得相当好。

　　温州人都懂生意经。温州是一个中等规模的城市，位于中国的东南沿海，与台湾隔海相望，因为靠山面海，所以这里的人们一直眼光向外。全世界的唐人街都能找到出门在外的温州人——或开餐馆、或经营店铺。留在家乡的温州人则生产出口商品。附近一个叫做白石的卫星城镇专做塑料鞋底，另一个城镇白象做的是男装。丽水以生产低压电子产品小有名气。1988 年，随着中国加速推进经济改革，温州开始生产打火机，现在负责向全世界超过百分之六十的市场供货。温州人对自己生产的打火机非常自豪。住在这里的一个朋友曾经送我一只豪华的防风打火机，附带瑞士军刀、剪子和指甲钳。

任何人无需离开大陆，便能在温州发现其与传统计划经济相去十万八千里的诸多东西。当地经济的私有化超过百分之九十，失业率非常低（据官方数据，约为百分之一）。在国家没有大规模资金投入的情况下，当地人自豪地发展着自己的经济，他们与生俱来的商业头脑远近闻名——文化程度不高，但心灵手巧，吃苦耐劳。我不禁好奇，在这座充满朝气的城市，人们不光有务实而国际化的眼光，还带着诸多美国文化的影子，他们会对"9·11事件"有什么样的反应。

一如中国的所有城市，温州的大街小巷充斥着私自刻录的美国电影碟片，这些廉价的碟片多由位于广东的翻录工厂加工而成。除了各种时令大片，温州的影碟店所出售的很多美国电影我闻所未闻，演职人员没什么名气，封面简介耸人听闻，大肆宣扬性和暴力。在一家影碟店沿着货架浏览的过程中，我取出了一张《真情难舍》。封面简介极尽诱惑之能事："他凭着多位迷人女郎，找到了挣大钱的法子。"边上还有一张《受雇英雄》，写着这么几句话："她：一个心地善良、迷人而可爱的天生尤物；他：一位充满威胁的变态杀手。"《哥斯拉复活》（又名《爬虫大战》）的提示语是"小小爬虫引发人类暴行"。有关世贸大厦遭受攻击的一张影碟上，一个大大的橘色星形符号中央印着这么几句话：

数架飞机攻击美国！

世贸中心完全摧毁。

五角大楼和国会山遭遇多架飞机撞击。

白宫国会山爆炸声响成一片。

谁是凶手？尚不知晓。

　　我把有关世贸大厦遭受攻击的几张碟片都看了一遍。DVD由政府主办的新华出版社在北京草草制作而成，封面上印着奥萨马·本·拉登和乔治·W·布什的照片，以及双子塔燃烧的画面。一如中国的诸多盗版产品，碟片背面试图摆出非常权威的架势，煞有介事地印着好莱坞演员和制片厂的名字：汤姆·汉克斯、哥伦比亚电影公司、杰瑞·布鲁克海默、文·瑞姆斯、试金石影片公司。上面有一个小方格，标注该影碟的级别为"R"，意即其中充满了暴力和污言秽语。画面主要是美国广播公司拍摄的新闻片，外带中文解说，以及在关键时刻混录进去的美国电影配音。第二架飞机撞向世贸大厦的时候，响起一阵阵枪声和爆炸声。《大白鲨》的主题曲响起，北塔呈慢动作缓缓坍塌。

　　《突袭美国》的制作者一开始采用的手法更像是在拍纪录片。影片一开始是纽约市的日常生活场景——有人在过马路，有人在坐办公室——解说员同时讲述曼哈顿和世贸大厦的背景信息。办公室的一个场景引起我的注意，我回放了一下——一个仅有五秒钟的镜头——一位银行职员抱着一摞材料从一张办公桌走到另一张办公桌跟前。这个人看上去很面熟，我顿时琢磨，他是不是我读大学时的某个熟人。我又回放一遍之后才明白过来，那个画面剪切自电影《华尔街》。

《突袭美国》不时冒出好莱坞的电影画面。画面通常十分短暂，根本看不出剪切自何处。但效果却使人坐立不安：介于事实和虚构之间的摇摆不定。双子塔坍塌之后接着是电影《哥斯拉》的画面，只见怪物哥斯拉把整个曼哈顿夷为平地；场景突然切换为神情郁闷的布什总统参加新闻发布会，随即融入电影《珍珠港》的爆破场面。接着，解说员一一详述历史上曾经发生过的恐怖袭击事件，上至弗朗茨·斐迪南大公塞尔维亚遇刺，下至巴勒斯坦解放组织的系列活动。"恐怖分子们很不满意美国这样的超级大国，"解说员这样说道。"他们的不满有诸多原因，其中最重要的一条，是这些超级大国把自己的准则强加于别国之上。"碟片继续讲述了美国驻非洲国家使馆在 1998 年遭遇袭击的后续影响。与美国的报复行动——在阿富汗并不成功的轰炸行动——配套的画面来自影片《勇闯夺命岛》，嘶嘶作响的导弹在旧金山湾的上空一闪而过。

我来到街上，问大家对 9 月 11 日的袭击事件有什么感想。有人把世贸大厦和五角大楼遇袭事件，与北约在 1999年对中国驻贝尔格莱德大使馆实施的造成三人死亡的轰炸事件相提并论。他们说，美国想做"世界警察"，在这件事情上罪有应得。说来奇怪，他们对纽约和华盛顿的受害者所表达的同情听起来冷酷无情。"恐怖分子为什么非要夺去那些无辜者的生命?"一个人说道。"如果他们对美国政府不满,应该直接飞向白宫嘛。"

我跟在温州一所私立学校当英语老师的中国朋友谈起了人们的这种反应。他说很多人在电视上看到袭击场面的时候都哈哈大笑。"其中一个人告诉我,他当天晚上整夜睡不着觉,太兴奋太高兴了,"我的朋友说道。

我们谈论了中国媒体在这样的反应中发挥了什么样的作用。数十年来,中国政府对美国的文化和帝国主义大肆批评,但这样的批判在"9·11事件"后明显地少了下来。中国政府表达了与华盛顿团结一心的意愿,不仅在于他们视这次袭击事件为良机,有助于改善与美国的关系,还在于他们担心国内的恐怖活动。

不过,这些事情不在官方媒体的报道之列,普通民众并未意识到来自边疆地区的不满情绪有多严重。与我交谈过的温州人几乎没人把美国所遭受的袭击当做一种警示。在过去一个世纪的多数时间里中国人都在忍受战争和政治动荡,现代的恐怖主义对他们来说非常抽象。当我和那个朋友谈起人们在看到美国遭受痛苦时所持的幸灾乐祸态度时,他这样说道:"这跟鲁迅的描述一模一样。"他所提及的这位20世纪的伟大作家,经常批判国人不具同情心。在名为《阿Q正传》的中篇小说和其他作品中,鲁迅把中国人冷漠围观和恃强凌弱的习惯定性为严重的国民劣根性。

不过,我感觉到还有一股力量在发挥作用。过去十年间,政府的反美宣传达到了新的高度,这要归功于好莱坞影碟的大行其道。一向以来，中国媒体对美国的描述大而化之，要么是极贫极穷，要么是持证卖淫和暴力泛滥，现在的刻画一下子前所未有地生动起来。对普通中国人而言，"9·11事件"不过是迄今为止最为暴力恐怖的美国电影场景而已。在《美国的灾难》中，一位名叫陈晓楠的解说员说道："我们深感震惊，但与此同时我们又毫不震惊。"陈晓楠是鲁珀特·默多克所属的新闻集团旗下的凤凰卫视的播音员。该电视台的基地设在香港，一直渴望成为中国的 CNN，并针对大陆的卫星用户提供服务。恐怖袭击成了凤凰卫视的得力助手，它向中国观众提供的报道远比国有新闻网来得更加广泛——甚至更加耸人听闻。在陈晓楠和其他人员的播报中，他们不遗余力地把"9·11事件"与《珍珠港》和《空军一号》里的相关电影场景做对比，给人的印象是，如果没有这样的对比，中国观众就无法感知袭击场面的真实性。

与此同时，随着布什总统在向美国公众所做的报告中借用电影海报的行话——誓言"无论死活"也要抓获本·拉登，并引用好莱坞电影的片名比如《无限正义》，中国的电影制作人很敏锐地意识到了这位全世界头号通缉的恐怖分子所具有的潜在商业价值。DVD 盒套的脊背处印上了本·拉登的头像，以往这个位置一直由阿诺德·施瓦辛格或汤姆·克鲁斯所占据。"我听别人说，现在本·拉登甚至比毛泽东还要有名，"那位英语老师这样对我说道。

在温州期间，我前往大虎打火机公司看望在外销部门工作的一位朋友。她叫雪莉，以温州的标准看，她算得上是一位年轻的成功人士。她二十八岁，月薪二百五十美元，主要利用自身的英语技能与国外买家进行业务联系。

她领着我参观了大虎打火机有限公司。男性员工正在使用冲切机将锌合金板冲压成点火按钮，女性员工则在用塑料焊接台浇铸小型缸体。这是一家管理规范的工厂，偌大的办公室摆放着许多陈列着高端产品的展柜。陈列品里有镶嵌着仿钻的金色打火机，也有可以伸进犄角旮旯的烧烤专用打火机。一面墙壁上挂着一幅世界地图，图上显示的是公司从温州走向世界各地的辐射状出口地点，有美国、英国、巴西、印度，以及其他数十个国家。图上还有一句用英语写成的大幅标语："让'虎'牌创世界名牌。让世界更了解'虎'牌。"

那天下午晚些时候，我和雪莉以及她为温州一家计算机公司开发软件的丈夫共进晚餐。他们俩都说，他们的朋友和同事对恐怖袭击的受害者很少有认同感。雪莉自己承认，她最初在观看电视报道时并没有感到特别被触动。"我并不感觉悲伤，"她说道。"我得承认，我一直对美国存有偏见，因为它过于强大，总喜欢在其他地方使用自己的武力。不过，我越琢磨整件事情，就越对那些无辜的人感到同情。"

美国的全球化政策一直基于一种前提，即美国文化和美国产品的扩张，连同各国之间日益增加的贸易联系，必将增进国与国之间的认识和了解。雪莉的英语很熟练，收入不断增加，所在公司的产品销往世界各地，她似乎可以成为这一前提的佐证。不过，她似乎也并不担心，美国所发生的事情会对她在温州的生活造成什么影响，尽管经济衰退的迹象已经无处不在。中国的股市在"9·11事件"之后急转直下，我离开温州那天，市政府对防空警报系统进行了测试——这样的情形通常只发生在台海关系紧张期间。"我并不认为这样的恐怖袭击会对我们的公司造成多大的影响，因为我们目前面向美国的出口数量不算太大，"雪莉说道。"实际上，大家一直在说，美元贬值有利于我们的产品出口到世界各地。"

　　她的丈夫补充说，即便可能遭遇经济衰退，他们或他们的邻居也不会感到害怕。"一切都是相对的，"他说道。"中国人经常说，只有当你和不穷的人在一起的时候，你才会感到自己有多穷。如果全世界都在走下坡路，我们不过是跟着走下坡路而已，那么事情实际上并没有太大的变化。"这种思路跟美国及其贸易伙伴所大力倡导的背道而驰，不禁让我大吃一惊。不过，我想，如果大家所做的不过是用打火机换回好莱坞影片，那么世界为什么要变得更小、更能让人理解呢？

桥上风景

在丹东的第三天，凌晨两点，我被闯进宾馆房间的小偷惊醒了。这是一家中档的中国旅馆，一百元一晚，丹东也属于中档的中国城市，要不是隔着鸭绿江与朝鲜相望，谁也不会对它有太多留意。不过，一切都因为与朝鲜相隔五百米远而发生了改变。丹东宣传自己是"中国最大的边境城市"，江岸上排列着供游客租用的望远镜，游客多为中国人，希望第一时间一睹境外之国的风采。望远镜上印着广告语："只花一元，即可出国！"遇到大热天，再多花九元还可以坐快艇近距离观察在浅滩游泳的朝鲜人。在适宜婚嫁的黄道吉日，丹东的新婚夫妇习惯租一艘船，在婚服外套上救生衣，到江边朝鲜的那侧兜上一圈。

在丹东，要考虑的事情太多，也许因此我才在那天晚上忘了关窗。宾馆房间位于二楼，我觉得不会有人闯入，不过我没有注意到窗户下面有一块三十公分宽的突出物。之前我懒得把装钱的腰带和护照压在枕头下面，而是跟相机、钱包、笔记本和一条短裤一起放在了梳妆桌上。就在小偷一通乱翻的时候，我醒了过来。霎时间，我们两个一动不动。

我坐起来大声喊叫，他转过身夺门而出。我只穿了一条短裤，沿廊道紧追不舍。在一个拐角处，我们俩都滑倒了。追到廊道尽头，我在楼梯间抓住了他。

我使劲地揍他。他手里满是我的东西，我每揍一下，他就扔出一件。一个重击，相机掉了下来；再一个重击，是我装钱的腰带；又一次重击，我的短裤飞到了空中。他扔完手里的东西，顺着楼梯跑进大厅，试图找到一扇开着的门，我继续大喊大叫，朝他挥舞着拳头。终于，他通过一扇没上锁的门，进到一个空房间，房间的窗户大开着。他一跃而出。我跑到窗户前，探头查看。小偷很幸运——窗台下面有一块突起的边沿。我听着他的脚步声跑过了房子的拐角。他还在狂奔。

和他打斗的过程中，我扭到了左手的中指，宾馆的夜班经理陪着我来到丹东医院。花了一阵工夫我们才把值班的医生叫醒。他打着哈欠复位我的手指，并做了 X 光检查。手指歪向一边，医生把它猛地移出关节窝，再次复位。这时，X光机出现故障，医生说只有等天亮后再去找技工修理机器。我到派出所报了案，回答了几个问题，填写了一摞表格。凌晨五点，我回到床上。我睡得很不好。

几个小时后，宾馆老板把我送到了医院。老板长得很帅，抹了很多发胶的深黑色头发奋拉在脑门上。他上身穿一件崭新的白色纽扣领衬衫，下身是一条熨烫平整的宽松裤。

他一边做着自我介绍，一边就盗窃事件不住地道歉。

"我叫李鹏，"他说道。

"跟原来的总理一个名字啊？"我问道。

"对，"他回答道。他神色倦怠地笑了笑，看得出来，我不是注意到这一点的第一个人。

"你喜欢李鹏吗？"我问宾馆老板。

"不，"他用英语加重语气回答道。很显然，他不想跟我讨论这件事。他问起了盗窃的事儿。

我把能够回忆起来的关于小偷的细节都报告了警察：黑头发，二十至四十岁。比我瘦小。我告诉警察，就算再看到他，我也认不出来。

如此模糊的描述令警察大伤脑筋：你怎么可能打了一个人，弄伤了手指，却一点也不记得他的样子？这同样令我大伤脑筋。追逐的细节我感觉历历在目——我尤其记得自己无与伦比的愤怒，愤怒的程度现在都让我害怕不已。那个人本身在我的头脑里反倒非常模糊。看得出来，这也让李鹏迷惑不已，他不禁皱了皱眉头。

"会是小孩吗？"他问道。

"不会，"我回答道。"肯定不是小孩。"

"可你怎么这么容易就抓住他了？"

"我不知道。"

"你们美国也有小偷吗？"

我告诉李鹏，美国也有小偷，但他们通常带着枪，谁都不会去追他们。

"中国的小偷大都带刀，"他说道。"什么样的小偷才会不带刀呢？所以我才觉得他是个小孩。"

"他不是小孩。我敢肯定。"

"不过，他为什么不还手呢？你怎么这么容易就抓住他了呢?"他的语气几近失望。

"我不知道，"我回答道。

警察问话遵循的是同一路线，这不禁让我感到心烦意乱。弦外之音不言自明：只有笨到极点的小偷才会在凌晨两点被一个老外抓住一通猛揍，所以一定有什么地方很不对劲。警察给出了种种不同的理由。他多半是个醉汉。或者是个瘸子。又或者是个穷得叮当响的笨蛋。警察们着重强调一点，旅游业不断发展的丹东秩序井然。在这样的地方，半夜三更窜到宾馆房间惊醒外国人的肯定不是普通蟊贼。

谁都没有提及过我的猜疑——这个人可能是朝鲜难民。警察一个劲地向我保证，这一段边境线上很少有难民，因为鸭绿江另一侧的朝鲜城市新义州相对比较富裕。根据在新义州有亲戚的丹东人说，那边的人每天吃两顿饭。不过我知道，再往东走便是严重的饥荒区，每年估计有七万朝鲜难民进入中国，逃入丹东的很有可能不在少数。这种可能让我十分难过。如果说当地人希望这位小偷身患残疾，我倒希望他身体健康，一如常人。一想到自己曾经对一个饿着肚子的人施以老拳，我就感到十分不安。

一时间，我和李鹏都沉默不语。随即，他又想到了另一种可能。

"也许是个瘾君子。这样才能解释他为什么如此弱不禁风。"

"你们这里的瘾君子多吗?"我问道。

"哦,不多不多,"李鹏立即回答道。"我不觉得丹东有瘾君子。"

除了朝鲜的游泳者,城里的主要景点还有曾经连接丹东和新义州的鸭绿江断桥。1950 年,也就是朝鲜战争的第一年,随着麦克阿瑟将军的部队向中国边境推进,美国人的炸弹炸毁了这座桥梁的大部分结构。中国人把这场战争称为"抗美援朝"。据估计有一百万中国人战死沙场。

现在,在中国一侧的鸭绿江桥依旧挺立着。游客可以走到断桥的尽头观看被炸遗迹,并花上一元钱通过望远镜眺望朝鲜。赶走小偷后的一天早上,我付了一元钱,眼睛凑近望远镜。一如往常,朝鲜人仍然在游泳。望远镜经营者问我是哪里人。我告诉了他。

"如果美国和中国现在打起来,你觉得谁会赢?"他问道。

"我觉得美国和中国现在不会打起来。"

"可如果他们真的打起来,"他继续问道。"你觉得谁会赢?"

"我真的不知道,"我回答道。我觉得还是问问他的生意为妙。他说生意还行,还说自己同时经营着一个照相摊位,供游客们穿着服装以大桥遗迹为背景照相留念。游客们既可以穿朝鲜民族服装，也可以配中式军装，包括钢盔和塑料步枪。

大桥上的另一位摊主经营着一家咖啡屋，游客可以买到"泰坦尼克"牌棒冰，包装纸上印着莱昂纳多·迪卡普里奥和凯特·温丝莱特的图片。这家咖啡屋的老板解释说，尽管断桥属于国有，但私营企业可以租用空间，摆放望远镜或开办软饮料店。这是典型的"有中国特色的社会主义"。咖啡屋老板每个月支付五百元。夏夜，他睡在吹拂着清凉江风的大桥上。

大桥位于丹东边境合作经济区的尽头，当地人称之为开发区。他们对开发区颇感自豪，因为中国的市场经济改革在这一地区深入人心十年后，它向世人展示丹东究竟取得了怎样的成就。人们告诉我，十年前的开发区一无所有，只有农家棚屋和临时码头。现在，这里有了餐馆、咖啡店、冰淇淋摊档和卡拉 OK 歌厅。在开发区的西头，一片带有西式别墅风味的豪华住宅楼群正在建设之中。这里被称作欧洲花园。开发区的东头是被炸毁的断桥和通向乡村狩猎公园的入口。在断桥和豪华住宅楼群之间，开着一家二十四小时营业的性病诊所和芬兰洗浴娱乐中心，这个中心是一家按摩院，大门入口挂着一幅大大的图片，一个上身赤裸的外国女人正在淋浴。

乡村狩猎公园的入口处有一项游客娱乐项目，在这里人们可以猎杀"野生的"鹌鹑、鸽子、雉鸡和兔子。鸟儿被拴在地上，游客花一元钱便可以用点 22 口径步枪或者弓箭射杀它们。如果花上三元，游客还可以对着同样被拴在地上的兔子进行扫射。人们可以吃自己射杀的猎物。我一直没看见有人射兔子。太贵了。

一天，我看着来自广东的两位游客射杀了鹌鹑。这两个人二十出头，穿戴光鲜，男的醉得很厉害。他射偏得厉害，被拴住的鹌鹑一动不动，就那样蹲在阳光下。那是我见过的神情最无聊的鹌鹑。

"我喝多了，"广东人对他的女朋友说道。"你来打？"

"我才不想打鸟呢，"那女孩说道。"太吵了。"

"拿着，"他又说道。"你来打。我喝太多了，打不着。"

"我不想打。"

"试试吧，很简单的。"

男人向她演示着，应该把枪架在围栏上，这样才容易瞄准。一般来说，游客不可以这么做，但公园管理员乐于破例，谁叫这两人大老远的来自广东呢。我坐在不远处，一边听着他们的对话，一边竭力回忆着海明威写的类似的故事。他在故事里通常会提到枪支、动物、女人和喋喋不休的醉汉。唯一不同的是，海明威笔下的动物们永远不会被拴在地上。

男人好不容易说服女友拿起了点 22，管理员帮她把枪架在了围栏上。她打了三发子弹，每打一发，她都要捂着耳朵尖叫一声。她也射偏了。鹌鹑们貌似已经睡着了。时间已是傍晚。接着，天黑了，开发区变成了灯火的海洋，餐馆、卡拉 OK 歌厅和芬兰洗浴娱乐中心纷纷亮起了霓虹灯和荧光灯。与此同时，朝鲜那一侧的鸭绿江一片漆黑。没有朝鲜人在夜里游泳。

我在当地认识了两位船主，他们数次开船带我兜到朝鲜岸边。我们驶过一艘艘空无一物的废弃游船，舱壁上还留着金日成和金正日的大幅画像，以及一座座看上去荒废了的工厂。一处处沙滩上，数百名朝鲜人正在游泳。我们的船只经过，孩子们大笑着挥舞双手。再往上游，河道变窄，时常见到敢于冒险的年轻中国人横跨鸭绿江，游到最远处，然后折回。没有朝鲜人游到中国这一边。新义州一侧的江岸上，哨所里笔直地站立着荷枪实弹的军人，正在密切注视游泳的人。就像是带枪的救生员。

一天，我们从一艘驳船边上驶过，几个士兵正在搬运联合国世界粮食计划署捐助的粮食袋，上面标着美国的英文名"USA"。我让船主开得再近一点。我们来到距离驳船十米的位置，其中一位士兵瞪了我一眼，随即做了一个下流的朝鲜手势：拳头紧握，大拇指从手指间向外伸出。我们赶紧离开。

"那些粮食会分配给士兵和干部，"船主说道。"普通人根本分不到。"

他说这句话的语气很平静——我在丹东询问人们对于邻居的看法时，他们全是这样的反应。人们不假思索地告诉我，朝鲜很穷，领导人不行，接着一边耸肩一边说："没意思。"他们不关心朝鲜的贫穷和孤立无援；每一个经历过六七十年代的中国人都看惯了这样的事情。

普通中国人之所以坐船游览朝鲜一侧的江岸，仅仅因为这是他们近距离接触外国的一种方式；不过，富裕的游客可以组团进入朝鲜境内。并不需要护照；管理规章也很松懈，因为中国政府非常确信，不会有人愿意留在对岸。

　　每天早晨，有钱人组成的旅游团都会在我住宿的宾馆门前集合准备前往朝鲜。一天，我看着一位导游简要地交代了一番。导游告诉大家，在参观朝鲜领导人纪念碑时务必显示尊重，他还叫游客们不要对着干活的朝鲜人拍照，这种聚焦于贫困的行为有可能招致朝鲜人的指责。他说，朝鲜人讲究自尊，中国人尤其要注意这一点。还有，参观"三八线"时，中国游客千万不能对另一侧的美国士兵说"Hello"！

　　"大家会发现，那边没有我们发达，"导游继续讲解。"你们千万别对朝鲜人说，他们应该实行改革开放，或者向中国学习。记住，他们有很多导游会说中文，所以说话的时候千万要当心。"

　　一天，我遇到一个上过朝鲜战场的中国老兵。他加入的是海军，所以并没有参加过多少战役，不过在1964年的时候还是在台湾海峡的一次战斗中负了伤。他六十四岁，是个有着四十年党龄的中共党员。他走起路来腿脚有点儿跛。打伤他的是台湾人，武器却来自美国。这位老兵特意说明了这一点。在他看来，毛泽东去世后，很多东西都走了下坡路。"现在不确定的东西太多，"他说道。"有些人退了休却拿不到退休金。富人太富，穷人太穷。"他不认同年轻人的观点，其中包括他二十六岁的儿子，后者先是辞掉舒舒服服的政府工作，接着又加入一家私营企业。企业给的薪水倒是多，但并不那么安稳。他问我，美国人也这样过日子吗？他儿子是不是读大学时从外教身上学到了这种思路？

我向老兵问起对岸的情形，他说朝鲜的领导有问题。"金日成在的时候，他就像毛主席——每个人都崇拜他。但金日成的儿子没有他父亲那么伟大。他太年轻，没有受过战争的磨练。你看看金日成的一生，他从小就体验过战争。所以他才成了那样的伟人。"

我的房间里能看到朝鲜的电视节目，这是我在遭遇小偷之后依然选择住在这里的一个原因。第二个原因是，李鹏在门前的啤酒园招待我免费吃饭喝啤酒。我成了当地的名人——与小偷搏斗时弄断手指的外国人。

下雨天，我坐在房间里一边吃零食，一边看朝鲜的电视节目。我觉得有趣的中国电视内容在朝鲜的电视节目上都能看到，甚至更多。更多的军队汇演、更多的爱国乐团、更多的英雄领导。歌曲更加腻味。笑容更加夸张。制服更加统一。小孩子化着浓妆又唱又跳的节目更多。

我慢慢进步，已经可以一气呵成地观看近一个小时的朝鲜电视节目。有新闻报道，一边展示报纸头版，一边由一位播音员加以朗读。有伟大的领导人，戴着眼镜对着地图指指点点的金正日。一支由小提琴手和歌唱家组成的军队合唱团，全都佩戴着勋章。金正日视察工厂。化了妆的小孩子在舞台上活蹦乱跳。金正日登上太白山。平壤夜景。矿工们幸福地劳动。孩子们歌唱。金正日。

入夜，我梦见自己遭遇了偷窃。醒来后，我的心怦怦直跳。我躺在那里，使劲地回忆着小偷的模样。我记得一拳就把他打了个趔趄，然后我又打了一拳。我回想着自己的愤怒和害怕——这两种情绪在我的头脑里不安地交替出现。既然他已经丢下了我的财物，我为什么还会对着他一顿猛揍？他又为什么丝毫没有反抗？

我在丹东的最后一个下午，江面上满是中国人的婚船。无论什么时候，江面上总会漂着十几艘婚船，随着船只划过朝鲜一侧，新人们站在船首摆出各种姿势。有钱人租用双层观光艇，其他人租用机动小艇。他们全都遵循同一线路——快速驶到断桥附近；停留照相；沿着朝鲜的岸边缓慢巡游。中国的新娘们穿得五颜六色——白色、粉色、橘色、紫色——一个个犹如站在船首的傀儡。下午的天气很炎热，朝鲜人又出来游泳了。

我跟着一位名叫倪世超的船主驾船出发，穿行于一艘艘婚船之间。倪世超解释道，当天是农历中的吉日——第六个月的第六天——所以才有那么多人结婚。不过他说，今年结婚的人总体少于往年。

"人们觉得以九为尾数的年份是灾年，"他解释道。"我自己也不相信，但很多人都这样认为。89 年有动乱。79 年审判'四人帮'。69 年有'文化大革命'。59 年，你们美国人炸了这座桥。"

他停下来想了一下。"不对，那是 1950 年的事儿，"他摇了摇头说道。"反正 59 年发生过什么不好的事情。"

那是"大跃进"的高潮时期，饿死了很多人。一如许多中国人，倪世超对近代史的了解似是而非；他还记错了对"四人帮"的审判，那是在 1980 年和 1981 年间。

"1949 年呢?"我问道。

"新中国成立，"他说道。他再次停顿了一下。我们又回到了断桥附近的浅水区，水流缓慢的鸭绿江清澈见底。"那一年不一样，"他继续说道。"当然是个好年。"

离开丹东之后，我向东来到了与朝鲜北部接壤的图们市。图们更穷，全然没有丹东的活力与发展，不过仍然吸引了大批的朝鲜难民。图们江在这里变得很窄，据报道，朝鲜自 1995 年以来遭受的历次大饥荒中，这一地区多次榜上有名。浑浊的图们江里几乎没有人游泳。两岸的边境线都加以重重防御。中方一侧的河岸上有几处礼品摊和几架望远镜，但游客的数量并不多。河对岸什么也看不见。

我沿着河岸走，经过一个坐在树荫下的孩子。我从他的身后走过，以为那不过是一个七八岁的当地小孩，可随即我看见他的脸，停下了脚步。我从未在一个人的身上看见过这么多不同的年龄段。他有着小孩子的身躯，但从脸部看，年纪更大，也许十四岁，也许十五岁。他的眼角长着皱纹，皮肤皱得像老人，眼睛晦暗而无神地凝视着我。

我盯着他看了一会，这才意识到他是来此乞讨的朝鲜人。在那一霎，我对这个闭锁之国的所有印象——游泳者、士兵、电视节目——烟消云散。小男孩同样盯着我。我翻出钱包，抽出一点钱。他面无表情地接了过去。谁都没有说话。我一步步走远，感觉背后有一双眼睛。

广场上的清真寺

抗议活动的第三天，他们在奥马尔麦克莱姆清真寺当场逮到一名小偷。时值正午祷告，人们大都排成横排面朝前方。这座清真寺位于开罗市中心解放广场的东南角，从敞开的门窗便能听到外面的喧闹声。喧闹声的节奏有如海浪，连绵不断，却又变化多端，时不时汇成一阵巨响，仿佛一道大浪拍到了沙滩上。此前一天，警察在试图将抗议者驱离广场的时候发生了暴力。自此，暴力活动不断升级，抗议者强烈要求结束埃及的军人政权。傍晚时分，已经有了暴力冲突导致死亡的相关报道，同时有消息说，一千多人在冲突中受伤。医务志愿者在清真寺的里里外外搭建了若干临时急救所，每隔数分钟便会响起警笛声，随即就有救护车送来受伤的抗议者。面对如此紧张的场面，小偷肯定以为清真寺内不会有人留意那部正连接在充电器上的手机。就在机主祷告的过程中，他蹑手蹑脚地走过去，把手机装进了自己的口袋。

但站在后排的一位老人碰巧看见了这一切。他蓄着长长的白胡须，走起路来跟那个小偷一样悄无声息。他一直等到祷告结束，之后，几句耳语，他召集了一帮人，其中包括一位名叫穆罕默德·热梅尔的大学生。第二轮祷告刚大声响起——"安拉乎埃克拜尔！安拉乎埃克拜尔！"① ——一帮人已经把小偷堵在了墙壁跟前。

他毫无反抗地交出了手机。

"你为什么要偷这个？"那位老人问道。

"对不起。我本来有一部手机，可不知让谁给偷了。"

"你的身份证呢？"穆罕默德问道。

小偷说自己年龄还小，没法到政府办身份证。他个子矮小，面黄肌瘦，穿的衣服也很褴褛。他的左眼有些发红——或许最近挨过某人的一顿狠揍，或许是让广场上的催泪瓦斯给熏的。那一天的解放广场上有很多人双眼通红。

"你之前偷过东西吗？"穆罕默德问道。

"没有，我这是第一次。"

"这是教法严禁的行为！"那位老人说道。"你知道吗？我们可以叫警察把你给抓起来。"

事实上，那一天奥马尔麦克莱姆清真寺附近根本看不见警察的影子。执法的就是这群人，小偷十分清楚这一点。他看上去很害怕，当穆罕默德提出要搜身的时候，他全身瘫软无力，双臂像木偶一般举了起来。穆罕默德在他的一只口袋里搜出一个打火机和一盒喘乐宁，这是医生开给瓦斯吸入者的治哮喘药。穆罕默德从小偷的脖子上扯下一串用来祈祷的

---

① 意为"真主至大"。——译者

念珠。"我就知道，这个也不是你的，"他说道。他把搜到的物品悉数交给老人，老人只留下念珠，其余的都还给了小偷。老人探过身体，用平静的语气把小偷数落了一分多钟。当小偷终于明白自己可以离开之后，一时间如释重负，僵持在那里，脸上羞得通红。接着，他消失在了广场上混乱的人群之中。

几个小时前，我在连接广场和内政部那条小街的街角结识了穆罕默德·热梅尔。当时，发生在内政部大楼跟前的冲突十分激烈，抗议者手中的木棍和石块满天飞，全副武装的防暴警察发射了催泪弹、橡皮子弹和鸟枪子弹。广场上并没有发生暴力冲突，但广场上的人群很容易受惊失控。时不时可以看见，一群人无缘无故地受到惊吓并夺路奔跑，这种惊恐扩散开去，直至数百人跟着一起狂奔。紧接着，奔跑的人群如开始一般突然停下脚步。这样的奔跑发生过几轮之后，我注意到了静静地站在人群之外的穆罕默德。他脸上的表情温和而沉重——在这样的人群中，很难看到有人如此平静。

我们交谈了起来，一开始用的是我那蹩脚的阿拉伯语，接着便用起了他好得多的英语。他告诉我，他是艾因·夏姆斯大学的高年级学生，主修药物学专业。他那天放弃一场期中考试，来到了广场。他说，自己一直是个优等生，只是在头一年春期才有几门课程考试不及格，只因为他投入了太多的时间参与革命——这场革命最终在2月份迫使胡斯尼·穆巴拉克辞去总统职务。之后，埃及进入了军人执政的状态。

国家目前还没有完成新宪法的制定，各级选举也被往后推迟。埃及人民原计划于 11 月底通过一系列选举选出新的议会，但有报道指出，总统大选可能要推迟到 2013 年。随着议会选举的临近，军方希望赋予自己某些永久性的政治权力，正是这样的举动引发了目前这一轮抗议浪潮。

这一系列示威游行一开始便处于各个伊斯兰政党的领导之下。穆斯林兄弟会（以下简称"穆兄会"——译者）是其中最大的政党，在即将到来的大选中十分被看好。在激进分子们看来，军方的上述举动似乎是为了预谋阻止穆兄会即将赢得的胜利，而该党派在穆巴拉克统治埃及的数十年间曾遭到禁止（但被高度容忍）。解放广场上长达一天的抗议活动一直很平静，但在次日酿成了暴力冲突，原因是警察试图驱离打算举行静坐活动的示威者。

之后，人们把目标转向了位于广场外几个街区、并扮演着埃及法律执行首脑机关的内政部。新一轮抗议浪潮爆发以来的第三天，数十万人拥向解放广场，他们大多是年轻人，之前从未参加过宗教激进分子的抗议游行。年轻人们高喊着自由和民主的口号，而这个最大的政党成为了他们的代言人。穆罕默德·热梅尔告诉我，他对于加入政党丝毫没有兴趣。"我是独立的，"他说道。"最好是依靠你自己。"他说，他之所以来到广场，是因为他担心"阿拉伯之春"① 会遭到

---

① "阿拉伯之春"是指自 2010 年年底在北非和西亚的阿拉伯国家和其他地区一些国家发生的一系列以"民主"和"经济"等为主题的反政府运动。——译者

军人政治的破坏。不过，他也希望穆兄会在大选中有良好的表现。"他们很勤劳，也很自律，"他说道。"如果他们获胜，这个国家会有所改善。"临近正午祷告的时候，他邀请我一同前往奥马尔麦克莱姆清真寺，我欣然答应。

这座清真寺是广场上继续向革命者开放的唯一场所。所有的店铺和餐馆都已经关门，一起关闭的还有埃及文物博物馆和开罗美国大学。面向广场的政府大楼内驻有多个政府机构，名义上依然开放，但都心照不宣地禁止抗议者进入。不过，奥马尔麦克莱姆清真寺欢迎每一个人的到来。这座清真寺具有参与政治事务的传统，因其与多个政府部门和国家部委走得很近，它的名字便取自19世纪初期一位抵抗法国和英国统治的埃及指挥官。

不过，对广场上的很多人来说，这座清真寺的吸引力与其说具有象征意义还不如说具有实用价值。这座石质建筑物十分宏大，足够设立多个临时性医疗所、药品室和储藏室。整个广场只有这一处有公用卫生间和电源插座，时常有人跑进来给自己的手机充电。每天晚上有数百人在这里睡觉。有时候，甚至有人在这里吃饭。这不是清真寺的常规做派，但就目前而言，某些规定已被暂停执行，包括禁止女性进入男性祷告室。女性祷告室的入口搭建了一间小型诊疗室，这意味着女性必须穿过男性祷告室才能进入自己的区域。一般而言，祷告时间只限信徒进入，但穆罕默德·热梅尔一个劲地让我放心，只要我在祷告的过程中一直坐在最后一排，就不会有人介意我的进入。他和那几个人处理小偷事件的过程中，我一直在观察着，我觉得他们的处理方式很温和，因为他们对于外面正在发生的革命很有信心。

抗议行动的第五天，一位抗议者的尸体被抬进了清真寺。一开始，外面响起一阵哄闹声，声音越来越大，直至一群人抬着一口没有盖子的棺材出现在了门口。他们把尸体放在了壁龛跟前，壁龛位于清真寺的前部，标示着麦加的方向。几个身着黑色服饰的女子跟在他们后面进入了清真寺，其中一个正是死者的母亲。她手里攥着儿子的一张小照片，一进入清真寺便嚎啕大哭。她在另外几个女人的簇拥之下，试图挤到壁龛跟前。几个男人一边阻拦她们，一边大声地劝导说这样的行为是犯禁的，直到女人收住了脚步。不过，她们并不愿意离开——她们站到一边，在简短的葬礼过程中嚎啕大哭。

抬棺材进来的一个人告诉我，死者二十五岁，是旅游专业的大学毕业生。他死于前一天晚上。当我问起他的死因时，那个人从口袋里掏出了两个空弹壳。人们在内务部大楼附近很容易找到这样的东西——有时候甚至能看见受伤的抗议者颈上挂着用空弹壳和催泪弹壳做成的项链。前两天，警察使用真枪实弹的事例日渐增多。

尽管缺乏政治组织，抗议者们在斗争的后勤保障方面却颇为得心应手。广场上一夜之间设立起若干个医疗站——在"阿拉伯之春"的头一波抗议活动中，很多医生和药剂师已经学会了搭建临时救护站。志愿者取代警察的位置，在街上设置路障，并检查行人的身份证和随身提包。举行葬礼那一天的上午，广场上的抗议人群估计接近十万，那也是我第一次看见如此多的埃及女性和中产阶级。这些人大多停留在仍旧安全的解放广场，只有成群结队的年轻人戴着防护面罩向政府部委发动进攻。救护车和摩托车专用的通道已被清理出来——抗议者建立了有效的运输系统，以便从前方将死伤者运送回后方。各种车辆呼啸而过，警笛声和喇叭声响成一片，解放广场上的人们伸长了脖子，争相一睹伤者的面容。小贩们出售着爆米花、小扁豆和烤红薯，他们甚至用丙烷炉煮起了茶和咖啡。有两位棉花糖小贩背着一摞四五米高的粉色袋子挤进了人群。

位于开罗的这个广场已经实现了自给自足：人们只来这里参加抗议活动，而从不占据这座城市的其他地方。我住在距离广场不到两公里的地方，从我所居住的小区根本不知道这里正在发生什么事情。同样也很难猜测，国家的领导者们会做出什么样的反应。自穆巴拉克下台以来，埃及的内阁就在抗议活动的第四天主动提出集体辞职。与此同时，穆兄会呼吁大家保持克制，它正在与自己发动的这场抗议活动渐渐疏远。穆兄会领导人呼吁下属成员不要前往解放广场，因为他们担心日渐加剧的动荡局势有可能使议会选举拖延。不过，对那些正在参加斗争的年轻人而言，以上诸方的努力似乎不会有什么效果。这些年轻人多数只有十几岁——有超过一半的埃及人口只有或不到二十五岁。在斗争的最前线，最忠诚的斗士们看上去略显贫弱，他们如此专注于这一场奇怪的战斗，以至于使之变成了一种例行仪式：冲向前沿，吸入催泪瓦斯，被救护车辆拉走，回头再来。

清真寺那口棺材里躺着的年轻人，只是迄今死去的三十多人中的一个。一位蓄着胡须的教长面向年轻人的遗体，讲起了先知的叔叔哈姆扎的故事，他曾在与麦加人的早期冲突中受尽折磨。接着，这位教长提高声调说到了解放广场上的抗议活动。"从这里走出去的每一个人，都应该面对所有的失望和不公大声说'不'！要知道，我们会把这个人看做为真主乐园殉道的烈士！"他大声说道。"我们向真主发誓，他的鲜血不会白流！他的血是英勇的鲜血！他的血为正义世界而流！真主的子民们，听我说吧！我们要游行，我们要在此坚守，直到烈士们的死得以昭雪！"

人群中有一个人应和道："主啊，求你让我们为自己的事业捐躯吧！主啊，求你让我们为自己的事业捐躯吧！"

"伟大的主！伟大的主！伟大的主！"

这下子，所有的人都高声呼喊起来，接着戴上面罩，争相出门投入了战斗。几个人抬起棺材，把它移到了别处。死者的母亲嚎啕大哭，她边上的另一个女人大骂着残忍的警察。"犯罪！犯罪！"她大声说道。"这简直是犯罪！"

"女士，这就是军人政治，"一个男人说道。"这全是军人统治所加给我们的。"

这几个人出去之后，房间里似乎安静了许多。整个祷告仪式中，后排有几个人裹着羊毛毯子呼呼大睡。一位年轻的药剂师志愿者在壁龛边上打理着一个小型诊所，我向他询问葬礼的事情，他眨了眨眼睛说自己太忙，无暇顾及葬礼的事儿。患者大多是因为接触了催泪瓦斯，他已经连续工作了两天，中途几乎没有合过眼。地板上满是包装纸、小药瓶和各种罐子。就在我们说话当中，药剂师踩到一支注射器，伤到了脚掌。他蹲下身去，慢慢地贴上一块胶布，脸上带着挠痒痒般的无畏神情。他赤着脚。这条规矩没变，没有人在清真寺里穿鞋。

　　抗议活动的第六天，一个名叫萨利姆·阿卜德-艾尔萨利姆的人在清真寺里祷告的时候被人偷走了耐克凉鞋。"一切赞颂——"我在祷告室的后排遇见他，问他感觉如何时，他语气热烈地回答道，"全归真主！"我们闲聊了几分钟后，他才提及凉鞋被盗的事情。我想象不出光着脚被困在解放广场边上，面对着一片黑压压的示威人群，不过，萨利姆似乎并不缺乏幽默感。清真寺一位做志愿者的看门人终于给他找来了一双备用凉鞋。

　　十几个年轻的革命者主动来到清真寺帮忙。跟我交谈的主要是瓦利德，这个三十出头的年轻人长得有些瘦削，但一双眼睛十分机灵。他每天都穿一件白色的汗衫，一如其他大多数人，他来清真寺的时候似乎只有身上穿的那套衣服。他不时在祷告室忙碌着，应付各种各样的麻烦事儿。瓦利德跟其他人一起向身心疲惫的人们分发毯子，以及募捐得来的食物和其他物品。这座清真寺也是整个广场伸张正义的主要场所。只要有人因为犯事而被抓获，他就会被带进清真寺。如果罪行严重，他会被捆住双手关进楼上的一个房间。此外，志愿者们还设立了失物招领台。我问瓦利德，广场上的扒窃是否很猖獗，他没有说一句话。他拎起两个大塑料袋倒出了里面的东西，那都是查抄得来的物品，钱包、家庭照片、身份证，在人们用来祷告的毯子上撒了一地。

大多数日子里，我独自来到广场上闲逛一圈，然后走到清真寺的后面坐下来。过了一段时间，我带了个随身翻译，以便了解更多。这座清真寺是开启对话的好地方，人们总想知道我来自什么地方，一旦他们得知我不是穆斯林，就会立马强调清真寺向每一个人开放。好几次，有人紧紧拉着我的手，以非常慎重的口吻宣布，如果发生暴力冲突，他会不惜牺牲自己的生命来维护我的安危。事实上，我在抗议活动的头几天感觉到非常安全，尽管实际上每一天都有人死去。暴力活动仅局限于本地人，我一点也没感觉到什么排外情绪。广场上的人们对我再友好不过了。

然而，当斗争停止时，气氛骤然改变。经过一个星期的抗议，埃及最受敬重的伊斯兰组织阿兹哈的教长们在内政部达成了临时停火协议。休战期间，军方在通往内政部的各条道路上竖起了水泥墙和倒刺网。现实的隔离和休战状态使差异显现出来——中断的进攻节奏犹如催眠大师捻响手指，抗议者似乎一下子失去了重心。我开始发现，解放广场上人与人之间越来越多地发生小规模冲突。由于缺乏明确的目标，人们的精力无处发泄，打架斗殴变得稀松平常。突然间，半数的年轻人似乎都成为了志愿安保——好几个傍晚，我不得不在一个小时之内多次出示自己的护照。在此期间，媒体的标题似乎温和了下来——再也没有了死伤者的报道——但广场上的麻烦事与日俱增。

清真寺里明显没了负责人。寺里的阿訇名叫谢赫·马兹哈·沙辛，这个长相英俊的人经常上电视台的宗教节目。作为埃及的名人，他在抗议活动一开始就高调地力主和平，最后以失败告终。不过，在此期间他从未去过清真寺。即便在日落和傍晚祷告之间，我一连去了十次都没有见过他的身影，而按照规定他应该在这个时候坚守自己的岗位。（一如埃及的诸多清真寺，奥马尔麦克莱姆清真寺同样由政府掌管。）关于谢赫的去向一时间谣言满天。有人说他不想与革命者过从甚密，因为他的擢升得益于旧政府。也有人说他不愿意跟激进的教长们扯上关系，因为这些人自抗议爆发以来就一直待在奥马尔麦克莱姆清真寺。

的确，埃及最为保守的萨拉菲派成员一到解放广场就把这座清真寺当成了自己的大本营。我跟他们其中一个人交谈的时候，他说自己支持这场革命，因为他相信这场革命代表着在全国范围内建立伊斯兰教教法的第一步。（他用手指拂过我的面颊，然后摇了摇头，意指我接下来不应该再剃胡须。萨拉菲派成员因为模仿先知的模样留长胡须而闻名。）不过，我还是不明白，这样的观点怎么就能逼谢赫·马兹哈这样的人离开自己的清真寺。他的改革态度同样人人皆知——他总是公开表达对"阿拉伯之春"的支持——只是他这个人也非常理智，无疑跟许多宗教激进分子打过交道。

似乎更有可能的是，谢赫·马兹哈醉心于宣传革命理想，却缺乏参与广场上乱糟糟的具体事务的兴趣。其他的政治人物和政党采取了类似的策略。穆兄会与解放广场始终保持一段距离，一心指望通过选举实现和平。与此同时，军方似乎也故意淡化人们的回应。它接受了内阁的辞职，并重新承诺将不晚于 2012 年 6 月完成总统选举。它更换了总理——不到一年的时间轮换了三位总理。新的领导机构被称作"民族拯救政府"，这名字显然无法唤起人们的信任。目前尚不清楚军方是否会放弃控制权。武装部队最高指挥官穆罕默德·侯赛因·坦塔维元帅很少提及人们的抗议活动，尽管有示威者呼吁他辞职走人。

　　在奥马尔麦克莱姆清真寺，人们时不时会谈论不见踪影的谢赫·马兹哈。"我一直在打他的电话，但他就是不接，"临时借住在清真寺内的穆斯林谢赫·萨米通过翻译告诉我。他说他并不清楚阿訇为什么不见踪影，不过那不关他的事儿。他还说，现在这场革命跟上次推翻穆巴拉克那一场有明显的差异。"1 月份那次是中上阶层，"谢赫说道。"他们要求得到社会正义和自由。现在这场革命纯粹是为了穷人。他们一无所有。"他说这些人的想法很混乱，但仍值得同情和尊重。"他们来这里可不是为了惹麻烦，"他说。"他们的日子过得很苦，时常忍饥挨饿。"

　　就在我们交谈的时候，一帮年轻人牢骚满腹地来到了清真寺。他们告诉谢赫·萨米，一位埃及女基督徒在广场上对清真寺口出秽语，说清真寺的卫生间很脏，还说女性祷告室因为有人睡觉而恶臭不堪。"她说他们的教堂比我们的清真寺干净得多，"其中一个年轻人数落道。他对谢赫说，对于进入清真寺的人穆斯林应该更严加筛选。

"在清真寺睡觉的女孩子一半以上是离家出走，"谢赫争辩道。"是把她们留在广场上跟坏人为伍，还是让她们住在这里？"他又说："清真寺是真主的居所，而不是睡觉的地方。不过，如果这种时候有人进入清真寺，我肯定不能把她们赶走。这不是我的职责——我不是阿訇。再说，广场上半数都是坏人。我要是把她们赶出去，那些人会等在外面把她们揍个半死。"

"我也在广场上，我就不是坏人，"其中一个年轻人咕哝道。

"我说的是'半数'，"谢赫·萨米接过话头。他正坐在一张小桌子跟前，桌上的身份证不下一百来个。"这都是我们从被偷的钱包里找到的，"他抓起一摞身份证问道。"你们还敢跟我说广场上没有坏蛋？"

抗议活动的第十天，一个人因为在其携带的行李中搜出剪刀而被带进了清真寺。几个人押着他穿过祷告室，一进入后边的盥洗室就开始揍他，而这里一直是祷告仪式前的净身场所。我坐在几米开外的地方，正通过翻译与瓦利德交谈，因为那个人的哀嚎，我们只得不时停下话头。边上跪着几个人，正试图继续自己的祷告。现如今，瓦利德身上的白色汗衫已经变成了脏兮兮的灰色。所有志愿者看上去都一个样：

日复一日，衣衫变脏，神经紧绷，眼神疲惫。从我在清真寺看见人们对第一个小偷宽宏大量之后，仿佛过去了漫长的岁月。

剪刀被视作违禁品，因为小偷们可以用它来划开人们的衣袋。瓦利德说，这个人的双手会一直被绑着，直至人们打定主意究竟拿他怎么办。人们通常把小偷关在楼上的一个房间，有时候揍他一顿算是给点教训，有时候也会交给广场上的某位检察官。断定罪行等级的方法通常是清点这个人身上的手机数。一位志愿者告诉我，他曾经对一位试图从他身上打探消息的政府特工用刑。（他说用刑十分奏效，尽管他不愿意透露最终成果。）广场上的人疑心越来越重，清真寺里也不时发生斗殴现象。自封的安保人员穿着武术家的拳服，时常进入清真寺四处闲逛。他们的拳服多印有旭日东升的图案，当他们赤脚来到壁龛跟前，清真寺仿佛变成了跆拳道武馆。

不过，频繁发生财物失窃倒是事实，有些盗窃案还显得稀奇古怪。有个人因为假扮医生进入清真寺而被人们逮了起来。几位志愿医务人员告诉我，大量的捐赠药品未经许可就被人拿走，也许正在黑市上叫卖呢。我来到清真寺后方入口处的药品储藏室查看，有几个不知是谁派来的守卫，手里拿着临时性的武器。他们刚拘押了一名警察，按他们的说法，这名警察捅伤了人。他们说还没打定主意怎么处置他。他正蹲在地上，玩着扑克牌。清真寺前门附近有人向我兜售大麻。剪刀案发生的前一天晚上，有一对男女在广场上的帐篷里做爱，被逮了个正着。一群人把他们狠揍了一顿，女人被送去了医院，男人则像垃圾一样被直接丢进了清真寺。"当人们把他拖进来的时候，他只能靠四肢勉强爬行，"瓦利德告诉我。"过了一会他感觉好点了。我喂他喝了一点牛奶和果汁。"

从这时起，我开始对伊斯兰教教法心生好奇。不过我注意到，萨拉菲派成员大都很少露面，曾经告诉我这场革命将会导致严格的伊斯兰教法的那位教长似乎也回家了。（我还注意到，此间没有人介意我是否剃了胡须。）曾经满怀虔诚和同情地谈论广场上那帮年轻人的谢赫·萨米因为劝架受了伤。我最后一次看见他的时候，他头上裹着厚厚的纱布。后来有人告诉我，他离开开罗，去另一个城市重操教师职业。

很难想象，解放广场上的这些年轻人将会从革命的这个阶段学到什么教训。事实上，拥有一定权力的每一个人——阿訇和政治家们，进步人士和宗教激进分子——都已经和示威者们摆脱了干系。清真寺的志愿者显得不知所措，他们目前暂管的这个机构比整个国家更没有方向。然而，从旁观的角度看，抗议者已经达成了有价值的目的。他们提醒埃及人民不要忘了"阿拉伯之春"的最初目标，同时向军队和各个政党表明，愤怒的源泉依然深不可测。考虑到局势如此动荡不安，抗议活动爆发后第十一天所举行的首轮选举相当引人注目，它实现了民选，而且组织良好。当我前往投票站和人们交谈时，很多人都说他们感谢那些游行示威的人。我同时听到人们以十分平静的口吻说，这是他们一生中第一次为投票而认真费心。在开罗市郊马迪区的一个投票站，我数了一下，一共有一千二百七十多人在耐心地排队投票。

　　根据初步计票结果，穆兄会在首轮选举中如愿获得了绝大多数人的支持。不过，萨拉菲派的成绩也好得出奇，初步结果表明，其下属党派光明党将名列第二。考虑到以上结果已涵盖埃及相对进步的很多区域，激进分子似乎很有可能在1月份的议会选举结束后获得多数席位。不过，很难断定，由穆兄会下属的自由与正义党主导的政府将会带有怎样的宗教色彩。该党的官方平台强调自由市场政策，旗帜鲜明地主张人与人的平等，而不管其信仰和性别，尽管妇女和年轻人在这个党派的领导层并没有多少地位。我在开罗跟许多看重稳定而非宗教的支持者交谈过，他们均认为该组织一向强调的纪律性使之不太可能屈从于穆巴拉克当政时的腐败和残暴。参选者们小心翼翼地弱化着宗教的角色。"我们并不关心是否谈论伊斯兰教，或者强拉大家进清真寺，"来自开罗肖博拉区的候选人哈西姆·法鲁克·曼苏尔告诉我。"这都不是政党要做的事情。我们对此心知肚明。"

　　我提到包括海外观察家在内的观察人士表示过担心，穆兄会很有可能按其多年遭禁期间赖以成型的宗教激进主义精神行事。"你这样认为一点都没错，"曼苏尔回答说。他原本是一位口腔医生，今后仍将重操医疗行当。"我们在地下活动了八十年，"他说道。"我现在跟你说话，终于站到了阳光底下，这样你才能更加了解我。我来到阳光底下的时间只有六到八个月。"他着重指出，过去所遭受的压制把大家推向了极端主义。这样说固然没错，但同样属实的是，没有人知道当这样的组织初尝权力的滋味时会有怎样的反应。

广场上有很多人抵制选举，并拒绝结束自己的静坐活动。解放广场继续维持着自给自足的状态：随着时光流逝，上一代人陆续孤独地离开广场，而年轻人、穷人和没受过什么教育的人，在去往这个国家的什么地方之前，似乎总能在这里初尝权力的滋味。这种本能里总有让人失望的东西——志愿者岗哨、公民逮捕、暴民的正义。同时，尽管从长远来看，你总能找到连续一致的内在逻辑，但广场上的情形总是令人迷糊而沮丧。清真寺的人们似乎是孤立的，我从未听见他们谈论 Facebook 和 Twitter，这可都是他们革命之初的热门社交媒体。实际上，我要电话联系那些见过面的人都困难重重，因为被偷的手机实在太多了。

大选之后，抗议者们在解放广场上为最近的死难者举行了纪念活动，但到场者寥寥无几。埃及的中产阶级在活动的头几天确实愿意现身，看抗议者们展开战斗，并随时有人倒下——死难者最终超过了四十——但他们似乎没有纪念死难者的兴趣。对大多数人而言，是时候该走下一步了；示威者和死难者已经完成了他们应该做的。

抗议活动的第十五天，我终于看见谢赫·马兹哈·沙辛出现在奥马尔麦克莱姆清真寺。这位阿訇在解放广场主持了一场露天祷告，他在布道时对那些参与示威的民众大加赞赏。"这个国家应该由那些参加过这一场革命，并为之战斗到底的人来领导!"他说道。"我们都是殉道者,那些指望我们撤离广场的人,首先必须尝一尝我们心灵所遭受的痛苦!"

祷告结束之后,谢赫走进了清真寺,几个保镖簇拥着他,把他与崇拜者隔离开来。当我朝他走过去的时候,他微笑着说没法和我交谈,因为他马上要赶去开罗的其他地方拍摄电视节目。后来,一位翻译代表我给他打电话,询问抗议期间他离开清真寺的说法是否属实。"我每天都在清真寺,"这位教长回答道。"我必须留在清真寺,主持日落祷告和晚间祷告。"我告诉这位教长的助手,我观察到的情形并非如此,不过我们可以隔天再讨论这个问题,因为我还想再去出席一次日落祷告。一如既往,主持祷告的另有其人,教长依旧不见身影。长达两个多星期的时间里,我在清真寺只见过这位教长一次。

那一天,他不到五分钟就离开了祷告室。我只好与一位名叫穆罕默德·苏尔坦的志愿者交谈了几句。我问起瓦利德的情况,穆罕默德这样回答我:"瓦利德不知去了什么地方。"接着,他给我讲了这么一件事:早在几天前的一个晚上,瓦利德从在清真寺睡觉的人身上搜罗了十多部手机和三百美元,理由是他会替他们妥善保管这些财物。那也是大家最后一次看见瓦利德。"你应该在文章中称为他'骗子瓦利德',"穆罕默德对我说。后来,我打通了瓦利德的电话,他对这一切矢口否认,不过他并没有再回到清真寺,同时,也有多位其他人员肯定了穆罕默德的说法。

穆罕默德是一位严谨的信徒,也是一名四平八稳的志愿者。他很少微笑，我也从没见过他发脾气。他对瓦利德的罪行泰然处之：来到解放广场参加抗议活动的前辈们曾经用弹壳做成项链，现在他们把战斗的故事换成了小偷小摸。不过，穆罕默德说自己非常乐于放下开车的活计，抽出时间来参加这场革命。"这样做很有意义，"他说。"一开始上阵的是热血男儿，现在则要由其他人来结束这场革命。"

这时，一位在清真寺药房做志愿工作，名叫艾哈迈迪·萨利姆的年轻人加入了谈话。"我们与 1 月的革命者还是同一个圈子，"艾哈迈迪告诉我。"也许我们不清楚下一步应该怎么走。我们只是一帮年轻人。老一辈革命者还在给我们提供指导，他们好比是棋手。我们现在只是棋子。"

我问穆罕默德，他打算在清真寺干多久。

"直到革命成功，"他表情严肃地回答道。不过，当我问他要手机号码的时候，他的脸上露出了笑容。"手机被偷了，"他说道。接着，他解释说，他在清真寺睡觉的时候，有人把手伸进了他的口袋。"你呢?"他问道。

我蹙了蹙眉头回答道："我的钱包第一天就被人偷走了。"

甲骨文

书

在安阳考古工作站的图书馆，一本书的书名引起了我的注意：《美帝国主义劫掠的我国殷周铜器集录》。我来到安阳这个河南小城是为了研究当地的文物古迹。根据历史记载，该地区曾是商朝的都城，商朝繁荣兴盛六百多年后，于公元前1045年被周朝所灭。据记载，商朝的灭亡祸起荒淫——传奇故事把商朝的最后一位君主描述成用泳池盛装美酒的大酒鬼。不过，这本书是我发现跟美国人扯上关系的第一条线索，让我不禁细看起来。

没有作者名。该书出版于1962年，印着八百多张商、周铜器的照片（商朝是中国古代冶金术最发达的时期之一）。每一件铜器，书里都提供了帝国主义收藏者的姓名。收藏者名录里有多丽丝·杜克（她劫掠了九件铜器）、艾弗里·C·布伦达治（三十件）和阿尔弗雷德·F·皮尔斯白瑞（五十八件）。

图书馆里有一位年轻的考古工作者，我问他知不知道那本书是谁写的。"陈梦家，"考古工作者回答道。"他的专业就是甲骨文。他还是个著名的诗人。"

甲骨上雕刻着东亚地区已知最早的文字符号。甲骨原料来自牛的肩胛骨和龟的胸甲，常用于商朝宫廷的占卜仪式。我问那位考古工作者，陈梦家是否还在中国。

"他死了，"年轻人回答道。"'文革'期间自杀了。"

我合上书，问安阳考古站还有没有人认识陈梦家。

"去找老杨吧，"考古工作者回答道。"陈梦家在北京自杀的时候，他跟他在一起。院子的对面就可以找到老杨。"

在安阳考古工作站全日制上班的人并不多，工作站有十来栋房子，四周全是玉米地。多数房子用来存放文物。微风吹拂着梧桐树，远处间或有火车轰鸣而过，这里离北京只有六个小时的火车车程。除此之外，周围一片寂静。四周修着高大的围墙，围墙上架着倒刺铁丝网。

我在一间布满灰尘的会议室见到了老杨——杨锡章。他六十六岁，镶着满口银牙；他每次微笑，总让我吃一惊，有如瞥见不期而至的文物突然闪烁发光。老杨告诉我，陈梦家是在 1940 年代整理出那些青铜器的。陈当时身在美国，同在美国的还有他正在芝加哥大学读研究生的妻子赵萝蕤。赵萝蕤出身于深受西方影响的中国家庭，她的父亲是圣公会牧师，也是北京燕京大学宗教学院的院长。

"所以陈梦家麻烦不断，"老杨说道。"他老婆家跟外国的联系太密切。'文化大革命'一开始，陈梦家就被打成

'走资派'。但他尤其受到批判的，还是男女生活作风问题。"

这个词汇我很陌生，于是便问其详。老杨表情颇不自然地笑了笑——银光一闪。"意思是，"他过了一会儿才回答道。"你跟一个不是你老婆的女人发生了关系。"

"陈梦家做过这种事？"

"不太清楚，"老杨回答道。我身后是一面窗户，他无言地凝视着窗外。我问起陈梦家的自杀，老杨继续说道："这事儿发生在1966年，也就是'文化大革命'刚开始的时候。陈梦家第一次自杀的时候，大家把他救了下来。之后，考古研究所安排我和另外几个年轻人去看着他。但我们不可能二十四小时和他待在一起。"

老杨指了指窗户，似乎在作演示。那是一个阳光明媚的下午；斑驳的阳光洒在外面的树荫下。"想象你就在陈梦家北京的家里，外面是一个院子，"老杨说道。"一天，陈梦家走到外面，在窗子跟前一闪而过。"老杨做了个一闪而过的手势，仿佛跟着一个想象中的人，消失在我们的视线之外。"过了几分钟，我们才发觉他跑了。我们追出门，可还是晚了一步——他上吊了。"

老杨说，陈梦家的妻子没有住在那里，因为红卫兵正押着她在北京大学游街。我问关于美帝国主义者的那本书为什么没有署陈梦家的名字。

"1957年，陈梦家批评过领导的一些观点，"老杨说道。"他因此被打成了右派。右派不可以出书。可那本书又非常重要，所以就出版了，但不署他的名字。"老杨在办公室里找到一本褪了色的考古所年鉴，翻到印有照片的一页。照片里的陈梦家还是个中年人，他长着酒窝，眼睛明亮，一头黑发油光闪亮，穿了一件旧式的高领衬衫。在所有人中间，他的笑容最为灿烂。

几个月后，我在北京找到了另一位八十多岁的学者，他给我讲了这个故事的很多细节。1950 年代，毛泽东提出用字母替代汉字书写，陈梦家持反对态度。捍卫汉字是他的第一项主要政治错误。

骨

在人类文明史上，汉字显得十分独特：这一套书写系统的基本结构原则自商朝以来未曾改变过。一如埃及的象形文字，汉字由象形符号（一个字代表一种事物或意义）演化成表意表音符号（一个字代表一个读音）。公元前 2000 年，近东地区的闪米特部落把埃及的象形文字转化成人类的第一套字母体系。字母书写系统比表意表音符号更具灵活性，因为字母可以把一个音节细分为更小的单位。这使拼写系统用于不同的语言乃至方言变得更加容易，例如，英语书写者可以此区分读音正规的"what"与带有伦敦腔的"wot"。

汉字是唯一未被弃用或被转换成字母的古老的表意表音符号，结果导致人们所读和所写之间往往存在巨大的差异。就中国历史的大多数时期而言，正式书写采用的是古汉字，这种文字符号在汉代（公元前 206 年至公元 220 年）得到发展并仅存于书面语言。到了 20 世纪初叶，改革者们成功地使正式书写系统遵从一种被称为普通话的北方方言。

汉语口语并不是一种单一语言——语言学家有时把它的多样性比作罗曼语族。一位语言学家告诉我，北京人所说的方言和广州人所说的方言实际上有如英语和德语。如果中国采用字母符号，写出来的文字就能反映这种差异，但在表意表音符号体系下，很多口头语言无法加以书写。例如，东南沿海浙江省的某个人如果要识文断字，首先得学会普通话。大多数南方人所书写的文字实际上是一种第二语言。

这套书写符号从技术上说具有一定的难度——若想做到中等程度，一个人需要识记四千个汉字。尽管这些汉字原本包含的发音和视觉线索十分清晰，但许多线索由于发音改变而被逐渐淘汰，这使得汉字更难识记。尽管如此复杂，中国人并不缺乏学习的雄心。中国文化多与书写有关——书法作品是最具价值的艺术形式，绘画作品通常要有显眼的书法题字。人们在某些时候会支起专门的鼎炉，很敬重地用于焚化写满文字的一摞摞纸片。到 17 世纪，中国已经建立起完善的商业出版体系，读写能力比起欧洲的很多国家来能涵盖更广大的社会阶层。匹兹堡大学的历史学家罗友枝（Evelyn S. Rawski）估计，18、19 世纪中国男性的识字比例在百分之三十到四十五之间——相当于日本和英国工业革命前的水平。

这一套书写系统也有其他优点，比如它具有超越时间和空间的非凡能力。一个具有读写能力的中国人无论来自何方，他总能读懂另一个中国人写出来的东西。而且在面临古时候留下来的文字作品时他不会觉得遥不可及。当甲骨文在19 世纪末被重新发现的时候，中国的学者们几乎立刻就能加以辨识——完全不同于埃及的象形文字，罗塞塔石碑被发掘前的数百年间，无人能识别这种文字。

两年前，我来到加利福尼亚大学伯克利分校看望吉德炜（David Keightly），他是最有名望的甲骨文研究者之一。（类似专家全世界可能不超过三十人。）吉德炜告诉我，他一直痴迷于汉字和中国先祖崇拜之间的关联，后者正是延续数千年的中国文化的核心内容。

商朝宫廷经常举行占卜仪式，召唤先祖提供信息和帮助。举行仪式的时候，他们炙烤一种经过特殊处理的龟甲或兽骨直至其开裂——这一物理变形常被解读为来自逝者的声音。雕刻师随后会把占卜的事项刻写在甲骨上。

出土的甲骨显示，商朝宫廷占卜的事项包罗万象，上至战事、下至临盆，大到天气、小到疾病。他们还会询问梦境的意义。他们会与逝者沟通：在一块甲骨上有一段卜辞，卜辞提议向一位死去的先人献祭三名囚犯；之后，估计是龟甲意外破裂，下一段卜辞把献祭囚犯的数量增加到了五个。有时候，商朝一次献祭的活人就多达数百名。

吉德炜向我展示了一段甲骨文拓片，记录的是皇室牙病的占卜仪式。这块龟甲刻写于武丁王朝，武丁王的统治时间大约在公元前 1200 年至公元前 1189 年间。这位国君觉得自己的一颗病牙与一位不满的先人有关，于是试图找出这位先人的身份，并给予适当的祭祀。龟甲上刻着四个人的名字：

父甲、父庚、父辛、父乙。"其中一位是他父亲，另外三个人是他死去的叔伯，"吉德炜说。对每一位先人，均举行了多次占卜仪式。"还有一段卜辞：'侑父庚一犬，分一羊。'由此我认为牙痛是源于父庚作祟。"吉德炜抬起头来。"这些就像是音符，"他说道。"曲调要靠我们自己去编。"

信

我在安阳发现这本书之后，一直在寻找认识陈梦家的人。有时候我来晚了一步；我竭力想跟他的某位至交取得联系，却被告知这人已经奄奄一息。即便我及时赶到，关于陈梦家的各种故事版本听起来却大相径庭。台湾一位九十九岁高龄的考古学家说，他曾经听到谣传，说陈梦家死于共产党之手。在大陆，每一个人都说他死于自杀：有人提到了婚外情，有人矢口否认。有人告诉我，陈梦家曾经与一位女影星有染。其他人则说，她实际上是一位京剧演员。仍住在北京的赵景心是陈梦家的妻弟，他说陈梦家曾经自杀过三次。"我姐姐救过他两次，"赵景心说。"第三次的时候她因为劳累睡着了。等她找到他的时候，他已经死了。"赵景心八十三岁，他的手在空中一挥，像是一笔勾销了有关婚外情的谣传。"我从没有听到过这样的传闻，"他说道。

陈梦家生前留下的遗物并不多：几张照片和一沓书信。上海博物馆专门腾出一个小房间，以陈放他曾经收藏的明代家具，其中某些漂亮的物件已有四百多年的历史。有一把刻着"寿"字的靠背椅用稀有的黄花梨木雕刻而成。博物馆退休馆长马承源是陈梦家的生前好友。马承源告诉我，他们最后一次见面是 1963 年，陈梦家当时给了他一本《美帝国主义劫掠的我国殷周铜器集录》。马承源笑了笑说："你得明白，那个书名不是陈梦家取的。"

陈梦家的遗孀去世之后，上海博物馆于 2000 年从赵景心的手里购得了这一批家具。（陈梦家夫妇没有孩子。）八十五岁①的马承源向我展示了一份复印件，那是陈梦家在 1966 年，也就是他死去那一年写的一封信，他在信中提出要捐献自己的家具。信上的字很漂亮，其中有一句话："那把黄花梨木靠背椅很可能是明代初期的，应该捐给上海博物馆。"②我问马承源，陈梦家做出捐献决定是不是因为担心家具会在政治运动中遭到破坏。"他在 1963 年告诉我，他对这批家具的保护很有些担心，"马承源说。"不过他从未提过具体的政治问题。我们只能猜测。"

我到处寻找着有可能串起陈梦家生前故事的相关物品。没有发表过关于他的完整传记，也没有对他的死因的细节描述。在中国，"文化大革命"时期依然显得神秘；你可以批判地书写那段时期，但有一种默契，调查研究不能过火。同时，由于政治上的风险，那一时期的人们很少记日记或保留信件。

陈梦家的早年岁月比较容易追溯，因为他很早便开始发

---

① 原文如此。根据资料，马承源出生于 1927 年。——译者
② 此处文字为英文译文。——译者

表作品。他于 1911 年出生在东部的南京市,他的父亲既是教师也是长老会牧师。长大成人的兄弟姐妹一共有十个——五男五女,全都大学毕业。最为聪明伶俐的陈梦家排行第七。他十多岁发表第一首诗歌,到二十岁出版诗集时,他已经名声大振。按照中国诗人的传统做法,他给自己取了笔名:漫哉。他成了最年轻的新月派诗人,这一派的浪漫诗人刻意规避中国古典诗词的死板规则。

陈梦家的诗词风格简单而规整,评论家往往将他与豪斯曼和哈代相提并论。童年之后他就没再信过基督教,不过对于遥远的过去似乎总怀着一种宗教情结。在早期的一首诗作中,他凝望着一尊有着千年历史的女子面部雕像,注意到了她那"冷淡的,沉默着一抹笑角的希微"。1932 年,陈梦家进入燕京大学研究生院,先是学习宗教学,随即又研究中国古代文字。历史越来越近,诗性却日渐远去。陈梦家在《自己之歌》中写到了创作的痛苦:"我挝碎了我的心胸掏出一串歌。"他后来又写道:"十七岁起,我开始用格律束缚自己,从此我所写的全可以用线来比量它们的长短……这把锁链压坏了我好多的灵性,但从这些不自由中,我只挣得一些个造字造句的小巧。"等到三十出头,他基本不再写诗,而是把大部分时间投入到对青铜器铭文和甲骨文的研究中。

他的妻子赵萝蕤也是奇才。她二十五岁便出版了《荒原》的首个中文译本。日本人在 1937 年入侵南京之后,陈梦家和赵萝蕤跟着许多中国学者一起搬到了西南部的云南省。1944 年,洛克菲勒基金会向他们提供人文科学奖学金,以资助他们前往美国。来到芝加哥大学，赵萝蕤以亨利·詹姆斯为题写了一篇论文，陈梦家则四处搜寻来自中国的青铜器。"漫哉"先生人如其名，他在底特律、克利夫兰、圣路易斯、纽约、波士顿、旧金山、檀香山、多伦多、巴黎、伦敦、牛津等城市遍访博物馆和私人藏品。1947年拜访过斯德哥尔摩之后，陈梦家给洛克菲勒基金会写了一封信："王子在他的城堡里接见我，并带着我参观了他的私人藏品。我深感荣幸地与他交流和探讨了两个小时。"

尤其在动荡不安的20世纪初叶，有很多古代青铜器被劫掠出中国，但很少有人进行过认真的研究。陈梦家计划以此为题写一本权威性的著作，配套提供照片和类型学分析。1947年，他回到中国，同时把一大摞手稿寄给了哈佛大学。编辑工作通过来往邮件进行。但是，共产党于1949年执政，1950年旋即爆发朝鲜战争，中国和美国之间的联系霎时中断。

芝加哥美术馆的一位部长潘思婷（Elinor Pearlstein）近年一直致力于追寻陈梦家到美国后所撰写的书信。潘思婷向我提供了陈梦家历次旅行的线路信息，但她告诉我他寄给哈佛的书稿已经遗失。有证据显示，这部手稿交给了哈佛的一位研究生进行编辑，但这位学生在1967年自杀身亡。这本书一直没在美国出版。（我看到的带有反美标题的中文版本编辑粗糙，是一本缩编本。）

1956年，陈梦家就甲骨文出版了一本开创性的著作，名叫《殷墟卜辞综述》。全书包含商代文法、天文、祭祀、战争、地理等重要话题。我碰到的每一个古汉语学者都说这是一本旷世之作。

不过，陈梦家的个性总与红色中国的政治走向背道而驰。"陈梦家具有诗人的敏感，"同为陈梦家朋友的考古学家王世民告诉我。"他总是言由心生，心直口快。"

字　母

鸦片战争（1839 年至 1842 年）之后的几十年间，中国为外国列强所占领，其文化知识未能做好转向现代化的准备。在 19 世纪的欧洲，考古活动以日渐兴起的中产阶级为主导，他们信仰变革和物质进步，这反映在他们对于从石器到铜器再到铁器的旧时岁月的描述之中。但中国人对于文物古迹的兴趣依然围着文字打转，传统的历史仍旧强调延续而非变革。中国人执拗于中国化本身。

但凡具有延续性的东西——儒家学说、帝制、汉字——似乎都已成为明日黄花。一夜间，中国人似乎意识到，他们的书写符号有别于世界上的其他国家。1910 年代，著名的文字学家钱玄同提出，中国应在口语和书面语上转向世界语。20 世纪的多位重要学者均主张废除汉字，因为他们认为汉字已经成为文化和民主的绊脚石。生活于 1881 年至 1936 年的鲁迅也许是中国最伟大的现代作家，他曾提出采用拉丁字母，因为这有利于人们书写各自的母语方言。他写道（当然用的是汉字，一直到死）："如果大家还要活下去，我想：是只好请汉字来做我们的牺牲了。不错，汉字是古代传下来的宝贝，但我们的祖先，比汉字还要古，所以我们更是古代传下来的宝贝。为汉字而牺牲我们，还是为我们而牺牲汉字呢？"

　　1936 年，随着共产党逐渐壮大，毛泽东向一位美国记者表示，字母化在所难免。毛泽东在 1949 年主政中国之后，很多人以为政府将像 20 世纪初期的越南那样用拉丁字母取代汉字。然而在 1950 年夏天，毛泽东下达了一项出人意料的决定，要求语言学家们制定一套"中国特有的"字母系统，也就是一种崭新的书写系统，采用独具中国特色的字母。

　　对这段历史展开过专门研究的夏威夷大学马诺阿分校的语言学家德范克（John DeFrancis）告诉我，毛泽东做出这一决定的动因一直成谜。德范克建议我找九十七岁高龄的语言学家周有光了解，他一直在［中国］文字改革委员会工作。年届九十二岁的德范克自 1980 年代以来就再没有见过周有光。"他说他知道毛泽东做出这一决定的原因，但他不便透露，"德范克告诉我。他觉得年事已高的周有光也许愿意把这事公之于众。

　　周有光和另外两位健在的汉字改革支持者一起居住在中国语委宿舍区的第一个入口处。一天下午，我从底楼开始走访，首先拜访的是尹斌庸的家，这位七十二岁的老人十分友善，有如道家圣贤一般蓄着浓密的眉毛。尹斌庸告诉我，在毛泽东提出制定"中国特有的"字母系统的要求后，文字改革委员会曾经考察过两千多份文字书写方案。有的纯粹由汉字演化而来，有的采用拉丁字母或者西里尔字母，还有的将汉字偏旁与外文字母加以组合。还有几套用阿拉伯语书写的汉语字母。尹斌庸记得有一套方案采用数字来表达汉语读音。1955 年，委员会将备选方案缩小为六套：拉丁语、西里尔语，以及四套全新的"汉语字母"体系。

这个故事在四楼得以延续，我在这里拜访了八十高龄的王均先生，他向我讲述了汉字的简化过程。1956 年，毛泽东和其他领导人做出结论，汉语字母暂不适用。他们批准了拉丁字母方案，这就是大家熟知的"汉语拼音方案"，要求应用于初级教育和其他专门领域，但并不作为替代性书写符号。他们还决定对若干汉字加以简化。这被看做是"初级改革阶段"：毛泽东似乎需要更多的时间来考虑各个备选项。

不过，书写方案的改革很快与政治搅和在一起。1957 年 4 月，中国共产党提出"百花齐放"方针。欢迎知识分子各抒己见，而不管其意见多么具有批判性。人们的反应非常踊跃，成千上万的中国人对各类话题提出了公开批评。直到此时，陈梦家对文字改革运动都不太积极，可在这时他以强烈反对字母化和简化字的姿态一头扎了进来。那一年春天，他的文章被发表在各主要媒体上。他在《光明日报》发表的一篇文章写道："用了三千多年的汉字，何以未曾走上拼音的路，一定有它的客观原因。"他在公开发表的一篇演讲稿中写道："过去洋鬼子说汉语不好，现在比较开明的资本主义国家的学者也不说汉语坏了。我看汉字还要用上若干年，要把他当成活的看待，这也是我们祖国的一份文化遗产。"

接着，只过了五个星期，"百花齐放"运动突然被中止。到那一年年底，超过三十万知识分子被打成"右派"。媒体上出现了愤怒的头版标题："驳斥陈梦家""驳斥右派分子陈梦家的谬论"。一篇文章写道："右派分子陈梦家是一棵毒草……绝不能让他生根。"另一篇文章把他描述为怀着"罪恶阴谋"的"牛鬼蛇神"。"各个时期的反动派为什么都那样仇视简体字呢？是不是因为他们真正要复古呢？"

陈梦家沉默了。他被下放到有"殷商文化摇篮"之称的河南省接受劳动改造。此后五年，他被禁止以自己的名义公开发表任何观点。

当我爬上国家语委宿舍的三楼，夜幕已经降临。我在这里见到了周有光，他的身体很虚弱，背有些驼，穿着拖鞋和短裤。我只得倾着身体提高嗓门说话，他则用一只手捂着耳朵上的助听器。不过，他的思路很敏捷，还能想起一些英语；1940年代，他曾在纽约当过银行家。"我经常在银行家俱乐部阅读你们的杂志，"他大笑着说道。

我大声说道："那之后的变化很大！"

一如许多曾经留学海外的年轻中国人，周有光在人民共和国成立之后回到了中国。感觉到在银行上班不会有太多的出路，周有光转向语言学，把它作为自己一生的爱好，也成为了汉语拼音的主要设计者。

我问周有光，那四套汉语字母方案究竟是怎么一回事儿，他说所有的相关记录都遭到了破坏。"这样的东西在

'文化大革命'期间很容易丢失，"他说道。

　　发生于 1966 年至 1976 年的"文化大革命"是中国文化传统幻灭的高潮时期。不过具有讽刺意味的是，这段动荡不安的岁月反而使汉字免遭劫难。混沌岁月结束之后，中国人对激进的文化变革没了好感，公众和政府都拒绝再推动文字改革。时至今日，几乎不再有人主张对汉字进行简化。周有光估计，至少再过一百年中国人也不会放弃汉字的使用。就连简化字都无力进一步推进。简化字减少了常用字的组成笔画，但书写的原则大体一致。基本上，这相当于把英语单词"through"改写成"thru"。周有光和其他语言学家相信，简化对于提高识字率不会产生重大影响。台湾、香港，以及许多海外华人社区都不使用简化字，传统主义者对此更是嗤之以鼻。

　　事后来看，毛泽东在 1950 年提出的要求对书写改革判了死刑；如果不是为了寻找"中国特有的"字母系统，中国很可能在"文化大革命"之前就采用了拉丁字母。当我问起毛泽东的决策过程时，周有光说转折点发生在毛泽东于 1949 年首次出访苏联期间。"毛泽东向斯大林征询文字改革的建议，"周有光说。"斯大林这样回答他：'你们是一个伟大的国家，应该有自己的中文书写系统。你们不应该轻易采用拉丁字母。'所以毛泽东要搞'中国特有的'字母系统。"

　　陈梦家对于传统的勇敢捍卫并不必要。在某种意义上说，约瑟夫·斯大林已经拯救了汉字。我大声说出陈梦家这个名字，周有光笑了一下。"我喜欢他这个人，"周有光说道。"可老实说，他在这个问题上的反对意见不起任何作用。"

错 字

陈梦家有个胞弟尚在人世——八十五岁的退休水文地质学家陈梦熊。（陈家那一代男性的姓名中都有一个"梦"字。）12月一个寒冷的上午，我前往陈梦熊位于北京的家中拜访；他满头白发的妻子带着不自然的笑容给我们斟上了茶水。

陈梦熊似乎并不愿意开口——他说自己感觉有些不太舒服。他给我看了唯一保存下来的家族合照之后告诉我，他的哥哥被划成"右派"之后，下放到河南从事了两三年的农业生产。"他一直很外向，但回来之后很少说话，"陈梦熊说。他还说自己对陈梦家的妻弟赵景心感到很失望，竟然因为那些古董家具收上海博物馆的钱。"梦家希望是捐献，而不是出卖，"老人很生气地说道。"我从此再没和他说过话。"

我拿出陈梦家在1966年写给博物馆馆长的信件复印件，递给了陈梦熊。他默默地读着。"我之前从没看见过，"他说道。"你从哪里得到的？"

中国人面对痛苦的回忆时，往往喜欢拐弯抹角，说出的故事也像扔在地上的绳子一样软弱无力。不过，一旦打定主意，他们的直白就无法抑制。"那一年8月，红卫兵开始'破四旧'运动，"陈梦熊说道。"我正在挨批斗。我大儿子那时候九岁，我叫他溜到梦家的家里给他提个醒。他家里有很多旧书旧画之类的东西，我叫他要么扔了，要么找个地方藏起来。我儿子回来说，一切正常。"

"可就在那天晚上，陈梦家头一次想到了自杀。他吞下一大把安眠药，不过没有死成。他们把他送到了医院。第二天，我去了他家，门上贴着批判他的大字报。我进门的时候，红卫兵已经等着了。'好哇，'红卫兵们说道。'你这是自投罗网。'

　　"梦家的妻子也在场，红卫兵把她和我按到了院子中间的椅子上。他们剃掉了我们的头发——被称作阴阳头。接着，他们解下皮带抽打我们。一开始他们用的是皮带，后来又用起了皮带扣。我当时穿着白衬衫，结果衬衫被血染成了红色。他们一放我走，我就给单位打电话，是单位派人送我回到了家里。回家的路上，我看到我妻子——可不是你刚才看见的那位，是我那时候的妻子。我叫她赶快回家。

　　"梦家在医院住了一段时间，但因为他的背景又让医院赶了出来。大约一个星期之后，他就自杀了。他们有一个住家保姆，我觉得是她发现了他的尸体。我没法去他家，因为我正在接受批斗。没有举行葬礼。"

　　陈梦熊停了下来。我以为故事到这里就结束了，可老人随即又讲了起来："我妻子那一年同样麻烦不断。她的阶级成分不好——她父亲是著名的书法家，曾在国民党政府做过事。50年代的'反右'运动把她吓疯了。1966年，陈梦家去世后不久，她单位叫她用复写纸誊写革命歌曲。她写的歌词是'毛主席万岁，万岁，万万岁。'就这样一遍又一遍地反复誊写。可她写错了一个字，把'万'写成了'无'。"

　　陈梦熊停下来，在我的记录本上写下了两个字：万岁。

接着他又写下了他妻子曾经写的错字：无岁。"她马上被逮捕了。"他说道。"有大概五年的样子吧，她一直被关在河北省。有一阵子，她还被关过猪圈。70 年代初她被释放回家，可从此变了个人。她在 1982 年去世。"

文字的世界

我在调查过程中只采访过一个年轻人。我在有关汉字的一家网站找到了一句陈梦家的引文，这家网站的编辑者是一位三十五岁的匈牙利人，名叫高奕睿（Imre Galambos），是伦敦大英图书馆的一位研究员。高奕睿的博士论文以汉字演变为题，完成于加利福尼亚大学伯克利分校。

学者们一直认为，汉字的标准化过程发生在公元前 221 年首次统一中原的秦始皇统治时期。但最新发掘的文献表明，秦始皇的作用可能被夸大了。高奕睿告诉我，最重要的文字统一发生的时间似乎稍晚，是汉朝建立、编写出第一本字典、正式开始历史记载之后的事情。为使自己的文化世系具有合法性，汉朝的知识分子把早期的所谓朝代——夏、商、周、秦——全部归结为同一种历史叙事。实际上，这几个朝代完全是迥然不同的族群，各有其文化、口语和政治治理方法。不过，商代以后的各朝代都采用共同的书写系统，汉朝的历史学家们采用这一书写符号，根据纷乱的历史细节、记忆细节和想象细节，编写出了和谐统一的历史故事。斯坦福大学的历史学家鲁威仪（Mark Edward Lewis）把古老而连续的汉人帝国描述为"停留在文本之间的假想王国"。

高奕睿经常造访北京，他在一次和我会面的时候对这一主题作了进一步说明。"确实有些王朝——如拜占庭和中国——它们在文献记录中创造的世界比现实的世界更重要，"他告诉我。"我觉得，文字的世界是一种及时的连接，它使我们称之为'中国历史'的那种东西成为可能。这不是人多人少的问题，而是他们创造的文字世界规模宏大。这个世界如此之大，以至他们自己和周围的所有人都被包含其中。"

　　我问高奕睿，他怎么会去研究汉字。他说自己年轻时生活在共产党领导下的匈牙利，如果考上大学，那么可以减少六个月的强制性兵役期。怀着这样的想法，高奕睿向大学提出申请，但全都错过了截止日期，只剩下前往中国学习的奖学金还可以申请。那是十五年前的事情。"我一下子就对汉字世界入了迷，"他说道。

　　一天晚上，我们约在北京城中心的后海附近喝酒。当时正是气候宜人的秋天傍晚，五颜六色的灯光照射着水面。高奕睿谈起了文字在中国的重要意义，随即指着我，"所以中国人才会担心你们这样的记者，"他说道。"对西方人而言，不管你怎么写，写出来的都是中国。如果你把我们坐在后海喝酒的事情写下来，人们会这样想，哇，中国这个国家真不错。读者的头脑里会浮现出这样的场景。但它可能跟现实完全没有关系。"

诗　歌

　　陈梦家的妻子比他多活了三十二年。在"文革"中遭遇批斗、毒打和阴阳头之后，赵萝蕤患上了精神分裂症，不过后来有所康复，能够继续从事教学和翻译工作。1980 年代，她译出了第一部完整的中译本《草叶集》。1990 年，她回到自己的母校芝加哥大学发表演讲；次年，她被该大学授予杰出成就奖。她死于 1998 年。

不久前，我结识了赵萝蕤在芝加哥大学期间的同学巫宁坤，他现已八十三岁。1951 年，巫宁坤在赵萝蕤的邀请之下，放弃正在写作的有关 T·S·艾略特的博士论文，回到中国从事教学工作。巫宁坤先被划为右派，随后于 1958 年被投入监狱。二十多年的时间里，他时而蹲监狱，时而被下放到农村。他于 1990 年携妻子李怡楷回到美国，并定居于弗吉尼亚州赖斯顿。1993 年，他出版了有关共产中国的英文回忆录《一滴泪》。

我前往巫宁坤的公寓拜访时，他回忆说自己被关入监狱之后，直到 1980 年才再次见到赵萝蕤。"我们甚至没有提到陈梦家的名字，"巫宁坤低声说道。"那是我最难启齿的一件事情——我要是说了，我会很难受的。我知道说什么都无关紧要。她没有哭。她的意志很坚强。"

巫宁坤告诉我，他蹲监狱的那些年，时常靠背诵诗歌获取力量。"我总想起杜甫、莎士比亚、狄兰·托马斯，"他说道。"你知道狄兰·托马斯的父亲去世的时候，他写了一首什么诗吗？有一句是'在刑架上挣扎'，出自《死亡也一定不会战胜》。你要知道，我曾经在芝加哥听过狄兰·托马斯朗诵他自己的诗歌。很感人。"

我问巫宁坤是否与托马斯交谈过。

"没有，我只是一个听众，"巫宁坤说道。"再说，他已经喝得半醉。他受过不少苦——我觉得，生活对他来说是一副重担。"

一个朋友在北京大学图书馆替我找到了《草叶集》的两卷本中文版。标题页上的译者姓名赫然在目：赵萝蕤。

该书出版于1991年，三年后，一位名叫肯尼斯·M·普莱斯的美籍惠特曼学者前来北京拜访赵萝蕤。他们的谈话发表在《沃尔特·惠特曼季刊》上。普莱斯在采访中问赵萝蕤，她是怎么译出《来自不停摆动着的摇篮那里》的第一节的，因为那一节是个长句，二十二行之后才出现主语和谓语动词，这样的结构如果用中文表达会非常拗口。赵萝蕤回答道："是没办法把那个长句翻译成一个句子，因为我必须要说的是，尽管我想忠实于原文，但也得考虑中文的流畅。"

我把惠特曼的原文又读了一遍，随即拿起了中文版。拿着字典翻查几个艰深的词汇之后，我尽最大努力把赵萝蕤翻译的最后三行译回了英文：

    I, the singer of painful and joyous songs, the uniter of this life and the next,

    Receiving all silent signs, using them all, but then leaping across them at full speed,

    Sing of the past.

（我，痛苦和欢乐的歌手，今世和来世的统一者，

所有暗示都接受了下来，加以利用，但又飞速地跃
过了这些，

歌唱一件往事。①)

---

① 此处采用赵萝蕤的译文。——译者

全力冲刺

我坐上车后，出租车驾驶员微笑着用英语说了一句"早上好"。时间是下午三点半。当他一开口，英语就变成了肢体语言：身体前倾，一边抓着方向盘一边噘起嘴巴，同时提高了声调。他还会说"Hello"和"OK"。他用英语说了两遍"早上好"，接着就说起了中文。我们往北驶去，寻找着奥运的迹象。

2月末的这个星期，对北京的外国人乘坐出租车很有利。出租车上的短波节目每天都会做出特别提醒，要求驾驶员对外国客人以礼相待，因为国际奥委会的考察团正在北京对该市申办 2008 年夏季奥运会进行为期四天的评估考察。出租车配备了两盒英语学习磁带，教司机们学习有助于申奥的词汇短语，其中包括了"阳光明媚"，"若能办奥运，城市更漂亮"和"漆器于唐代由中国传往日本"。北京的出租车司机都知道孟景山师傅，他去年和亚特兰大《宪法报》的记者谈论了中国申奥的事情。据此写成的文章只有三百三十五个字，但引起了中国政府的注意，也许因为文章引述了孟景山的一句话："奥运会不是用来讨论人权的。"为表彰孟景山出色的外交才能，政府向他授予首都"百佳出租车司机"的荣誉称号和几千块的奖金，北京的报纸纷纷把他作为普通人的楷模加以报道。

我告诉驾驶员，我是新闻记者，想去察看 2008 年奥运会的场馆所在地，他仿佛一下子觉得载我的责任沉重了许多。他向我打包票，在我们通往长城的高速公路沿线肯定能找到修建场馆的地方。我掏出记录本时，发现他开始冥思苦想。"奥运会对中国人民有利，"他说道。"我真不知道该怎么说才对，反正就是有助于提高我们在全世界的地位。"

我们上了二环，两旁飘扬着迎接考察团的彩旗。彩旗上的中文是"新北京、新奥运"，对应的英文却是"New Beijing, Great Olympics"。我很好奇，怎么单单就一个形容词进行了改译。几个星期后，我采访北京的刘敬民副市长，他说中文的"新"字含义更丰富，不太好翻译。"我们决定把这个字改译成英文的'Great'，因为奥运会本身就具有古典意义，"他说道。"用'New'来描述，似乎不太妥当。"不过，当我和另一位体育官员说起这事儿的时候，他的解释似乎更为直接。"如果翻译成'New Olympics'，那会让人觉得中国人想改变奥运会，"他说道。"国际奥委会可不喜欢这一点。他们会觉得，这个共产主义国家莫非想夺奥运会的权。"

出租车司机是申奥活动的排头兵，不过其他的参与者也数量众多：被动员起来清洁城市的工人、学生和志愿者就有数十万。我有一个朋友在写字楼上班，那里曾发布过如下告示："因为奥委会代表团将于下周考察北京，三环路沿线的建筑物将被要求停止供热，以免产生烟雾和粉尘。因此，请大家下周上班时穿上厚衣服！"对北京的空气，大家只能采取这样的措施，谁叫这座城市是全世界空气污染最严重的首都之一呢。不过政府已经启动了雄心勃勃的城市美化工程，其中包括大量使用油漆：根据官方数字，油漆覆盖的总面积为二千六百万平方米。工人们把高速公路的护栏刷成白色，天安门广场的草皮也被刷成了绿色。他们把旧世界的色彩泼到了华丽新世界的建筑物上。突然间，全城的工人居民楼仿佛集体用上了热腾腾的意大利调色板：亮绿、黄赭、淡蓝。离我办公室不远的工体路上，一溜灰色的陈旧楼房呈现出红赭色。沿街走下去，一栋六层楼高的公寓正立面被浇成了明亮的威尼斯粉紫色。其他三面依旧灰白，不过从路上根本看不见。

针对城市的这些改进措施代价不菲：北京做出的预算相当于二千万美元，据政府主办的通讯社报道，如果申办成功，该市还将另外拿出二百亿用于治理污染、改进基础设施和修建比赛场馆。参与竞争的城市有巴黎、大阪、多伦多和伊斯坦布尔，国际奥委会将于 7 月 13 日在莫斯科做出最终决定。1993 年，北京提出申办 2000 年夏季奥运会，以两票之差输给悉尼。一说起这样的结果，有些中国人依然愤愤不平，一如他们对于国家男子足球队屡次无缘世界杯时的怨声载道。今年，大家都认为申办路上不会再有绊脚石。在撞机事件导致的最紧张氛围期间，中国的新闻媒体特别指出，两件事情应该区别看待，着重强调了中国人民举办奥运会的决心不会因为与美国的冲突而削弱。实际上，北京申奥最让人印象深刻的也许正是来自公众的高度支持。

这样的热情让我感到吃惊，因为在文化上奥运会没有一样东西和中国有关。除了柔道和跆拳道跟中国有着间接的关系，中国古代其实并没有奥运会的体育项目。中国古代的贵族玩一种与足球略微相似的"蹴鞠"和类似于高尔夫的"捶丸"。故宫博物院藏有一幅画，画中的唐明皇正与宫女们玩一种类似马球的游戏。不过，古老中国传统体育的核心，也就是普通大众更能接触的部分莫过于搏击之术"武术"，以及"气功"这种冥想性吐纳的练习方式。中国古人没有修建过体育馆，因为他们所从事的运动原本就不是为了吸引愿意交钱的观众。中国古代语言中没有"运动"一词，直至19世纪外国人方才引入了更为系统的体育运动方法。

中国历史学家将1840年作为古代体育和现代体育的分界线。那一年夏天，第一支荷枪实弹的英国舰队开进广州，催生鸦片战争，开启了中国最为痛苦的历史纪元。19世纪到来的传教士和其他外国人为中国体育引入了西方的竞争观念。20世纪初叶，中国人开始对奥运会萌生兴趣，1932年，中国第一次派出一位短跑运动员参加了比赛。四年后的柏林奥运会，中国派出六十九人的代表队，其中男女混合武术队在希特勒面前进行了表演。至此，中国人全力投入奥运会，因为他们逐渐认识到，体育运动可以帮他们洗刷过去一百年间所遭受的种种不公。"大家有一种被压迫的感觉，并急于向世人证明，中国人并不弱小，"萨利大学致力于研究苏联和中国体育的詹姆斯·里奥丹在电话中这样对我说。

1949 年之后，中国人的体育运动与政治更为纠葛。中国大陆参加了 1952 年的夏季奥运会，但之后一直缺席，因为国际奥委会继续认可来自台湾的运动员。直至 1979 年，中国终于同意回归奥运会——不过，随即在 1980 年莫斯科奥运会，他们加入了由美国发起的抵制活动。1984 年中国人重返洛杉矶奥运会，并在奖牌榜上名列第六。然而，那一年的竞争因为苏联人发起的抵制活动而受到削弱，中国运动员在游泳和田径等热门赛事上技不如人。

"他们发现，西方人以一种不公平的方式占有了先机，因为后者在使用各种各样的兴奋剂，"里奥丹教授说。"从洛杉矶奥运会开始，中国人很快就认识到了这一点，如果想在奥运会上有所斩获，你就得服药。"

东方阵营的运动体系解体之后，据说来自欧洲的教练和兴奋剂行家把自己的技艺带到了中国。与此同时，这个国家投入重金建设体校体系，到 1988 年汉城奥运会为止，据估计中国为构建全国性的体育运动体系投入了二亿六千万美元。那一年，中国队只夺得五枚金牌，但到 90 年代中期，中国已经培养出了多位世界一流的女子游泳运动员和长跑运动员。

自古以来，中国女子就在体育运动中比西方女子扮演了更重要的角色——侠女英豪是武侠小说中的典型角色。不过，中国女子在耐力和力量型运动项目中的突然崛起还是不免让人讶异。1994 年，十一位中国运动员在广岛亚运会上检测呈阳性；1998 年，澳大利亚海关官员在中国游泳运动员的行李中发现装有人体生长激素的小瓶子，更让参加锦标赛的中国队经历了最为尴尬的时刻。2000 年夏季奥运会之前不到两个星期，有二十七名运动员被剔除出中国代表队——大多因为兴奋剂检测呈阳性。

然而，中国人已经在一些西方人的体育项目方面展示出过人的能力。中国在女子垒球上相当成功，这个项目在 1996 年正式被引入亚特兰大奥运会。那一年，中国女子垒球队获得一枚银牌，之后在 2000 年的奥运赛事中名列第四。然而，在我生活于中国的四年期间，我从未见过有人从事这样的运动，同样也没有听见人们提起过它。中国国家队在训练和谈论这个项目时所使用的术语——局数、出局、坏球、几振球——几乎没有人听得懂。跟中国的许多奥运会运动员一样，垒球运动员们所从事的是一种完全陌生的运动项目，但他们仍旧表现出了惊人的天赋。1996 年的亚特兰大奥运会，中国队居于奖牌榜第四位。2000 年的悉尼奥运会上，中国队位列第三。

不过，至少从象征意义上来看，中国仍旧在宣扬非竞技性的体育传统。在我们前往长城的路上，彩旗上印着 2008 年北京奥运会的标志，交织的五环变换为操练太极的人形，这样的自我修炼与奥运会没有什么关系。

我们出发的第一个小时内，出租车停下来问了两个警察、两个司机和五六个路人，他曾试图用手机拨打北京奥运会申办委员会，但号码一直占线。

大家似乎都十分关心，很想帮外国记者找到奥运场地，但对于城北的具体地址谁也说不清。出租车司机叫我别担心，肯定能够找到。可他自己急得像热锅上的蚂蚁，直至我们来到城北三十多公里处的沙河，仍然没有发现未来奥运的任何迹象。我们开过一家炼油厂后，驾驶员对着沙地撒了一泡尿，接着抽起了都宝香烟。抽完香烟，他似乎平静了许多。回到出租车，他一只手搭到了我的肩膀上。

"我们是朋友，对吧？"他说道。

"对，"我回应道。

他介绍自己叫杨树林，我可以叫他杨师傅。他五十二岁，每个月能挣五千块。他穿着一件橄榄绿聚酯材料的军人制服，厚重的制服上钉着铜扣。三十年前的"文化大革命"期间，他在内蒙古当过兵。他的出租车有一种复古风格：司机专用的白色棉质手套，老式的布鞋，后视镜上挂着带毛泽东像的垂饰。毛泽东像下方有两句话："一帆风顺"，"百毒不侵"。

我们在一个警察跟前停下，他告诉我们说奥运场地应该往回走，在大屯社区。我们调转方向，在安立路和慧中路交会处停下了车，两个警察正在给另外一辆出租车开罚单。杨师傅深吸了一口气。"这位是正在报道奥运会的外国记者，"

他说道。"我们正在找寻2008年将要举办奥运会的地方。"

一切都停止了。其中一位警察正在填写罚单，他的笔一下僵在了空中；被开罚单的人抬头看着，脸上充满了期待。他个子瘦小，穿着有些肮脏的尼龙外套，因为在禁停区拉客被警察逮了个正着。奥委会检查团进城之后，所有的交通规则都得以热情执行。那位警察朝我微笑。

"请等一下，"他彬彬有礼地说道。他拿起对讲机一番交谈后，转向了我。

"请问，你来自哪个国家？"

他又对着对讲机大声嚷嚷道："我们这里有个美国记者，他正在报道申奥活动，他要来大屯这里看看奥运场馆。"

稍稍停顿之后，他抬起头来："他们正在给上级打电话。"

大家都等着。被开罚单的家伙建议我们往西开几个街区，那里有一块地刚被清理出来。警察叫他不要乱说。对讲机响了。

"往西开，那儿有一片插着彩旗的场地，"警察对杨师傅说道，随即又转向了我。"你会发现，那个地方很适合修建体育场，"他中气十足地说道。"在那个地方可以踢足球、打羽毛球和网球。"

中国的老百姓总是喜欢用宽泛的哲学术语谈论奥运会，特别是当他们面对那些一直无法在重大的奥运项目上具有过人表现的国家代表队时。有人把他们的失败简单地归结为天生的能力，也就是说西方人比中国人块头更大，肌肉更结实，还有人指出了心理方面的差异。我遇到过很多中国人，他们深深迷恋一种网论：中国人在乒乓球、羽毛球和排球上的表现出类拔萃，因为这些项目的参与双方没有直接的身体接触。"中国人不善于直接对抗，"中国奥委会副主席何慧娴告诉我。"我们更擅长比赛者中间隔着一张网的体育项目。"跟我交谈过的很多人一样，何慧娴也用"小巧"这个词来描述中国人——巧妙灵活，而非强壮。她还说，尽管中国人天生善于团队项目，但传统文化妨碍了造就伟大运动员的那种个性特征。"儒家思想要求大家有所收敛，"她说道。"你看美国——孩子们从小就受到独立和创造的教育。中国呢，强调的是纪律。"

就连中国人最为根深蒂固的爱国体育热情都受到这种不自信的驱使，1993年国际奥委会把2000年奥运会主办权交给悉尼狠狠地刺激了他们的神经。他们推论做出这一决定的各种原因：有观察家相信，对一些人权组织的批评使投票结果发生摇摆；另一些人则指出，媒体上报道了诸多流言蜚语，说澳大利亚成功贿赂了多位奥委会成员。不过，在中国人看来，这一失败的结局恰好印证了他们并不陌生的来自外国人的不公正对待。投票次日，一份《中国日报》的社论提醒读者，中国"所遭受的残酷的殖民侵略和剥削"长达一个世纪。对那些无意于反殖民论调的中国人而言，奥运会仍然突出反映了富国与穷国之间的显著差异。

"发达国家视奥运会为商业活动，"自1988年便跟随中国代表团出席过历次夏季奥运会、高大而帅气的电视解说员徐济成说。"正如他们所说：'我家有一栋大房子，里面有很多漂亮的摆设，所以我想办一场招待会，你们大家都来吧。'还要买票。但发展中国家根本不这样认为。奥运会不仅会改变北京的经济和面貌，更重要的是，它还能改变我们的价值观。"

我问徐济成，他对中国采用西方的体育运动理论是否持保留态度，他对我的问题置之不理，只说这是政治问题而非文化问题。"我在 1988 年参加过汉城奥运会，"他说。"韩国人告诉我，如果不是举办奥运会，没有人知道韩国是什么样子。举办汉城奥运会之前，外国人只知道朝鲜战争。"

在徐济成看来，中国应该效仿西方人把体育当做商业的做法。他指出，政府今年已经把很多体育项目由国家支持转向了企业赞助。希尔顿香烟资助过全国篮球比赛，可口可乐现在资助的是中国足球。"五十年之后，我们会跟西方一模一样，"徐济成信心满满地预测道。"我们会觉得奥运会就是一种商业活动。我们会说：'我家有一栋大房子，想把大家请过来，为的就是好好炫耀一番。'"

杨师傅终于在五点半找到了一处奥运场馆所在地。我们钻出出租车，走到了一片空旷的场地。这里有四个街区那么大，位于北京北边的正中央；原先耸立于其上的建筑物都已经被连根拆除。周围插上了粉色的旗帜。

"这里将举行足球和网球比赛，"杨师傅告诉我。他一边笑，一边在空中做了个挥拍的动作。

"还有羽毛球，对吗?"我问道。

"对。"

我们站在那里看着空荡荡的场地。

"好，"我说道。"也许我们该回家吃饭了。"

我们在四环路上遇到了交通拥堵。里程表显示，我们已经走了三个小时，情绪也明显进入了低潮。我感觉到，杨师傅十分担心。他终于问我，晚饭想吃什么。

"还没有打算，"我回答道。

"你吃中餐还是西餐?"

"中餐吧。"

他说，这里离他位于北京东郊通州的家并不远。他又开始谈论起体育运动。他告诉我，他最喜欢的美国运动员是麦克·泰森，因为这位拳击手在手臂上刺着毛泽东头像。

"中国人为什么会喜欢泰森呢?"杨师傅发出疑问。"因为他喜欢中国。他喜欢中国，中国就会喜欢他。而且他了解中国。"

"泰森真的了解中国吗?"我问道。

"如果不了解中国，他怎么会在手臂上留下那样的纹身?"

关于美国的体育运动的成功，杨师傅给我讲了他的理论。"美国人之所以成功，是因为他们身体素质好，"他说道。"美国人块头很大。他们一生下来就有好东西吃，还有，美国的科学更发达。像中国这样的发展中国家没办法跟美国竞争。健康很重要。你看人家泰森。他要不是长得那么壮，怎么打得赢？"

我们到达通州时，已经是晚上七点钟。公路沿线的霓虹灯闪烁着"北京 2008"和"欢迎来到新世纪的通州"的字样，城中心有一家麦当劳和一家自称"乌尔玛"的超市。杨师傅家是简陋的平房，宽大但却很冷。他向他的妻子杨雪玲介绍了我，她个子矮胖，面颊红润，蓄着一头黑色短发。"他是采访奥运会的外国记者，"他说道。"我陪了他一整天，所以请他来家里吃顿饭。"

她把我们让进饭厅，接着便进入了厨房。杨师傅说，她在给我们准备蒙古火锅。

他给我倒了茶，于是我们坐到了正屋，端着茶杯暖手。杨师傅给我看了他孩子的照片，两个孩子都在读大学。女儿会讲英语，他一说起来就显得非常自豪。我问起北京奥申委发给他们的英语教程，他找出一本课本，打开了录音机。

一男一女两个声音非常细致地朗读着。Hello! Good morning. Good afternoon. 杨师傅一边跟读，一边倾身向前紧张地聆听着，他的声音因为太用力而有些颤抖。我翻看着书本，在"更多常用语句"一章停了下来：

33. 城市的交通正在改善。

34. 我喜欢北京的风景。

35. 污染是全球性的问题。

36. 我自豪自己是中国人。

杨雪玲又走出来，说火锅已经弄好。她端了出来：一只盛满了油和辣椒的圆形铜制容器，安放在燃着酒精灯的三脚架上面。我们坐了下来，随着一卷卷粉色的羊肉放进热腾腾的油锅，房间里暖和了起来。那顿饭十分可口。我们对奥运会只字未提。

三天后，我跟着国际奥委会的代表们踏上了他们最后的北京考察之旅。奥委会是个相当奇怪的组织。委员由它自己挑选，权力高度集中在主席和执行委员会手里。尽管国际奥委会接近百分之七十的运作经费来源于美国的赞助商和电视网，但它的政治主要由欧洲人把持：在具有表决权的一百二十三个席位中，欧洲人占了一半。中华人民共和国有三个委员。从投票权来看，这意味着十三亿中国人所占的份额跟列支敦士登、卢森堡和摩洛哥几个王国相当，因为他们现在各有一个委员。国际奥委会只有十三个女性委员，其中有两位王妃和一位西班牙公主。

因为一直被批评为精英俱乐部，国际奥委会和只在1968年举办过墨西哥城奥运会的发展中国家之间的沟通历来不畅。那届奥运会之前，数千名学生举行抗议，认为政府不应该把钱花在数百万贫困墨西哥人无法受益的体育比赛上。墨西哥政府调动军队向示威者开枪，打死了好几百人。奥运会如期举行，但自此之后国际奥委会不再挑选发展中国家——由于西方媒体很少提及，墨西哥城大屠杀基本上已经淡出了公众熟知的奥运历史。

近年来，国际奥委会竭力改善它和发展中国家的关系，进一步资助其修建运动中心，并提供差旅费让这些国家的代表团参加奥运比赛。国际奥委会还增加委员名额，以更多地吸纳来自非洲、亚洲和南美洲的体育代表。但是，这一进展很可能因为1998年盐湖城爆出丑闻而放缓，该城市当年为提高2002年冬奥会落地的几率，向国际奥委会委员们提供了超过一百万美元的现金和礼品。贫穷国家的代表更容易成为目标：在因为收受贿赂而被开除或被迫辞职的十名委员中，有九人来自发展中国家。

丑闻发生后，国际奥委会取消了申办程序中的礼品发放环节，并禁止委员以私人身份前往候选城市。今年是全面执行诸项规定的第一年，碰巧中国的申办活动还受到了政治责难。3月28日，美国众议院国际关系委员会通过一项不具有约束力的法案，宣布中国的申奥活动应该遭到抵制，原因是人权问题。

国际奥委会可能持这样的想法，奥运会将为中国加快改革步伐提供推动力。在中国内部，相当一部分人似乎接受了这样的观点。我跟大量的官员和知识分子交谈过，他们支持申奥，很大程度是因为他们觉得，这会进一步增加他们与外界的交往。在国际奥委会考察北京期间，即便是异议团体也刻意避免进行公开的抗议活动。

在我跟随考察团出行的那一天，北京的一切似乎都进行得称心如意。考察之行一路顺畅，没有重大的抗议活动，连城市上空的苍穹都很特别：阴冷，湛蓝，无云，呼呼刮着北风。奥委会委员被分成两组，我跟着五个人一起考察未来的比赛场址。考察团中，四人来自欧洲，一人来自澳大利亚，全都穿着崭新的美津浓夹克衫，左胸绣着"评估委员会"字样。对于记者什么可以做什么不可以做，奥委会提出了规定：奥委会委员和中国官员所说的每一个字我们都可以记录，但不允许提问。

我们坐上了由五辆车组成的车队，警车闪着警灯在前面开道。两条车道已经清理出来，沿途数百名警察向我们行着注目礼。交通停止了，骑自行车的人昂首张望，每一盏交通信号灯有如魔力般都是绿色。（此前一天，中国人领着奥委会考察团参观过他们的交通控制中心，并演示如何远程操控交通信号。）顺着长安街往东，我们突然遇上一盏红灯，这一定是出了什么差错，因为我们的车队一头冲了过去。

之后的三个小时，五位委员在中国官员和记者的陪同下查看了沙滩排球、水球、垒球、网球和举重场馆的所在位置。时间短暂，我们在每一个选址停留的时间不超过五分钟。考察的其中一站是北京航空航天大学，一座巨大的体育馆正在兴建之中。一开始，这座场馆被设计用于排球比赛，但等到2008年，它又将被改用于奥运举重比赛。在这里，我们全都戴上了硬质安全帽，一位名叫刘列励的经济学家领着我们开始了考察。跟记者群的每个成员一样，我尽可能贴近奥委会委员们，以听清他们所说的每一个字。

我们在将会成为观众席的地方停下来，凝望着伸向远方的一个大土堆。刘列励指着未来的举重比赛台，两个工人正在那里捣鼓着防水布。澳大利亚籍委员有话要说。"那里是运动员的热身区吗？"他指着一个土堆问道。我和其他记者蜂拥靠前。

"那里才是热身区，"刘列励指着另一个土堆说道。

澳大利亚人指着一处阴影问道："运动员从这里直接走上比赛台吗？"

记者群里响起一阵低语声。刘列励笑了笑。他回答道，如果北京获准举办 2008 年奥运会，举重运动员从热身区直接走上比赛台也不会有任何问题。澳大利亚籍委员满意地点了点头。刘教授转身对考察团进行了说明。他说，这座崭新的体育馆将采用"智能化管理系统"。就在我们做着记录的时候，他又说道："完工之后，它看起来像是一只漂亮的蝴蝶，或是可爱的外星飞碟。"

阿拉伯之夏

在位于开罗市中心的人民议会大厦内部的法老大厅，自1964年以来，一个叫做里法特的人便在这里为埃及的政治家们擦皮鞋。议会议员们打发空闲时间的这个大厅铺着大理石地板，竖着几根被粉刷成松树样的立柱，以及被视为古埃及民族之神的荷鲁斯鹰头人身铜像。铜像的后边摆放着里法特用来擦鞋的鞋油盒子。他把布条和拖鞋放在边上不易让人看见的地方。他个子瘦小，穿着拖鞋，身上的衣服很破旧，但我在3月中旬来到这个大厅看见他的时候，他脸上的表情跟政治家们一样舒适惬意。

新议会成立即将满两个月。我等的人名叫苏比·萨利赫，他是穆兄会下属政党自由与正义党的立法委员。这一届立法机构组建于革命之后，这是埃及六十年来首次通过自由选举组建而成的立法机构，也是激进派第一次在该机构赢得多数席位。作为愿意与其他政党开展合作的信号，穆兄会做出承诺，在即将到来的总统大选中不安排任何人参选——但这一承诺在萨利赫与我会见后不到两个星期就被打破。上个月，穆兄会的总统候选人穆罕默德·穆尔西在首轮投票中获得多数选票，从而进入本月举行的最终投票。不过，当我拜访法老大厅的时候，尚不清楚穆兄会如何构想自己在全国政局中的地位，萨利赫则是最具影响力的立法委员之一。

我一边等待，一边通过翻译与里法特聊了起来。他说自己曾经为迦玛尔·阿卜杜尔·纳赛尔、安瓦尔·萨达特和胡斯尼·穆巴拉克当政时期的议会议员们擦过皮鞋。里法特向我讲起了前一届议会的故事，当时的主导者是民族民主党。数十年来，民族民主党在埃及政坛无可匹敌，服务于穆巴拉克政权。革命后，这个政党被法院命令解散。

"那一届议会只有八十八个穆兄会成员，但他们全都会出席会议，"他说道。"民族民主党的议员有时候不参加投票，所以没办法占到多数。有一天，又发生了这种事情，艾哈迈德·埃兹跑到大厅里来，叫所有的民族民主党议员赶快回到会场参加投票。他还这样吼我：'还有你，里法特！如果你给议员们擦鞋的时候老这样拖拖拉拉，我就向议长告你的状！'我回敬他：'无所谓，我又不怕你。'"

他挑衅地挥动着手指，仿佛艾哈迈德·埃兹还站在他跟前。埃兹是民族民主党内最具影响力的成员之一，在革命之后因为贪腐罪名被判刑十年，现已被关进开罗的托拉监狱。

"于是他跑去法特希·苏鲁尔面前告状，"他继续讲述道，这位前议长现在也已银铛入狱。"不过议长这样回答他：'里法特是个好人，由他去吧。'法特希·苏鲁尔跟艾哈迈德·埃兹不一样。我当着真主的面都敢说，他是无辜的。不过，遇到穆巴拉克这样的总统，你还能有什么办法？"

里法特说，他对那一场革命早有预料——他之前就有种感觉，上一届议会从一开始就注定要寿终正寝。他不停地闲聊着，直至苏比·萨利赫出现才完全改变了体态。他低下头，谦卑地微笑着，退后一步把萨利赫让到座位上。作为委员会的领导人之一，萨利赫被委以起草新宪法的重任，他说大家所遭受的压力十分沉重。"人们没有耐心，因为他们始终怀着革命一般的热情，"萨利赫说。"他们的这种热情没有节制。革命靠的就是热情。"

里法特依旧站在一边，萨利赫示意他过来脱鞋。

"这才是议会里最好的人，"里法特说。"他为人正直，发言清晰。讲诚信，是个好人。"

萨利赫微笑着挥挥手，打断了这一连串的恭维。

"他这样的人议会里找不出第二个，"里法特继续说道。他跪下身子，脱掉立法委员的鞋子，退到了荷鲁斯铜像的后边。萨利赫就自己对埃及新宪法的种种抱负侃侃而谈。他说可能会借鉴法国模式，因为这种模式在议会和总统之间实行了分权。"普林斯顿大学为我们准备了一百九十四个国家的宪法，我们都进行了研究，"他说道。再过两天，他将出差到墨西哥进行实地调查。

皮肤黝黑的萨利赫蓄着一头浓密的白发，年届六旬。他比我见过的大多数穆兄会成员都更易露出笑容。穆兄会成员言谈比较正规拘谨，喜欢拿腔拿调——或者像有些评论家所说的那样自高自大。我曾经听见有人夸下海口，说他仅凭走路的架势就能在人群中发现穆兄会成员。不过，要找出一个模式并不简单，因为这正是该机构神秘性的一种体现。埃及社会有许多身体性的标记——你从妇女披戴的面纱，或者是否把头发显露在外，便能读出很多信息，你还能根据额头上的祷告磕痕断定某个信徒的虔诚程度。最为保守的当属萨拉菲派，通过其浓密的络腮胡和修光的上唇须便能轻易辨认。埃及的基督徒多在右手腕下端刻有十字架形小纹饰。但穆兄会成员身上找不到明显的标记，有的人蓄着络腮胡，有的人则像萨利赫那样把胡须剃得一干二净。他的手里拿着 iPhone 手机，屏保图片是他自己的大头照，只要有来电，照片就会不停闪烁。照片中的他依然带着微笑。

我问他们是否打算强化埃及临时宪法的第二条。这一条把伊斯兰教法作为法制体系的"首要来源"，尽管这一教法从未在实际生活中得到过严格执行。"第二条不会改动，"萨利赫回答道。"萨拉菲派想修改这一条，但我们不会。"

里法特拎着擦好的鞋子走过来，把它穿到了萨利赫的脚上。我继续问，穆兄会有没有打算提名总统候选人。

"永远不会，"萨利赫回答道。"永远不会。我们不会提名任何一个人。"该组织的其他人在我面前坚持同样的说辞，这一承诺一直是议会选举的重头戏——它经常被援引，以表明穆兄会无意获取国家政权。萨利赫继续说："我们要向所有的党派传递信息，从而让他们明白，我们不想独占权力宝座。我们有一句具有历史意义的口号：'参与，而不独占。'"

穆兄会的创始人哈桑·巴纳曾经警告其信众，过于坦诚是一种错误，所以秘而不宣一直是这个组织的明显特征。时至今日，诸如会员资格和资金来源这样的基本细节依旧成谜。一位发言人告诉我，穆兄会有四十万成员，另一个人则说有七十万之众，其高层领导人拉沙德·巴尤米则说，有人估计这一数量可能高达二百万，不过他说自己也弄不清楚确切的数字。

穆兄会在西方人面前尤其讳莫如深，如果考虑到他们的反殖民根基，这不值得大惊小怪。该组织于 1928 年成立于苏伊士运河畔的伊斯梅利亚，巴纳曾经是该市一所学校的教师。他对当地的英军营地和苏伊士运河外资公司深感厌恶，希望组建的社团有助于结束英国对埃及的占领状态。他提出的目标是实现国家的"伊斯兰化"，并主张巴勒斯坦人有权使用武力对付犹太复国主义者。1930 年代，穆兄会对巴勒斯坦事务表现得尤其积极，不但向他们提供武器，而且帮他们训练战斗人员。不过，巴纳拒绝在埃及本土使用武力，这一观点几乎成为了穆兄会所有领导成员的共识。他们甚至对和平示威这样的行为都十分谨慎——对革命组织而言，这样的品质令人感到非常好奇。

穆兄会对于政治的态度一直摇摆不定。该组织的核心高度宗教化：在穆兄会成员看来，伊斯兰教奠定了生活的各个方面，宗教和世俗不应该存在差异。巴纳认为，埃及应该实现真正的伊斯兰化，以便于政治工作的开展。不过，尽管目标如此雄心勃勃，他的行事本能却极度本土化和实用化。理论从来就不是力量所在。在《穆斯林兄弟会》一书中对该组织早期历史做详述的理查德·P·米切尔指出，"无论巴纳还是这个组织都未能提出能被勉强称为宗教观念或者哲学观念的东西。"

正是由于穆兄会从不强调理论层面的东西，它反而包容了诸多思想观念。赛义德·库特布是该组织最具影响力的成员之一，在1950年代时执掌其宣传部门，他鼓吹以"圣战"手段对抗非伊斯兰统治者，曾经激励了一代又一代的圣战战士。哈马斯是穆兄会的直接产物，这两个组织至今保持着密切联系。尽管穆兄会长期以来强调和平变革，该组织成员最近一次为人所知的恐怖行动也发生于五十多年以前，但其成员一直催生着一种另类的世界观，从而鼓励了扩及全世界的恐怖活动。

数十年来，穆兄会一直未能获准在埃及的政治生活中确立稳定的地位。巴纳于1949年遭到暗杀，三年后，穆兄会在驱逐英国殖民者的抗议活动中功不可没，从而把自由军官组织和阿卜杜尔·纳赛尔扶上了权力宝座。但纳赛尔和军方很快就向自己的同盟反戈一击，对穆兄会展开了残酷的镇压。自此以后，政府对于该组织的态度一直介于勉强容忍和彻底压制之间。该组织的领导人大都被关进过监狱，从技术角度而言，该组织至今仍是非法团体。不过，从一开始它便有效地开展着草根运动，上至推行伊斯兰教育，下至协助脱贫和赈灾。1990年代，它在影响埃及发展的诸多辛迪加组织和专业联合会中成功地谋得一席之地。穆兄会对这些辛迪加组织的经营大获成功。尽管西方人把激进主义和穆兄会联系起来看待，但它在最近数十年间已经演变为城市中产阶级专业人士占绝对主体的组织——当前的领导地位主要由医生、工程师、牙医和药剂师把持。

在去年的革命中，穆兄会成员没有冲锋在最前线。当解放广场在 2011 年 1 月 25 日爆发大规模抗议活动时，穆兄会最开始的态度是拒绝参与。但三天后，随着政府进一步诉诸武力行动，穆兄会成员终于加入了抗议的人群。2 月 15 日，也就是穆巴拉克辞职四天后，穆兄会宣布将组建自己的政党。去年 11 月，就在国家准备议会选举的时候，大规模的抗议人群占领了解放广场和穆罕默德·马哈茂德大街①。军方主导的过渡政府试图用武力驱散示威人群，由此造成四十多名示威者丧生。面临此景，穆兄会要求其下属成员不要参加抗议活动。

相当数量的穆兄会成员对这一决定深感不快。近一个月后，我见到了正在参加议会选举的穆罕默德·贝勒塔吉，他这样对我说："流了太多的血。这么多年轻人，总应该有个人站出来给他们提供指导。"开罗的很多人视穆兄会为机会主义者，有意避开解放广场，一心专注于竞选活动。不过，它的选举机器运作良好，自由与正义党的组织工作迄今看来最为完善，其候选人大肆强调与基督徒和世俗分子的合作意愿。我参加了贝勒塔吉的一场竞选集会，主持者是一位年轻

---

① 埃及内政部所在的大街。——译者

的女性，她对着麦克风大声叫嚷："拥抱伊斯兰的第一个人是女性，第一位殉道者也是女性！"

哈西姆·法鲁克·曼苏尔博士是开罗肖博拉区的候选人，他在投票的前一天告诉我："我们要以新人和中东地区温和派的面貌示人。"贝勒塔吉和曼苏尔在选举中轻松获胜，自由与正义党获得了全国总席位的百分之四十七。不过，这样一来他们就非去议会不可了。

完全改头换面的立法机构也许永远找不到电视直播的最佳时机。不过革命之后一定是最坏的时机，不光面临总统大选延期，而且国家经济急剧衰退，真正的权力还掌握在不时浮现着军方背景、躲避媒体如瘟疫的委员会手里。在埃及，这档节目被称为"议会之声"。该节目现场直播，不带评论，议员可以在节目间隙接受采访：

问：我们早先曾听说，全世界范围内有诸多机构、集团和个人，比如伯纳德·路易斯①已经制定出各种计划，要把埃及瓜分成若干小国家。作为努比亚人②，你对此有何看法？

---

① 伯纳德·路易斯（Bernard Lewis，1916 年— ），普林斯顿大学近东研究荣誉教授，犹太历史学者、东方研究家及政治评论家，专门研究伊斯兰教史及伊斯兰教跟西方的互动。——译者
② 努比亚人，从古埃及时代就生活在现今埃及与苏丹地区的一支古老民族。——译者

答：我们的文化有七千年之久。

无论什么时间打开"议会之声"节目，总能听见有人说这样的话："很多人都在谈论，说旧政府的人已经被关进托拉监狱，但仍在操纵和掌控着一切。我们怎么知道这是否属实？"他们也会讨论各种危机——这一周是面包补贴短缺，下一周可能是汽油供应问题。是谁在制造这一系列恐慌？乱象背后有没有阴谋？议会里没有人知道，不过有一位成员想拿政府提供的面包喂一只饥饿的小猫，结果遭到拒绝。偶尔有人站起身来大声宣布，圣城仍被犹太人把持着，这简直是犯罪。议会议长名叫萨阿德·卡特尼，他很有能力，曾经长期遭受苦难，脸上的表情有时让人觉得他额头上的祷告痕印是因为撞到了墙壁，他不时提醒大家要言归正传。议员们提出了各种议案，有的好，有的不那么好。（"我们埃及有八千五百万人口，如果每个人拿出十英镑，我们现在讨论的所有问题都能够得到解决。"）最能言善辩的立法委员来自穆兄会，尽管占据总席位百分之二十五的萨拉菲派也显得巧舌如簧。为数不多的自由派人士和世俗分子十分克制。我一连看了九个小时，没有一位妇女发言。

大家都知道，这没什么好处。一天，一位委员恳请大家："别再直播了吧。如果大家注意到我们在这里所做的，以及打斗，他们会对我们失去信任。"不过，为时已晚。头几个星期，数百万埃及人真切地看到，此时的议会仿佛代表着革命的第一个真正的胜利果实。然而，由于未能组建新的执行机构，也未能制定出新的宪法，议会的权力少之又少，而且军方对议会试图取代临时政府的设想不置可否。所以，"议会之声"节目才显得如此让人心酸：议员们距离革命的最终结果始终具有一步之遥。"你知道这样的政府让我想起什么了吗？"一位议员问道。"你还记得我们小时候玩过的捉迷藏游戏吗？我们十、九、八这样倒着数数，对吧？有警察吗？没有。有面包吗？没有。有学校吗？也没有。"

穆兄会似乎加剧了这一系列问题。就新宪法制定出雄心勃勃的计划——从法国获取灵感、前往墨西哥实地考察——之后，穆兄会试图倚靠人多的优势把持委员会，结果引发其他委员退场，从而导致整个计划轰然失败。尚不清楚，新的委员会什么时候组建完成。当我和退出该委员会的自由派议员艾姆尔·哈姆扎维谈及此事时，他说类似情形已经多次出现，穆兄会一直具有合作诚意，在一部为非政府组织提供更加清晰的法律指导的新法规草案的制定方面尤其如此。不过，他更多地觉得，跟穆兄会成员打交道存在不少困惑。"大家一直感到模棱两可，他们究竟想秉持温和态度，致力于加入多元体系，"他说。"还是更多地在谋求独揽国家大权。"

他们在4月份推举总统候选人的决定让很多人方寸大乱。第一位候选人因为技术细节丧失资格后，自由与正义党把在美国受过教育的工程师穆罕默德·穆尔西推了出来。这个人缺乏领袖魅力，只是因为支持穆兄会的多位强势人物而声名鹊起，媒体给他起的绰号是"备用轮胎"。开罗大学的政治学教授赛义夫·戴恩·阿卜杜尔·法塔赫因为同情激进派而闻名，他大力抨击了穆兄会的所作所为。"我认为穆兄会真正的问题在于过度参与目前的形势，而地下组织的理念与政治组织的理念又存在天渊之别，"他对我如是说道。他还指出，爆发革命以来，已有不少年轻成员投降变节，这样的模式历史上早已存在。"穆兄会面临压力的时候，成员之间往往很团结，"阿卜杜尔·法塔赫说道。"不过，他们一旦拥有各自运作的自由，大家就会分道扬镳。1 月 25 日爆发革命以来，已经出现了这样的情形。"

"革命之前，大家还住在一个盒子里，这个盒子就是穆兄会，"最近刚从穆兄会退出的年轻牙医穆罕默德·努尔告诉我。"可在革命之后，这个盒子被打开了。"穆兄会的等级十分森严，每个成员都被划入一个五人"家庭"（usra），定期举行聚会。穆兄会成员每个月都要把收入的百分之五上交给"家长"。这是唯一为外界所知晓的筹资渠道，而且不设立公共会计。"革命之后，我半开玩笑地告诉我的'家长'，如果再不给收据，我就不给钱，"努尔说道。"当然，那是不可能的。"他最终退出了这个团体，因为他不觉得这个团体应该如此直接地介入政治事务。

要退出穆兄会很简单——一位发言人给我的说法是"这并非天主教徒的婚姻"①。在艾因·夏姆斯大学任教的组织学博士穆罕默德·阿凡告诉我，他还在探寻生命意义的年纪

---

① 天主教视婚姻为七件圣事之一，认为婚姻单一而不可拆散。——译者

时就加入了组织。他在十多岁的时候加入了萨拉菲派，但觉得萨拉菲过于简单化。"他们想方设法逃避现实，逃避混沌不堪的真实世界，"他说。"他们需要洁净和黑白分明。"传统而言，萨拉菲派的宗教意味多于社会和政治意味，不像穆兄会那样存在森严的等级。阿凡之所以觉得穆兄会具有吸引力，是因为穆兄会参与的事务具有现实意义。"他们是英雄，反对过旧政府，蹲过监狱，受过苦，"他说道。跟所有新成员一样，他经历过几个月的培训和测试。有时被迫上街步行数小时，时常经受"家长"为综合测试其忠诚度而精心策划的假警察袭扰。（该"家长"后来受到了穆兄会的训诫。）作为二十多岁的年轻人，他对这一切的印象十分深刻。

不过，他最终经受住了穆兄会的考验。"他们并不像常人认为的那样狡诈多端，"他说道。"他们实际上不谙世故。他们对政治一窍不通。他们对选举倒是非常在行——但他们只知道如何让别人为自己投上一票，仅此而已。至于其他事情——推举候选人、选择政治平台、管理政党——丝毫不具有专业性。"现年三十二岁的阿凡曾经活跃于穆兄会的下属政治派别，后来决定回到学校从事政治学研究，令其"家长们"深感迷惑。他们觉得他这个人过于理论化，还说真正的穆兄会成员应该着重关注草根阶层。阿凡告诉我，正是因为医生、工程师和其他专业人员数量众多，才导致该组织缺乏创造性和战略思考。"2007 年，我要求中央委员会的领导人考虑为影子政府设立一个部委，"他说。"这位领导这样回答我：'不急。'我这样回答他：'我们是埃及的主要反对派，应该着手准备成立这样的政府机构以防事态有变。'现在好了，四年过去，穆兄会就需要组织一个真正的政府，而不是影子政府。我真希望他们不会拖后腿。"

离开穆兄会之后，阿凡协助新成立了埃及当前党。他认为，穆兄会如果专注于宗教和社会事务，可能会显得更加游刃有余。"他们处理政治事务时，用的是社会改革家的方法，"他说道。"社会改革家们力图通过教育和媒体改变人民。政治改革家们则考虑如何建立制度、管控国家、协调政治力量。这些问题在穆兄会内部显得十分模糊。"

穆兄会从一开始就缺乏理论基础，在现有体制下似乎更不可能形成类似的理论，因为它把自己主要界定为政府的反对力量。一旦政府解体，人们很难准确判断穆兄会代表了什么人的利益。其他的机构短板——秘而不宣、不愿与他人合作——在经受压制的几十年间愈发变本加厉。不过，尽管在政治方面存在诸多问题，该组织在面临政治事务和私人事务时的表现却迥然相异。去年 8 月份，一群穆兄会商人新建了一个电视频道，并命名为"埃及 25"。穆兄会一直认为自己受到了媒体的歪曲，"埃及 25"正是为反击这样的趋势而设立。不过，它播出的节目却显得格调轻松，令人吃惊地少有或根本没有政治内容。一档工艺品节目取名为"亲自动手"，一档运动节目取名为"奇多①足球"，还有一档每日脱口秀节目取名为"我们的日子更美好"。只有一档节目具有明确

---

① Cheetos，一种流行的膨化食品。——译者

的宗教性质，每周播出两个小时，既涉及伊斯兰教也涉及基督教。白天中的很多时段，"埃及25"代表的是保守的妇女频道，因为她们是白天观看电视的收视群。

该电视频道的雇员大多不是穆兄会成员，作为在独裁国家求存的新闻记者，他们的来历普遍比较宽泛，略显折中。管理记者部门的阿萨姆·阿布尔加从美国出资的阿拉伯语自由电视台跳槽来到"埃及25"。在那之前，他供职于数十年来为穆巴拉克摇旗呐喊的国营电视台"埃及广播电视联盟"。我让阿布尔加描述一下自己的政治观点，他这样说道："我属于保守的自由主义者。"他的上司，也就是"埃及25"的总经理哈西姆·戈瑞博直言不讳地告诉我，他的职业生涯肇始于宣传："萨达特时代，我供职于新闻部。我把这个部叫做萨达特肮脏的厨房。我就在这个肮脏的厨房烹煮着种种糟糕的食物。这个要审查，那个也要审查。"

我在新闻记者联合组织楼上的一间办公室见到了戈瑞博，他正在这里和其他电视雇员共同策划针对"埃及25"五名新闻记者遭逮捕的抗议活动。他们的节目一直在关注毗邻开罗的阿巴西耶所发生的游行示威，这场游行示威转为暴力冲突，数名记者被军方连夜逮捕，并受到虐待。戈瑞博有一只塞满换洗衣服的皮尔卡丹手提箱，他不时接到顾问、律师和新闻记者打来的电话。他也曾经在半岛电视台和富士电视台工作过。他不是穆兄会成员。"我这样告诉员工：'我不在乎你的身份，我只在乎你的职业水准。'"

有人给戈瑞博打来电话，告诉他几位记者已经被释放了。"太好了!"他说道。"你是吉人天相!"房间里有几个穆兄会成员,大家先后离开房间前去祷告。不过,戈瑞博没有离开。我们聊起了萨拉菲派新近成立的一家电视台(他们的口号是"本频道带你上天堂"),戈瑞博说这个频道非常无聊。"就那么几个人,坐在那里喋喋不休,跟广播电台没有什么两样,"他说道。我问,"埃及25"为什么只有很少的宗教节目。"谁都不需要随时保持那么强的宗教性,"他说道。"一个人即便每次祷告都不落下,每天也只有三十分钟。除此之外,我们还得吃饭工作、谈情说爱。我们怎么可以让一个电视台随时都是宗教、宗教、宗教呢?"

整整一个春天,开罗人对于穆兄会成员的言谈发生了戏剧性的变化。去年秋天,大家还把他们描述成正直和勤劳的,但到了4月末,当总统竞选活动正式开始之后,很难再听到有人公开支持穆尔西。抨击之声毫不留情:穆兄会是骗子;把议会搅得一团糟;只关心自己的利益。艾哈奈姆政治与战略研究中心所进行的一次十分惹眼的民调显示,仅有百分之三点六的受访者表示支持穆尔西。他在六位候选人中排名最末。

不过,埃及从未实行过自由的总统选举,民意调查也并不可靠,在开罗以外的地方更是如此。在如此动荡不安的时期,根本无法预料人们会如何面对民意调查。大多数日子里,这个国家还能够抱成一团,仿佛就是奇事一桩。阴谋论四处蔓延,关于石油和其他日用品的传言更是滔滔不绝。大街上的警察明显地少了许多。我曾与好几位出租车司机聊起城里的安全形势，他们的反应是把手伸到座位底下，拿出一根大棒或是一把刀子。

不过，很少有人觉得没有安全感。我和妻子花了大量时间在城里转悠，通常是各自行动，却很少遇到麻烦。我们所有的朋友也大都如此。我乐见形势慢慢恢复正常的细微迹象——政府在我家门前设立了面包站，大白天总有人来这里闲聊一通，几家户外咖啡店又开始忙碌起来。市民们对待彼此的耐心与日俱增。开罗街头最让我感到惬意的场景，是驾驶员们在滚滚车流中停车问路，因为他们知道，每一个陌生人都会停下车来，向着窗外大声指路。几十年的独裁统治没能摧毁人们的群体意识，也许是因为众多社会支柱总是在政府的控制之外。所以，你仍能听到祷告的召唤声，看见教堂的繁忙景象，或至少继续拥有穆兄会这样的平民组织，尽管它在旧政府的统治之下发育畸形。

偶尔也能瞥见，一旦这一切支柱坍塌，会发生什么样的情形。5月初，阿巴西耶的示威游行演化成街头械斗，十一名抗议者丧生，数百人受伤。最甚嚣尘上的阴谋论，是军方雇用恶棍搅起事端。一天晚上，我跟随翻译穆罕默德前往抗议现场。街上没有汽车，两侧的建筑物多已拉上了窗帘。间或可以听到远处传来的枪声。几个人骑着摩托车疾驰而过，衬衫上沾满了鲜血。我们向街上的一个人打听前方的情形怎样，他从口袋里掏出两个空弹壳。

市民们在街上设立了路障。路障多由拿着棍棒的年轻人把守，我们经过交涉才能通行。我们在一个检查站停下了脚步，一群人正抓住一个人，声称他是受人雇佣的暴徒。这人的衬衫撕破，被一个挥舞刀子的人往前拽着。一位自封的安保人员先是要求查看我们的身份证明，接着就向我们兜售起了大麻。他看上去只有十六岁。下一处路障跟前的几个年轻人发怒了。"你他妈是不是拍了我们的照片，然后交给军方？你们是不是他妈的示威者？"这两个群体都遭受嫉恨，他们只想把所有人都赶出自己的地盘。穆罕默德讲明了我们的记者身份，一个人突然照着他的胸部狠狠一拳。他们争执了好一阵，终于让我们通过了。我们遇到了身着防爆装备的警察排成的人墙，抗议者四散逃走，取而代之的是一群当地人，他们高喊着："军队和人民一条心！"革命早期，人们以为军队与自己站在一边，但之后很少再听到这样的口号。不过，在阿巴西耶这起不到任何作用。

穆罕默德说，他觉得我们应该赶紧离开。我们走了几个街区之后，我注意到他正蹙着眉头。"我肚子疼，"他说道。"只要一紧张，我就会肚子疼。你们管这叫什么？"

"溃疡。"

"对，我这就是溃疡。好疼。"

我们找到一家户外餐馆，供应埃及米饭、小扁豆和西红柿酱。店铺多已关门，唯有这个地方挤满了年轻人。有人把临时性武器扔在了脚边，有棍，有棒，也有建筑用的木板。他们蹲在地上，对着饭碗狼吞虎咽。只吃了几口，穆罕默德就说自己的肚子舒服多了。

我在参加开罗市以外的集会之前，一直不相信穆兄会能够赢得总统选举。人们很容易认为首都的局势至关重要——开罗有一千七百多万人口，它的文化影响着中东的大片区域。穆巴拉克时代，政治权力高度集中于此，这场革命依循这种模式，把解放广场变成了全埃及最重要的场所。不过，随着自由选举逐步展开，这个国家迅速随之扩展。在开罗以外的地方还有六千五百多万人口，没有哪个组织能像穆兄会那样把触角延伸到这么多地方。

　　如果来到城里的集会现场，你发现的第一件事儿便是人们在路边排成一长串，高举着穆尔西的标牌。穆兄会称之为"人链"，人链往往可以从高速路口一直延伸到集会地点。苏伊士的穆兄会在一顶大帐篷底下摆放了五千把椅子，几乎被一抢而空。在伊斯梅利亚，集会人群如此之多，根本看不到尽头。组织者告诉我，人群总数接近两万。这样的活动大都至少持续三个小时，不过人们很少表现出厌倦。有人高声祷告，也有人高呼口号，偶尔还有人为媒体赋诗作对（"媒体是蛆虫，真相把脑子装满……/如果媒体掉进大海，大海将被污染"）。当地一位足球明星发了言，三五位演员跟着上台，几位神职人员也诵读了经文。在我参加的每一次集会上，也许是为了赞许穆兄会独具的伊斯兰文化，总有一位名叫拉额布·瑟尔哲尼的泌尿科医生虔诚地发表鼓舞人心的演说。穆尔西自己很少讲话。其他参选者都以强烈的个人身份竞选，但他似乎乐于突出自由与正义党。

在苏伊士和伊斯梅利亚都看不到妇女发表演讲。在伊斯梅利亚，一共有十七人登台演讲，示威人群的前排站着一百七十位神职人员和政界要人，无一是女性。那场集会以当地穆兄会成员的三场婚礼作为开场白，可即便在婚礼上也看不见女性的身影——大家遵循的是保守的婚礼仪式，由新娘的父亲与新郎宣读结婚誓言。

穆兄会的多位发言人都喜欢强调妇女的重要性，但很难把他们的话当真。高层领导全是男性，尽管女性也可以加入穆兄会，但仍然无法取得完全的会员资格。曼纳尔·阿布尔·哈桑既是议员，也是开罗自由与正义党妇女委员会的主任，她告诉我这只是技术问题。过去，女性曾被当做会员对待，只是没有进行正式的登记，这样做的目的是在丈夫被关进监狱时方便她们照看家庭。革命之后，已经有人提出动议，要改变这一做法。一年多后，她告诉我这事仍在"研究之中"。"不在管理层现身绝不意味着她们的声音没有人听见，"她说道。"女性成员的丈夫多为穆兄会成员，所以她们的心声可以通过她们的丈夫来表达。"

在苏伊士和伊斯梅利亚，这似乎不是什么大问题，因为这两个地方游行示威人群中的女性比例远高于开罗市。与议会选举期间我参加穆兄会集会所听到的相比，人们现在传达出的信息更为保守。这个组织尤其擅长以迥然相异的方式向公众展示自己，因此根本无法断定，究竟有多少纯粹夸张的成分。似乎也没有人在意其是否自相矛盾。有一次，我向自由与正义党的发言人亚赫亚·哈米德问及违背不推举总统候选人的承诺一事，他说政治事务如流水，随即甚至引述了《先知》一书中的名言。"即便从宗教的角度来看待这个问题，我们也能从穆罕默德言行录里找到这么一段话：'如果我立下了誓言，但随后发现比这更好的东西，我当然选择更好的，并为此做出弥补。'"

竞选期间，穆尔西似乎很能得到没有推举总统候选人的萨拉菲派的欢心。每次活动都有一位常客，名叫萨夫瓦特·阿加齐，这位萨拉菲派神职人员大力支持穆尔西。"至于有人担心穆兄会很可能独揽政府大权，"阿加齐在伊斯梅利亚的集会舞台上大声说道。为收到更好的演讲效果，他停顿了一下，继续说道："是的，我们什么都想要！我们要议会！我们要总统！我们也要内阁和部长！"他接着又大声说道："我们要把一切伊斯兰化！就连下水道也要伊斯兰化！"压倒性的主题还是伊斯兰教法，我在开罗参加集会的时候听见穆尔西这样高声呼喊："伊斯兰教法！除了伊斯兰教法别无他物，伊斯兰教法！伊斯兰教法！此外再没有什么适合这个国家的。我向真主起誓，我当着你们大家起誓，不管宪法的内容怎么写，伊斯兰教法一定要执行！"

第一轮选举结束，穆尔西名列榜首，总共得到百分之二十五的选票。埃及前空军司令员艾哈迈德·沙菲克位居第二。沙菲克也是穆巴拉克当政时期的最后一任总理，他是唯一与旧政府联系最为紧密的候选人。很多人，尤其是自由派人士对选举结果大感意外，在他们看来，这些候选人基本上都不太令人满意，要么处于这个极端，要么处于另一个极端。然而，这才是真正的关联——每一位候选人都代表着一种极为保守的选择。对很多埃及人来说，革命结束了。

首轮选举后的第三天，我见到了自由与正义党的发言人之一纳达尔·奥姆兰。他的办公室位于距离开罗市中心并不遥远的自由与正义党总部大楼，整个地方人头攒动。穆兄会正在举行协调会，以期在下一轮选举中获得支持——正在与之会面的有两个革命同盟党和支持者，他们推出的候选人已经败下阵来。

奥姆兰把我带到一个安静的里间进行交谈。我问他，他是否认为，即便自由与正义党获胜，同样也会有军事委员会的麻烦。我提到了1952年的事件，穆兄会支持了阿卜杜尔·纳赛尔和自由军官组织，却在两年后遭到血腥镇压。"那不是革命，"奥姆兰说。"那是军事政变。我们这一次是真正的革命。"他说，问题只有一个，那就是让军事委员会相信，穆兄会能够为他们找到"安全出口"。"他们要我们做出保证，但他们自己首先要下台，"他说道。"此外别无选择。"

我提到了选举过程中的保守声音。"之所以选择那样的套路，是因为我们是唯一的伊斯兰激进派，唯一真正的激进派，"奥姆兰说道。他提到了另一位候选人阿卜杜勒·穆奈姆·阿布·福图赫，这个人是前穆兄会成员，一开始颇受青睐，后来却令人遗憾地排名第四。奥姆兰说，福图赫过于"模棱两可"，竭力把自己置身于中间位置，以同时讨好激进派和自由派。"那是他的弱点之一，"奥姆兰说。"当然不可以那样做。谁都没办法取悦所有人。"

他解释说，为了迎接 6 月底即将到来的最后一轮投票，穆兄会的主张将会有所改变。"竞选活动的主题将更强调集体主义和民族主义，"他说道。"不仅仅是穆兄会。穆尔西是革命派的候选人，沙菲克代表的是旧政府，大家必须做出选择。"他希望在部分竞选材料上不再使用自由与正义党的徽标。

一个年轻人走进屋子，面朝墙壁进行祷告。我们听见隔壁房间响起了一阵呼喊声，奥姆兰说一定是有人达成了某种一致。"人民依旧信任我们。每次选举的时候，都能证明我们依然得到了人民的支持。"他微笑着说道，"我们犯的错误最少。"

致　谢

　　本书缘起于我在华南吃老鼠肉时给约翰·迈克菲写的一份电子邮件，他把这封电子邮件转发给了戴维·雷蒙尼克。我衷心感谢约翰转发了这封邮件，也要感谢戴维读了它。

　　我先后与《纽约客》的五位编辑合作过：查尔斯·米切纳、尼克·鲍姆加滕、戴纳·古德耶、艾米·戴维森和威灵·戴维森。我刚离开长江边从事写作的时候，一些想法往往非常粗略，因此我感谢每一个人对我所表现出的耐心。我也要感谢多萝西·威肯登的大力支持，感谢杂志社在长距离事实查证方面的出色表现。

　　如果有人从我父母位于密苏里的住家开始搜寻邻近的两个街区，他不可能找到比道格·亨特更出色的编辑。还需要舍近求远吗？跟我的其他几本书一样，这一本故事集得益于道格的建议。如此天才，离家还如此近便。

　　十四年，一个出版商，一个编辑，一个发行商：现在还会有这种事吗？我要感谢威廉·克拉克、提姆·杜根和简·伯恩，在这个变化多端的行业里，你们是我最稳定的支持。

张彦（Ian Johnson）和梅英东（Michael Meyer）阅读过其中多个故事的手稿，他们是我所熟知的生活在中国的作家和摄影家的代表，其他还包括：郭咪咪、特拉维斯·克林伯格、麦克·高提格、马特·福尼、马克·梁、林留清怡、赛星浩（Craig Simons）、戴维·墨菲。张永静（Kersten Zhang）、苏菲·孙和崔融都在研究和事实查证方面提供了巨大的帮助。我跟李雪顺相识是在1996年，当时我们俩都是涪陵师范高等专科学校的年轻教师，我非常感谢他为《江城》、《寻路中国》和这本书所做的优秀翻译。我还要感谢我的编辑，上海译文出版社的张吉人，和我的中文图书代理，黄家坤，以及我的岳母，张象容，她在校订译文上提供了很大的帮助。

感谢我的父母——感谢你们在我的童年时期在家里接待了那么多有趣的人物，感谢你们在好奇和同情上给我树立的榜样。感谢彤禾——永永远远地感谢你的理解。感谢张兴采和张兴柔——有一天你们终会读到这本书，你们会明白我在给你们换尿片和半夜喂奶瓶的过程中还完成了那么多工作，你们会在我老去的时候给我以关怀。对此我感激不尽。

曾经有一位电视新闻人问过我："你真的吃过老鼠吗？"对此我只能说，作家总需要有个切入点。

图书在版编目(CIP)数据

奇石:来自东西方的报道/(美) 海斯勒
(Hessler, P.)著; 李雪顺译.
—上海: 上海译文出版社, 2014.4(2025.10重印)
(译文纪实)
书名原文: Strange Stones
ISBN 978 - 7 - 5327 - 6495 - 2

I.①奇… Ⅱ.①海… ②李… Ⅲ.①新闻报道–作
品集–美国–现代　Ⅳ.①I712.55

中国版本图书馆CIP数据核字(2014)第029545号

Peter Hessler
Strange Stones
copyright ⓒ 2013 by Peter Hessler

图字:09 - 2014 - 124 号

奇石——来自东西方的报道
[美] 彼得·海斯勒 著　李雪顺 译
责任编辑/张吉人　装帧设计/邵旻工作室　未氓设计工作室

上海译文出版社有限公司出版、发行
网址:www.yiwen.com.cn
201101　上海市闵行区号景路159弄B座
上海中华印刷有限公司印刷

开本 890×1240　1/32　印张 15.75　插页 2　字数 263,000
2014 年 4 月第 1 版　2025 年 10 月第 19 次印刷
印数:119,001–124,000 册

ISBN 978 - 7 - 5327 - 6495 - 2
定价:55.00元